KB069723

복수는 꿀보다 달콤하다

2

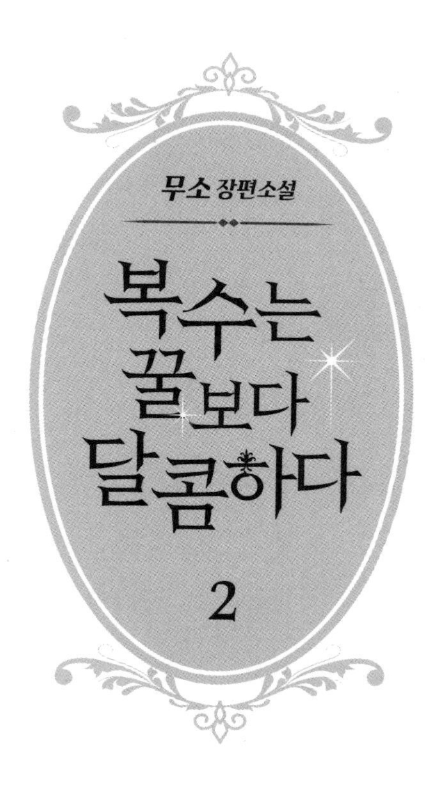

위즈덤하우스

차례

1

Masquerade

알렉산드라는 수많은 가면 중 무슨 가면을 쓸지 고민하고 있었다.

금박이 입혀진 화려한 가면과 망사로 만들어져 아슬아슬한 느낌을 주는 검은색 가면, 풍성한 깃털 장식이 주렁주렁 달린 가면까지. 수십 개의 가면이 그녀의 앞에 진열되어 있었다.

잠시 고민하던 알렉산드라는 그녀가 입고 있는 검은색 망사 드레스와 가장 잘 어울릴 법한 검은색 망사 가면을 집어 들었다. 나비 모양에 왼쪽에는 붉은색 코사지로 만든 장미가 달려 있었는데, 온통 검은색이었던 차림에 포인트를 주어 보다 관능적인 분위기를 풍겼다.

알렉산드라가 말했다.

"이것으로 할게요."

알렉산드라가 집어 든 가면을 본 엘로웬이 즐거운 목소리로 말했다.

"선택 잘하셨어요, 전하. 저도 이 수십 개의 가면 중에 이것만 딱 눈에 들어오더라고요. 뭐랄까…… 너무 강렬해요."

엘로웬이 알렉산드라에게서 가면을 받아든 뒤 그것을 조심스럽게 그녀의 얼굴 위에 씌워주었다. 얼굴 위쪽이 망사로 가려진 탓에 그녀가 누구인지는 쉽사리 짐작하기 어려울 터였다.

알렉산드라가 물었다.

"내가 누구인지 알아볼 수 있을까요, 엘로웬?"

"그럴 리가요, 전하. 이렇게 꽁꽁 싸매셨는데 어떻게 알아볼 수 있겠습니까. 너무 걱정하지 마시고, 이만 일어나시지요."

엘로웬이 천천히 알렉산드라를 일으켜주었고, 알렉산드라는 자신의 모습을 비춰보기 위해 방구석에 자리한 전신거울로 다소 빠르게 걸어갔다. 아주 높은 굽의 구두를 신었음에도 알렉산드라의 발걸음에는 거침이 없었다.

'예쁘네.'

알렉산드라는 또렷한 눈을 들어 머리부터 발끝까지 찬찬히 살펴보았다. 엘로웬의 말대로 그녀를 알아볼 만한 거리가 없었다.

그녀는 그제야 안심한 얼굴로 뒤를 돈 다음, 저도 모르게 빙긋 웃으며 말했다.

"이만 갈까요?"

⚜

레예스 황실에서는 1년에 두 번 가면무도회를 개최했는데, 오늘이 그날이었다. 모든 귀족이 익명의 힘을 빌려 평소라면 못했을 일들을 과감하게 하는 날. 서로의 얼굴을 모른 채 즐거운 관계를 맺을 수 있는 날.

알렉산드라 역시 아무도 자신의 얼굴을 알아볼 수 없다는 점 때문에 영애 시절부터 가면무도회를 좋아했다.

"오늘 뭘 하실 건가요, 전하?"

"가면무도회에서 그런 걸 묻는 건 실례예요, 엘로웬."

알렉산드라가 웃음기 섞인 목소리로 답한 다음 자신을 따라오는 시녀들에게 미리 주의를 주었다.

"오늘은 어떤 시중도 필요 없어요. 괜히 정체 들통나면 재미없으니까, 일찌감치 내 곁에서 떨어져서 가도록 해요."

그렇게 말하는 알렉산드라는 평소의 차분하고 무미건조한 모습과는 꽤 달라 보였다. 어쨌든 그녀로서도 이건 충분히 설렐 만한 일이었다. 그간의 숨 막히던 황궁에서 유일하게 탈출할 수 있는 날이었으니까.

알렉산드라가 무도회장 안으로 들어갔을 때, 이미 다른 사람들은 삼삼오오 모여 이야기를 나누거나, 혹은 구석진 곳에서 오붓한 시간을 보내고 있었다.

알렉산드라는 혹시라도 자신의 목소리를 알아듣는 사람이 있을까 봐 무턱대고 위험천만한 짓을 하지는 못했지만, 춤 신청 정도는 괜찮다고 여겼다.

그녀는 주변을 둘러보며 자신처럼 혼자인 사람을 찾다가, 근처에서 상당히 장신인 남자 하나를 발견하고서는 패기 있게 그쪽으로 걸어갔다.

알렉산드라가 말을 걸기 위해 그 남자를 붙잡는 순간, 옆쪽에서 낯선 여자의 목소리가 들렸다.

“저기, 저랑 같이 춤추지 않으실래요?”

그 목소리를 듣는 순간, 이상하리만치 적의가 들었다. 아마 자신이 이미 선택한 이를 다른 이가 잽싸게 채갔다는 느낌을 받았기 때문이리라.

남자에게 말을 걸었던 여자가 그녀의 앞쪽에 있던 알렉산드라를 응시했고, 동시에 알렉산드라는 그녀의 입꼬리가 묘하게 올라가 있는 것을 확인했다.

뻔했다. 분명 저 가면에 가려진 눈은 그녀를 향해 웃어 보이고 있을 것이다.

그것도 비웃음을.

알렉산드라는 기분이 나빠짐을 느꼈고, 괜히 이미 선택당한 남자에게 집적거리는 것도 볼썽사납다고 생각했는지 남자를 잡았던 손을 슬며시 내린 다음, 다른 곳으로 가기 위해 발을 뒤쪽으로 뺐다.

"아."

그 순간, 누군가가 그녀의 손목을 강하게 움켜쥐었다.

놀란 알렉산드라가 당황한 소리를 내뱉었다. 손아귀힘이 장난이 아니었다.

손에 힘을 풀어달라고 말하기 위해 입을 열려던 순간, 어떠한 기시감이 그녀를 꿰뚫고 지나갔다. 전에도 느낀 적이 있던 익숙한 온기.

가면에 가려져 얼굴을 확인하는 게 불가능하다는 것을 알면서도, 알렉산드라는 천천히 고개를 들어 올려 남자의 얼굴을 올려다보았다. 이 남자가 그녀가 알고 있는 그 남자가 맞는지 확인해야 했다.

"아……!"

그녀가 이번에는 좀 더 낮게 탄성을 내질렀다.

얼굴은 분명 가려져 있었지만, 알렉산드라는 분명히 알아볼 수 있었다. 태양을 닮은 금빛 눈동자. 자신을 알고 있다는 듯 뚫어지게 바라보는 이 시선.

이 남자는…….

"라……."

"쉿."

그가 그녀에게만 들릴 정도로 작은 목소리를 냈다. 목소리까지 들으니 실감이 났다.

이 남자는…….

"가면무도회에서는 상대의 정체를 지켜주는 것이 예의라고 배우지 않았나?"

라키아스, 였다.

알렉산드라가 멍한 얼굴로 라키아스를 올려다보는 사이, 그는 고개를 돌려 자신에게 먼저 춤 신청을 한 영애 - 어쩌면 귀부인일지도 모른다 - 에게 말했다.

"이미 이 여자분이 먼저 춤 신청을 했다."

누구에게나 반말이었다, 이 남자는.

알렉산드라가 그가 보지 못하는 사이, 입술을 비죽 내밀었다.

한편 먼저 춤 신청을 했던 여자는 어이없다는 목소리로 남자에게 따졌다.

"내가 먼저 신청했고, 이 여자는 그다음에 당신을 붙잡았어요. 내가 봤거든요?"

"이런. 유감이군."

태연하게 빈말을 중얼거린 라키아스가 여자에게 다시 한번 말했다.

"그럼 말을 바꾸도록 하지. 나는 이 여자분과 춤을 추고 싶은데."

"원래 먼저 춤을 신청한 사람과 춤추는 게 예의 아니에요?"

"가면무도회에 그런 게 어디 있나."

"아니면 두 사람, 원래 서로 알고 있는 사이에요?"

"마음대로 생각하도록 해. 어쨌든 난 이 여자분과 춤출 계획이니 저쪽으로 좀 가도록 하고."

"뭐야, 진짜. 어이없어."

여자는 알렉산드라를 한 번 노려보다가 결국 씩씩거리는 소리를 내며 자리를 떴고, 알렉산드라는 여전히 이해가 되지 않았다.

어째서 먼저 춤을 신청한 저 여자를 두고 자신을 택한 건지. 왜, 도대체 무엇 때문에.

하지만 알렉산드라가 이유를 묻기도 전에, 라키아스의 목소리가 좀 더 빨랐다.

"인간은 얼굴을 가릴수록 본능에 충실해져."

"……무슨 뜻입니까."

"내가 지금 당신하고 춤을 추고 싶다는 이야기야."

왜?

알렉산드라는 가장 먼저 이 생각이 들었다.

왜? 왜 당신은 나와 춤을 추고 싶은데?

알렉산드라가 이유를 묻기 위해 입술을 달싹거렸지만, 이상하게 말은 한마디도 나오지 못했다. 물어보고 싶지 않았다.

말이 안 되는 일이었으니까. 물어봤다가는 괜히 분위기가 이상해질까 봐 두려웠다.

더구나 지금 두 사람의 관계는 결코 정상적인 이유로 유지되고 있는 게 아니다. 한 사람을 파멸시키기 위해 맺어진 관계. 바람직하지 못한 관계. 알렉산드라는 결국 마른 침만 꼴깍 삼켰다.

춤을 낯선 사람과 추기 싫어하는 성격일 수 있다. 혹은 아까 그 여자의 향수 냄새가 너무 짙어서 피하고 싶었는지도 모른다.

그도 아니면…….

"무슨 생각을 하는 거지?"

라키아스가 물어왔고, 알렉산드라는 자연스럽게 그의 얼굴을 응시했다. 검푸른 색의 머리카락 아래 자리 잡은 이목구비가 가지런했다.

그의 황금색 눈동자를 멍하니 응시하며, 알렉산드라가 읊조리듯 말했다.

"아무 생각도요."

"거짓말은."

"물어보고 싶은 게 있는데……."

알렉산드라의 말에 라키아스가 그녀를 빤히 쳐다보았다. 그 시선이 이상하게 부끄럽다는 생각이 들었다.

"……아니에요. 물어보고 싶지 않습니다."

"그럼 물어보지 마."

라키아스가 간단하게 답을 내렸다.

"그대가 하고 싶은 대로 해."

"그러려고요."

알렉산드라가 살짝 입꼬리를 들었다 내렸고, 잠시 후에 분위기를 환기하려는 듯 괜히 머리카락을 뒤로 넘기며 물었다.

"진짜로 춤, 출 겁니까?"

"그럼 이렇게 계속 서 있기만 하려고?"

"아마 우릴 알아볼 겁니다."

"누가?"

"황제 폐하든, 황후 폐하든, 황비 전하든, 아니면……."

"당신 남편이든?"

라키아스의 말에 알렉산드라는 순간 할 말을 잃었다가, 그리 길지 않은 시간이 흐른 후에 답했다.

"……아마도요."

"아무도 못 알아봐. 가면무도회잖아."

"나는 당신을 알아봤잖아요."

"그대의 눈썰미가 특별히 좋았던 탓이야."

"당신도 나를 알아봤습니다. 그걸 잊은 건 아니죠?"

"그 또한 내 눈썰미가 특별히 좋았던 탓이지."

"그 사람들의 눈썰미가 좋지 않다는 듯이 말하는 이유는요?"

"글쎄."

라키아스가 어깨를 으쓱이며 답했다.

"그것까지는 사실 내 알 바 아니지."

"당신은 잃을 게 없으니 그런 겁니다, 라키아스. 괜히 이상한 관계로 비춰질 수 있어요."

"그럴 수도 있겠군."

"이봐요."

알렉산드라가 약간 언성을 높였지만, 라키아스는 여전히 태연했다.

그가 문제 될 게 뭐가 있냐는 듯한 목소리로 알렉산드라에게 물었다.

"가면무도회다. 이날 있었던 일은 뭐든 면죄부를 받아. 그걸 모르는 건 아니겠지?"

"괜히 흠 잡히고 싶지 않을 뿐입니다, 라키아스. 그런 문제 말고도 황후가 의심할 수 있어요."

"의심할 테면 의심하라지. 당신은 지나치게 몸을 사리는 경향이 있어."

"……."

당신도 배우자에게 목이 한 번 잘려보면 그런 소리가 안 나올 텐데.

알렉산드라가 라키아스를 말없이 흘겨보자, 결국 라키아스가 말을 바꾸었다.

"조심성이 많은 거라고 하지. 아주 긍정적인 성격이야."

"칭찬 감사합니다, 라키아스."

"이름은 단둘이 있을 때만 불러. 이러다 우리가 누군지 다 광고하고 다니게 생겼군."

라키아스의 말에 알렉산드라가 얼른 입을 다물었다. 그의 말마따나 여기 오르누스 공작이 있다고 동네방네 광고할 게 아니라면 그의 이름을 부르지 않는 게 좋을 것이다. 그 모습이 귀엽기라도 했던 건지 라키아스가 쿡쿡거리며 웃은 다음, 부드러운 목소리로 권유했다.

"이야기를 자연스럽게 나누기에는 테라스보다는 춤이 최고야. 한 곡 추러 가자고."

"……."

"어차피 지금 당신 옆에는 당신 남편도 없잖아?"

참 정 없는 말이었다. 자기 종질더러 '당신 남편'이라니.

뭔가 참 묘하다고 생각하며 알렉산드라가 포기하는 말투로 답했다.

"좋습니다, 그럼."

에라, 모르겠다.

남편 외에 다른 남자와 춤을 추는 것은 거의 처음이라고 봐도 무방했다. 알렉산드라는 다소 새로운 기분으로 라키아스의 어깨 위에 손을 올렸다. 그 순간, 라키아스가 한쪽 손으로는 그녀의 허리를 감은 후, 다른 한쪽 손으로는 알렉산드라의 남는 손을 잡았다.

놀란 알렉산드라가 멍하니 위를 올려다보자, 라키아스가 능글맞게 웃으며 그녀에게 속삭였다.

"당황했나?"

"별로."

알렉산드라가 도도하게 대꾸한 다음 느릿하게 발을 뒤로 뺐다. 잔잔하면서도 경쾌한 왈츠 선율에 맞추어 그녀는 우아하게 몸을 돌렸다.

회귀 전에도 꽤 춘다는 말을 들었던 그녀다. 알렉산드라는 별생각 없이 습관적으로 몸을 움직이기 시작했고, 그에 맞추어 라키아스도 춤을 추었다.

"아……."

몸을 돌자 순간적으로 라키아스의 체취가 강하게 느껴졌다. 머스크와 비슷한 향이었는데, 향수를 뿌리기라도 한 건지 냄새가 묘했다.

거기에 당황한 알렉산드라가 저도 모르게 소리를 냈고, 그 소리를 들은 라키아스가 낮은 음성으로 물었다.

"왜 그러지?"

"아무것도 아닙니다."

알렉산드라는 그렇게 말하고선 마른침을 한 번 삼켰다. 갑자기 서로 간의 거리가 너무 가까워졌다는 생각이 들었다.

물론 함께 춤을 추고 있으니 거리가 가까워지는 일은 당연한 것이었다. 그럼에도 불구하고 알렉산드라는 거리가 너무 가깝다는 생각에서 벗어나기가 어려웠다.

그 순간 라키아스가 알렉산드라의 허리에 감았던 손을 그녀의 등으로 옮겼다. 차가운 맨살에 따뜻한 손이 닿자 저도 모르게 몸이 이완되었다. 하지만 알렉산드라가 그 온기를 음미할 새도 없이, 라키아스는 그녀를 그가 있는 쪽으로 끌어당겼다.

"……."

"……."

지금까지 겪었던 거리 중 가장 가까운 거리였다고, 알렉산드라는 생각했다. 라키아스의 들숨과 날숨이 피부에 닿아 간질거리는 느낌이 들었다.

그녀를 바라보는 눈빛마저 야생 그대로의 날것처럼 생생했다. 그 모든 것이 지나친 자극처럼 느껴져서, 알렉산드라는 순간 어질한 기분이 들었다.

물론 겉으로는 전혀 내색하지 않았다. 그녀가 춤을 한두 번 춰 본 사람도 아닐뿐더러, 아무 사이도 아닌 남자에게 이런 감정을 느꼈다는 사실을 내보인다는 것이 이상하게도 수치스러웠기 때문이었다.

묘한 배덕감이 그녀를 사로잡았고, 그럼에도 나쁘지는 않다고 알렉산드라는 생각했다.

"앗!"

그 순간, 그녀는 다시 한번 짧게 탄성을 터뜨리며 뒤로 고꾸라질 듯한 자세를 취했다. 이게 탱고도 아닌데 라키아스가 그녀의 몸을 뒤로 눕혔던 탓이다.

예상에 없던 자세에 당황한 알렉산드라의 눈이 크게 커졌다. 바로 앞에 라키아스의 가면을 쓴 얼굴이, 아니, 생생한 금빛 눈동자가 보였다.

작렬하는 태양처럼 모든 것을 다 불태워 버릴 것 같은 황금빛.

알렉산드라의 표정이 묘하게 변했다.

"집중해야지."

라키아스의 한마디에, 알렉산드라가 저도 모르게 입술을 움직여 물었다.

"어디에다요?"

"나한테."

"……."

좋지 않아.

알렉산드라의 머릿속에 가장 먼저 든 생각이었다. 그녀가 무언가 더 할 말이 있는 듯한 표정을 입술을 달싹거렸지만, 곧 포기한 듯 가만히 입술을 다물었다.

그 순간마저도 라키아스는 유려하게 몸을 돌려 춤을 추고 있었다. 태연하게까지 보이는 그 모습에, 알렉산드라는 괜히 심통이

났다.

나만, 지금 나만 이런 감정을 느끼고 있는 건가? 이 남자는 아무렇지 않은데도?

그녀가 작은 가시가 돋친 듯한 목소리로 그에게 쏘아붙였다.

"춤추는 게 익숙하시네요."

"엄청난 칭찬이군. 난 춤출 일이 거의 없었거든."

"그럼 이쪽에 재능이라도 있으신가 봅니다."

"이쪽에만?"

갑자기 무슨 소리야.

의아해진 알렉산드라가 말뜻을 물어보려던 순간, 그녀가 신은 높은 구두가 잘못된 방향으로 땅에 닿았다. 균형을 잃자, 무게중심이 자연스레 뒤쪽으로 쏠리기 시작했다.

당황한 알렉산드라가 반사적으로 눈을 꼭 감는데, 그 순간 라키아스가 그녀의 허리를 강하게 감싸 안았다. 갑작스러운 상황에 그녀의 입에서 뜻하지 않은 소리가 흘러나왔다.

"아……!"

"조심해야지."

읊조리는 것처럼 고저 없는 목소리가 귓가에 스쳐 지나갔고, 알렉산드라는 슬그머니 눈을 떴다. 그가 뚫어지게 자신을 쳐다보고 있었다.

왜 저런 눈으로 나를 보는 걸까.

알렉산드라는 문득 궁금해져 물었다.

“왜…… 그런 눈으로 봅니까.”

“어떤 눈?”

“눈빛이…… 너무 강렬해요. 적을 잡아먹기라도 하겠단 것처럼.”

“적에게는 이런 눈을 하지 않아.”

그렇게 말한 라키아스가 몸을 좀 더 굽혀 알렉산드라의 목 부근으로 입술을 가져다 댔다. 그는 거기에다 대고 간질이듯 속삭였다.

“진짜 모르는 건가, 아니면 모르는 척하는 건가.”

“……”

“워낙 속내를 잘 숨기는 여자라 알 수가 없군.”

“누가 할 소리를.”

“내가 속내를 잘 숨긴다고?”

라키아스는 터무니없는 말을 들은 사람처럼 고개를 저었다.

“난 그런 쪽에는 능숙하지 않아. 다 드러내 보이는 편이지. 전부, 다.”

“내가 선택한 파트너는 그런 쪽에 능숙한 사람입니다. 다 드러내 보이지 않는 사람이고요. 전부, 다.”

“적에게는 응당 그렇지.”

“나에게는 아니고요?”

“당신에게 그럴 수는 없어.”

그렇게 말하는 그의 목소리는 마치 조용히 노래하는 사람의 것처럼 들렸다. 알렉산드라가 낮게 숨을 내쉰 다음 물었다.

"왜요?"

"우린 파트너니까."

김새는 대답. 아니, 당연한 대답이었다.

이상한 걸 기대해 버렸다. 알렉산드라가 저도 모르게 입술을 깨물었다.

원하는 대답이 나오지 않은 것에 대한 실망감이 아니었다. 그런 대답을 '원하는 대답'으로 생각한 자신에 대한 실망에서 우러나온 행동이었다.

제정신이 아니라고 생각하면서, 알렉산드라가 쇠를 긁는 듯한 목소리로 답했다.

"당신 말이 맞습니다, 라키아스. 우리는 파트너죠."

그 말과 동시에 라키아스가 그녀를 천천히 일으켜주었다. 손이 여전히 따뜻했다. 따뜻한 피가 멈추지 않고 손바닥 안까지 도는 것 같았다. 차가운 푸른 피만이 도는 것 같은 자신의 것과는 다르게.

알렉산드라가 무심코 내뱉었다.

"손이 참 따뜻하네요."

"좀 그런 편이야."

"따뜻한 게 낫죠. 차가운 것보다야."

“난 차가운 것도 나쁘지 않아.”

라키아스가 묘한 얼굴로 중얼거렸다.

“직접 따뜻하게 데워줄 수 있잖아?”

“…….”

의미심장한 말에 알렉산드라가 무슨 이상한 기류라도 감지한 사람처럼 곧바로 화제를 다른 쪽으로 틀었다.

“어떻게 지냈습니까, 그동안?”

“나 말하는 건가?”

“그럼 여기 당신 말고 또 누가 있다고.”

“안부가 궁금한 건가?”

그렇다고 대답하려는데, 곧바로 다른 말이 이어졌다.

“아니면 내가 궁금한 건가?”

“……당신.”

알렉산드라가 라키아스를 올려다보며 물었다.

“오늘 좀, 이상한 거 알죠?”

“뭐가?”

“모르는 척하지 말아요. 알고 있잖아.”

“모르겠어.”

그가 아까보다 낮아진 목소리로 답했다.

“진짜로 모르겠는데. 나도 왜 이러는지.”

“…….”

알렉산드라는 그 말이 오늘 들은 말 중 가장 당황스럽게 느껴졌다.

저도 모르게 그를 밀쳐낼 뻔했다고 생각하면서, 알렉산드라가 아무렇지 않게 말을 이었다.

“계속 모르는 것도 좋을 거예요.”

“늦었어. 이미 알아버린 것 같거든.”

“숨기는 걸 못한다고 했죠.”

알렉산드라가 라키아스를 물끄러미 쳐다보며 말을 이었다.

“한번 도전해 보는 것도 나쁘지는 않겠네요. 날 적으로 간주해 봐요.”

“그렇게 되면 난 더 인정사정없어져.”

라키아스가 지독하리만치 낮은 목소리로 말했다.

“꺾어야 하거든. 쟁취해야 하고. 이겨야만 해.”

“…….”

그 말이 어쩐지 위협적으로 느껴져서, 알렉산드라는 저도 모르게 침을 꿀꺽 삼켰다. 그 말에 어떻게 반응해야 하는지 감이 잡히질 않아서, 말도 나오지 않았다. 하얗게 질린 듯한 그녀의 얼굴을 바라보면서, 라키아스는 아름답게 미소 지었다.

그가 좋아하는 그녀의 표정이었다.

제레미는 시끌벅적한 것을 좋아하는 성격은 아니었다. 자연히 이런 유의 파티도 좋아하지 않았는데, 특히 얼굴을 가리는 가면무도회는 더더욱 별로라고 생각했다. 이런 장소에서의 만남이 전부 진실되지 않다는 생각을 가지고 있었기 때문이었다.

그래서 가면무도회가 열리면 그는 가장 무난한 흰색 가면을 착용하고, 가급적 다른 사람과 말을 섞지 않았다.

제레미는 무도회장의 벽 쪽에서 복숭아 맛이 강하게 나는 칵테일을 몇 잔 마신 후, 술을 깨기 위해 테라스로 갔다. 그곳에서 시간을 죽이며 있을 생각이었다.

그때는 저녁 시간이었고, 해가 막 지기 시작하는 무렵이었다. 그는 석양을 보는 것을 좋아했다. 레몬향이 나는 칵테일 한 잔을 테라스의 난간에 올려둔 채, 제레미는 말없이 석양을 구경했다.

그러기를 30분 정도가 되었을 때, 제레미는 지루함을 느끼고 이만 돌아가야겠다고 생각했다.

빈 칵테일 잔을 손에 든 후 문가로 걸어간 그가 파티장으로 향하는 문을 열었을 때, 제레미는 한 여자와 맞닥뜨렸다.

"으앗!"

여자가 작게 소리를 지르며 무언가를 떨어뜨렸다. 축축한 것이 제레미의 옷에 닿았고, 그는 그저 칵테일이겠거니 하고 생각했다.

하지만 그가 아래를 내려다보았을 때, 그의 생각보다 좀 더 심각한 것이 묻어 있었다.

"어떻게 해! 죄송해요."

새하얀 생크림 케이크가 그의 감람색 연미복에 잔뜩 묻어 있었다.

제레미의 눈썹이 살짝 찌푸려졌고, 여자는 정말로 미안하다는 표정을 지으며 울먹거렸다.

"정말 죄송해요. 어쩌면 좋아……."

"괜찮습니다."

제레미가 어색하게 웃어 보이며 여자를 안심시켰다.

"세탁하면 되는걸요."

"하지만 옷이 너무 더러워지셨어요."

"대충 닦을 수 있습니다. 너무 신경 쓰지 마세요."

"그래도…… 제가 너무 죄송해서요."

여자가 거의 울 듯한 표정을 지었고, 거기에 제레미는 마음이 약해졌다. 그가 짧게 한숨을 쉬며 입고 있던 조끼를 벗었다.

그가 아무렇지 않게 웃으며 말했다.

"이제 정말 괜찮지요?"

"아……."

그때, 여자가 갑자기 양손으로 얼굴을 가린 채 울기 시작했다. 거기에 당황한 것은 당연히 제레미였다. 그는 여자가 왜 우는지 전혀 알지 못한 채 잔뜩 당황한 목소리로 물었다.

"아니, 왜 우시는 겁니까?"

"흑…… 죄송해요. 전 정말 구제 불능인가 봐요. 잘하는 것도 하나 없고, 남에게 민폐만 끼치고……."

"아뇨, 영애. 그 정도는 아닙니다. 너무 자책하지 마세요."

"제가 남들에게 피해만 주는 것 같아서 너무 비참해요."

"절대 그렇지 않습니다. 실수는 누구나 할 수 있는 거예요."

제레미가 침착한 목소리로 여자를 달랬다. 그의 목소리는 상당히 다정해서, 그 목소리를 듣는 누구라도 위로를 받을 정도였다.

"자, 그만 울고 뚝 그쳐 봐요. 아가씨, 이름이 뭐예요?"

가면무도회에서 이름을 묻는 건 금기였다. 하지만 아무도 그 점을 지적하지 않는 것을 보면, 제레미도, 에밀리아나도 모두 당황해 버린 탓에 그 사실을 인지하지 못한 듯했다.

다행히 제레미의 다정함에 힘입어 흐느끼던 여자의 울음이 천천히 멎어 들기 시작했다. 잠시 시간이 흐른 후에 여자는 힘들게 입술을 열어 말했다.

"에밀리아나예요."

"좋아요, 레이디 에밀리아나."

제레미가 부드러운 음성으로 에밀리아나에게 말했다.

"나는 정말 괜찮아요. 그러니 너무 자학하지 않았으면 좋겠는데. 내가 너무 과한 욕심인가요?"

"흑…… 아뇨."

에밀리아나는 아니라고 말하면서도 연신 코를 훌쩍이며 울었다.

"괜찮으시다니 너무 감사하고…… 다행이에요."

"네. 그러니 이제 그만 울음을 그치세요. 화장이 다 지워지겠어요."

하지만 이미 에밀리아나의 화장은 눈물 콧물로 지워진 지 오래였다. 다행이라면 가면에 가려져 눈화장이 지워진 모습까지는 보이지 않았다는 점이었다.

결국 한참 후가 되어서야 에밀리아나는 울음을 그쳤고, 그녀는 부은 얼굴이 부끄러웠는지 가면을 썼음에도 애써 얼굴을 가리기 위해 애썼다. 그 모습을 본 제레미는 또 다정하게 말했다.

"괜찮습니다. 어차피 가면 때문에 보이지 않으니까요."

"……감사합니다."

에밀리아나는 볼에 묻은 눈물자국을 좀 더 닦아냈고, 그 모습을 제레미는 그저 물끄러미 바라보았다. 적색이 섞인 갈색의 긴 머리카락에 벽안, 높은 콧대를 가지고 있었는데, 가면으로 얼굴을 가리고 있었음에도 상당한 미인임을 짐작할 수 있었다.

"……."

"……."

곧이어 정적이 찾아왔고, 이제 남은 일은 둘 중 하나, 혹은 두 사람 모두 그 자리를 뜨는 것이었다.

하지만 이상하게도 제레미는 이대로 에밀리아나와 헤어지고 싶지 않아 했고, 그건 에밀리아나도 마찬가지인 듯 보였다.

이상하게 호감이 가는 여자였다. 얼굴도, 가문도 모르는 여자였지만, 어쩌다 이름을 알게 되었다는 사실 때문이었을까?

제레미는 에밀리아나를 이대로 보내고 싶지 않았다. 결국 그가 그녀에게 무언가를 말하려던 순간, 에밀리아나의 입이 먼저 열렸다.

"저…… 괜찮으시다면……."

"……네?"

"한 곡 추시겠어요?"

에밀리아나의 볼이 붉게 물들어 있었다.

특별한 이유는 없었다. 다만 그는 얼굴도 모르는 여자와 의미 없이 접촉하는 것을 그리 즐기지 않는 성격이었고, 그녀는 그에게 있어 익숙한 상대였던 탓이다. 기왕 둘 중 하나를 선택해야 한다면 그래도 그와 파트너 관계에 있는 여자를 선택하는 것이 더 좋다고 여겼다.

이것이 표면적인 이유에 불과하다는 것을 깨닫게 된 경위는 두 번에 걸쳐 일어났다. 첫 번째, 그녀와 춤을 추었을 때 그의 입이 처음 제멋대로 움직였다.

그전까지는 생각지도 못했던 말이 끊임없이 입술을 타고 흘러 내렸다. 당황스러운 일이었고, 그녀 또한 당황한 듯했다.

맥락상 오해의 소지가 충분했기 때문에 그녀는 지금 이게 무슨 상황이냐고 간접적으로 질문했다. 그 역시 간접적으로 답해주었다. 그건 진심이었다.

하지만 그때까지도, 그는 자신의 마음을 잘 모르고 있었다. 아니, 어쩌면 자기 자신을 속이고 있었는지도 모른다. 이유가 어찌 되었든 그는 그녀에 대한 마음에 갈피를 잡지 못하고 있었다.

"그래서 아까 제가 그 시종에게……."

"어머, 정말이에요?"

라키아스는 멀찍이 떨어진 채 알렉산드라와 가면을 쓴 다른 남자를 쳐다보았다. 머리카락이 갈색에 가까운 금발이 아닌 것으로 보아 그녀의 남편은 아닌 듯했다. 두 사람은 뭐가 그렇게 즐거운지 입가에 미소가 떠나가지 않는 얼굴로 연신 웃어대고 있었다.

이것이 두 번째였다. 그 모습을 본 라키아스는 자신의 마음이 심하게 불편하다는 사실을 깨달았다. 알렉산드라와 웃으며 대화하는 저 낯선 남자의 가면을 벗겨버리고 정체를 확인하고 싶었다. 그게 누가 되었든 감히 그의 파트너와 함부로 말을 섞은 사내를 어떤 식으로든 벌주고 싶었다.

그녀는 자신의 파트너였다. 그는 그 자신 이외의 다른 남자가 그녀와 저렇게 웃으며 대화하는 것을 원치 않았다. 이유 없는 독점욕은 단 한 번도 이런 적이 없었던 라키아스를 당황시켰지만, 동시에 그로 하여금 어쩔 수 없이 인정하게 했다.

그는 저 여자를 파트너 이상으로 생각하고 있다.

그녀가 유부녀라는 사실은 그를 막아서지 못했다. 남편을 증오하여 복수하기 위해 자신과 손을 잡은 여자다. 어차피 저 여자의 최종 목표는 황후가 되어 남편을 폐위시킨 후, 자신을 황위에 올리는 것이었다.

그런 상황에서 '네 이웃의 아내를 탐하지 말라'와 같은 도덕적 원칙이 그의 눈에 들어올 리 없었다. 그 대상이 '이웃의 아내'가 아닌 '가족의 아내'라 할지라도 말이다.

생각이 끝났으니 남은 것은 행동뿐이었다. 라키아스는 성큼성큼 알렉산드라가 있는 쪽으로 걸어갔다. 그녀는 여전히 웃고 있었다.

그 웃음이 싫었다. 자신에게 보이는 미소는 좋았지만, 그녀가 그도 아닌 다른 남자를 향해 미소 짓는 것은 원치 않았다. 그 생각을 하며, 라키아스는 알렉산드라를 다정하게 불렀다.

"여보?"

익숙한 목소리에 그녀는 당연히 뒤를 돌아볼 것이었다. 예상대로 그녀는 뒤를 돌았다. 놀란 표정이었다.

첫 번째, 등 뒤로 다가온 그의 존재에.

두 번째, 그의 입에서 나온 부적절한 호칭 때문에.

알렉산드라는 황당한 표정으로 생각했다.

'이 남자가 지금 뭐라는 거야.'

갑자기 뒤로 다가와서는 부르는 말이 '여보'. 그녀가 이상한 게 아니라 누가 봐도 어처구니없는 상황 아닌가.

더구나 이 남자는 그녀의 진짜 남편도 아니었다. 알렉산드라가 황당함에 입만 벙긋거리는 사이, 라키아스는 알렉산드라의 팔짱을 다정하게 끼며 앞의 남자에게 들으란 듯이 말했다.

"여보, 여기 있었던 거야?"

미치겠다.

아까부터 이상하더니 이 남자가 뭘 잘못 먹기라도 한 게 틀림없다. 혹은 취했거나.

알렉산드라가 제정신이냐는 표정으로 라키아스를 쳐다보았지만, 그는 그저 그녀를 바라본 채 빙긋 웃어 보일 뿐이었다. 마치 '나 잘했지?'라고 하는 표정이어서, 그녀는 더 어이없어졌다. 누가 본다면 자신을 이 남자로부터 구해달라는 신호라도 받은 줄 알겠다.

"여기서 외간 남자랑 뭐해?"

엄밀히 말하자면 댁도 외간 남잡니다만.

알렉산드라의 표정은 황당함 그 자체였고, 그녀의 앞에 있던 남자는 슬금슬금 뒷걸음질을 치다가, '죄, 죄송합니다!' 하고 한마디만 남긴 채 사라져버렸다.

알렉산드라가 눈을 부릅뜨며 작은 목소리로 따졌다.

"미쳤습니까, 라키아스? 당신이 왜 내 '여보'예요?"

내 남편 멀쩡히 살아 있다고! 그것도 이 무도회장 안에 있는데!

알렉산드라의 항변에 라키아스는 태연하게 답했다.

"싫어한다며."

"싫어한다 해도 남편은 남편이죠! 내가 그 사람에게 복수 하고 싶어 한다고 해서 그 사실이 변하지는 않잖아요."

"그 남편 소리 좀 안 할 수 없나?"

이건 또 무슨 소리야.

알렉산드라가 순간 멍해진 얼굴을 했다. 그녀가 곧바로 물었다.

"그게 무슨 뜻입니까?"

"말 그대로야. 말 그대로."

"그러니까 그게 무슨……."

"우리 대화에 당신 남편이 끼어드는 걸 원치 않는단 소리야, 내가."

"……잊은 것 같은데 당신이 말하는 '당신 남편'은 당신 종질입니다, 라키아스."

"26년 만에 처음 본 종질도 종질인가? 웃기는군. 가족, 핏줄, 혈연, 그런 걸 누구보다도 개의치 않아 할 것 같은 여자가 그런 소리라니."

"내가 내 남편 이야기를 하는 게 싫다는 소리예요?"

거기에서 대화가 끊겼다. 라키아스는 답하지 않았다.

알렉산드라는 불안해졌다. 무도회가 시작될 때부터 느꼈던 불안감이 스멀스멀 올라왔다.

"당신…… 아니죠? 지금 내가 생각하는 게……."

알렉산드라가 잠시 후에 먼저 입을 열었다. 목소리가 떨리고 있었다.

그때, 그가 그녀를 불렀다.

"비전하."

라키아스의 황금색 눈동자가 알렉산드라를 담았다. 그녀는 다시 한번 불안해졌다.

무언가 일이 틀어지는 듯한 느낌이 들었다. 전개가 예상에서 벗어나고 있는 듯한 느낌. 알렉산드라가 저도 모르게 고개를 저었고, 라키아스는 그런 그녀를 물끄러미 바라보다가 곧 피식 웃었다.

"그게 무엇이든 당신 마음대로 생각해."

"라키아스……."

"이만 가봐야겠군. 여기서 젠스카야까지 아주 가까운 거리는 아니니까."

그가 선택한 것은 직진이 아닌 회피였다. 알렉산드라가 입을 꾹 다문 채 그를 바라보았고, 그는 피식 웃은 다음 그녀에게서 등을 돌렸다.

남겨진 알렉산드라는 심각한 표정으로 무언가를 생각하는 듯했다. 그러나 잠시 후 단호하게 고개를 저은 다음 역시 자리를 떴다.

제레미는 단 한 번도 가면무도회에서 여자와 춤을 춘 적이 없었다. 이런 자리를 불편해했기 때문이었다.

다행스럽게도 가면무도회의 특성상, 그가 이곳에서 춤을 추었는지 난봉을 부렸는지 알 수 있는 방법은 없었다.

때문에 그의 어머니는 그가 무도회가 열릴 때마다 여자들과 함께 문제없이 춤을 추고 있는 줄로만 알고 있었다.

"좀 덥지 않으세요?"

손을 맞잡은 에밀리아나가 수줍은 목소리로 물었다. 그 질문에 제레미는 에밀리아나를 흘긋 쳐다보았다.

드레스 소재가 두꺼운 데다 목까지 가리고 있어 확실히 더워 보이긴 했다. 제레미가 답했다.

"저는 괜찮습니다만, 레이디 에밀리아나는 더워 보이시는군요."

"에밀리예요."

"네?"

"에밀리아나는 너무 긴 이름이니까요. 부모님은 엠이라고도 부르시지만, 저와 친분이 있는 영애 분들은 저를 에밀리라고 부르세요. 그렇게 불러주시겠어요?"

"원하신다면 그렇게 하겠습니다, 에밀리."

제레미가 정중한 미소를 지은 다음 저도 모르게 에밀리아나의 잡은 손에 좀 힘을 주었다. 꽉 잡은 손깍지 사이로 온기가 느껴지는 것이 기분 좋았다.

그는 정말로 정중하게 에밀리아나를 리드하며 춤을 추었고, 에밀리아나 역시 춤을 못 추는 편은 아니었는지 그의 리드에 잘 따라주었다.

음악이 중반부에 접어들었을 때, 제레미가 에밀리아나의 팔을 들어 올려 그녀를 한 바퀴 빙그르르 돌렸다. 자연스럽게 에밀리아나의 체취가 느껴졌는데, 제레미는 그 향이 참 독특하다는 생각이 들었다. 라벤더 향이 나면서, 묘하게 프리지어 향도 함께 났다.

그가 자연스럽게 에밀리아나의 등을 손으로 받친 다음 그녀를 바닥 쪽으로 눕히는 자세를 취했고, 덕분에 그와 에밀리아나의 거리는 상당히 좁혀졌다. 갑작스럽게 숨이 맞닿을 거리가 되자, 제레미의 심장이 거세게 뛰기 시작했다. 이러다 심장이 몸 밖으로 튀어나오는 건 아닌지 쓸데없는 걱정까지 하면서, 제레미는 조심스럽게 에밀리아나의 몸을 들어 올렸다.

흘긋 보니 에밀리아나의 볼 역시 붉어져 있었다. 갑자기 몸에 열이 오르는 것 같다고 생각하며, 제레미가 그녀에게 제안했다.

"아까 더우시다고 하셨죠?"

제레미의 물음에 에밀리가 살짝 웃으며 답했다.

"조금요."

"이 음악만 끝나면 테라스로 가시겠어요? 바람이라도 같이 쐬시죠."

"좋아요."

에밀리아나가 해맑은 미소를 지으며 답했고, 그 모습을 바라보는 제레미의 귓불은 어느새 붉어져 있었다.

심장은 느려질 기미 없이 계속 세차게 뛰고 있는 중이었다.

음악이 끝나자마자 곧바로 발걸음을 옮긴 곳은 테라스였다. 손에는 달콤한 분홍색 칵테일을 하나씩 든 채로, 둘은 말없이 테라스를 거닐었다. 정적이 어색해질 때쯤, 둘은 누가 먼저랄 것도 없이 동시에 입을 열었다.

"저기……."

"저……."

그리고 갑자기 분위기가 어색해졌다. 제레미와 에밀리아나는 서로 아무 말도 하지 못한 채 얼굴만 붉히다가 잠시 후에 또 동시에 헛기침을 했다.

몹시도 민망한 상황이라 얼굴은 더 붉어지기만 했다. 결국 잠시 후 제레미가 먼저 입을 열었다.

"춤을 잘 추시던데요."

"리드를 잘 해주신 덕분이죠."

옮게 미소 지으며 공을 제레미에게로 돌린 에밀리아나는 잠시 후 덧붙였다.

"물론 제가 잘 추기도 했고요."

"당당해서 멋지시네요. 자기 장점이 무엇인지도 잘 아시고."

"다른 건 몰라도 춤은 잘 춰요. 지겹도록 추었으니까요."

"이런. 사교계에서 꽤 유명한 분이신가 봐요."

"그런 건 아니에요."

에밀리아나가 가만히 고개를 저으며 말을 보탰다.

"다만 춤을 출 일이 많았어요. 그래서 익숙한 것뿐이죠."

"그래도 어느 정도 소질이 있으신 것 같은데."

"귀족이라면 누구나 이 정도는 하는데요, 뭘."

에밀리아나가 수줍게 웃은 다음, 잠시 후에 질문했다.

"혹시 결혼하셨어요?"

갑작스러운 질문이라고 생각했는지 제레미는 당황한 목소리로 물었다.

"갑자기 그런 질문은 왜……."

"유부남이시면 아무리 가면무도회라고 해도 이렇게 대화를 나누는 것조차 죄책감이 들어서요. 혹시 기혼이시라면……."

"미혼입니다, 저."

제레미가 얼른 답했다.

"결혼한 적도 없고요."

"다행이네요."

"에밀리는요?"

제레미의 말에 에밀리아나가 기묘한 미소를 지어 보였고, 제레미는 순간 불안해졌다. 그녀가 아까보다 낮아진 목소리로 되물었다.

"어떨 것 같으세요?"

"그렇게 물으시는 걸 보니 미혼이시군요."

"맞아요. 미혼이에요."

에밀리아나가 조용한 목소리로 답했다.

"결혼한 적도 없고요."

"다행이네요."

제레미는 이 말을 뱉자마자 스스로도 깜짝 놀랐는지 저도 모르게 얼른 입을 가렸다. 그 모습을 본 에밀리아나가 옅게 미소 지었다.

"왜 그러세요?"

"아뇨, 저, 그게……."

당황한 제레미가 말을 더듬었고, 그 모습을 보던 에밀리아나는 저도 모르게 낮은 웃음을 터뜨렸다. 귀여우셔라, 하고 저도 모르게 중얼거린 에밀리아나가 화제를 돌렸다.

"상대의 정체를 모른 채 관계를 맺는 것이 가면무도회의 묘미라고 생각해요."

"그렇지요."

"하지만 영식께선 제 이름을 알고 계시잖아요?"

"그렇지요."

"실례가 안 된다면…… 저도 알 수 있을까요?"

"이 자리에서 서로의 이름을 안다는 것의 의미는 알고 계시지요?"

"물론이에요."

에밀리아나가 약간 떨리는 목소리로 답했다.

"혹 영식께서는 제가 마음에 들지 않으신 건가요?"

에밀리아나의 물음에 제레미는 저도 모르게 펄쩍 뛰며 답했다.

"아뇨, 아뇨. 레이디 에밀리, 어떻게 그런 말씀을……."

"저는 오늘 처음…… 만나 뵀지만, 영식이 싫지 않아요."

에밀리아나가 잔뜩 붉어진 볼을 한 채 자신보다 한참 키가 큰 제레미를 올려다보았다. 어두운 밤이었지만, 그녀의 볼을 물들인 붉은 기운만큼은 이상하리만치 선명했다. 제레미는 그 붉은색이 자신에게까지 물들여진 게 분명하다고 생각하면서 똑같이 얼굴을 붉혔다.

약간의 시간이 흐른 후, 제레미가 천천히 입을 열었다.

"레이디 에밀리."

"그냥 에밀리라고 불러주세요."

"좋습니다, 에밀리."

제레미가 떨리는 눈을 한 채로 에밀리아나가 있는 쪽을 향해 걸음을 옮겼다. 심장이 두근두근 뛰는 소리가 들려왔다.

첫 만남에 반한다는 게 이런 것일까. 이토록 짧은 시간 동안 느끼는 감정을 일절 믿지 않았던 제레미였지만, 이번만큼은 다르게만 느껴졌다.

심장의 모든 피가 앞에 있는 여자를 향해 뛰는 듯한 느낌이었다.

"제 이름은 제레미입니다."

제레미는 그 말과 동시에 에밀리아나의 입술에 입을 맞추었다. 갑작스러운 키스에 깜짝 놀란 듯 순간 에밀리아나가 몸을 굳힌 것이 느껴졌지만, 그것도 잠시였다.

그녀는 두어 번 정도 눈을 깜빡이다가 곧 슬며시 눈을 감았다. 에밀리아나의 입술은 테라스의 차가운 공기에도 불구하고 상당히 따뜻했으며, 또한 달콤했다.

이게 칵테일 때문인지, 아니면 또 다른 것 때문인지는 모르겠으나, 가급적 오래 그 입술에 머물고 싶다는 생각만 그의 머릿속에 가득했다.

"하아…… 영식, 혹시……."

조심스럽게 입술을 뗀 에밀리아나가 달뜬 숨을 내뱉으며 물었다.

"제가 아는 그…… 제레미 님이 맞으신 건가요?"

"에밀리."

제레미가 낮은 목소리로 에밀리아나의 애칭을 부르며 속삭였다.

"제가 누군지가 중요한가요?"

"아뇨."

에밀리아나는 약간 흐느끼는 듯한 목소리로 답했다.

"황자님이 아니라 이름 없는 기사라고 해도 저는 당신이 좋아요."

"마찬가지입니다, 에밀리."

제레미가 고개를 숙여 다시 한번 에밀리아나의 입술에 입을 맞추었다. 달콤한 온기가 그의 입술에 머물다 사라졌다.

"당신이 설령 영애가 아니라 궁에서 일하는 하급 시녀라고 해도, 상관없어요."

정말 상관없을 것 같았다. 그토록 짧은 시간 동안 이렇게까지 빠져버린 게 어이없게 느껴질 정도로, 제레미는 에밀리아나를 원하고 있었으니까.

그날 밤, 자신의 궁으로 돌아온 알렉산드라는 멍한 표정으로 침대 위에 가만히 앉아 있었다.

오늘 그녀에게 있었던 일이 너무나도 이질적으로만 느껴졌다.

회귀 전 가면무도회가 열렸을 때, 알렉산드라는 그저 가면 뒤에 숨겨진 얼굴이 누구의 것인지를 추리하는 데 대부분의 시간을 보내던 철없는 3황자비였다.

회귀 후인 지금도 특별한 일 없이 가면무도회를 보낼 예정이었지만, 예상치 못한 일이 생겨나면서 그녀의 머릿속은 한없이 복잡했다.

무언가 일이 틀어지고 있는 듯한 느낌이었다.

'설마 오르누스 공이…….'

알렉산드라의 머릿속에 하나의 가설이 떠올랐지만, 그녀는 곧 고개를 저었다. 사실 여부를 떠나 안 될 일이었다.

알렉산드라는 더 이상 사랑을 믿지 않았다. 사랑이라 생각했던 것이 전부 거짓임을 알게 되었을 때 그녀의 심장은 얼어 붙어버렸다.

심지어 그 상대가 회귀 전 그녀가 죽음으로 몰아넣고, 회귀 후인 지금은 같이 복수하려는 남자라면 더더욱 안 될 말이었다.

설령 그녀의 가설이 맞다고 치더라도 둘은 이루어질 수 없었다. 좀 더 미래의 일을 생각하자면, 그는 훗날 황제가 될 것이고, 그녀는 폐후가 될 터였다.

폐제의 황후였던 여자를 새 황후로 들이는 황제라니. 들어본 적조차 없고, 생각해 본 적조차 없던 일이다.

'쓸데없는 생각하지 말고, 복수에나 집중해, 렉시.'

그런 가설이나 세워볼 정도로 한가한 상황이 아니었다. 어쨌든 알렉산드라가 알고 있는 오르누스 공작은 공사의 구분이 누구보다도 확실한 사람이었기 때문에, 설령 그런 감정을 품고 있다 해도 일을 그르치거나 할 사람은 아니었다.

그 점이 유일하게 그녀를 안심시켜 주었다.

"황자비 전하."

그때 바깥에서 엘로웬의 목소리가 들려왔다. 알렉산드라가 멍한 얼굴을 들어 올려 문가를 바라보았다.

"무슨 일인가요?"

"3황자 전하께서 드셨습니다."

이 시간에?

알렉산드라가 당황한 얼굴로 시계를 쳐다보았다. 자정까지 1시간 정도가 남아 있었다.

이 시간의 방문이라면 목적이 뻔했다. 진주색 네글리제만 입고 있던 그녀가 결코 기껍지 않은 얼굴로 저도 모르게 자리에서 일어나 의자에 걸려 있던 숄을 둘렀다.

그런 후에야 알렉산드라는 문을 열라고 지시했고, 예상대로 나이트가운만 입은 클레이오가 모습을 드러냈다. 가면무도회로 인해 피곤했는지 피부가 살짝 까칠해 보였다.

알렉산드라는 아까의 꺼림칙한 표정은 완전히 지운 얼굴로 태연하게 웃으며 클레이오를 맞아들였다.

"밤에 어쩐 일이세요? 피곤하실 텐데 어서 주무시지 않고."

"피곤한 것보다 당신이 더 보고 싶어서."

그는 그 말과 함께 알렉산드라에게로 다가와 그녀의 어깨에 얼굴을 파묻었다. 무게를 못 이긴 알렉산드라가 저도 모르게 뒷걸음질 치며 침대 위에 털썩 주저앉았고, 동시에 클레이오는 그녀가 입은 네글리제로 손을 움직였다. 빠른 손길에 알렉산드라의 네글리제가 순식간에 벗겨졌고, 곧이어 그녀의 희고 가녀린 어깨가 드러났다.

알렉산드라는 당황한 목소리로 클레이오에게 물었다.

"피곤하지 않아요? 오늘은……."

"우리 안 한 지 너무 오래됐잖아."

"전하가 걱정돼서 그렇죠. 괜히 무리하시는 건 아닐까 해서……."

"그대 남편 그렇게 약하지 않아. 오히려 아주 건강하지. 증명해 줄 수도 있는데."

클레이오가 낮게 웃으며 네글리제를 아래로 끌어내렸고, 알렉산드라는 재빨리 다른 변명을 생각해냈다.

"요즘 너무 대화가 없었잖아요. 이야기 나누고 싶었는데."

"아직 자정도 안 됐어, 렉시. 이따가 해도 충분해."

"하지만……."

알렉산드라가 계속 주저하는 빛을 띠자, 클레이오가 그녀의 어깨에 묻었던 얼굴을 들어 올려 알렉산드라를 내려다보았다.
살짝 잠긴 듯한 목소리로 그가 물었다.
"혹시 내가 싫은 거야?"
클레이오의 물음에 알렉산드라가 멈칫했다. 순간 이게 뭐 하는 짓인가 싶었다.
분명 사사로운 감정에 휘둘려 일을 그르치지 말자고 그렇게 다짐했는데, 고작 이 남자가 싫다는 이유 하나만으로 이런 어리광이나 부리다니. 순간적이었지만 자신이 그렇게 어리석어 보일 수 없었다.
알렉산드라는 곧바로 미소를 지으며 고개를 저었다.
"그럴 리가 있겠어요, 전하?"
그렇게 대꾸한 알렉산드라는 그에게 자신의 사랑을 증명이라도 하려는 사람처럼 클레이오의 입술에 먼저 입을 맞추었다.

내가 당신을 얼마나 좋아하는데.
회귀를 하고, 나를 희생하면서까지 당신에게 복수할 정도로, 나는 당신을 아주 좋아해. 그러니 당신은 내가 이렇게 정성 들여 복수할 만큼 내게 가치를 지녔다는 사실에 감사해야 할 거야.

"사랑해요."
알렉산드라가 더없이 달콤한 목소리로 클레이오의 귓가에 속삭였고, 곧이어 두 사람의 움직임이 격렬해지기 시작했다.

"오늘 무도회에서 뭐했어?"

클레이오의 말에 가만히 누워 있던 알렉산드라가 저도 모르게 몸을 굳혔다. 오늘 무엇을 했느냐고 물으신다면, 외간 남자와 춤이나 추었다고밖에는 해줄 대답이 없었다. 그것도 남편에게 복수하기 위해 동맹을 맺은 외간 남자와. 알렉산드라는 대답을 피하기 위해 괜히 웃어버린 다음, 역으로 물었다.

"그런 건 왜 물어 봐요?"

"불안해서. 혹시 나보다 잘생긴 남자 만나서 춤이라도 춘 건 아니지?"

뜨끔했다. 남자와 춤을 춘 건 맞았다. 라키아스가 클레이오보다 잘생겼는지는 한 번도 생각해 본 적이 없어서 잘 모르겠지만.

알렉산드라가 너스레를 떨었다.

"황성 안에 전하보다 잘생긴 남자가 있긴 한가요? 전 한 번도 본 적이 없는데."

"정말? 빈말은 아니지?"

"빈말은요."

알렉산드라가 태연하게 빈말을 했다.

"제 눈에는 정말로 전하가 최고인걸요."

한때 그런 적도 있었다. 곁에 있는 남자를 세상의 최고로 여기고 자신의 전부를 희생했었던.

하지만 지금은 자신의 전부를 희생해 복수하려는 남자를 쳐다보며, 알렉산드라가 싱그럽게 웃었다.

"오늘 종일 어디에 계셨어요? 한참 찾았는데, 도무지 전하를 찾을 수가 없더라고요."

"나도 종일 그대를 찾아다녔어. 그런데 아무리 찾아봐도 없더라고. 어디에 있었던 거야?"

"저야 테라스에 있었죠."

"그래? 이상하네."

클레이오가 묘한 표정으로 미소 지었다.

"나도 온종일 테라스에 있었거든."

"……."

"내가 가면무도회 안 좋아하는 것 알잖아. 그냥 테라스에서 칵테일만 홀짝였어."

"테라스가 뭐 한두 갠가요."

알렉산드라가 아무렇지 않게 위기를 넘긴 다음 빙긋 웃었고, 그런 그녀를 바라보던 클레이오 역시 아무렇지 않게 빙긋 웃었다.

그는 잠시 후에 다른 이야기를 꺼냈다.

"그런데 거기서 되게 재미있는 장면을 봤어, 렉시."

"재미있는…… 장면이라뇨?"

저도 모르게 목소리가 떨려왔다.

설마 라키아스와 함께 있던 모습을 발견하기라도 했던 걸까?

물론 부끄러워할 만한 일은 전혀 없었다. 하지만 라키아스의 마음을 눈치챈 이후, 그 아무렇지 않아 보이는 일조차 그녀에게는 마치 최대한 조심해야 할 일처럼 여겨졌다.

알렉산드라가 마른 침을 삼켰다.

"아마 확실한 것 같은데, 큰형님께서 처음 보는 여자랑 입을 맞추고 계시더라고."

큰형님이라 함은 1황자 제레미를 의미했다. 클레이오의 말에 알렉산드라가 순간 한 대 얻어맞은 듯한 표정을 지으며 물었다.

"처음 보는 여자……요?"

그녀가 알기로 제레미는 목석같은 남자였다. 주색을 밝히는 2황자 제너스카와는 달리 평생 동안 1황자비만 바라보다 죽었다. 이 황궁에서는 보기 드문 순애보라고나 할까.

알렉산드라가 조심스러운 목소리로 물었다.

"어떤 여자인데요?"

알렉산드라의 생각이 맞다면 아마 그 여자가 1황자비가 될 가능성이 컸다. 더군다나 그녀가 기억하기로 회귀 전에 제레미가 만난 여자는 1황자비가 유일했다.

그렇다고 해도 1황자와 1황자비의 만남이 가면무도회에서 이루어진 것은 아니었기 때문에, 알렉산드라는 살짝 혼란스러워졌다.

설마 자신의 회귀 후 행보가 제레미의 결혼에까지 영향을 미친 것일까? 지금으로서는 그렇다고밖에 추측할 수 없었다.

"가면을 쓰고 있어서 나도 자세히는 모르겠어. 하지만 머리카락이 적갈색이었던 것만큼은 확실하게 기억나는군."

"아……."

알렉산드라가 저도 모르게 고개를 끄덕였다. 1황자비였던 에밀리아나는 적색에 가까운 갈색 머리카락을 가지고 있었다. 그러니 아마 에밀리아나가 맞을 터였다.

그녀가 저도 모르게 한숨을 쉬었고, 그 모습을 본 클레이오가 이상하다는 듯 물었다.

"왜 그런 반응이야?"

"……네?"

"한숨을 쉬기에 이상해서. 무슨 고민이라도 있어?"

그렇게 물어오며 클레이오는 알렉산드라를 물끄러미 바라보았다. 그런 그를 똑같이 물끄러미 바라보던 알렉산드라는 잠시 후 옅은 미소를 지은 채 고개를 저었다.

"고민은요. 그냥 조금 피곤해서요."

"저런."

클레이오가 짓궂게 웃으며 물었다.

"내가 너무 피곤하게 한 건가?"

"……몰라요."

알렉산드라가 붉어진 얼굴을 홱 돌리며 클레이오의 시선을 피했다. 그의 시선에 부끄러움을 느꼈기 때문이 아니다. 클레이오의 얼굴에서는 묘하게 라키아스의 얼굴이 보였다.

이상한 일이었다. 피가 섞였다 해도 부모 자식 관계가 아니라, 멀고 먼 5촌 관계인데. 어째서 클레이오가 자신을 쳐다볼 때면 라키아스가 떠오르는 걸까?

'너무 신경을 써서 그래.'

그런 것이다.

만약 라키아스가 그런 오해의 소지가 있는 행동만 하지 않았어도, 그래서 자신의 마음을 어지럽히지만 않았어도 자신이 이런 생각을 할 이유는 조금도 없었다.

그러니 이 모든 것은 전부 라키아스의 탓이다. 그가 자신을 흔들어 놓은 탓이다. 괜스레 마음을 복잡하게 만든 탓이다. 자신이 그에게 어떤 감정이나 마음을 품고 있어서 그런 것이, 절대로 아니다.

"피곤해요……."

슬며시 둔부를 만져오는 클레이오의 손길에 알렉산드라가 반사적으로 중얼거렸다. 그녀의 말에 클레이오는 잠깐 멈칫하다가, 곧 뒤에서 그녀를 끌어안으며 이만 자는 게 좋겠다고 읊조렸다. 그 행동에 알렉산드라는 저도 모르게 입술을 깨물었다.

회귀 전과 회귀 후, 전희와 희롱은 종이 한 장 차이였다.

가면무도회에서 느지막하게 돌아온 빈첸시아 황비는 어쩐 일인지 적은 시간을 잤음에도 상쾌한 기분이 들었다. 어쩐지 좋은 일만 일어날 것 같은 예감이 들었다.

세수와 함께 단장을 마친 그녀가 콧노래를 흥얼거리며 정무를 보려는데, 갑자기 바깥에서 시녀의 목소리가 들려왔다.

"황비 전하, 1황자 전하께서 오셨습니다."

제레미가?

빈첸시아가 이상하다는 표정으로 고개를 갸웃거렸다. 그녀의 아들이 오전부터 그녀를 찾는 일은 드물었기 때문이었다.

하지만 이상함을 느낀 것도 잠시, 빈첸시아는 기꺼운 표정으로 아들을 들였다. 곧이어 말끔한 차림의 제레미가 빈첸시아의 앞에 모습을 드러냈다. 그녀가 해맑게 웃으며 제레미에게 물었다.

"잘 잤니, 제레미?"

"네, 어머니. 기분이 좋아 보이세요."

"날씨도 좋고 예감도 좋아서. 오늘 하루는 어쩐지 좋은 일만 일어날 것 같아."

빈첸시아는 마치 소녀 시절로 돌아간 사람처럼 붕 뜬 얼굴이었고, 제레미는 어머니의 그런 상태에 용기를 얻었다.

그가 조심스럽게 입을 열었다.

"어머니, 저…… 실은 할 말이 있어서 찾아뵀습니다."

"할 말이라니? 그게 뭔데?"

"결혼하고 싶은 사람이 있습니다."

"……응?"

갑작스러운 아들의 고백에 빈첸시아는 순간 한 대 얻어맞은 것 같은 얼굴을 했다.

결혼하고 싶은 사람이 있다니.

빈첸시아가 알기로 자신의 아들은 여색과는 거리가 멀었다. 금욕적이라는 수식어가 어울릴 정도로 무도회에서 영애들과 춤도 추지 않기로 유명했는데…….

빈첸시아가 당황스러운 얼굴로 제레미에게 물었다.

"결혼이라니? 갑자기 이게 무슨 말이냐."

"말씀드린 그대롭니다, 어머니. 결혼하고 싶은 사람이 생겼어요."

물론 기쁜 일이었다. 빈첸시아는 이따금씩 아들이 여자를 좋아하지 않는 성향인 것은 아닌지 걱정까지 했기 때문이었다.

하지만 그렇다고 해도 이건 너무 갑작스럽지 않은가.

빈첸시아가 더듬거리며 질문했다.

"그, 그게 누군데?"

귀족이기는 한 거지?

빈첸시아는 순간 이 말까지 밖으로 내보낼 뻔하였으나, 간신히 참았다. 하지만 그 부분도 걱정되는 것은 사실이었다. 빈첸시아에게 제레미는 워낙 세상 물정 모르는 순수한 아들이었기 때문에, 어떤 간악한 여우가 들러붙을지 몰랐기 때문이었다.

"린리 가문의 레이디 에밀리아나입니다, 어머니."

제레미의 대답에 빈첸시아는 일단 한시름은 놓았다고 생각했다. 린리 가문이라면 린리 백작이 가주로 있는 그 가문이었다.

적어도 상대가 귀족이라는 사실에 안심한 빈첸시아는 그러나, 잠시 후 영 탐탁찮은 표정을 지을 수밖에 없었다.

그도 그럴 것이 그녀가 찾고 있던 혼처는 못해도 후작가 이상의 가문이었기 때문이었다. 린리 가문이 결코 부족한 가문은 아니었으나, 제레미의 혼처로는 살짝 못 미친다는 것이 빈첸시아의 생각이었다.

"혹시 마음에 들지 않으시는 건가요?"

빈첸시아의 기분이 아까보다 가라앉았다는 사실을 눈치챈 제레미가 조심스럽게 물었다. 물론 그 역시도 어머니가 자신이 백작영애보다는 후작영애, 혹은 공녀와 결혼하기를 바라고 있다는 사실쯤은 알고 있었다.

그 또한 특별한 일이 없다면 가급적 어머니의 뜻에 따르려 하였으나, 이미 에밀리아나를 만난 이상, 그리고 그녀에게 첫눈에 반해 버린 이상 어머니의 뜻에 따르는 것은 불가능하다 여겼다.

새벽 내내 생각해 보았지만, 그는 그녀 이외의 다른 여성과는 결혼할 자신이 없었다.

"그런 건 아니지만……."

빈첸시아는 그렇게 말하면서도 영 떨떠름한 표정이었다. 그녀가 화제를 돌려 물었다.

"그 영애와는 어떻게 알게 된 거니?"

"그……."

제레미가 잠깐 머뭇거리다가 답했다.

"어제…… 무도회에서 만났습니다."

"뭐라고?"

빈첸시아가 황당함이 가득한 목소리로 물었다. 그러니까 지금 아들은 첫눈에 반한 상대와 결혼을 하겠다고 말하고 있는 것이었다.

오랫동안 보아온 상대와도 함부로 결혼을 결심하는 게 아닌데, 고작 첫 만남의 호감으로 결혼을 결정하다니!

빈첸시아는 다른 것보다도 그 사실에서 엄청난 충격을 받았다.

"나는 네가 꽤나 현명하다고 자부하고 있었는데. 이토록 어리석을 줄은 몰랐구나. 하룻밤의 치기로 결혼을 결심하기라도 한 거냐?"

"어머니, 사랑에 시간은 중요하지 않습니다."

"그런 어리석은 말이 어디에 있어! 네가 지금 느끼는 감정이 정말 사랑이라고 확언할 수 있느냐? 후회하지 않을 자신이 있느냐는 말이다."

"가급적 어머니가 원하시는 혼처를 골라 결혼하려고 했지만, 레이디 에밀리아나를 만나고부터는 그럴 수가 없겠다는 생각만 들었습니다. 린리 가문이 많이 떨어지는 가문도 아닌데, 많이 마음에 들지 않으시는 건가요?"

"그건 차치하고서라도 만난 지 만 하루도 안 되었는데 결혼하겠다고 말하는 네 행태가 마음에 들지 않는다는 거다. 조금 더 시간을 두고 지켜봐도 늦지 않잖니."

"시간을 들여 지켜보면 지켜볼수록 괜찮은 사람일 겁니다, 어머니."

"……."

글러 먹었다. 아들은 이미 결심을 마친 것이 분명했다. 그러니 이것은 통보에 불과한 말일 터.

빈첸시아가 골치 아프다는 표정으로 머리를 짚었다. 좋은 일이 일어날 것 같다는 예감은 완전히 빗나갔다. 아침 댓바람부터 이런 놀라운 소식이라니.

빈첸시아가 최대한 부드러운 목소리로 제레미에게 말했다.

"알고 있겠지만, 네 결혼은 나 혼자서 결정할 수 있는 게 아니다.

두 분 폐하의 재가가 필요해. 마침 저녁에 정기 정찬이 있으니 그 때 이야기를 꺼내보자꾸나."

하지만 타르실라는 아마 이 결혼을 쌍수 들고 환영할 게 뻔했다. 타르실라의 입장에서는 1황자가 최대한 한미한 가문의 여식과 결혼하는 것이 그녀와 2황자에게 이득이 될 테니까.

남은 것은 토마스 2세였는데, 사실 그도 썩 믿을 만한 우군은 아니었다. 애당초 그가 자식들에게 관심을 가지는 편이 아니었기 때문이었다. 아마 이 이야기를 들으면 대수롭지 않게 여기며 결혼시키라고 말할 확률이 컸다.

고로, 현재로서 그녀를 도와줄 수 있는 사람은 아무도 없었다, 아무도.

빈첸시아가 저도 모르게 한숨을 쉬었다.

2

Sister-in-Law

“정기 정찬이 신기하게 파티 다음 날에만 있네요.”

드네리스의 말에 알렉산드라가 ‘그러게나 말입니다’ 하고 대꾸했다. 우연의 일치인지 의도적인 결과인지는 모르겠으나 특이하게도 정찬은 항상 파티 다음 날에만 잡혀 있었다. 정찬에 하고 갈 목걸이를 고르던 알렉산드라가 피곤한 표정으로 중얼거렸다.

“일찍 끝날지 늦게 끝날지 모르겠네요.”

“보통 식사만 마치시면 자리를 파하시지 않나요?”

“그 또한 황제 폐하의 마음이시기에.”

알렉산드라가 반짝거리는 사파이어 목걸이를 들어 올렸고, 그것을 받아 든 드네리스가 조심스럽게 목걸이를 목에 걸어주었다.

“일찍 끝났으면 좋겠네요. 오늘은 어째 조금 피곤해서.”

"3황자비 전하."

그때 밖에서 엘로웬의 목소리가 들렸다. 알렉산드라는 뒤도 돌아보지 않고 물었다.

"무슨 일인가요?"

"3황자 전하께서 드셨습니다."

예상은 했지만 역시나였다. 드네리스의 앞이었기 때문에 알렉산드라는 싫은 티 대신 좋은 티를 냈다.

그녀가 활짝 웃으며 엘로웬에게 말했다.

"어서 안으로 들이세요."

알렉산드라가 입고 있던 드레스 자락을 들어 올리며 자리에서 일어났고, 곧이어 클레이오가 모습을 드러냈다.

그는 흰색 턱시도를 입고 있었는데, 공교롭게도 알렉산드라가 입은 드레스와 같은 색이었다. 커플룩이 되어버린 드레스를 당장이라도 벗어버리고 싶다고 속으로만 생각하며, 알렉산드라가 반갑게 클레이오를 반겼다.

"오셨어요, 전하? 일찍 오셨네요?"

"남자는 준비할 게 뭐 있겠어. 내가 너무 눈치 없이 일찍 온 건가?"

"그럴 리가요. 시간도 거의 다 되었는걸요. 저도 마침 준비가 다 끝난지라."

그녀가 지나치게 부지런했다는 게 죄라면 죄였다. 알렉산드라는 우아하게 클레이오가 있는 곳까지 걸어간 다음 그의 팔짱을 꼈다. 그런 다음 그의 어깨에 기대 다정한 부부 행세를 했다.

"가볼까요, 전하?"

⚜

정찬실은 전과 다름없이 조용했다. 처음이자 가장 최근에 있었던 정찬이 불미스럽게 끝을 맺었음에도 불구하고, 그때의 사건을 입에 올리는 사람은 없었다.

그러한 상황이 황궁이라는 곳에 가장 잘 어울린다는 생각이 들면서도, 그 지나친 자연스러움에 알렉산드라는 무의식적으로 소름 끼쳐 하는 자신을 발견했다.

두 번 겪는 일인데도 이런 자리는 그리 달갑지 않게 느껴졌다.

아무도 말 한 마디 하지 않고 묵묵히 식사만 하다 보니, 정찬실 안에서 들려오는 소리란 접시와 포크가 부딪히는 날카로운 소리뿐이었다.

차라리 그 소리가 더 인간적이라고 생각하면서, 알렉산드라 역시 말 한 마디 하지 않은 채로 앞에 놓인 샐러드의 토마토를 포크로 찍었다. 오늘은 모쪼록 아무 일 없이 평탄하게 정찬이 마무리되었으면 하는 바람이었다.

"폐하."

그때 누군가가 처음으로 입을 열었다. 모두의 시선이 입을 연 이에게로 집중되었다. 그 주인공은 다름 아닌 타르실라였는데, 입가에 기묘한 미소를 띠고 있었다.

"제가 어제 무도회에서 재미있는 장면을 보았지 뭡니까?"

"……."

타르실라의 한마디에 알렉산드라는 저도 모르게 긴장했다. 침착하게 생각하자면, 시당숙과 춤을 춘 것이 지탄받을 만한 일은 아니었다. 그녀에게는 빠져나갈 구멍이 얼마든지 있었다.

여기까지 생각하던 알렉산드라는 문득 화가 치밀어 올랐다. 일을 저지른 사람은 그녀가 아닌 라키아스인데 무엇 때문에 자신이 이런 핑계까지 생각해 놓아야 하는 건지.

이게 다 라키아스 때문이라고 속으로 투덜거리면서, 알렉산드라는 입안에 있던 토마토를 우물우물 씹었다.

"재미있는 장면이라니?"

"어제 두 남녀가 테라스에서 키스를 하고 있더군요. 망측하게……."

알렉산드라는 그 말을 듣고 안심했다. 적어도 자신의 이야기는 아니었다. 그녀는 테라스에서 라키아스와 키스한 적이 없었으니까. 아마 타르실라가 말하고자 하는 이는 제레미 1황자일 터였다.

알렉산드라가 슬며시 빈첸시아에게로 시선을 돌렸다. 입술을 깨물고 있는 것으로 보아 그녀 역시 제레미의 일을 알고 있는 것이 틀림없었다.

“황후 폐하, 그런 이야기는……”

“황비, 그대도 알고 있지?”

타르실라가 재미있다는 미소를 지으며 빈첸시아에게 물었다.

“아무렴 자기 자식의 일을 어미가 모른다는 건 말이 안 되지. 그렇지?”

“그렇습니다, 폐하.”

빈첸시아가 서늘하게 웃어 보이며 덧붙였다.

“허나 황후 폐하께서 하시기에는 부적절한 발언이군요.”

빈첸시아가 기분이 상했음을 굳이 숨기지 않으며 타르실라의 말을 맞받아쳤다.

“자식의 일을 그리 잘 아신다면 적어도 손자가 있다는 사실을 남의 입을 통해 들으셔서는 안 되지 않겠습니까.”

“뭐?”

“그리고 자식이 홍등가를 드나드는 일도 제재를 하는 것이 응당 옳은 일이겠지요. 정상적인 어미라면 말입니다.”

“감히 그대가 그딴 식으로 입을 놀리는 건가?”

“제가 틀린 말을 한 건 아니라고 생각합니다, 폐하. 1황자가 비행을 저지른 것도 아니고 혼기 꽉 찬 아이가 영애와 키스한 게 뭐 어때서요? 홍등가를 드나들며 문란하게 이 여자, 저 여자 안는 것보다는 훨씬 낫지 않겠습니까? 모두가 그렇게 생각할 것 같은데. 안 그런가요?”

"감히 네가 누구 안전이라고 그런 막말을 해!"

"막말이라니요. 당치도 않으십니다. 그저 있는 사실 그대로 폐하께 말씀드린 것뿐인데요."

"조용히 좀 하지."

토마스 2세가 언짢은 얼굴로 두 사람을 중재했고, 타르실라는 그제야 입을 다물었다. 빈첸시아는 처음의 그 싸늘한 미소를 유지하며 우아하게 고기를 다시 썰었고, 곧이어 아무렇지 않게 말을 꺼냈다.

"황후 폐하께서 보셨다니 이야기가 더 수월해지겠군요. 황제 폐하, 황후 폐하의 말씀이 맞습니다. 제레미 황자가 어제 무도회에서 처음 본 영애와 키스를 했다는군요."

"그게 그렇게 중요한 일인지 모르겠군."

"중요합니다, 폐하."

빈첸시아가 될 대로 되라는 듯한 얼굴로 토마스 2세에게 말했다.

"제레미가 그 애를 비로 들이고 싶어 하거든요."

"그래?"

토마스 2세는 그 말에 눈을 빛내기까지 하며 관심을 보였다.

극히 이례적인 반응이었기 때문에 이제껏 차분한 모습만 모였던 빈첸시아도 조금 당황할 정도였다. 하지만 굳이 내색하지 않은 채 말을 계속했다.

"아무래도 혼기가 꽉 찼고, 제레미가 얼른 비를 들여야 2황자도 결혼할 수 있을 것 같아서요. 지난번의 불미스러운 일이 제레미가 일찌감치 비를 들이지 않았던 탓에 일어난 것 같아 마음이 불편했습니다."

그 말에 타르실라가 빈첸시아를 사정없이 쏘아보았지만, 빈첸시아는 가뿐하게 무시하며 말을 이었다.

"린리 백작의 영애라고 합니다, 폐하. 유서 깊은 가문의 여식이지요. 폐하께서는 어떻게 생각하시는지요?"

"결혼은 1황자가 하는 건데 내가 괜히 끼어들 필요가 있나."

토마스 2세가 낮은 목소리로 답했다.

"서로 좋다면 결혼하는 것이지. 나는 찬성일세, 비."

"감사합니다, 폐하."

제레미가 기쁜 목소리로 말했고, 토마스 2세는 그런 아들을 흐뭇하게 바라보다 잠시 후에 깜빡했다는 듯 물었다.

"그보다, 언제 그렇게 깊은 사이로 발전하게 된 것이냐?"

"놀랍게도, 어제 처음 만났다고 합니다, 폐하."

빈첸시아가 쓰린 속을 부여잡으며 부자간의 대화에 끼어들었다. 토마스 2세가 잠시 후에 물었다.

"……그래? 그렇다면 결혼은 너무 이른 것 아닌가?"

"저도 그렇게 생각했는데 제레미가 이 결혼을 너무나도, 간절히 원해서요."

빈첸시아는 마치 연극배우가 그러하듯 한 마디 한 마디에 힘을 주며 말했다. 마치 이 모든 상황이 연극이었으면 하고 바라는 사람처럼.

"저도 조금 시일을 두고 생각해 보았으면 했는데, 당사자가 너무 간곡하게 바라더군요."

"그런 걸 운명이라고 하는 거지."

토마스 2세가 묘한 음성으로 대꾸한 다음 타르실라를 쳐다보았다.

그녀는 누가 보아도 화가 난 사람처럼 미간을 좁힌 채로 앉아 있었다.

"황후의 생각은 어떠한가?"

"저야 좋습니다. 1황자가 얼른 결혼을 해야 우리 2황자도 결혼을 시키지요."

그렇게 답한 타르실라가 곧이어 자조적으로 덧붙였다.

"그래야 황비가 말한 것처럼 더 이상의 일탈도 없을 테고요."

"이거, 다들 저만 가지고 뭐라 하시니 가시방석이 따로 없군요."

제너스카가 불만스러운 얼굴로 불평했지만, 타르실라는 가차없이 잘라냈다.

"넌 조용히 하거라. 어디 끼어들 데 안 끼어들 데를 구분 못하고."

"철이 덜 든 게지."

전혀 웃을 상황이 아니었지만, 토마스 2세는 그렇게 말한 다음 혼자서 껄껄 웃었다. 이 가족도 참 구제 못 할 막장이라고 생각하면서, 알렉산드라는 고고한 얼굴로 스테이크를 입안에 넣었다.

그녀의 예상대로였다. 황제가 이 결혼을 막을 만큼 자식에게 관심이 있는 것도 아니었고, 황후는 1황자가 낮은 지위의 가문과 사돈을 맺는 걸 쌍수 들고 환영할 테니, 이 결혼은 아마 무리 없이 진행될 터였다.

하지만 회귀 전과 비교했을 때 일이 너무나도 빠르게 진행되어서, 알렉산드라는 어쩐지 걱정스러워졌다. 항상 급한 일은 문제를 낳는 법이었으니까. 물론 그녀의 기우일 수도 있겠지만.

"그렇다면 조만간 3황자비에게도 동서가 생기겠구나."

갑작스럽게 불린 호칭에 알렉산드라가 고기를 씹던 것도 잊은 채 옅게 미소 지어 보였다. 아직까지는 이 일에 끼어들지 않는 것이 이로웠다. 괜히 고래 싸움에 새우 등 터질 수 있었으니까.

알렉산드라는 다만 이렇게만 말했다.

"좋은 분이실 것 같아 기대됩니다."

"나도 제레미가 여자 보는 눈이 없을 거라고는 생각하지 않는다. 나를 닮았다면 말이지."

토마스 2세는 그렇게 말하고서는 또 껄껄 웃어 보였고, 타르실라는 어쩐지 표정을 굳혔다. 알렉산드라가 그 반응을 이상하게 여기려던 찰나, 타르실라가 갑자기 자리에서 벌떡 몸을 일으켰다. 모두가 그녀를 쳐다보았지만, 타르실라는 아무렇지 않게 입을 열었다.

"몸이 조금 안 좋아서 이만 들어가 보는 게 좋을 듯합니다, 폐하."

"저런."

토마스 2세가 조금의 유감도 느껴지지 않는 목소리로 대꾸했다.

"몸이 안 좋다면 가서 쉬어야지. 얼른 침실로 가보는 게 좋겠군."

"배려에 감사드립니다."

어쩐지 한숨이 섞인 듯한 목소리가 알렉산드라의 귓가에 생생하게 울려 퍼졌고, 타르실라는 이윽고 정말로 정찬실 바깥으로 나갔다.

이런 일이 처음이었는지 황비와 황자들은 약간 술렁이는 모습을 보였고, 알렉산드라 역시 의문에 휩싸였다. 하지만 곧 이어진 토마스 2세의 호쾌한 목소리에 술렁임도 잦아들었다.

"자, 그럼 좋은 소식을 기념해서 건배라도 한잔할까?"

"좋습니다, 폐하."

빈첸시아가 언제 그랬냐는 듯 온화한 목소리로 답했고, 알렉산드라 또한 말없이 옆에 있던 잔을 올려 들었다.

건배-! 그 공허한 소리가 울려 퍼진 뒤에, 알렉산드라는 가식적인 미소를 지으며 핏빛이 도는 와인 한 모금을 마셨다.

황제와 황후의 재가가 떨어진 이후 결혼 준비는 순풍에 돛을 단 듯 진행되었다. 린리 가문은 1황자비가 될 딸을 위해 지원을 아끼지 않았고, 에밀리아나는 제 1황자비로서의 소양을 갖추기 위해 황실에서 파견한 교사로부터 철저한 교육을 받았다.

린리 가문이 비록 백작가이긴 했지만, 상업적으로 상당히 영향력이 있었기 때문에 회귀 전, 지금으로부터 시간이 좀 더 흐른 후에는 빈첸시아 황비가 흔쾌히 정략혼을 받아들일 정도의 가문으로 성장했었다. 물론 지금보다는 미래의 이야기인 했지만.

'에밀리아나…….'

햇살이 좋던 어느 날은 1황자의 결혼식 날이었다.

알렉산드라는 멍한 표정으로 시녀들의 단장을 받으며 앉아 있었다. 머릿속으로는 회귀 전의 에밀리아나에 대해 생각하면서.

'착한 여자였지.'

정말로 착한 여자였다. 다른 말로 하면 자신과는 완전히 대조되는 여자였는데, 남에게 함부로 피해 입히는 것을 세상 그 무엇보다도 싫어하는 여자였다. 남편이었던 1황자는 물론이고 황성 안의 모두가 그녀의 인품을 아꼈다.

하지만 알렉산드라는 그녀를 좋아하지 않았는데, 못되게도 그녀가 자신과는 달리 너무나도 착했기 때문이었다. 단지 그 이유 하나였다. 타락해야만 했던, 아니 타락을 택했던 자신과는 달리 끝까지 고고한 백합 같은 삶을 유지했던 여자. 스러지는 그 순간마저도 아름다웠던.

알렉산드라가 저도 모르게 미간을 찌푸렸고, 그 모습을 본 페넬로페가 조심스럽게 물었다.

"황자비 전하, 왜 그러세요?"

"으음…… 아무것도 아니야, 페니."

알렉산드라가 아무렇지 않게 웃으며 고개를 저었고, 이후 그녀의 생각은 멈추는 듯했다. 하지만 얼마 지나지 않아 알렉산드라는 또다시 에밀리아나에 대한 생각을 이어나갔다.

그녀는 암투나 모략 같은 것과는 상당히 거리가 먼 여자였고, 때문에 황궁에는 가장 어울리지 않는 여자였다. 만약 빈첸시아 황비가 없었다면 금방에라도 유약한 1황자와 함께 나가떨어졌을 터였다.

어쨌든 저번 생에서 에밀리아나는 알렉산드라로 인해 1황자와 함께 비참한 생을 마감했고, 알렉산드라는 그때 처음 진심 어린 사과를 했다. 그 누구에게도 자신의 악행을 사과한 적 없던 그녀였지만, 어쩐지 에밀리아나에게는 그래야만 할 것 같아서.

그렇다고 하더라도, 다시 보기에 그리 기껍지 않은 여자임은 확실했다. 어쨌든 그녀 역시 알렉산드라의 복수를 위해서 다시 한번 죽어야만 했기 때문에.

"세상에, 전하. 너무 아름다우신 것 아니에요?"

어느새 단장이 끝났는지 옆에 있던 페넬로페가 호들갑을 떨며 알렉산드라의 미모를 칭찬했다.

그 말을 들은 알렉산드라가 감정 없이 미소 지으며 물었다.

"그렇게 예뻐, 페니?"

"그럼요, 폐하. 이거 1황자비 전하께 벌써부터 죄송해지는걸요? 신부보다 예쁜 하객이라니!"

"과장도 심해."

"과장이 아니라 정말이에요. 그렇죠, 레이디 엘로웬?"

"외람되지만, 전하, 레이디 페넬로페의 말에 저도 동의해요."

엘로웬이 빙긋 웃으며 맞장구를 쳤고, 알렉산드라는 낮게 웃음을 터뜨렸다. 기분이 더없이 유쾌해 터뜨리는 웃음은 아니었지만, 에밀리아나를 생각하느라 가라앉았던 기분이 조금 나아지는 듯했다.

마지막으로 시녀들이 보랏빛의 구두를 알렉산드라의 발에 신겨주었고, 그녀는 천천히 스툴 위에서 일어났다. 혹시라도 클레이오가 같이 식장에 들어가겠다고 자신의 방을 찾기 전에 미리 움직여야 했다.

식이 열리는 시간보다 일찍 식장에 도착한 알렉산드라는 눈에 띄지 않게 객석에 앉았다. 다른 귀족들 중에는 미리 도착한 사람도 있는지 뒤쪽이 약간 북적였지만, 앞쪽은 상당히 한산했다.

아니, 정확히 말하자면 황제의 직계 가족은 그녀 혼자뿐이었다. 클레이오도 준비가 덜 되었는지 아니면 신랑인 1황자를 만나고 있는 건지 눈에 보이지 않았다.

가만히 앉아서 주례 단상을 바라보며 앞으로의 계획에 대해 생각해 보고 있는데, 갑자기 어깨 위로 차가운 숨결이 내려앉았다.

"3황자비 전하?"

그 목소리를 듣는 순간, 알렉산드라는 온몸의 털이 쭈뼛 곤두서는 것을 느꼈다. 그녀가 반사적으로 뒤를 돌아보았고, 그곳에는 감람색 턱시도를 입은 라키아스가 서 있었다. 지난번에도 감람색 연미복을 입었던 것을 감안하면 감람색을 어지간히도 좋아하는 듯했다.

알렉산드라가 태연한 목소리로 그에게 인사했다.

"오르누스 공작님."

"오랜만입니다, 3황자비 전하. 제가 전하를 놀라게 해드린 모양이군요."

라키아스가 빙긋 웃으며 그녀에게 인사했고, 알렉산드라는 어색하게 웃으며 대꾸했다.

"그리 놀라진 않았습니다만, 뒤에서 그리 다가온다면 누군들 놀라지 않겠습니까."

"많이 놀라셨다면 사과드립니다. 놀라셨군요."

"이 자리에 참석하실 줄은 몰랐는데 말입니다."

알렉산드라가 능숙하게 이야기를 이끌자, 라키아스는 묘한 미소를 띤 얼굴로 그녀에게 말했다.

"종질의 결혼식에 참석하지 않는 것은 너무 정 없다고 생각해서요. 예의도 아닌 것 같고."

"하지만 제 결혼식 때는 참석하지 않으셨잖아요."

알렉산드라가 날카롭게 짚어 냈지만, 라키아스는 조금의 머뭇거림도 없이 받아쳤다.

"그래서 다행이라고 생각하고 있습니다."

"……."

기묘한 말뜻에 주춤한 것은 되레 알렉산드라였고, 라키아스는 여유를 잃지 않은 채 그녀에게 속삭였다.

"잠깐 나오지?"

"보는 눈이 많습니다, 라키아스. 지난번 가면무도회에서의 일 때문에 내가 얼마나 마음 졸였는지 알아요?"

"무슨 부적절한 관계라도 맺은 사람처럼 이야기하는군. 우리가 그랬었나?"

짓궂은 말에 알렉산드라가 라키아스를 흘겨보았지만, 그는 아랑곳하지 않은 채 옅은 미소를 지었다. 그가 다시 한번 속삭였다.

"나오는 게 좋을 거야. 단둘이 말을 섞을 기회는 지금밖에 없잖아? 옆에 보는 눈도 없고."

"……."

라키아스의 말이 옳았다. 피로연 때에도 기회가 있을지 모르지만, 그때는 보는 눈이 너무 많았고, 무엇보다 옆에 클레이오가 붙어 있을 가능성이 컸다.

알렉산드라가 짧게 한숨을 내쉬며 그에게 먼저 나가 있으라는 눈짓을 보냈고, 라키아스는 끝까지 미소 띤 얼굴을 유지하며 그녀의 말에 따르겠다는 듯, 작게 고개를 끄덕였다.

"1황자가 린리 영애와 결혼하는데, 이제 어쩔 생각이지?"

테라스로 나오자마자 라키아스가 물었고, 지독히도 사무적인 목소리에 알렉산드라는 저도 모르게 안도했다.

역시 이 남자는 자신을 실망시키지 않는다. 그가 품은 사적인 감정이 무엇이든지, 자신의 복수에 조금의 지장도 가지 않도록 하는 모습을 확인하자, 알렉산드라는 지금껏 그녀가 품었던 걱정이 전부 기우였음을 확신했다.

그녀가 빙긋 웃으며 되물었다.

"언제부터 이렇게 조급하셨습니까. 시간도 많으신 분이."

"일을 질질 끄는 건 당신 성미에 맞지 않을 거라고 판단했는데, 내 착각인가?"

착각이었다. 회귀 전에는 이보다 일을 더 질질 끌었으니까.

물론 알렉산드라의 성미는 라키아스의 말마따나 상당히 급한 편이었지만, 그렇다고 해서 공사를 구분하지 못하고 일을 진행하는 것이 상당히 위험한 일이라는 것쯤은 충분히 알고 있었다.

그리고 따지고 보면 지금도 일은 꽤나 빠르게 진행되고 있었다. 회귀 전의 그녀가 남편을 황위에 올리겠다고 결심한 것은 1황자가 결혼한 이후였으니까.

알렉산드라는 자신이 회귀 전보다 대략 2배 정도 시간을 앞당기고 있다고 생각했다. 그녀가 답했다.

"급히 먹은 빵은 체하기 마련입니다, 라키아스. 그걸 바라는 건 아니겠지요?"

"물론 그렇지."

그가 매력적으로 입꼬리를 끌어 올리며 말을 보탰다.

"조금 천천히 가더라도 목표를 완전히 이루어 내길 바라. 중요한 건 과정이 아니라 결과니까."

"말이 통해서 다행이군요."

피식 웃은 알렉산드라가 라키아스에게 말했다.

"당신은 그저 지금처럼만 하면 됩니다, 라키아스. 중앙 정계에서 당신의 입지를 높이세요. 최대한 많은 귀족들을 당신의 편으로 끌어들여야 합니다. 황궁의 암투는 내게 맡기고요."

"내가 필요 없다는 말처럼 들리는데."

라키아스가 조용한 음성으로 물었다.

"내 착각인가?"

"착각입니다."

알렉산드라가 단호하게 그의 기우를 잘라냈다.

"라키아스, 나는 당신이 필요해요. 안타깝게도 내가 여자이기 때문에 할 수 없는 일들이 분명 존재합니다. 그 반대로 당신이 남자이기 때문에 할 수 없는 일들도 분명 존재하지요. 우리는 각자의 목적을 위해 서로를 필요로 하는 사람들이에요. 각자가 선 자리에서 최선을 다하면 되는 겁니다."

"그 말 참 듣기 좋군. 당신이 나를 필요로 한다라……."

어째 그 말만 알아들은 것 같아서, 알렉산드라는 순간 황당해졌다.

그녀가 무어라 입을 열기도 전에, 라키아스가 먼저 입을 열었다.

"고민 중이야."

"무슨 고민이요?"

"말할지, 말지."

"……."

목적어가 빠져 있었지만, 알렉산드라는 직감적으로 그것이 무엇인지 알아차렸다. 그녀가 새파래진 얼굴로 라키아스를 올려다보았고, 그는 피식 웃으며 그녀의 볼을 쿡 찔렀다.

그 행동에 알렉산드라가 미간을 좁히며 그를 흘겨보자, 라키아스가 중저음의 목소리로 중얼거렸다.

"안색이 새파래진 게 꽤나 볼만하군. 당신이 당황하는 모습을 본 적이 없어서 기분이 색달라."

"취향이 참 이상하시군요."

"종질부를 마음에 담았다는 것부터가 이상한 취향이지."

라키아스의 말에 알렉산드라의 얼굴이 하얗게 질렸다.

그의 고민은 5분도 되지 않아 끝이 났다. 그는 말하기로 결정한 것이다.

그리고 말해 버렸다.

"말하지 말지 그랬습니까."

그 말에 라키아스가 약간 화가 난 듯한 표정으로 그녀의 귓가에 속삭였다.

"이미 알고 있잖아."

지독히도 매혹적인 음성이었다.

알렉산드라가 입을 꾹 다문 채로 라키아스를 바라보았다. 그는 평소의 여유롭고 능글맞은 얼굴과는 달리 음습한 표정을 짓고 있었는데, 알렉산드라는 이것이 그의 맨얼굴이라는 사실을 이미 알고 있었음에도 불구하고 낯설게만 느껴졌다.

알렉산드라가 낮은 목소리로 대꾸했다.

"모르겠나요? 그걸 입 밖으로 꺼낸 순간, 돌이킬 수 없게 되는 겁니다, 라키아스."

"그대야말로 모르겠나? 이미 그대가 알아버린 순간부터 돌이킬 수가 없게 됐는데."

"라키아스."

"걱정 마, 고결하신 황자비 전하. 나도 당장 뭘 어떻게 할 생각은 없어. 공과 사 정도는 구분할 줄 아니까. 우린 파트너잖아. 그렇지?"

"……."

"파트너끼리는 서로 도와야지."

"그 점은 마음에 드네요. 모쪼록 사적인 관계를 공동의 목표에 끌어 들이지 않았으면 합니다."

"물론이야. 나 또한 복수를 잊은 것은 아니니까."

라키아스가 묘한 눈으로 알렉산드라를 바라보다가, 문득 다른 말을 꺼냈다.

"당신이 당황하는 모습을 한 번 더 보고 싶은데."

"아뇨."

알렉산드라가 단호하게 고개를 저었다.

"이제 나를 당황하게 만들 거리는 사라졌습니다. 당신이 내게 그런 말을 한 게 살면서 가장 당황스러운 순간이었거든요."

"정말?"

"네."

"못 믿겠는데."

그가 성큼 그녀의 앞으로 다가와 물었다.

"시험해 봐도 될까?"

"무슨……."

알렉산드라가 말을 끝맺기도 전에, 라키아스가 왼쪽 손으로 그녀의 허리를 감아왔다.

당황할 만한 일이 없을 거란 알렉산드라의 말은 거짓으로 드러났다.

그녀는 당황했다.

"거짓말을 못하네."

라키아스가 알렉산드라의 귓가를 간질이며 속삭였다.

"더 당황한 모습을 보고 싶은데."

"당신 정말……!"

하지만 알렉산드라는 이번에도 말을 끝맺지 못했다. 라키아스가 그대로 그녀의 입술에 그의 것을 겹쳐왔기 때문이었다.

당황한 알렉산드라가 그의 품에서 벗어나기 위해 버둥거렸지만, 라키아스가 그렇게 되도록 내버려 둘 리 없었다. 그가 좀 더 강한 힘으로 그녀의 허리를 끌어안았고, 밀착된 육체가 적나라하게 느껴졌다.

"라키아스, 당신……!"

알렉산드라가 숨 가쁜 목소리로 라키아스를 불렀다. 물론 다정함과는 거리가 먼 어투였다. 그보다는 분하다는 느낌에 더 가까운 목소리. 하지만 라키아스는 그 목소리가 마치 그를 더 자극하기라도 하는 것처럼 그녀의 입술을 더욱 거칠게 탐했다.

다정하다기보다는 짐승이 먹잇감을 물어뜯는 행위를 더 연상시키는 입맞춤이었다. 도무지 정신을 차리기가 어려운 상황 속에서, 알렉산드라는 자유로운 양손을 이용하고서도 한참 후에야 그의 입술에서 겨우 벗어날 수 있었다.

그녀가 숨을 헐떡거리며 라키아스를 노려보다가, 잠시 후 강하게 그의 뺨을 내리쳤다. 손과 볼이 마찰하는 소리가 강하게 나며 라키아스의 고개가 옆으로 돌아갔다. 하지만 상황에 어울리지 않게도 라키아스는 웃고 있었다.

그가 매력적인 중저음으로 그녀에게 속삭이듯 물었다.

"어때? 내 말이 맞았지?"

"미쳤군요, 당신."

알렉산드라가 저도 모르게 고개를 모로 저으며 중얼거렸다.

"완전히 미쳤습니다. 내가 아는 라키아스가 이 정도로 제정신이 아니었던가?"

"그럴지도 모르지. 아까도 말했지만, 종질부를 탐하려 한다는 것 자체가 정상적인 일은 아니니까."

"정상으로 돌아올 생각은 없는 겁니까?"

"그래."

"조금도?"

"이런 일에 정도가 중요한가? 중요한 건 내가 정상으로 되돌아오느냐, 아니면 계속 미친놈으로 남느냐."

라키아스가 입꼬리를 길게 끌어 올리며 덧붙였다.

"그리고 난 12년 전부터 미친놈이었어. 여기서 더 미친다고 해도 특별히 달라질 건 없지."

"당당도 하셔라."

알렉산드라가 황당한 목소리로 물었다.

"내가 당황하는 모습을 다시 보고 싶다는 건 핑계였죠?"

"반은 맞았어. 사심이 섞인 핑계이긴 했지만, 진짜로 보고 싶었거든. 당신이 당황하는 모습을 보는 건 정말 드문 일이니까 말이야."

"내가 이런 광인의 손을 잡다니."

미친 게 틀림없었군요.

알렉산드라가 또다시 고개를 저었고, 라키아스는 그 말을 듣고서도 웃는 모습을 유지했다.

"미치지 않고서는 원하는 걸 얻을 수 없지."

동의하는 바였으나 적어도 이런 식의 광기는 아니었다.

알렉산드라가 서늘하리만치 낮은 목소리로 경고했다.

"이따위 짓을 다시 한번 벌인다면 그때는 나도 가만있지 않을 겁니다."

"……참고하겠습니다, 황자비 전하."

그가 과장하는 표정을 지으며 그녀에게 답했고, 알렉산드라는 다시 한번 라키아스를 노려보았다. 하지만 라키아스의 표정은 반성이나 그 비슷한 것과는 상당히 거리가 있었다.

이런 남자를 내 복수에 끌어들이다니. 이건 호랑이를 잡겠다고 또 다른 호랑이를 끌어 들이는 꼴이다. 알렉산드라가 대놓고 한숨을 쉬자, 라키아스가 괜히 걱정스러운 표정을 지으며 물었다.

"무슨 걱정이라도?"

"당신이 내게 무슨 감정을 품든 알 바 아니지만, 그게 혹시라도 내 복수에 차질을 빚을까 봐. 난 그게 가장 걱정입니다."

"그거야말로 쓸데없는 걱정이야, 황자비 전하."

라키아스가 느릿하게 웃으며 아까의 일로 흐트러진 알렉산드라의 머리카락을 정리해주었다.

알렉산드라가 그를 흘겨보았음에도 그는 행동을 멈추지 않았다.

"설령 당신이 날 끝까지 거부한다고 해도, 파트너로서의 약속은 별개니까."

그 말이 다른 사람도 아닌 라키아스의 입에서 나왔기 때문에 알렉산드라는 도무지 신뢰가 가지 않았다. 하지만 그렇다고 해도 그녀가 할 수 있는 일이 뭐가 있겠는가.

어차피 그녀는 그를 믿을 수밖에 없는 상황인 것을.

알렉산드라가 모르겠다는 표정으로 다시 한번 한숨을 쉬었다. 라키아스가 짓궂은 표정으로 말했다.

"그거 아나? 당신이 한숨 쉴 때 표정 말이야."

"그게 왜요."

"되게 예뻐."

"……이제는 한숨도 제대로 못 쉬겠군요."

그래놓고도 알렉산드라는 무의식적으로 한숨을 쉬었다가, 아까 들었던 말을 기억하고선 황급히 입을 막았다.

그런 다음 라키아스를 올려다보자, 아까의 묘한 얼굴로 알렉산드라를 바라보며 웃는 모습이 눈에 들어왔다.

알렉산드라가 짜증스러운 표정을 지었다.

"방금 것도 되게 예뻤는데."

"이제 막 나가겠다, 이겁니까?"

"그렇게 받아들여준다면야, 나는 환영이지."

라키아스가 끝까지 능글맞은 미소를 버리지 않자, 알렉산드라는 차라리 상대하지 않는 게 마음 편하겠다는 듯한 얼굴로 그에게 한마디 쏘아붙였다.

"더 늦으면 오해받기 십상입니다. 가봐야겠어요."

그 말만 남긴 후 뒤를 돈 알렉산드라가 잠시 후 고개만 돌려 라키아스에게 말했다.

"당분간은 안 마주쳤으면 좋겠는데, 그럴 수 없다는 게 참 슬픈 일이네요."

"아시다시피 그건 어렵습니다, 황자비 전하. 우린 파트너잖아요?”

라키아스가 그녀에게로 성큼성큼 다가가며 미소 지었다.

알렉산드라는 그가 가까워질수록 그녀의 심장이 점차 크게 뛴다는 사실을 알아차리고서는, 이것이 두근거림보다는 맹수를 앞에 둔 피식자의 심정이리라고 단정해 버렸다.

이런 식의 관계에서 포식자가 되기에, 알렉산드라는 아직 라키아스를 사랑하지 않았다. 상대를 사랑해야 포식자도 될 수 있는 것이다.

그렇지 않은 상황에서 그녀는 어쩔 수 없는 피식자였다. 그것은 힘의 우위에 관한 문제가 아니라, 마음의 크기에 관한 문제였으니까.

“파트너를 위해서라면 뭐든지 다 할 수 있어야 좋은 동맹 관계가 아닐까?”

“……이만 가보겠습니다.”

알렉산드라는 그를 더 상대하지 않겠다는 듯 곧바로 결혼식장까지 걸음을 옮겼다. 멀어져가는 알렉산드라의 뒷모습을 응시하며, 라키아스는 묘한 얼굴로 끝까지 서 있었다.

라키아스는 알렉산드라를 좋아한다. 이게 알렉산드라가 내린

결론이었다.

'좋아한다니.'

식장에 들어선 알렉산드라가 저도 모르게 몸서리를 쳤다. 그런 단어는 라키아스와는 정말로 어울리지 않는 단어다. 그는 회귀 전에도 독신으로 죽었고, 여자에게 별 관심이 없어 성적 취향을 의심받기도 했다.

무엇보다, 알렉산드라는 정말로 라키아스가 자신을 좋아하는 것인지, 아니면 단순히 소유하고 싶은 것인지, 그도 아니면 단순히 몸을 원하는 것인지를 구분하기 어려웠다.

그는 그런 남자였다. 모든 걸 다 내보이는 듯하면서도, 정작 벗겨놓고 보면 드러난 건 없는, 안개 같은 남자.

'회귀 전이라면 상상도 못할 일이군.'

그때는 지금과는 달리 거의 접점이 없었으니까. 사실 지금 상황에서의 접점도 어떻게 보면 알렉산드라가 의도적으로 만들어 놓은 것이나 다름없었다.

알렉산드라가 복잡한 머릿속을 털어버리기 위해 빠르게 걷는데, 갑자기 누군가가 그녀의 어깨에 손을 올렸다. 알렉산드라는 설마 이번에도 라키아스인가 싶어 깜짝 놀란 표정으로 뒤를 돌았다.

다행히도, 아니, 이것을 다행이라고 말해야 하는지는 잘 모르겠지만, 어쨌든 상대는 라키아스가 아니었다.

"렉시, 여기 있었구나."

남편 클레이오였다.

알렉산드라는 클레이오의 등장이 이렇게 반가웠던 적이 없었다고 생각하면서, 처음으로 자연스럽게 미소 지었다.

"찾았어요, 전하."

"마찬가지야. 하객석에 앉아 있질 않아서 찾는 데 애먹었지 뭐야. 어디에 있었어? 시녀들도 없이."

"아……."

알렉산드라는 이제 당황할 일 없을 거란 자신의 확신이 지금 상황으로 인해 또 틀렸다고 생각하면서, 자신이 다시금 당황했음을 인정해야 했다.

그녀가 힘없이 웃으며 답했다.

"긴장이 계속되어서 테라스에 좀 다녀왔어요. 괜히 저 결혼할 때가 생각나더라고요."

"그랬어?"

클레이오가 다정한 눈으로 알렉산드라를 바라보며 다시 물었다.

"긴장은 이제 많이 풀렸고?"

"네. 이제 괜찮아요."

"그럼 이제 들어가자. 이러다 식에 늦을지도 몰라."

마치 아이를 대하는 것 같은 어조에 알렉산드라가 저도 모르게 미소 지었다가, 곧 얼굴을 굳혔다.

그 모습을 본 클레이오가 의아한 표정으로 물었다.

"왜 그래, 렉시?"

"가, 갑자기 목이 말라서요."

알렉산드라는 드물게 말을 더듬으며 클레이오에게 말했다.

"물 한 잔만 마시고 싶은데."

"앞쪽에 가면 있을 거야. 이만 가자."

"네."

알렉산드라가 어색하게 웃으며 클레이오의 손을 잡았고, 그는 부드럽게 그녀를 식장 앞까지 이끌었다.

곧 1황자의 결혼식이 시작될 터였다.

본디 의례란 지루하기 마련이다. 더군다나 의례가 행해지는 곳이 황실이라면 더더욱 지루해질 수밖에 없었다.

알렉산드라는 주례를 맡은 황비의 아버지 이가렐 공작의 주례사가 언제쯤 끝날지 머릿속으로 계산하면서, 슬며시 옆자리에 앉은 남편 클레이오의 얼굴을 응시했다.

내색은 않고 있었으나 그 역시 지루함을 느끼고 있는 게 틀림없었다. 눈동자가 살짝 풀려 있었기 때문이었다.

대부분의 귀족들 또한 같은 생각이었는지 표정에서 지루함을 감추지 못한 사람들이 많았다. 그러다 주변을 둘러보던 알렉산드라는 우연히 한 남자와 눈이 마주쳤다.

라키아스였다.

그 역시 이가렐 공작의 주례에 썩 흥미를 느끼는 듯한 얼굴은 아니었고, 무표정한 눈을 하고 있었다.

그 모습을 보자, 알렉산드라는 아까 테라스에서 자신에게 열정적으로, 숨 막힐 듯 입을 맞추던 남자와 저 남자가 과연 동일인인지 의심까지 들었다.

지금의 차가움과 아까의 격렬함 사이에는 너무나도 큰 간극이 존재했다. 저 남자의 진짜 모습 분명 아까의 음습함에 더 가까울 터였다. 하지만 아까의 키스는 분명 '음습함'이라고 불리기에는 어폐가 있었다.

알렉산드라는 한참 동안 고민하다가, 잠시 후 자신이 아까의 입맞춤을 계속 되새기고 있다는 사실에 불쾌감을 느끼고선 억지로 생각을 중단시켰다.

그 순간, 알렉산드라와 라키아스의 눈이 서로 마주쳤다.

라키아스는 알렉산드라와 눈이 마주치자마자 그녀를 물끄러미 바라보다가, 이내 입꼬리를 끌어 올려 상당히 매력적인 미소를 지어냈다. 그 모습에 황당해진 알렉산드라가 보란 듯이 고개를 홱 돌렸다.

그 이후로 그녀가 고개를 돌리는 일은 없었고, 때문에 알렉산드라는 라키아스가 그녀를 빤히 바라보는 시선을 주례가 끝날 때까지 눈치챌 수 없었다.

"이로써 두 사람이 부부가 되었음을 선포합니다!"

마침내 이가렐 공작은 1황자가 유부남이 되었음을 선포했고, 사방에서 박수 소리가 터져 나왔다. 알렉산드라 역시 의례적으로 손뼉을 쳤으나, 주변 사람들과 비슷하게 썩 기뻐하는 얼굴은 아니었다.

애당초 그들은 1황자와 특별한 유대관계가 없었기 때문이었다. 심지어는 친부인 토마스 2세까지도.

1황자의 친모인 빈첸시아 황비 역시 그리 기꺼운 얼굴은 아니었는데, 아무래도 린리 가문이 썩 그녀의 마음에 차지 않았기 때문일 공산이 컸다.

"새로 부부가 된 이들에게 축복만이 가득하기를!"

행복해 보이는 두 신혼부부를 배경으로, 이가렐 공작의 외침만 공허하게 울려 퍼졌다.

3

A Wedding Reception

"인상이 좋으신 분 같아 다행이야. 그렇지 렉시?"

결혼식이 끝나자마자 클레이오가 알렉산드라에게 물었고, 그 말을 들은 알렉산드라는 떨떠름함을 애써 감추며 고개를 끄덕였다.

에밀리아나의 인상은 확실히 나쁨과는 거리가 멀었다. 선한 인상이었고, 실제로도 선한 성격을 가지고 있었으니까. 자신은 못되게도 그녀의 그런 점을 마음에 안 들어 하기는 했지만.

황궁에서 그런 성격은 사치에 불과한 데다, 심지어는 가식적이라는 생각까지 들었다. 물론 그런 마음은 속으로만 간직한 채, 알렉산드라는 빈말을 입에 담았다.

"1황자께서 좋으신 분을 만난 것 같아 다행이에요. 사실 결혼을 결심하신 게 너무 빠르다고 생각돼서, 좀 걱정했거든요."

"나도 비슷한 걱정을 했어. 오늘 보니 기우인 것 같네."

"레이!"

그때 뒤쪽에서 들뜬 목소리가 클레이오의 애칭을 불렀다. 두 사람이 자연스럽게 뒤를 돌아보니 갓 결혼을 마친 1황자 제레미와 그의 비, 에밀리아나가 서로 손을 잡은 채로 걸어오고 있었다.

더없이 다정해 보이는 부부의 모습에 알렉산드라는 저도 모르게 미소를 지었다.

"형님 오셨습니까."

클레이오가 매력적인 미소를 지으며 제레미에게 덕담을 건넸다.

"오늘 정말 멋지십니다. 비전하께서도 아름다우시고요. 두 분 정말 잘 어울리십니다. 행복하게 사실 수 있으실 거예요."

"정말 고맙다, 레이. 너도 오늘 멋지구나."

형식적인 인사 몇 마디를 주고받던 제레미는 곧 깜빡했다는 듯 옆에 있던 에밀리아나를 소개했다.

"3황자야 그렇다 쳐도, 3황자비께서는 제 아내를 보신 적이 있으신지 모르겠습니다."

"저는……."

알렉산드라가 자애로운 미소를 짓고 있는 에밀리아나를 흘긋 바라본 후 답했다.

"죄송합니다, 전하. 뵌 기억이 없네요."

"아닙니다, 비전하. 죄송하다니요. 이제 차차 알아 가면 되는 것이지요."

괜찮다는 듯 답한 제레미가 옆에 있던 에밀리아나에게 다정한 목소리로 속삭였다.

"에밀리, 이분이 3황자비시고, 옆에 있는 사람이 3황자야."

"처음 뵙겠습니다, 3황자 전하, 3황자비 전하."

에밀리아나가 부드러운 음성으로 자기소개를 했다.

"에밀리아나 발레르 빌 린…… 아니, 레예스입니다."

"처음 뵙겠습니다, 1황자비 전하. 만나 뵙게 되어 기쁩니다."

클레이오 역시 빙긋 웃으며 에밀리아나의 인사를 받았고, 그다음으로 알렉산드라가 별생각 없이 에밀리아나의 인사에 화답하려던 차였다.

우연히 그녀의 눈에 에밀리아나의 손이 떨고 있는 모습이 들어왔다. 그 모습을 이상하게 여긴 알렉산드라가 저도 모르게 에밀리아나를 빤히 쳐다보자, 에밀리아나가 의아한 표정으로 물었다.

"전하? 제게 무엇이라도 묻었나요?"

"아뇨."

알렉산드라가 약간 잠긴 목소리로 답했다.

"손을 떨고 계셔서요. 어디 아프신 건 아닌지 걱정스럽네요."

"아……."

알렉산드라의 말에 에밀리아나가 부끄러운 듯 얼굴을 붉혔다. 알렉산드라의 말에 제레미와 클레이오도 덩달아 그녀를 걱정스럽게 바라보았고, 에밀리아나는 수줍게 고개를 저으며 말했다.

"실은 결혼식 전부터 계속 긴장을 많이 했어요. 이렇게 큰 자리에 서는 건 처음이라……."

"저런 그러셨군요."

클레이오가 진심으로 유감이라는 말투로 에밀리아나에게 위로의 말을 건넸다.

"자연스러운 일입니다. 제 아내는 비전하의 결혼식을 보는 것조차 긴장된다고 하더군요."

"아무래도 인생에 있어 중차대한 일이니 당연하지. 나도 떨렸어, 에밀리."

제레미가 나긋한 음성으로 에밀리아나의 손을 꼭 잡아 주었고, 그제야 에밀리아나의 입가에 걸린 미소는 조금 더 편해지는 듯했다. 그녀가 말했다.

"제레미, 3황자비 전하와 단둘이 이야기를 나누고 싶은데요."

나랑 단둘이?

알렉산드라가 저도 모르게 한쪽 눈썹을 치켜 올렸고, 제레미는 이해한다는 듯 다정한 목소리로 말했다.

"하긴 여자들끼리 할 이야기는 더 많을 테지."

"3황자비 전하와 좀 더 친해지고 싶어서요. 2황자님께는 아직

비가 없으시니 황실에 젊은 여인이란 저와 3황자비 전하 둘뿐이 잖아요?"

"그렇긴 하지."

제레미가 흐뭇하게 웃으며 클레이오에게 말했다.

"자, 레이. 그럼 우리는 이만 다른 곳으로 자리를 피해주자꾸나."

"그럴까요?"

클레이오 역시 부드럽게 미소 지은 다음 알렉산드라의 귓가에 속삭였다.

"이따 봐."

알렉산드라는 굳이 대꾸하지 않았고, 곧 두 황자들은 자리를 떴다.

알렉산드라는 에밀리아나와 단둘이 있는 것이 더없이 불편했지만, 어쨌든 아래 동서된 입장에서 먼저 자리를 파할 수도 없는 노릇이었다. 그녀가 부러 사근사근한 목소리로 에밀리아나에게 먼저 말을 걸었다.

"이렇게 만나 뵙게 되어 정말 반갑습니다, 1황자비 전하."

"저도 반갑습니다, 3황자비 전하. 듣던 대로 정말 미인이세요."

"말씀 낮추세요, 전하. 제가 나이도 어리고, 또 1황자 전하의 비 되시는 분께 존대를 듣는 건 불편합니다."

알렉산드라는 예의를 가장하여 말했지만, 실은 선을 긋기 위한 행동이었다. 에밀리아나는 회귀 전에도 종종 그녀에게 존대를 했는데, 알렉산드라는 그것이 몹시 불편하게만 느껴졌다. 지금도 마찬가지였고.

그리고 알렉산드라의 말을 들은 에밀리아나는 그럴 수는 없다는 듯 깜짝 놀라는 표정을 지으며 대꾸했다.

"하지만 그렇다고 해도 3황자비 전하께 하대를 하는 것은…… 제가 도저히 자신이 없어서요."

"편한 대로 하시는 게 가장 좋지만, 아랫사람들이 보기에도 좋지 않으니까요. 노력해 주시면 감사하겠습니다."

"그래도……."

에밀리아나는 주저하다가, 결국 잠시 후 못하겠다는 얼굴로 알렉산드라에게 말했다.

"차차 노력하면 안 될까요? 도무지 지금은 어렵겠네요. 제가 원체 남에게 하대를 한 적이 없어서……."

에밀리아나의 말에 알렉산드라는 약간 불편한 표정을 지으면서도, 에밀리나아의 말을 들어주었다.

"예법에 어긋나긴 하지만…… 정 불편하시면 그렇게 하시지요."

"이해해 주셔서 감사합니다, 3황자비 전하."

그러고 나니 이야깃거리가 떨어졌고, 알렉산드라는 조금이라도 빨리 에밀리아나에게서 벗어나고 싶어졌다. 하지만 돌아가는 상황을 보아 하니 그럴 기미가 도무지 보이지 않아서, 알렉산드라는 결국 속으로 한숨을 쉰 뒤 눈치껏 다른 이야기를 먼저 꺼냈다.

“1황자 전하와는 어떻게 만나시게 되셨나요? 설마 정말로 가면 무도회에서 처음 만나신 건가요?”

알렉산드라의 말에 에밀리아나가 또 한 번 얼굴을 붉혔다.

회귀 전에도 그렇고 지금도 그녀는 시도 때도 없이 얼굴을 잘 붉히는 듯했다.

“부끄럽게도 그렇게 되었어요. 저희 두 사람 모두 서로에게 첫눈에 반했죠.”

“낭만적인 이야기네요. 황궁에서는 찾아보기 드문 일이네요.”

“백작가의 여식으로 태어난 게 그때처럼 다행이라고 생각했던 적은 없었어요. 그분의 옆자리에 서기에 지나치게 미흡한 조건이었다면 아마 이런 결말을 맺을 일은 없었겠지요.”

“신께서 전하를 도우신 듯합니다. 워낙 성품이 좋으시니까요.”

“과분한 칭찬이라 듣기 민망하네요. 그보다…… 전 비전하께서 너무 아름다우셔서 보는 순간 숨이 멎을 뻔했답니다.”

남자들이 여자들에게 구애할 때나 쓰는 말을 아무렇지 않게 내뱉는 에밀리아나를 보며, 알렉산드라가 ‘재미있네’라고 속으로만 중얼거렸다. 그녀 또한 잠시 에밀리아나가 된 것처럼 애써 얼굴을 붉히며 고개를 저었다.

“그 칭찬이 더 과분해서 듣기 민망하네요. 사실 저보다는 황후 폐하나 황비 전하께서 더 아름다우시니까요.”

“그분들은 그분들만의 매력이 있고, 비전하께는 비전하만의 아름다움이 있으시지요."

그렇게 대꾸한 에밀리아나가 돌연 알렉산드라의 손을 덥석 잡았고, 흠칫 놀란 알렉산드라가 저도 모르게 커진 눈으로 에밀리아나를 빤히 응시했다. 에밀리아나가 약간 잠긴 목소리로 그녀에게 말했다.

"이렇게 좋은 분과 가족이 되어 정말 기뻐요."

"……저 또한 그렇습니다, 1황자비 전하."

'가족'이라는 에밀리아나의 말에 알렉산드라는 순간 실소를 터뜨릴 뻔했다. 세상천지에 그 사전적 단어와 가장 동떨어진 의미를 가진 가족이 바로 황가였고, 더군다나 레에스 황가는 그것이 더 심했다.

가족끼리 각자의 욕망을 위해 서로 죽고 죽인다는 게 말이 되는가? 회귀 전이나 지금이나 변함없이 순수한 아가씨라고 생각하며, 알렉산드라가 덧붙였다.

"이렇게 선하신 분과 1황자님께서 결혼하셔서 정말 다행이라고 생각하고 있어요. 황실의 행운입니다."

물론 알렉산드라 개인에게도 다행한 일이었다. 교활한 여우보다는 천진하고 순수한 곰이 제거하기에는 더 편리했으니까. 죄책감이 드는 것과는 별개로 말이다.

알렉산드라의 말에 에밀리아나가 조심스럽게 그녀에게 부탁했다.

"제가 황궁은 처음이라…… 모르는 게 너무 많답니다. 모쪼록 부족하지만 잘 부탁드려요, 비전하."

"제가 드릴 말씀이지요. 내궁의 업무는 대부분 황후 폐하와 황비 전하께서 도맡아 하고 계시니, 아마 1황자비 전하께서 특별히 하실 일은 없을 것입니다. 설령 있다 해도 황비 전하께서 잘 설명해 주실 거예요."

"감사합니다, 전하. 알아두겠습니다."

"두 사람 모두 사이가 좋구나."

그때 나긋한 한마디가 두 사람의 대화에 끼어들었고, 둘은 자연스럽게 뒤를 돌아보았다.

빈첸시아 황비가 속을 알 수 없는 얼굴을 한 채 두 사람이 있는 쪽으로 걸어오고 있었다. 알렉산드라가 에밀리아나와 함께 그녀에게 정중히 인사했다.

"황비 전하를 뵙습니다. 레예스에 영광을."

"두 사람이 벌써부터 이렇게 친해지고 있을 줄은 몰랐습니다."

"제 불찰입니다, 황비 전하. 먼저 1황자비 전하를 찾아뵈었어야 했는데……."

"모쪼록 그게 빈말이 아니어야 할 텐데 말입니다."

차가움이 뚜렷하게 느껴지는 목소리에 알렉산드라는 더는 아무 말도 하지 않았고, 빈첸시아는 그런 그녀를 냉정한 눈길로 바라보다 이윽고 언제 그랬냐는 듯 빙긋 웃으며 에밀리아나에게로 시선을 돌렸다.

"두 사람 이야기가 끝났다면, 우리 며느님께서는 저와 이야기 좀 나누시겠어요?"

빈첸시아의 말에 에밀리아나가 난감한 표정으로 알렉산드라를 흘긋거렸다. 알렉산드라는 괜찮다는 듯 에밀리아나에게 희미한 미소를 보여주었고, 그런 다음에야 에밀리아나는 조심스럽게 고개를 끄덕일 수 있었다.

그 일련의 과정을 전부 지켜보고 있던 빈첸시아는 약간 떨떠름한 얼굴로 뒤를 돈 다음 걸음을 옮겼고, 에밀리아나 역시 빈첸시아의 뒤를 따라 자리를 떴다.

홀로 남겨진 알렉산드라만 꽤 한참 동안 그 두 사람의 뒷모습을 가라앉은 눈빛으로 응시했다.

빈첸시아는 아까부터 계속 기껍지 않은 얼굴이었고, 에밀리아나는 빈첸시아가 왜 그녀의 심기가 불편한 건지 도통 모르겠는 듯한 얼굴을 하고 있었다.

자신이 벌써부터 무언가를 잘못하지는 않았을 터였다. 그러기에는 지나치게 한 일이 없었으니까.

하지만 그렇다면 도대체 왜 빈첸시아의 기분이 이렇게 저조한 것일까? 머릿속으로 열심히 답을 찾고 있는데, 에밀리아나를 테라스까지 데려온 빈첸시아가 천천히 입을 열었다.

"3황자비와 그새 친해진 모양입니다, 비."

빈첸시아의 말에 에밀리아나가 기겁하며 말했다.

"말씀 낮추세요, 비전하."

"아뇨. 이게 편해서요. 신경 쓰지 마세요."

단호한 빈첸시아의 말에 에밀리아나는 아까 알렉산드라의 기분에 조금이나마 공감할 수 있을 것 같았다. 아까 알렉산드라도 이런 기분이었을까.

당사자는 편하니 신경 쓰지 말라고 말하지만, 정작 그 말을 듣는 사람은 미치도록 불편한 기분. 그래서 도무지 신경 쓰지 않을 수가 없는 기분.

에밀리아나가 저도 모르게 입을 다물었다.

"비, 오늘같이 좋은 날에 이런 이야기를 꺼내지 않으려고 했습니다만…… 황자비께서 생각보다 친화력이 좋으신 것 같으니 가급적 빨리 말씀드리는 게 좋겠군요."

"무엇을 말씀이세요, 전하?"

"3황자비와 너무 친하게 지내지는 마세요."

빈첸시아가 너무나도 단호한 어투로 한마디를 내뱉었고, 그 말을 들은 에밀리아나는 정신이 혼미해졌다. 아니, 가족끼리 너무 친하게 지내지 말라면 도대체 누구와 친하게 지내라는 말인가.

에밀리아나가 잘 이해되지 않는다는 듯한 어투로 빈첸시아에게 물었다.

"특별한 이유라도……."

"3황자비뿐 아니라 황후, 2황자, 3황자, 그리고 언젠가 들어오게 될 2황자비까지 전부 다, 너무 친하게 지내지 않는 것이 좋을 겁니다."

"전하, 도대체 왜 그런 말씀을 하세요."

에밀리아나의 얼굴은 이제 거의 울기 직전으로까지 변해 있었다. 그 모습을 본 빈첸시아가 속으로 혀를 내둘렀다.

쯧, 저렇게 마음이 약해서야.

빈첸시아가 못마땅한 표정을 애써 숨기려 노력했지만, 청자가 눈치 볼 상대가 아니라 그런지 생각처럼 잘 되지 않았다. 그것을 눈치챈 에밀리아나가 자연스럽게 움츠러들었고, 빈첸시아는 이제 대놓고 한숨을 쉬며 에밀리아나에게 충고의 말을 건넸다.

"앞으로를, 아니 비와 제레미를 위해서라도 그게 좋을 겁니다."

"이해가 잘 가지 않아요, 전하. 우리는 가족이 아니던가요?"

"가족?"

울상을 지으며 묻는 에밀리아나에게, 빈첸시아가 차갑게 되물었다. 적어도 이 황가 내에서 그런 감성적인 단어는 존재하지 않는다.

자신은 그들과 가족이 아니었다. 그저 하나의 황위를 두고 싸우는 적, 그 이상도 그 이하도 아닌 관계.

그런 사이에 가족이라는 말은 지나치게 아름답지 않은가? 피로 얼룩진 황좌를 탐하는 관계에는 몹시도 부적절한 단어였다.

빈첸시아가 날카로운 목소리로 에밀리아나에게 현실을 일깨워 주었다.

"정신 차리세요, 1황자비. 차차 말씀드리려 했는데 도무지 이 상태로는 안 되겠군요. 이 황궁 안의 모두가 우리의 적입니다. 나와 1황자를 제외한 그 누구도 믿지 마세요. 다들 우리 목에 칼을 꽂기 위해 안달이 난 사람들이니까."

"전하……."

"그렇게 여리기만 한 얼굴로 눈물짓는 것도 그만두세요, 비. 지금 같은 상황에서 애처로운 얼굴은 쓸모없어요. 그런 건 황제의 총애를 얻을 때나 필요한 겁니다. 후일 제레미가 황좌에 올랐을 때, 다른 여인들로부터 비의 권위를 지켜낼 때나 필요한 거라고요. 지금으로선 공격받기 딱 좋은 얼굴에 지나지 않습니다."

빈첸시아의 독설에 에밀리아나의 얼굴이 점차 하얗게 질렸지만, 빈첸시아 황비는 딱히 그만둘 마음이 없는 건지 싸늘한 말을 계속해서 내뱉었다.

"비가 본받아야 할 동물은 온순한 양이 아닙니다. 때로는 교활한 여우가, 또 어떤 때는 그 교활함을 십분 발휘할 수 있는 힘을 가진 사자가 되어야 해요. 지금 상황에서 양이 된다는 건 칼을 든 적에게 목을 내보이는 꼴밖에는 되지 않습니다. 모두를 경계하세요. 모두를 믿지 마세요. 모두를 조심하세요. 그게 이 황궁 안에서 비가 1황자와 함께 살아남을 수 있는 유일한 방법이니까. 내 말, 알아들으셨습니까?"

"황궁이…… 황궁이 그렇게도 무서운 곳이었나요? 제가 생각했던 건 이런 게 아니었습니다, 비전하."

에밀리아나가 흐느끼는 듯한 목소리로 빈첸시아에게 물었지만, 빈첸시아는 조금의 자비로움도 보이지 않았다.

그녀가 무표정한 얼굴로 에밀리아나의 물음에 쐐기를 박았다.

"원래 이런 곳이었습니다. 비께서 지나치게 단꿈을 꾸셨군요."

"……."

"꿈은 아무 걱정이 없는 어린아이들이나 꾸는 것이지요. 어른은 꿈보다는 다음 날의 현실을 위해 잠을 자야 하는 사람들입니다."

"전하, 저는……."

"부디 어른이 되어주세요, 비. 꿈에서는 깨어나시고, 다음 날을 위해 잠에 들 줄 아셔야 합니다. 알아들으셨……."

"지금 뭐하시는 겁니까."

그때, 화가 난 목소리가 두 사람 사이로 끼어들었다. 여전히 울먹이는 에밀리아나를 뒤로한 채, 빈첸시아는 무표정한 얼굴로 고개를 돌려 소리의 정체를 확인했다.

"어머니."

그곳에는 빈첸시아의 하나뿐인 아들, 제레미가 있었는데, 화가 난 게 분명해 보이는 얼굴로 어머니와 아내를 향해 성큼성큼 다가오고 있었다. 빈첸시아가 평소와는 달리 가라앉은 목소리로 아들을 맞아들였다.

"왔구나."

"지금 제 아내에게 무슨 짓을 한 거냐고 여쭸습니다."

"'무슨 짓'이냐니. 듣기 불쾌하구나."

빈첸시아가 드물게 차가워진 목소리로 아들에게 쏘아 붙였다.

"누가 듣는다면 내가 네 처에게 몹쓸 짓이라도 저지른 줄 알겠어."

"그게 아니라면 멀쩡한 사람이 울 일이 있습니까?"

"비전하의 잘못이 아니에요."

에밀리아나가 얼른 끼어들어 빈첸시아를 두둔했지만, 제레미가 그것을 믿을 리 없었다.

그런 그의 반응에 빈첸시아가 영 섭섭하다는 목소리로 말했다.

"물론 결혼을 하면 이 어미보다는 네 처가 우선이 되어야겠지만, 이건 좀 섭섭하구나. 식을 올린 지 1시간도 채 지나지 않았는데 말이다."

"상식적으로 황자비의 말을 믿을 만한 상황이 아니지 않습니까. 누가 봐도 어머니께서 황자비를 이렇게 만들어 놓으셨는데요."

"이 황궁 안에서 언제부터 상식이 통용되었다고 그러느냐? 제레미, 네가 궁에 맞지 않게 순수한 성품이라는 건 나도 예전부터 잘 알고 있었지만, 지금 이 상황은 나로서도 불쾌하지 않을 수 없어. 나는 다만 오늘 네 처가 된 사람에게 황궁의 생리에 대해 알려주고 있던 것뿐이다."

"그게 적어도 오늘은 아니잖습니까, 어머니."

제레미가 애타는 목소리로 빈첸시아에게 물었다.

"굳이 그런 살벌한 이야기를 이 좋은 날에 하셔야겠어요? 결혼식을 올린 날에?"

"나도 그럴 생각은 없었단다, 제레미. 다만 1황자비가 3황자비와 정겹게 이야기를 나누는 것을 보니, 날이 날이라고 해도 확실히 짚고 넘어가야겠다는 생각이 들어서."

"황실의 새로운 인원이 되었으니 3황자비에게 인사 정도는 해야 할 것 아닙니까, 어머니. 그것이 또한 법도임을 모르세요?"

"말했잖느냐. 그 관계가 '지나치게 친밀해' 보였다고. 항상 적정선을 유지하라고 그렇게 말했는데! 제레미, 너도 설마 이 어미의 가르침을 잊어버린 거냐?"

"어머니, 정말……."

제레미는 결국 말을 잇지 못했고, 잠깐 동안 세 사람 사이에는 정적이 흘렀다. 그때까지의 대화에서 철저하게 배제되어 있던 에밀리아나에게는 가시방석도 그런 가시방석이 없었고, 빈첸시아는 이제껏 자신에게 반기 한 번 든 적 없던 아들이 결혼을 했다고 돌변하는 모습을 보이자 서운하고 불쾌하기만 했다.

아니, 그런 사실보다는 아마 아들이 마음에 차지 않는 며느리를 데리고 온 것이 가장 큰 이유일 터였다. 빈첸시아는 아들이 좀 더 훌륭한 집안에서 부인을 맞아들이기를 원했으니까.

만약 상대가 에밀리아나가 아닌, 좀 더 좋은 집안의 여식이었다면 고작 3황자비와 정답게 대화를 나눈 행동만 가지고는 이런 트집을 잡지 않았을지도 모른다.

"아무래도 내가 불청객이 된 것 같으니 빨리 자리를 뜨는 편이 낫겠구나."

"……."

"하지만 비, 내가 했던 말을 명심하세요. 그게 비를 위하고, 1황자를 위하는 일이니까."

빈첸시아는 그 말만 쏘아붙이듯 남겨놓고선 자리를 떴다. 피로연장 안으로 걸어가는 그녀의 걸음걸이는 누가 봐도 화가 난 듯 거칠었다.

에밀리아나가 다소 멍한 표정으로 빈첸시아의 뒷모습을 바라보다가 이내 눈물을 보였고, 그 모습을 본 제레미는 얼른 에밀리아나를 자신의 품에 안아 주었다.

"괜찮아, 에밀리?"

"네에, 전하."

에밀리아나가 최대한 아무렇지 않게 대답하기 위해 애썼지만,

이상하게 자꾸만 서러운 감정이 물밀 듯 튀어나왔다. 결혼 전 사교계에서 심심찮게 돌던 소문이 있었다. 빈첸시아 황비가 아들을 린리 가문에 장가보내는 일을 상당히 못마땅하게 여긴다는 소문.

에밀리아나는 나름 자신의 가문에 자부심을 가지며 자라왔기 때문에 그 소문을 거짓된 것으로 여기며 무시했지만, 오늘 일을 보니 어쩌면 그 소문이 맞을지도 모르겠다는 생각도 들었다.

공녀 출신의 그녀는 백작의 여식을 며느리로 맞아들이는 것이 마음에 차지 않았을지도 모른다.

그 생각을 하니 에밀리아나는 한없이 우울해졌고, 그런 그녀의 기분을 눈치챈 제레미는 걱정스러운 목소리로 에밀리아나에게 물었다.

"정말 무슨 일이 있었던 거야?"

"아뇨."

에밀리아나는 굳이 사실을 말하지 않기로 했다. 사실 따지고 본다면 빈첸시아의 말이 다 맞을 것이다. 아무렴 그녀가 며느리인 자신에게 도움이 되지 않는 말을 할 리가 있겠는가.

에밀리아나가 코를 훌쩍이며 덧붙였다.

"눈물이 났던 건 눈에 먼지가 들어가서 그랬던 거예요."

좋게 보면 순수하고 나쁘게 보면 사람을 듣는 사람을 바보로 아는 답변이었지만, 제레미는 기꺼이 바보가 되기로 했다.

그가 그녀를 품에 꼭 안아주며 나긋한 목소리로 속삭였다.

"어머니 말씀 너무 마음에 담지 마. 앞으론 괜히 뭐라고 하시면 내게 꼭 말하고. 알았지, 에밀리?"

"그럴게요, 전하. 걱정하지 마세요."

에밀리아나가 희미하게 미소 지으며 고개를 끄덕인 후, 제레미의 가슴에 다시 얼굴을 기댔다. 어느새 그녀의 얼굴에는 아까의 울상이 사라지고 잔잔한 미소만 남아 있었다.

에밀리아나와 대화를 마친 후, 알렉산드라는 결혼식 축하 피로연에서 자신의 머리카락 색과 비슷한 붉은 색의 칵테일을 마시며 주변의 영애들과 함께 시답잖은 가십을 화제로 담소를 나누었다.

그때, 알렉산드라의 옆에 있던 영애 하나가 갑자기 몸을 사리는 시늉을 했다. 의아해진 알렉산드라가 뒤를 돌아보자, 그곳에는 타르실라 황후가 서 있었다.

알렉산드라가 짐짓 놀란 표정을 지으며 허리를 굽혀 인사했다.

"황후 폐하 오셨습니까."

"드레스가 아름답구나, 3황자비."

타르실라는 보기 드물게 자애로운 표정을 지으며 알렉산드라를 칭찬했다. 어쩐지 알렉산드라의 주변에 있던 영애들이 자리를 비켜주었는데, 아무래도 타르실라가 긴히 할 이야기가 있어 알렉산드라를 찾았다고 판단한 듯했다.

사실의 진위와는 상관없이, 그게 예의인 것은 맞았다.

알렉산드라는 온화한 표정을 지어 보이며 화답했다.

"황후 폐하의 드레스에 감히 비할 바는 아닌 듯합니다. 못 보던 디자인 같은데……."

"그럴 거다. 새로 주문을 넣었거든."

으스대는 듯한 목소리로 대꾸한 타르실라가 곧이어 다른 이야기를 시작했다.

"새로 들어온 1황자비는 어떻던? 말은 섞어 봤느냐?"

타르실라의 질문에 알렉산드라는 조금의 고민하는 모습도 보이지 않은 채 곧바로 답했다.

"네, 폐하. 아까 잠깐 동안 1황자 전하와 함께 이야기를 나누었습니다."

정중한 목소리로 대답한 알렉산드라가 잠시 후 짤막한 소감을 한마디 덧붙였다.

"좋으신 분 같았어요."

"그래?"

양쪽 눈썹을 위로 치켜들며 물은 타르실라가 잠시 후 혼잣말로 중얼거렸다.

"그 아이 나이가 어떻게 된다고 했더라……."

"스물넷이라고 시녀에게 들었습니다."

"딱 좋은 나이구나. 너무 어리지도, 너무 나이 들지도 않은……."

잠깐 생각하는 표정을 짓던 타르실라가 알렉산드라에게 말했다.

"네가 아둔한 아이도 아니니 내가 굳이 걱정할 필요는 없겠지만, 1황자비와는 너무 친하게 지내지 않는 게 좋을 거다."

"……."

"이유는 너도 잘 알고 있겠지? 지금 친하게 지내봐야 어차피 나중에는 멀어질 사이니까."

"조언 감사합니다, 황후 폐하."

알렉산드라가 빙긋 웃어 보이며 타르실라의 걱정을 일축시켰다.

"하지만 걱정하시는 일은 아마 일어나지 않을 거예요."

"그래."

타르실라가 흐뭇한 얼굴로 웃은 다음 덧붙였다.

"똑똑한 아이에게 괜한 소리를 한 것 같구나."

"괜찮습니다, 폐하. 다 저를 염려하셔서 하신 말씀이라는 걸 알고 있어요."

"말도 너무 예쁘게 하고."

타르실라가 무의식적으로 중얼거렸다.

"나한테 너 같은 딸이 있다면 얼마나 좋았을까."

타르실라 같은 어머니를 둔다는 건 생각만 해도 끔찍한 일이었다. 일거수일투족을 모두 감시당하고 살 것만 같은 기분.

알렉산드라가 어설프게 웃었다.

타르실라는 근처 테이블에 있던 칵테일 두 잔을 들어 한 잔은 자신의 손에 남겨두고, 남은 한 잔은 알렉산드라에게 내밀었다.

알렉산드라가 영광이라는 듯한 얼굴로 칵테일을 받아들기 위해 손을 뻗었다.

"앗……!"

하지만 알렉산드라가 잔의 목 부분을 잡는 시간과 타르실라가 잔을 놓는 시간이 어긋났던 탓에, 칵테일 잔은 바닥으로 추락하고 말았다.

당황한 알렉산드라가 잔이 깨지는 것을 막기 위해 얼른 아래로 몸을 숙여 칵테일 잔을 받았지만, 그 안에 담겨 있던 칵테일은 이미 타르실라의 드레스 위로 전부 쏟아진 뒤였다.

너무나도 갑작스럽게 일어난 일에 알렉산드라가 크게 당황한 얼굴로 타르실라에게 물었다.

"폐, 폐하, 괜찮으십니까?"

솔직히 말해 타르실라는 괜찮지 않았지만, 이런 실수는 누구나 할 수 있다고 생각하며 애써 고개를 끄덕였다. 물론 알렉산드라는 그 끄덕임 뒤에 이미 상해 버린 감정이 자리 잡았다는 사실을 눈치챌 수 있었다. 그녀가 얼른 가지고 있던 손수건을 꺼내 타르실라의 드레스를 닦아주었다.

"죄송합니다, 폐하. 제가 얼른 닦아드릴게요."

"괜찮……."

괜찮다고 말하려던 타르실라는, 어느 순간 새파래진 얼굴로 입을 다물었다. 하지만 알렉산드라는 그런 그녀의 상태도 알아차리지 못한 채 타르실라의 드레스를 닦아주는 데에만 주력했다.

잠시 시간이 흐른 후에야 알렉산드라가 상아색으로 젖어 든 손수건을 정리했고, 타르실라는 여전히 멍한 표정이었다. 그럼에도 고개를 숙인 채 손수건을 개느라 끝까지 타르실라의 얼굴을 보지 못한 알렉산드라가 다행이라는 듯 말했다.

"칵테일 색이 진하지 않아 다행입니다, 폐하. 하지만 드레스 값은 제가 개인적으로 보상해 드리도록 하겠습니다."

"……아니, 괜찮다."

타르실라가 침음성을 흘리며 저도 모르게 슬쩍 입술을 깨물었다. 그녀는 자신이 원래 들고 있던 칵테일을 알렉산드라에게 다시 넘긴 후 떨리는 목소리로 말했다.

"나는 이만 가봐야겠구나. 결혼식에 참석하느라 내궁의 일을 많이 보지 못했거든."

"결혼식에 참석하신 것만으로도 충분합니다, 폐하. 피곤하실 텐데 이만 들어가 보시지요."

"……그래."

타르실라는 여전히 멍해진 얼굴로 뒤를 돌아 저벅저벅 걸었고,

알렉산드라는 별생각 없이 타르실라가 건넸던 상아색 칵테일을 입속으로 넘겼다.

잠시 후, 피로연장을 나간 타르실라가 날카로운 눈빛을 한 채로 중얼거렸다.

"분명 왼손을 썼어……."

타르실라가 알기로 알렉산드라는, 아니 제국의 모든 사람들은 전부 오른손잡이였다.

당연한 일이었다. 악마의 피를 물려받았다고 여겨지는 왼손잡이는 다 죽임을 당했으니까.

타르실라가 음산함이 느껴지는 목소리로 읊조렸다.

"확인이 좀 더 필요하겠군."

그녀는 아까와는 확연히 달라진, 싸늘하게 굳은 표정으로 파사궁을 향해 걸음을 옮기기 시작했다.

알렉산드라는 그 이후로도 연거푸 네 잔의 칵테일을 마시다가, 평소답지 않게 취기가 오르는 것을 느끼고 바람을 쐐야겠다는 생각을 했다.

그녀가 테라스 쪽으로 나가기 위해 피로연장 외곽으로 걸음을 옮기는데, 누군가 그녀에게 아는 척을 해왔다.

"3황자비 전하?"

그는 짧은 적발에 적안을 가지고 있었는데, 그녀로서는 초면이라고밖에는 생각이 들지 않았다. 그를 본 기억이 전혀 없었기 때문이었다.

알렉산드라가 그의 붉은 머리카락을 바라보며 물었다.

"저를 아시나요?"

"알다마다요."

"혹시 바르테스 가문의 일원이신가요?"

바르테스 가문은 알렉산드라의 외족이었다. 그러나 남자는 알렉산드라의 질문에 고개를 저으며 답했다.

"아닙니다, 전하."

"그럼 절 어떻게 아시는지……."

"제가 모시는 분께 말씀 많이 들었습니다."

그 한마디에, 알렉산드라는 그가 누구인지 알아차렸다.

"오르누스 공작님 밑에서 일하고 있나요?"

"역시 눈치가 빠르시군요."

남자는 케이토였다. 그가 라키아스와 함께 황성으로 올라오는 것은 드문 일이었으나, 이번만큼은 달랐다. 당돌하게 주인에게 먼저 손을 내민 여자가 과연 누구인지 계속 궁금해했던 탓이다.

"언젠가 한 번 뵙고 싶었는데 이렇게 뵐 수 있어 영광입니다, 전

하. 케이토 뱅 바그너, 인사 올립니다."

케이토가 정중하게 인사하며 장갑을 낀 그녀의 손등에 키스를 남겼고, 알렉산드라는 싫지 않다는 듯한 미소를 지으며 케이토를 바라보았다. 풍겨 나오는 분위기가 그 주인과 비슷한 구석이 많은 남자였다. 알렉산드라가 여전히 미소 띤 얼굴로 케이토에게 물었다.

"그렇다면 케이토 경께서는 그분의……."

"참모 역할을 맡고 있습니다. 많이 부족하지만요."

"아."

그 말에 알렉산드라는 잊혀져 있던 기억 한 조각이 떠오르는 것을 느꼈다. 그러고 보니 회귀 전 한 번 본 듯도 했다. 라키아스와 함께 처형당하기 직전, 그녀를 원망스럽게 노려보았던 수많은 눈동자들 중 하나.

알렉산드라가 저도 모르게 헛기침을 했고, 당연히 케이토는 갑작스러운 그녀의 행동에 당황할 수밖에 없었다. 그가 물었다.

"괜찮으십니까?"

"아, 네."

연신 기침을 콜록대면서도 알렉산드라는 한사코 괜찮다는 표정을 지어 보였다. 잠시 후에 기침이 멎자, 알렉산드라는 괜히 찔리는 기분이 들었다.

물론 이 남자는 회귀 전 그녀가 자신을 죽였다는 사실을 모를 것이다. 그건 알렉산드라만이 알고 있는 내용이었다.

그래도 회귀 전 죽음으로 몰아넣었던 남자의 앞에서 아무렇지 않게 서 있으려니 사람인 이상 양심이 조금 찔려오기는 했다. 물론 내색은 하지 않으며, 알렉산드라는 태연하게 용건을 물었다.

"그보다, 절 굳이 불러 세우신 이유가 따로 있으신 건가요?"

"특별히 이유랄 건 없었습니다. 아시겠지만, 지금은 휴식기잖아요?"

케이토가 빙긋 웃은 다음 덧붙였다.

"다만 조심을 하실 필요가 있겠다는 말씀은 드리고 싶었습니다."

"무슨 뜻인가요?"

"두 가지가 있습니다."

케이토가 잠깐 목을 가다듬은 다음 알렉산드라에게 설명을 시작했다.

"황궁에 심어둔 세작의 보고에 따르면 최근 황제 폐하의 건강이 급속도로 악화되고 있다고 하더군요."

"……그렇습니까."

알렉산드라가 떨떠름한 목소리로 되물었다. 그녀가 기억하기로 토마스 2세는 적어도 지금 시기에 사망하지 않았다.

'그래서 안심하고 있었는데…….'

하긴, 1황자의 결혼 계기까지 바뀐 마당에 사망 일자가 앞당겨지지 않을 이유도 없었다.

'문제는…….'

그렇게 되면 알렉산드라가 전적으로 불리해진다는 점이었다.

회귀 전에는 황비와 황후를 차례로 제거할 수 있는 시간이 있었다. 하지만 황제가 만약 재수 없게도 가까운 미래에 사망한다면, 클레이오가 황제가 되는 것은 요원해질 것이 분명했다.

그건 그녀로서는 상당히 불리한 일이었다. 그렇지만 이걸 안다고 해도, 당장 그녀 쪽에서 할 수 있는 일이 없었다.

"무슨 말을 하려는지는 알겠습니다만, 그렇다고 해도 지금 당장은 할 수 있는 일이……."

"아뇨, 전하. 설령 일이 좋지 않게 흘러간다고 해도 당장 황제 폐하께서 서거하시지는 않을 겁니다. 다행인지 불행인지는 모르겠지만, 그분은 아직 젊으시니까요. 다만 제가 우려하는 건, 혹시라도 일이 잘못되었을 때 전하께서 이상한 죄를 뒤집어쓰시는 경우입니다. 황후야 그렇다 쳐도, 황비 쪽에서는 전하를 곱게 바라보지 않고 있으니까요. 이미 아시겠지만."

케이토는 마른 침을 한 번 삼키고선 다시 말을 이었다.

"어쩔 수 없는 사고에도 의미를 부여하는 곳이 황궁 아닙니까. 황비가 직접 황후를 공격할지, 아니면 눈엣가시인 전하부터 공격할지는 모르겠지만, 어쨌든 조심해서 나쁠 것은 없다는 말씀입니다. 물론 아무 일도 안 일어나는 게 가장 좋은 일이긴 합니다만."

"무슨 말인지 알겠습니다, 경. 지금도 그러고 있긴 하지만, 좀 더 언행을 조심하지요."

"네, 전하."

말을 마친 케이토는 갑자기 웃음을 터뜨리기 시작했다. 작은 소리였지만 알렉산드라가 듣기에는 충분한 소리여서, 그녀는 의아함의 의미로 한쪽 눈썹을 살짝 치켜 올렸다.

잠시 후에 케이토가 웃음소리를 멈춘 다음 그녀에게 사과했다.

"아, 불쾌하셨다면 죄송합니다, 전하."

"왜 웃었는지 이유나 들어볼 수 있을까요?"

"웃겨서요."

케이토가 간단하다는 듯 답했다.

"당장 저희 쪽 코가 석 자인데, 황가의 일원이신 전하를 걱정하고 앉아 있으니, 웃기지 않을 수가 있겠습니까."

"인생을 살다 보면 그런 일이 흔하답니다."

"제가 전하보다 나이가 많은 것으로 알고 있는데요."

"그런가요."

알렉산드라는 건성으로 대꾸하며 속으로 생각했다. 세상에 아무리 웃긴 일이 많아도, 자신의 목을 벤 남자를 황제로 올려 복수하려는 것처럼 웃긴 일은 또 없을 거라고.

그러니 이런 건 그리 우스운 일도 아니었다.

"아까 첫 번째라고 했죠? 두 번째도 있는 모양이네요."

"네, 전하. 있습니다. 그게 마지막이에요."

케이토가 빙긋 웃은 다음 아무렇지 않게 말을 이었다.

"공작님과의 사적인 접촉은 지양해 주시지요."

"사적인 접촉이라뇨?"

알렉산드라가 아무렇지 않게 묻자, 케이토는 약간 어이가 없다는 표정을 지으며 답했다.

"발뺌하시는 겁니까?"

"그 표현은 좀 불쾌하네요. '발뺌'이라 함은 책임을 면하려고 핑계를 대며 피하는 짓 아닌가요? 내가 책임을 면할 만한 일이라도 있나요?"

"3황자비로서의 채신도 책임이라면 책임이겠지요."

"감히 누구 앞에서 채신머리를 운운하는 겁니까, 지금?"

알렉산드라가 급격히 싸늘해진 목소리로 묻자, 케이토가 얼른 뒤로 발을 뺐다.

"불쾌하게 들리셨다면 죄송합니다, 3황자비 전하. 다만 황궁에는 벽에도 귀가 있고 눈이 있습니다. 불필요한 접촉이 괜한 오해를 살 수 있음을 명심해 주셨으면 합니다."

"뭘 보기라도 한 사람처럼 말씀하시는군요."

"아까 우연히 보았습니다. 식이 열리기 전에요."

테라스에서의 일을 말하는 것이었다. 알렉산드라가 순간 저도 모르게 주춤했지만, 곧 아무렇지 않게 말을 이었다.

"보았다면 더 잘 알겠군요. 누가 먼저 시작했는지. 그렇다면 지금 내게 와서 이럴 게 아니라는 것도 잘 알 텐데?"

"황자비 전하를 책망하려는 것은 결코 아닙니다. 제가 어떻게 감히……."

케이토가 옅게 웃으며 답한 다음, 느릿한 어조로 말을 이었다.

"다만 끝까지 저희 전하를 거절해 주십사 하고 말씀드리고 있는 겁니다. 두 분 전하께 모두 해가 갈지도 몰라서요."

"경 역시 경의 주인이 지금 어떤 비정상적인 감정을 마음속에 품고 있는 건지 알고 있나 보네요."

"직접적으로 말씀은 안 하셨는데, 눈치는 채고 있었습니다."

"어떻게요?"

"황자비 전하에 대한 말씀을 자주 하셨거든요. 그런데 공적인 내용을 말씀하시는 목소리가 아니라서 확신했지요."

"어쨌든 내게 와서 말할 일은 아닌 듯싶은데."

"아까 말씀드렸듯 그냥 계속 거절해 주시기만 하면 됩니다. 저희 전하께서 이런 적이 처음인지라, 저도 좀 걱정스러울 정도거든요. 아니, 사실 '좀'이 아니라 '많이' 걱정스럽습니다. 하나에 빠지시면 물불 안 가리시는 분이라……."

장난스럽게 말했지만, 눈빛 하나만큼은 진지했다. 라키아스가 여자를 만난 적이 없다는 사실은 알렉산드라도 이미 알고 있는 바였다. 달리 말하자면, 이성에게 그런 유의 감정을 품어본 것도 이번이 처음이라는 소리.

알렉산드라가 복잡한 표정으로 무언가를 생각하는 표정을 짓다가 잠시 후에 고개를 끄덕였다.

"걱정하지 마세요, 케이토 경. 저도 그쪽 주인에게 썩 마음이 있는 건 아니라서."

"그건 또 그거대로 듣기 서운하네요. 나름 매력적인 신랑감이시라고 생각했는데."

"다른 영애들은 그렇게 생각할지도 모르겠습니다. 외모가 수려하다는 건 부정 못 하겠으니까. 어쨌든 저는 아닙니다. 잘 아시겠지만, 그럴 만한 상황도 아니고요."

알렉산드라가 톡 쏘는 목소리로 말을 이었다.

"그쪽 주인이나 단속을 잘 해주길 바라요."

"노력하겠습니다."

장난스럽게 웃어 보인 케이토는 곧바로 자신도 이만 가보아야겠다며, 우아하게 허리를 굽혀 그녀에게 인사했다.

알렉산드라는 도도한 표정으로 고개만 살짝 끄덕여 대꾸한 다음, 아까부터 가려고 마음먹었던 테라스를 향해 걸음을 옮겼다.

원래 몸이 차가운 편이라, 나가기 전 두꺼운 숄을 걸치는 것은 필수였다. 알렉산드라는 다소 멍한 표정으로 테라스의 난간에 몸을 기댄 채, 바깥 풍경을 바라보고 있었다.

이미 해가 지고 난 뒤라 영 깜깜했다. 하지만 그게 무섭다는 생각은 조금도 들지 않았다. 신기한 일이었다.

"렉시?"

그 애칭을 부를 만한 젊은 남자는 단 한 사람밖에는 없었다. 알렉산드라는 당연히 클레이오인 줄 알고 뒤를 돌았다.

하지만 그곳에 있던 남자는 클레이오가 아니었다. 알렉산드라가 미간을 슬쩍 좁히며 남자의 얼굴을 확인하기 위해 애썼다.

윤곽은 금세 드러났다.

알렉산드라가 탄식하는 듯한 목소리로 한 남자의 이름을 불렀다.

"라키아스, 당신……."

"당신 남편이 당신을 이런 식으로 부르길래."

"아까를 기점으로 완전히 미쳐버린 모양이군요."

알렉산드라가 고개를 절레절레 저으며 중얼거렸고, 라키아스는 못 들은 척 슬며시 알렉산드라의 옆으로 다가왔다.

알렉산드라가 영 못마땅한 얼굴로 물었다.

"어째 계속 마주치는 것 같은데, 내 착각인 건가요?"

"착각 아니야. 내가 계속 그대를 찾아다녔으니까."

"그런 소름 돋는 소리를 아무렇지도 않게 하십니다."

"당신 남편도 당신을 찾아다니던걸. 어때, 소름 돋나?"

"그건 그것대로 소름 돋고요. 그래도 당신이 찾아다니는 것보다는 낫네요."

그 말에 라키아스가 살짝 인상을 찌푸리며 물었다.

"증오하는 마음으로 복수까지 하려는 남편이 나보다 낫다고?"

"쓸데없는 이야기는 여기서 그만하고, 왜 온 겁니까, 또?"

"아까 말했잖아. 그냥 찾아다닌 것뿐이다."

"왜요?"

"보고 싶어서."

"……."

진짜 제정신이 아니다.

알렉산드라가 저도 모르게 고개를 저었고, 라키아스는 그 표정을 보는 게 즐거운 건지 입꼬리를 길게 끌어 올려 느릿한 미소를 지어 보였다.

정말 제정신이 아니야.

"……당신 참모라는 남자가 나한테 당신 마음 받아주지 말라고 하던데요."

"케이토가?"

곧바로 나오는 이름인 걸 보니 정말 가까운 사이가 맞긴 한가 보다. 금세 찌푸려진 라키아스의 표정을 뒤로 한 채, 알렉산드라가 덧붙였다.

"당신이 날 좋아한다는 걸 알고 있었습니다."

"하여튼 눈치만 더럽게 빠르다니까."

"목소리로 알았다네요."

친절하게 말을 보태자, 라키아스가 살짝 언짢은 듯한 목소리로 알렉산드라에게 물었다.

"어째 목소리가 즐거워 보이는데."

"그럴 리가요."

알렉산드라가 짐짓 아닌 척하며 현실을 일깨우는 말을 내뱉었다.

"3황자비로서의 제 채신을 생각하라더군요. 틀린 말은 아니에요, 라키아스. 그렇지 않습니까?"

"……그래. 틀린 말은 아니지."

어쩐지 갑자기 목소리가 가라앉아 버린 것 같아서 알렉산드라는 기분이 묘해졌지만, 그 또한 잠시였다. 그녀가 얼른 화제를 돌렸다.

"황제 폐하의 건강이 많이 나빠졌다고 하던데."

"요근래 갑자기 심장에 통증을 호소한다더군."

좋지 않은 징후였다. 알렉산드라가 눈살을 찌푸리며 대꾸했다.

"놀랐습니다. 당장 최근에 있었던 정찬 때도 그런 기미가 전혀 보이지 않았거든요."

"그 자리가 원래 그래. 피와 정을 나눈 가족들에게조차 약점을 드러내 보여서는 안 되지."

비소를 짓던 라키아스가 곧바로 안심하라는 듯 덧붙였다.

"너무 걱정하지 않아도 돼. 설마 금방 죽기야 하겠어?"

테라스에서 함께 나간 제레미와 에밀리아나는 토마스 2세와 타르실라 황후에게 인사를 드리기 위해 두 사람이 있는 곳을 찾았다. 그곳에는 피로연에 뒤늦게 나타난 토마스 2세와 파사궁에서 방금 돌아온 타르실라 두 사람뿐 아니라 제너스카 2황자와 클레이오 3황자까지 함께 모여 있었다.

빈첸시아 황비는 에인궁으로 돌아가 버린 건지 아니면 다른 곳에서 귀부인들과 이야기를 나누고 있는 건지 보이지 않았다.

에밀리아나는 가장 먼저 토마스 2세와 타르실라 황후에게 인사를 올렸다.

"제국의 근간이신 두 분 폐하께 미천한 종이 인사드립니다. 레예스에 평안을."

"피로연이 늦게까지 열려 힘들겠구나. 피곤하지는 않고?"

토마스 2세의 걱정 어린 말에 에밀리아나가 희미하게 웃으며 답했다.

"네, 폐하. 1황자 전하의 배려 덕에 힘들지 않습니다."

"헌데 눈가에 눈물 자국이 있구나."

옆에 있던 타르실라가 날카로운 눈으로 에밀리아나의 얼굴을 뜯어보며 물었다.

"울기라도 한 건가?"

"아……."

당황한 에밀리아나가 얼른 얼굴을 두 손으로 문질렀고, 옆에 있던 제레미는 그녀를 두둔했다.

"아까 비의 눈에 먼지가 들어가서요."

"1황자, 그대가 대답하라고 말한 적은 없는 것 같은데."

"……죄송합니다."

타르실라의 일갈에 갑자기 분위기가 싸늘해졌고, 어색함을 느낀 클레이오가 어설프게나마 분위기를 풀기 위해 노력했다.

"형님께서 피곤하셔서 그런가 봅니다, 황후 폐하. 너그러이 봐주시지요."

"어머니, 건배라도 한잔하시겠습니까? 이렇게 좋은 날에."

제너스카가 너스레를 떨며 옆에 있던 붉은색 칵테일을 들어 올리자, 타르실라가 못마땅한 목소리로 대꾸했다.

"하지만 황비도 없는걸. 3황자비도. 우리끼리 하기에는 좀……."

"어머니께서는 몸이 안 좋으셔서 먼저 에인궁에 가셨습니다."

제레미의 말에 타르실라가 못마땅한 목소리로 중얼거렸다.

"엄살이 심하기도 하지. 얼마나 몸이 안 좋다고 이런 중요한 자리에서까지……."

"그러고 보니 제수씨는 어딜 가셨느냐, 레이?"

제너스카의 갑작스러운 질문에 클레이오는 잠깐 당황했다. 그 역시도 알렉산드라가 어디에 있는지 잘 몰랐던 탓이다.

그러나 곧 아무렇지 않게 아내를 보호했다.

"귀부인들과 담소를 나누거나, 테라스에 바람이라도 쐬러 갔을 겁니다."

"됐다. 없는 사람들은 없는 사람들이고, 있는 사람들끼리나 건배하자꾸나."

가만히 지켜보던 토마스 2세가 끼어들어 말했고, 나머지 사람들은 전부 동의한다는 듯 저마다 칵테일 잔을 손에 들었다.

토마스 2세의 옆에 앉아 있던 타르실라가 사근사근한 목소리로 남편에게 말했다.

"폐하께서 건배를 외치시지요."

"그럴까."

심드렁하게 대꾸한 토마스 2세가 이윽고 천천히 팔을 들어 올린 후 입을 열었다.

"건……!"

하지만 마지막 음절은 입속에서 맴돌기만 할 뿐, 끝내 바깥으로 나오지 못했다. 허공에 들렸던 칵테일 잔이 갑자기 바닥으로 추락하며 산산조각 나게 깨졌다.

쨍그랑-! 날카로운 소리와 함께 타르실라가 비명을 질렀다.

"꺄악!"

하지만 놀랄 일은 거기가 끝이 아니었다. 토마스 2세가 갑자기 괴로운 표정으로 그의 왼쪽 가슴을 부여잡은 것이다.

당황한 타르실라가 애타게 남편을 불렀다.

"폐하? 왜 그러십니까, 폐하!"

"가, 가슴이……."

"당장 궁의를 불러!"

타르실라가 날카로운 목소리로 명령했고, 피로연장은 아수라장이 되었다. 사람들의 관심이 자연스럽게 황실 사람들 쪽으로 쏠렸고, 그러는 동안에도 토마스 2세는 어딘가 억눌린 듯한 표정을 지으며 괴로워했다.

"끄, 끅……."

"폐하!"

타르실라의 애타는 외침에도 심장을 세게 부여잡고 있던 토마스 2세는 결국 정신을 잃었고, 동시에 궁의 여럿이 피로연장 안으로 들이닥쳤다. 귀족들의 웅성거림은 잦아들 줄 모른 채 커져만 갔다.

방금까지만 해도 웃음소리가 넘쳐났던 피로연장이 순식간에 혼란스러움으로 뒤덮였다.

4

The Empress Regent

피로연장 안의 소란스러움이 테라스 바깥까지 전해지지 않을 리 없었다. 알렉산드라와 라키아스는 피로연장 안에 무슨 일이 생겼음을 직감하고 표정이 이상하게 굳었다.

알렉산드라가 라키아스를 쳐다보며 말했다.

"무슨 일이 생긴 것 같습니다."

알렉산드라는 그 한마디만 남기고 서둘러 테라스를 떴다. 혼자 남은 라키아스가 심상치 않은 얼굴로 중얼거렸다.

"설마……."

"폐하, 정신 차려 보세요!"

타르실라가 거의 흐느끼는 듯한 목소리로 토마스 2세를 불렀다. 그 광경이 어찌나 애타 보였는지 주변에 있던 다른 귀족들이 안쓰러운 표정을 지을 정도였다.

알렉산드라는 정신없는 인파를 뚫고 겨우 토마스 2세와 다른 가족들이 있는 곳까지 도착했다. 클레이오가 다급한 목소리로 물었다.

“어디 있었어, 렉시?”

“테라스에서 잠깐 바람 쐬고 있었는데…… 폐하께 무슨 일이 생긴 건가요?”

“갑자기 쓰러지셨어.”

클레이오가 절망적인 목소리로 답했고, 알렉산드라는 바닥에 죽은 듯 누워 있는 토마스 2세를 쳐다보았다. 그를 둘러싼 궁의들이 원인을 밝혀내기 위해 진찰을 하는 모습이 보였지만, 알렉산드라는 오로지 토마스 2세의 핏기 없는 얼굴에만 집중했다. 그는 얼핏 보기에는 정말 죽은 듯 눈만 감고 있었다.

그 모습을 보자 알렉산드라는 등골이 서늘해졌다.

설마 정말로 이렇게 죽어 버리는 건 아니겠지?

“오늘 피로연은 여기서 파하도록 하겠다. 다들 돌아가도록 해.”

그때 타르실라가 특유의 고고한 목소리를 잃지 않은 채 날카롭게 소리쳤고, 타르실라의 서슬 퍼런 음성에 귀족들은 웅성대다가 결국 하나둘 씩 자리를 뜨기 시작했다.

어차피 이런 상황에서 자리를 지키고 있어봤자 좋은 꼴은 보지 못한다는 사실을 잘 알고 있기 때문이리라.

피로연장을 지키고 있던 모든 귀족들이 빠져나가자, 마침내 그 안에는 토마스 2세를 포함한 황실 가족들만 남게 되었다.

에밀리아나는 결혼식 당일 시아버지가 혼절하는 비참한 상황을 견딜 수 없었는지 괴로운 표정으로 제레미의 가슴에 얼굴을 묻고 있었고, 제레미는 시선을 토마스 2세에게 고정시킨 채 품에 안긴 에밀리아나를 다독였다. 제너스카는 황비가 독을 먹고 쓰러졌을 때와 비슷하게 별로 놀라지 않는 듯한 얼굴이었지만, 그 표정만큼은 분명히 묘하게 변해 있었다.

구경꾼들을 모두 내보낸 타르실라 황후는 그제야 이성을 찾은 듯 싸늘한 얼굴을 하고 있었고, 클레이오는 침음성만 삼키며 아버지를 걱정하는 듯한 모습을 보였다. 그리고 알렉산드라는, 거기 모여 있는 사람들 중 그 누구보다도 간절하게 토마스 2세가 다시 멀쩡히 일어나기를 바라는 사람이었다.

알렉산드라는 혹시라도 토마스 2세가 지금 이 자리에서 죽어버리는 건 아닌지 너무나도 걱정스러웠지만, 궁의들의 반응을 보니 다행스럽게도 그런 건 아닌 듯했다.

그녀가 불안감에 저도 모르게 왼쪽 손을 떨었고, 클레이오는 그런 그녀의 모습을 발견하고선 말없이 알렉산드라의 왼손을 잡아주었다. 하지만 알렉산드라에게 그리 위안은 되어 주지는 못했다.

"폐하께서 갑자기 왜 쓰러지신 건가."

타르실라가 날카로운 목소리로 궁의들에게 물었고, 진찰을 마친 궁의들은 그리 좋지는 않은 표정으로 결과를 말해주었다.

"평소에 심장이 안 좋으셨는데 오늘 무리를 하신 듯합니다."

"그래서 폐하께서는 언제 일어나실 수 있는 건가? 그것만 말해."

타르실라는 결코 인내심 많은 성격이 아니었고, 그것은 급한 상황에서 그대로 드러났다. 그런 그녀의 성격을 누구보다도 잘 알고 있는 궁의들은 요점만 간략하게 정리하여 답했다.

"현재로서는 아무도 장담할 수 없습니다, 황후 폐하."

"뭐라고?"

"다만 위험한 순간은 면하셨으니 당장 생명에는 지장이 없으실 겁니다. 그렇지만…… 언제 다시 눈을 뜨실지는 저희 중 누구도 장담할 수 없습니다."

"맙소사……."

타르실라가 비탄에 잠긴 표정으로 얼굴을 감쌌고, 평소답지 않은 약한 모습에 알렉산드라는 이질감까지 느꼈다.

타르실라가 그렇게도 남편을 사랑했던가?

알렉산드라는 회귀 전 그녀가 알고 있던 타르실라의 모습이 진짜가 맞았는지 의구심까지 들 정도였다.

그리고 한참 동안 피로연장에는 정적만이 깃들었다. 침묵이 3분가량 지속되었을 때, 모두가 뜻하지 않은 고요함을 불편해했지만, 그 누구도 함부로 입을 열려 들지는 않았다. 현재 그곳에서 가장 높은 위치에 있는 타르실라 황후의 눈치를 보지 않을 수 없었기 때문이었다.

궁의를 포함한 모두가 끝이 기약되어 있지 않은 조용함에 불편함을 느끼고 있는데, 드디어 타르실라의 굳게 닫혀 있던 입술이 열렸다.

"생각을 마쳤어."

타르실라는 누구에게 하는 것인지 모를 말을 내뱉고서는, 곧바로 카셰 후작부인을 불렀다.

"엘리너!"

몹시도 날카로운 음성에, 피로연장 구석에서 묵묵히 홀로 자리를 지키고 있던 엘리너가 종종걸음으로 다가왔다. 그녀는 그 상황에서 가장 동떨어진 사람이라고 봐도 무방했는데, 그것을 증명하듯 어떠한 감정도 얼굴에 드러나 있지 않은 상태였다.

엘리너가 조용한 음성으로 타르실라에게 물었다.

"하명하실 일이 있으십니까, 황후 폐하."

"모두 잘 듣도록 해. 황제 폐하께서 쓰러지셨다."

지극히도 당연한 사실 한 줄을 내뱉은 그녀가 곧바로 말을 이었다. 소름 끼치도록 낮은 목소리였다.

"황제께서 황태자를 정해두지 않으신 이상, 황후인 내가 섭정을 맡는다. 여기에 동의하지 않는 사람 있나?"

있을 리가 없었다. 모두가 침묵했고, 타르실라는 그것을 당연히 동의로 받아들였다. 그녀는 여전히 감정 없는 목소리로 말을 이었다.

"지금 이 시간 부로 레예스 황제의 모든 권한은 내게 있다. 반대하지 않으니 다들 동의한 것으로 알겠어."

타르실라는 그 말만 마치고선 자리에서 일어섰다. 그녀의 얼굴은 언제 슬픔을 보였냐는 듯 금세 식어 있었다.

그녀는 중앙궁의 시녀들에게 토마스 2세를 중앙궁으로 모셔 놓으라는 지시를 내린 다음, 엘리너에게는 내일 아침 열릴 예정이었던 궁정 회의를 그녀가 직접 섭정으로서 주최하겠다는 뜻을 모든 귀족들에게 전하도록 했다.

그렇게 모든 일이 차곡차곡 정리되어가고 있는데, 갑자기 타르실라가 다른 이야기를 꺼냈다.

"일이 이 지경이 되었는데 황비는 지금 뭘 하고 있는 거지?"

빈첸시아가 거론되자, 가장 당황한 사람은 누가 뭐래도 황비 소생의 1황자였다. 제레미는 당연히 어머니를 두둔했다.

"어머니께서는 몸이 안 좋으셔서 에인궁에……."

"몸이 안 좋다고 해도 그렇지. 황제 폐하께서 이 지경이 되셨는데 아직까지도 피로연장에 오지 않았다는 게 말이 되나?"

타르실라가 분노한 음성으로 꾸짖었고, 제레미는 마치 자신이 책망받는 것처럼 면목 없다는 듯 고개를 숙였다. 타르실라는 파사궁의 시녀를 불러 '당장 황비를 파사궁으로 부르라'는 지시를 모두가 보란 듯이 내리고선, 높은 구두로 요란한 소리를 내며 피로연장을 나섰다.

남겨진 알렉산드라가 골치 아프다는 표정으로 머리를 짚었다. 어찌 되었든 타르실라가 섭정이 됨으로써 황궁의 판도는 변화할 예정이었다.

에인궁에 돌아오긴 했지만, 빈첸시아가 토마스 2세가 쓰러졌다는 소식을 듣지 못한 것은 당연히 아니었다. 그 소란이 났는데 에인궁까지 소식이 전해지지 않는다면 그것이야말로 이상한 일일 터였다. 하지만 빈첸시아가 피로연장으로 달려가기도 전에, 타르실라가 보낸 시녀가 먼저 에인궁에 도착했다.

"섭정 폐하께서 파사궁으로 모셔오라고 말씀하셨습니다."

빈첸시아는 그 말을 듣자마자 하마터면 실소를 터뜨릴 뻔했다.

섭정이라니!

'그래, 벌써부터 섭정이란 말이지?'

물론 당연한 일이긴 했다. 황태자가 정해지지 않은 상황에서 섭정을 맡을 사람은 황제의 바로 옆자리에 앉는 황후뿐이었으니까.

그리고 그건 빈첸시아 입장에서는 거의 재앙과 다름이 없었다. 빈첸시아는 타르실라가 이번 기회에 자신과 1황자를 몰살시킬 거라는 직감에 사로잡혔다.

아니, 이건 거의 확신이었다. 그녀가 만약 타르실라라고 해도 똑같이 그럴 테니까. 이런 좋은 기회를 놓칠 수야 없잖은가? 문제는 그걸 빈첸시아가 당하게 생겼다는 점이었지만.

빈첸시아는 복잡한 표정으로 생각에 생각을 거듭하다가, 결국 당장 발등에 떨어진 불부터 끄자는 마음으로 방을 나섰다.

빈첸시아가 파사궁으로 들어섰을 때, 그녀는 은근히 파사궁의 시녀들이 자신을 깔보는 듯한 눈으로 쳐다보고 있다는 사실을 눈치챘다. 아마도 '황후가 섭정이 되었으니 황비는 끝났다'는 생각을 가지고 있는 듯했다. 빈첸시아는 그 같잖음에 하마터면 실소를 터뜨릴 뻔했지만, 최대한 인내하고서는 시녀들이 안내하는 쪽으로 걸어갔다.

굳게 닫힌 문 하나를 사이에 두고 빈첸시아는 타르실라와 마주했는데, 곁에 있던 카셰 후작부인이 그녀에게 조용히 말을 건넸다.

"오셨습니까, 황비 전하. 저희 폐하께서 애타게 찾으셨습니다."

그것만큼 어색한 문장도 없을 것이다. 만약 타르실라가 빈첸시아를 애타게 찾았다면 이유는 하나뿐이었을 테니까.

꼬투리를 잡기 위해서. 어떻게든 그녀에게 불리한 쪽으로 일을 몰고 가기 위해서.

그걸 모를 리 없는 빈첸시아로서는 엘리너의 말이 우습게만 느껴질 뿐이었다. 그녀가 고고한 목소리로 명령했다.

"얼른 고하기나 하시는 게 좋겠습니다, 카셰 후작부인."

"……섭정 폐하, 황비 전하께서 오셨습니다."

"안으로 들이도록 해."

바뀐 호칭이 아주 자연스럽군, 그래.

빈첸시아가 속으로 못마땅하게 중얼거리며 방 안으로 들어섰다. 그새 드레스를 갈아입은 것인지 피로연에서와는 또 다른 차림이 눈에 띄었다. 빈첸시아는 '음울한 얼굴' 가면을 쓴 채로 타르실라의 앞까지 다가가 우아하게 허리를 굽혔다.

"섭정 폐하, 부르셨다고 들었습니다."

빈첸시아가 정중하게 인사했음에도, 타르실라는 자리조차 권하지 않은 채 빈첸시아에게 불만을 제기했다.

"내가 자네의 입에서 가장 먼저 들어야 할 말이 그런 인사치레는 아닌 것 같은데."

"무슨 말씀이신지……."

"황제 폐하의 안위를 가장 먼저 묻는 게 순서 아닌가? 경박하긴……!"

"……."

어쭙잖은 현모양처 행세에 빈첸시아는 속으로 헛웃음을 터뜨렸다. 언제부터 그렇게 폐하를 끔찍하게 여겼다고…….

타르실라가 작금의 황제를 사랑하지 않는다고 굳게 믿고 있던 빈첸시아는 그 말이 상당한 가식으로밖에 느껴지지 않았다.

여전히 자리에 앉지 못한 채, 빈첸시아는 타르실라에게 사과의 말부터 건넸다.

"송구합니다, 폐하. 제 생각이 짧았습니다."

"정말?"

타르실라가 기묘하게 웃으며 물었다.

"정말 송구한가?"

"물론입니다, 폐하."

"그럼 증명해봐."

타르실라가 속삭이듯 말했다.

"무릎이라도 꿇으면, 믿을 것 같은데."

"……네?"

빈첸시아는 순간 자신이 잘못 들은 게 분명하다고 생각하며 타르실라를 쳐다보았다. 그녀의 귀가 잘못되지 않았다면, 타르실라는 지금 그녀에게 '무릎을 꿇으라'고 명령한 것이다.

당황스러움은 곧 분노로 바뀌었으나, 그렇다고 해서 빈첸시아가 특별히 할 수 있는 일은 없었다.

다행스럽게도, 빈첸시아는 그 정도의 분노쯤이야 마음속으로 인내할 수 있는 사람이었고, 타르실라 역시 곧바로 입가에 장난스러운 미소를 띠며 대꾸했다.

"농담이야, 농담. 우리 사이에 이런 말 하나로 질색하기는."

"……."

절대 농담이 아닐 게 분명한데도 타르실라는 그런 말을 했다. 빈첸시아는 순간 헛웃음을 터뜨릴 뻔했으나 이 또한 간신히 참았다.

지금은 그녀가 불리하다. 나중에야 어찌 될지 모르지만, 몸을 낮추려는 시늉이라도 해야 했다.

빈첸시아가 어색하게 미소를 지어 보이며 애써 분노를 사그라뜨리기 위해 노력했지만, 그 노력마저도 타르실라의 비웃음으로 돌아왔다. 그녀가 무슨 생각을 하는지 전부 다 드러나 보였기 때문이었다. 빈첸시아가 생각할 수 있는 것은 타르실라도 생각할 수 있었다.

슬쩍 자세를 측면으로 튼 타르실라는 기꺼이 져주기로 작정한 빈첸시아를 조소의 눈길로 바라보다가, 잠시 후 아무렇지 않게 말을 이었다.

"어쨌든 몸이 좋지 않다니 유감이야. 그것도 오늘같이 좋은 날…… 아, 이제 좋은 날이라고 하기에는 좀 그런가."

"……."

"하지만 보기 안 좋은 건 사실이네. 하필이면 며느리를 들이는 날 아프다는 건……."

"유감스럽게도, 그건 억측이십니다, 폐하."

빈첸시아가 결국 참지 못하고 한마디를 했고, 그 말에 고개를 옆쪽으로 조금 돌린 상태에 있던 타르실라는 기묘한 눈빛으로 빈첸시아를 살짝 내려다보았다.

결코 긍정적으로 해석할 수 있는 눈빛이 아니었기 때문에 빈첸시아는 뒤늦게 말대꾸한 것을 후회했지만, 이미 늦어 버린 일이었다.

타르실라는 한참 동안 빈첸시아를 바라보다가, 잠시 후 아무렇지 않게 틀었던 자세를 바로 하고선 입을 열었다.

"내가 너무 아픈 사람을 오래 붙잡고 있었던 것 같군. 괜히 미안해지는데."

"……괜찮습니다."

"이만 가보도록 해. 앞으로는 처신을 좀 더 똑바로 하도록 하고. 알았나?"

"네, 폐하."

조용히 읊조리듯 대답한 빈첸시아가 정중하게 허리 굽혀 인사한 다음 타르실라의 방에서 나갔다.

문 닫히는 소리가 나자마자 타르실라의 얼굴에서는 그나마 자리 잡고 있던 감정 한 자락마저 완전히 자취를 감추었고, 완전한 무표정이 된 그녀는 그보다 더 무감정한 목소리로 중얼거렸다.

"속으로 칼을 갈고 있는 게 눈에 빤히 보이는데, 가만히 살려둘 수야 없지."

늘 그렇듯, 후환은 없애는 것이 좋았다.

한편, 알렉산드라는 실의에 빠진 클레이오를 위로하고 있었다.

"부황께서 이대로 깨어나지 못하시면 어쩌지?"

클레이오가 절망적인 얼굴로 고개를 푹 숙인 채 중얼거렸고, 옆에 있던 알렉산드라는 위로하는 음성으로 그를 진정시켰다.

"너무 걱정하지 마세요, 전하. 궁의도 그랬잖아요. 아마 별일 없이 깨어나실 거예요. 무탈하게요."

"그렇겠지?"

하지만 그렇게 묻는 클레이오의 목소리는 영 절망적이었다. 그가 괴로운 표정을 지으며 알렉산드라의 가슴에 얼굴을 묻었고, 알렉산드라는 마치 현모양처라도 된 것처럼 다정한 손길로 그의 등을 다독여주었다.

하지만 클레이오가 보지 못할 알렉산드라의 얼굴은 안타까움이나 그와 비슷한 감정과는 거리가 멀었는데, 그건 그녀가 클레이오에게 완전히 공감할 수 없었기 때문이었다.

물론 토마스 2세가 죽지 않기를 바란다는 점에서는 같았으나, 그 이유가 클레이오처럼 효심은 아니었다.

알렉산드라는 원래 클레이오가 이렇게 효심이 깊은 남자였는지 회귀 전의 기억을 떠올리며 고개를 갸웃거렸다. 잘 모르겠다. 제레미 황자면 몰라도, 그녀가 기억하기로 클레이오는 토마스 2세가 죽었을 때 눈물도 많이 흘리지 않았으니까.

"폐하께서는 금방 쾌차하실 거예요, 전하. 너무 걱정 마세요."

"고마워, 렉시……."

클레이오가 지친 음성으로 알렉산드라에게 읊조리듯 말했다.

"역시 나한테는 당신밖에 없어."

"……뭘요."

알렉산드라가 다소 싸늘한 미소를 지으며 대답했다.

"저한테도 당신뿐이에요."

에밀리아나는 아침부터 불편한 기분에 사로잡혔다.

무언가에 화가 났기 때문은 아니었다. 어젯밤 토마스 2세가 쓰러졌기 때문이었다. 그날 아침 눈을 뜨면서부터 조찬을 들 때까지 내내 말수가 평소보다 적었던 에밀리아나는, 결국 디저트가 나올 무렵 1황자에게 말을 꺼냈다.

"전하."

"응, 에밀리?"

"제가 아무래도 간병을 해야 할 듯싶어요."

갑작스러운 에밀리아나의 선언에 당황한 것은 제레미였다. 그는 한동안 멍한 표정을 짓다가 잠시 후 멍청한 얼굴로 물었다.

"……응?"

"제가 황제 폐하의 간병을 해야 할 듯싶다고요."

"에밀리, 갑자기 그게 무슨 소리야. 간병을 하겠다니."

유례없는 에밀리아나의 선언에 제레미는 당연히 당황할 수밖에 없었다. 황족을 간병하는 것은 본디 시녀들이나, 높아 봐야 귀부인들의 일이었다.

황제가 쓰러진 상황에서 황자비가 황제를 간병했다는 말은 어디서도 들어본 적이 없었다. 역사서에도 전무한 일이었다.

제레미가 물었다.

"내가 생각하는 '그' 간병을 하겠다고 말하는 거야, 지금?"

"네, 전하."

"왜……?"

정말로 이해가 가지 않는다는 목소리에도 에밀리아나는 단호한 어조로 말했다.

"그게 도리인 듯싶어서요."

"도리라니, 에밀리."

제레미가 걱정스러운 얼굴로 그녀에게 물었다.

"설마 우리 결혼 피로연에서 부황 폐하가 쓰러진 일 때문에 그러는 거야? 그건 사고였어, 에밀리. 우리 잘못이 아니야."

"알아요, 전하. 그렇지만 꼭 그것 때문에 이런 말씀을 드리는 건 아니에요."

에밀리아나가 자애로운 미소를 지으며 말을 이었다.

"저는 황가의 첫 번째 며느리고, 피가 섞이진 않았지만, 부황께서는 제 아버지와 마찬가지인 분이세요. 그런 분의 간병이라면 마땅히 해야 한다고 생각했어요."

"하지만 에밀리, 법도에도 맞지 않은 일이야. 황실에 그런 일은 유례가 없었어."

"선례는 만들면 되는 것이고, 법도보다는 사람과 진심이 더 중요한 것 아니겠어요? 제가 폐하를 간병하고 싶어요."

"……."

아내의 고집에 제레미는 난감한 표정을 지어 보였다.

이런 일은 아무래도 황후와 상의하는 게 맞았다. 어쨌든 지금으로서 섭정은 그녀였기 때문이었다.

제레미는 잠깐 고민하는 표정을 짓다가, 잠시 후 알았다는 듯 고개를 작게 끄덕이며 말했다.

"알겠어, 에밀리. 내가 이따가 섭정 폐하를 찾아뵙고 말씀드릴게."

"아니에요, 전하."

에밀리아나가 고개를 저으며 말했다.

"고작 이런 일로 전하를 번거롭게 만들 수야 없지요. 제가 직접 섭정 폐하를 찾아뵐게요."

"그대가 직접?"

"네, 전하."

그렇게 말하는 에밀리아나의 입가에는 여전히 은은한 미소가 걸려 있었다.

아무래도 우호적인 관계는 아니었기 때문에 제레미는 그녀 혼자 파사궁에 보내는 것이 영 마음에 걸렸으나, 표정을 보아하니 쉽게 물러날 것 같지는 않았다. 결국 제레미는 잠시 후에 걱정스러운 표정으로 고개를 끄덕였다.

기쁜 듯 입가의 미소를 짙게 만드는 아내에게, 제레미가 경고하듯 당부했다.

"하지만 섭정 폐하의 앞에서는 뭐든지 조심해야 해, 에밀리. 무서운 분이시거든."

"설마요, 전하."

에밀리아나가 그럴 리 없다는 듯 고개를 저으며 반박했다.

"좋으신 분일 거예요. 어제 황제 폐하께서 쓰러지셨을 때 진심을 다해 슬퍼하시는 모습을 보고 너무 마음이 아팠어요. 그렇게 서글프게 우실 줄 아시는 분이 무서운 분이실 리 없잖아요? 다만 조금 엄하신 것뿐일 거예요."

"에밀리."

지나치게 이상적인 에밀리아나의 말에 제레미는 어쩐지 착잡한 기분이었다. 그녀가 지나치게 타르실라를 좋게 보고 있는 것이었다. 제레미 역시 빈첸시아에 비하면 타르실라를 잘 안다고는 말하기 어려웠으나, 적어도 그녀가 무섭지 않다는 사실에는 동의할 수 없었다.

타르실라는 무서운 사람이었다. 누가 뭐래도.

"그래도 조심하도록 해. 조심해서 나쁠 것은 없으니까."

"물론이에요, 전하. 제 태도는 항상 조심하고 저 스스로 경계해야지요."

빙긋 웃으며 답한 에밀리아나가 걱정하지 말라는 듯 마지막으로 덧붙였다.

"그렇지만 아무 일 없을 거예요, 전하."

"회의가 시작되는 시각이 11시라고 했나?"

시종들의 도움을 받아 제복을 갖춰 입던 라키아스가 그에게서 멀찍이 떨어져 서 있던 케이토에게 물었다.

케이토가 고개를 끄덕이며 간결하게 답했다.

"네."

"서둘러야겠군. 늦어도 30분 후에는 나가야겠어."

"어차피 준비를 다 마치시지 않으셨습니까."

케이토가 별걱정을 다 한다는 듯 어깨를 으쓱이며 화제를 돌렸다.

"황후, 아니 이제는 섭정인가. 하여튼 그 여자, 무슨 말을 꺼낼까요?"

"그녀는 바보가 아니야. 정적을 없애기에 지금처럼 적격인 때도 없지. 아마 속으로는 남편이 어서 죽기를 간절히 기도하고 있을걸?"

"뭐, 그 여자 성격이라면 그럴 법도 하군요."

케이토가 부정할 생각은 없다는 듯 고개를 끄덕이며 대꾸했고, 잠시 후 물었다.

"도대체 무슨 말을 꺼낼까요? 궁금하기도 해라. 마음 같아서는 저도 따라가고 싶은 심정이네요."

"그대가 없으면 이 성은 누가 지키나. 한 사람은 요새 안에서 방어해야지."

"여기가 에르네브도 아니고 방어는 무슨. 그냥 절 데려가기가 싫으신 거죠?"

"이런. 들켜버렸네."

공연히 너스레를 떤 라키아스가 갑자기 무언가를 생각하는 표정을 짓더니, 잠시 후에 입을 열었다.

"타르실라가 회의에서 무슨 말을 꺼내든, 이거 하나는 확실해."

"그게 뭔데요?"

"우린 가만히 앉아서 구경만 하면 된다는 거."

마지막으로 궁정 회의의 상징인 금색 월계수 배지를 재킷 위에 단 라키아스가 의미심장하게 웃으며 말했다.

"고래 싸움에 새우 등 터질 필요는 없잖아?"

타르실라가 섭정이 되고 난 뒤, 첫 궁정 회의였다.

회의장 안은 이미 일찍 온 귀족들로 바글바글했는데, 라키아스가 정시에 도착했음에도 불구하고 평소보다 늦게 온 것 같다는 느낌까지 받을 정도였다.

옆에 있던 귀족 둘이서 저들끼리 수군거리는 소리가 들려왔다.

"도대체 섭정께서 무슨 말씀을 하실까요?"

"낸들 알겠나. 다만 황비 쪽 귀족들에게 좋지 않은 내용일 건 확실해."

"이럴 때면 차라리 중립이 낫다니까요."

대부분 다 이런 내용이었다. 라키아스는 조용히 귀를 닫은 채 잠시 다른 생각에 잠겨 있었다. 하지만 오래지 않아, 시종의 우렁찬 목소리가 어수선한 회의장 안에 가득 울려 퍼졌다.

"섭정 폐하 드십니다!"

그 말을 들은 귀족들이 전부 우르르 일어섰고, 라키아스도 예외는 아니었다. 곧바로 문이 열리며 평소보다 화장을 짙게 한 채 새빨간 드레스를 입은 타르실라가 모습을 드러냈다.

그녀가 느릿하게 웃으며 회의장 안으로 들어왔다.

"회의장에서 보는 것은 오랜만이군."

타르실라는 그 한마디를 남긴 채, 원래라면 토마스 2세가 앉아야 할 자리에 앉았다. 그런 다음 자신에게 예를 차리기 위해 자리에서 일어선 귀족들을 빙 둘러보다가 곧 기분 좋은 미소를 지었다.

그런 타르실라의 행동을 이해하지 못했는지 다들 어리둥절한 얼굴이었고, 라키아스를 비롯한 몇몇 인사들만 그 행동에 냉소를 지었다.

타르실라는 한참 동안 그 행동을 지속하다가, 어느 노귀족이 허리에 통증을 느낄 정도의 시간이 흘러서야 이만 앉으라는 말을 꺼냈다.

그게 괜히 군기를 잡기 위한 행동이었다는 걸 자리에 앉을 때쯤에는 모두가 알아차릴 수 있었다.

"내가 이 자리에 직접 앉는 것은 처음인 것 같은데……. 다만 불미스러운 일로 앉게 되어 유감이야."

"황제 폐하께서는 어찌 되신 겁니까, 폐하."

"심각하신 상태입니까?"

몇몇 귀족들의 질문에도 타르실라는 여유를 잃지 않는 모습으로 답했다.

"그분께서 돌아올 수 없는 강을 건너셨다면 우리 모두 지금 이 자리에 있지 않았겠지. 다들 장례식을 치르기 위해 사원으로 달려가야 했을 거야. 하지만 다행스럽게도 폐하께서는 무탈하시고, 그래서 우리가 여기에 있을 수 있는 거지."

"폐하의 상태는 어떠십니까?"

"궁의의 말로는 고비를 넘겼다더군. 하지만 언제 깨어나실지가 불투명해. 그래서 내가 섭정이 된 것이다. 아, 설마 황태자도 없는 상황에서 여기에 반대하는 사람은 없겠지?"

"……."

이어진 침묵에 타르실라는 그럴 줄 알았다는 듯 엷게 미소 지었고, 잠시 후에는 친오라비인 코울리즈 공작에게 하문했다.

"코울리즈 공, 당장 회의에서 논의되어야 할 사안이 있나? 오늘 당장 처리해야 할 만큼 급한 것 말이다."

"다행스럽게도 없습니다, 폐하. 자잘한 것이 있긴 하지만, 오늘 당장 처리해야 할 만큼 급한 일은 아닙니다."

"……그래?"

코울리즈 공작의 말에 타르실라가 기묘하게 입꼬리를 끌어올려 웃었고, 그 미소에 회의장 안에는 어쩐지 정적만 감돌았다. 타르실라는 잘 되었다는 듯 아까보다 더 온화해진 목소리로 입을 열었다.

"황태자가 정해지지 않아 내가 '어쩔 수 없이' 섭정이 되긴 했지만, 본디 황후가 관여하는 일은 내궁의 일이 전부이기 때문에 궁 밖의 사정에 대해서는 전혀 아는 바가 없다. 하지만 국가의 대소사를 제왕학도 배우지 않은 황후가 계속 논한다는 것은 말이 안 되는 일이지."

예상과는 다른 전개에 귀족들은 다들 당황하는 낯빛을 띠었다. 그들이 생각한 것은 타르실라가 국정을 직접 쥐고 흔드는 것이었다.

실제로 과거 역사에서도 황제가 정사를 돌볼 수 없을 때 황후가 나라를 쥐고 흔든 일이 빈번하게 이루어졌다. 더구나 상대는 개국 공신 코울리즈 가문 출신의 황후 아닌가.

그러니 이렇게 약점이 될 수 있는 부분을 드러내며 이야기를 시작하는 것은 정말로 생각지도 못한 일이었다.

하지만 그들의 당황은 시작에 불과했다.

"나보다는 황자들이 더 국정을 잘 돌볼 수 있다고 생각하는데. 경들의 생각은 어떤가."

"물……론 그렇습니다만, 설마 세 황자님들 모두를 국정에 참여시키실 생각이십니까?"

"그럴 리가. 사공이 많으면 배가 산으로 가는 법이지."

"그렇다면……."

"한 명만 참여시켜야 하지 않겠나."

"폐하, 그 말씀은 설마……."

"황태자를 책봉하겠다."

그 대답에, 여기저기서 술렁이는 소리가 나왔다. 지극히 당연한 일이었고, 라키아스 또한 이런 생각까지는 하지 못했는지 눈썹을 찡그리는 얼굴이 되어 있었다.

그때, 황비의 아버지인 이가렐 공작이 불쾌한 얼굴로 말했다.

"아무리 섭정이시라고 해도 황태자 책봉은 황제의 고유 권한입니다, 폐하."

"그렇다면 공의 말은, 섭정인 내가 황태자를 책봉하는 게 부적절하다……."

타르실라가 한쪽 눈썹을 치켜 올려 뜨며 물었다.

"이건가?"

"후일 황제 폐하께서 깨어나셨을 때의 파장을 생각해 보십시오, 폐하."

"그렇다면 이렇게 가정해보지, 공. 만약 황제 폐하께서……."

타르실라가 갑자기 목소리를 잔뜩 낮추어 말을 끝맺었다.

"이대로 깨어나시지 않는다면?"

"폐하!"

"날 그렇게 역도를 바라보는 듯한 눈으로 바라보지 말게, 공. 상당히 불쾌해서 경질이라도 명령하고 싶은 심정이라."

"폐하!"

이가렐 공작이 분노한 음성으로 타르실라를 불렀지만, 타르실라가 거기에 눈 하나 깜짝할 리 없었다. 어쨌든 지금 이 나라에서 가장 높은 사람은 타르실라였고, 아무리 이가렐 공작이 황비의 아버지에 명문가의 가주라고는 해도 타르실라가 그를 경질한다면 막을 수 있는 명분이 없었다.

적어도 지금으로서는 그랬다. 이가렐 공작이 따지듯 말했다.

"하실 말씀이 있고, 하지 않으셔야 할 말씀이 있는 법입니다. 아무리 섭정이라 하셔도요."

"공, 만약 황제 폐하께서 이대로 일어나시지 못한다고 한번 가정해볼까?"

타르실라가 이가렐 공작의 말을 완전히 무시한 채 말을 이었다.

"황태자가 없는 상황에서 누군가는 황위를 계승해야겠지. 물론 당장은 지금처럼 내가 황후로서 섭정을 맡을 수도 있어. 하지만 일시적일 뿐이다. 황자가 셋이나 살아 있는데 황후인 내가 계속 섭정을 맡을 수는 없는 노릇이니까."

"……."

"하지만 그때 가서는 누가 황태자의, 아니 황제의 자리에 오르느냐 이거야. 원래 황제가 급작스럽게 서거하고, 후계자가 없으면 섭정을 맡은 황후가 황제를 지정할 수 있다는 사실은 다들 알고 있을 것이다. 제국법에도 명백하게 나와 있는 내용이니까."

타르실라가 이가렐 공작을 날카롭게 바라보며 물었다.

"그걸 원하나? 내가 독단적으로, 내 태로 직접 낳은 아들이라는 이유 하나만으로 2황자를 황위에 올리기를 원해? 모두의 뜻이 그러한가? 이가렐 공작, 말해보게."

"……."

이가렐 공작은 아무 말도 할 수 없었다. 유감스럽게도 타르실라의 말은 구구절절 사실이었다. 만약 재수 없게도 황제가 이대로 죽어 버린다면, 황위는 정말로 의심할 여지 없이 2황자의 차지가 되어버리고 만다. 그때는 아무도 그것을 막을 수 없다. 섭정이 타르실라 황후일 테니까.

황비의 아버지인 이가렐 공작이 입을 다물자, 더 이상 나설 수 있는 사람은 아무도 없었다. 타르실라는 모든 상황이 자신의 뜻대로 흘러가는 것에 더할 나위 없는 만족감을 느끼며 좌중을 향해 물었다.

"그렇다면 모두 동의하는 것이지?"

"……."

"다들 꿀 먹은 벙어리가 되셨나. 침묵은 긍정으로 알아듣도록 하지."

어쩐지 즐거움까지 느껴지는 목소리로 타르실라가 말을 이었다.

"황태자를 책봉하는 일이 간단한 일도 아닌 만큼, 오늘 당장 무언가를 논의하지는 않겠어. 논의는 내일부터 시작하도록 하지."

"섭정 폐하, 특별히 생각해 두신 방법이라도 있으십니까?"

"그런 게 어디 있겠나, 경. 나도 섭정이 된 지 만 하루도 지나지 않았다네."

빙긋 웃어 보인 타르실라가 나긋한 목소리로 말을 보탰다.

"다만 다음 대 궁정 회의를 주재할 사람이니만큼 여기 모인 귀족들의 뜻이 가장 중요하다고 보는데…… 내 생각이 틀렸나?"

"아닙니다, 폐하!"

"현명하신 판단이십니다, 폐하."

아까와는 달리 여기저기서 아부성 동의가 들려왔고, 타르실라는 그럴 줄 알았다는 듯 미소 지었다.

"오랜 시간에 걸쳐 신중히 결정해야 하는 문제이니만큼 너무 조급하게 생각하지는 말도록."

그렇게 말한 타르실라가 코울리즈 공작을 쳐다보며 말을 맺었다.

"오늘은 아까 공이 말했던 그리 중요하지 않은 문제들이나 논의해보도록 하지."

코울리즈 공이 말했던 '그리 중요하지 않은 문제들'의 양이 상당했기 때문에, 회의는 점심시간을 훌쩍 넘긴 3시 정도가 되어서야 끝이 났다.

귀족들은 모두 주린 배를 움켜잡고 집으로 돌아갔지만, 타르실라는 이상하리만치 배가 고프다는 생각이 들지 않았다.

아마 지나치게 기분이 좋아 그것이 마약 같은 효과를 낸 게 분명하다고 생각하면서, 타르실라는 붉은색 드레스 자락을 질질 끌며 파사궁으로 걸어갔다. 옆에서 함께 걷던 엘리너가 즐거운 표정을 지으며 타르실라에게 물었다.

"귀족들 표정을 보셨습니까? 아주 가관이던데요."

"그렇겠지."

타르실라가 비소를 지으며 덧붙였다.

"누가 상상이나 했겠어? 황제가 병환으로 쓰러진 다음 날 곧바로 황태자 책봉을 논하는 황후라니."

"확실히 위험한 시도이긴 했지요. 그래도 폐하께서 하셨기 때문에 별문제 없이 다뤄질 수 있었던 겁니다."

"맞아. 까딱하다간 역모로 몰릴 수 있는 발언이었지. 하지만 내 발언에는 흠결이 없었으니까."

나른한 목소리로 대꾸한 타르실라는 어느새 파사궁까지 도착했고, 궁의 입구에 들어서자마자 한 시녀가 그녀에게 다가와 말을 전했다.

"폐하, 손님이 와계십니다."

"손님?"

타르실라가 한쪽 눈썹을 치켜뜨며 중얼거렸다. 그녀가 알기로 그녀를 찾을 손님은 별로 없었다. 기껏해야 오라비인 코울리즈 공작이 전부일 터였다. 그녀가 지레짐작하고 물었다.

"코울리즈 공인가?"

"아닙니다, 폐하. 1황자비 전하십니다."

"1황자비가?"

전혀 예상치 못한 인물에 타르실라가 놀란 목소리로 물었다.

"어째서?"

"그것까지는 말씀하지 않으셨고, 다만 폐하께 부탁드릴 일이 있다고 하셨습니다."

"흐음……."

타르실라가 의외라는 듯한 얼굴로 무언가를 생각하다가, 잠시 후 다시 시녀에게 물었다.

"1황자비는 어디에 있지?"

신부 수업이 헛되지는 않았는지, 에밀리아나는 꼿꼿한 자세로 의자 위에 앉아 우아하게 차를 마시고 있었다.

시녀가 끓여준 녹차가 상당히 일품이었는데, 녹차 특유의 쓴맛을 싫어해 그리 즐겨 마시지 않던 에밀리아나가 거부감 없이 마실 수 있을 정도로 차에서는 훌륭한 맛이 났다.

"1황자비 전하."

그때, 조용한 응접실 안에 시녀의 목소리가 울려 퍼졌다.

"섭정 폐하께서 드셨습니다."

"아."

에밀리아나가 얼른 자리에서 일어섰고, 동시에 문이 열리며 타르실라가 들어왔다. 궁정 회의에 참석했다가 드레스도 갈아입지 않고 곧바로 들렀기 때문에 그 화려한 화장과 붉은 드레스를 그대로 입은 채였다. 거기에 타르실라의 표정이 따뜻함이나 자애로움과는 상당히 거리가 멀어서, 에밀리아나는 괜히 주눅이 들었다.

타르실라가 대놓고 귀찮다는 티를 내며 그녀에게 물었다.

"여기까진 어쩐 일인가, 비?"

"아."

멍을 때리고 있던 에밀리아나는 곧 그녀가 타르실라에게 인사를 올리지 않았다는 사실을 깨닫고서는 재빨리 허리를 굽혔다.

"제국의 달, 만민의 어머니, 섭정 폐하를 뵙습니다. 레예스와 파사궁에 무한한 영광을."

"참 빨리도 인사하는구나."

조소하듯 말을 뱉은 타르실라가 자리에 털썩 앉았고, 이번에도 그녀는 에밀리아나에게 앉으라는 말을 하지 않았다가, 잠시 후에야 앉으라고 말했다. 에밀리아나는 그제야 조심스럽게 자리에 앉았다.

타르실라가 물었다.

"용건이 뭐냐고 아까부터 물었다."

"아."

에밀리아나가 퍼뜩 정신을 차리고선 조심스럽게 말했다.

"부탁드리고 싶은 것이 있어 찾아뵈었습니다, 섭정 폐하."

"그러니까 그것이 무엇이냐고."

귀찮다는 듯한 기색을 온 얼굴로 표현해내던 타르실라는, 그러나 곧바로 이어진 에밀리아나의 말에 완전히 얼굴을 굳혔다.

"황제 폐하의 간병을 돕고 싶습니다."

"……뭐?"

한참 후에야 타르실라가 멍한 표정으로 물었고, 에밀리아나는 그녀가 잘 못 들은 것이라고 생각했던 것인지 다시 한번 친절하게 말해주었다.

"황제 폐하의 간병을 돕고 싶……."

"참 특이한 아이로구나."

타르실라가 그녀의 말을 끊은 다음 중얼거렸다. 어쩐지 싸늘한 목소리였다.

"그게 황궁의 법도에 어긋난다는 사실은 수업을 통해 이미 배운 것으로 아는데? 아니면 황궁에서 파견한 예절 교사가 엉터리였나?"

"그건 아니……."

"그렇다면 왜 비의 입에서 그런 말이 나오는 거지?"

타르실라가 다시 한번 에밀리아나의 말을 끊으며 물었고, 에밀리아나는 아까 그녀가 제레미에게 했던 말을 아무래도 취소해야겠다고 생각했다.

타르실라는 엄한 것을 넘어 그냥 무서웠다. 기가 남다른 사람이라고 생각하며, 에밀리아나가 답했다.

"저는 그저 황제 폐하의 며느리로서 제가 할 수 있는 최선을 다하고 싶었을 뿐입니다, 황후 폐하. 궁중의 법도를 어기는 일이라 불쾌하게 여겨지실 수도 있겠지만, 법도보다는 사람이 먼저라고 배웠는데…… 혹 안 될는지요."

"황실의 품위와 관련된 일이니까. 그런 일을 황자비 같은 지위의 여인이 한 적은 거의 없었어."

날카롭게 지적한 타르실라가 에밀리아나를 쳐다보았다. 유유상종이라고, 제레미와 비슷하게 상당히 순해 보이는 얼굴을 가진 여자였다.

사실 타르실라는 빈첸시아 황비는 경계해도 그 아들인 제레미는 그럴 만한 그릇이 되지 못한다고 판단해 그리 심하게 경계하지는 않았는데, 아마 이 여자도 제레미와 같은 부류인 듯했다.

에밀리아나를 잠시간 빤히 쳐다보던 타르실라는 잠시 후 알았다는 듯 고개를 끄덕였다.

"네 뜻이 정말로 그렇다면 어쩔 수 없지."

"정말이십니까, 폐하?"

에밀리아나가 금세 기쁜 표정으로 변해 물었고, 타르실라는 인심 썼다는 사람처럼 다시 고개를 끄덕였다.

"중앙궁에 말해둘 테니 네가 원하는 대로 하거라."

"감사합니다, 황후 폐하."

그렇게 답하는 에밀리아나의 표정이 진심으로 기뻐 보여서, 타르실라는 그 표정을 보고 난 후 완전히 에밀리아나에 대한 경계를 유보할 수 있었다.

한편, 궁정 회의에서 있었던 일을 전해 들은 알렉산드라의 기분은 황당함 그 자체였다.

아무리 그래도 그렇지 이런 식으로 나올 줄이야. 알렉산드라는 참 타르실라답다고 생각하면서도, 상당히 위험한 발언이었다는 사실은 무시할 수 없다고 생각했다.

"그렇다면 3황자에게도 황태자 책봉의 자격이 있다고 타르실라가 공인한 셈인데……."

그때, 바깥에서 페넬로페의 목소리가 들려왔다.

"황자비 전하."

"무슨 일인가요?"

"3황자 전하께서 드셨는데요. 안으로 모실까요?"

타이밍도 좋다. 하필이면 이런 순간이라니. 알렉산드라가 피식 웃으며 말했다.

"모시도록 하세요."

알렉산드라가 천천히 자리에서 일어섰고, 곧 문이 열리며 클레이오가 모습을 드러냈다. 알렉산드라가 가식적인 미소를 띤 채 물었다.

"전하, 이 시간에는 무슨 일이세요?"

"곧 석찬 들 시간이라, 오랜만에 같이 식사나 할까 해서."

그러고 보니 곧 5시였다. 알렉산드라는 이 남자와 밥을 먹는 것처럼 체하기에 십상인 일도 없겠다고 생각했지만, 겉으로는 정말 기쁘다는 듯 웃으며 고개를 끄덕였다.

"저야 좋지요. 엘로웬에게 말해 둘게요."

그렇게 말한 알렉산드라가 문가로 걸어가려는데, 갑자기 클레이오가 그녀의 팔목을 붙잡았다. 알렉산드라가 의아해진 눈으로 클레이오를 바라보자, 그가 다정하게 웃으며 그녀에게 말했다.

"어차피 곧 시녀들이 차를 가지고 올 텐데. 그냥 있어."

"그럴……까요?"

알렉산드라가 떨떠름하게 말하며 다시 자리에 앉았고, 클레이오는 그제야 만족스럽게 미소 지었다. 잠시 후 클레이오의 말대로 시녀들이 차를 가져왔고, 알렉산드라는 그때 요리장에게 두 사람 몫의 석찬을 준비하도록 말해달라고 지시했다.

모두가 나가고 다시 단둘만 남았을 때, 따뜻한 기문 티를 한 모금 마신 알렉산드라에게 클레이오가 물어왔다.

"궁정 회의에서의 일, 들었어?"

클레이오는 가장 민감한 주제를 먼저 꺼낸 것이었다. 알렉산드라가 고민의 여지 없이 곧바로 답했다.

"네, 전하."

"하긴. 못 들었을 리가 없지."

그 말이 끝나고 두 사람 사이에는 침묵이 감돌았다. 알렉산드라는 말을 아꼈고, 보아하니 클레이오도 그런 듯했다.

침묵이 지루해질 무렵 클레이오가 다시 입을 열었다.

"지지하는 형님이 있어, 렉시?"

"전하."

핵심을 말하지 않고 겉의 이야기만 빙빙 돌리는 클레이오의 화법은 회귀 전에도 상당히 짜증스러웠던 습관이었다. 알렉산드라가 진지한 얼굴로 클레이오를 부르자, 클레이오가 고개를 끄덕이며 답했다.

"응, 렉시. 말해."

"황제가 되고 싶으세요?"

"……어?"

알렉산드라는 이것이 회귀하고 처음으로 보는 클레이오의 당황한 표정인 것 같다고 생각하면서, 새삼 그녀에게 그보다 훨씬 더 당황한 일이 잦았다는 잡생각을 했다. 그녀가 다시 그에게 물었다.

"황제가 되고 싶으시냐고 여쭈었어요."

"렉시, 어떻게 그런 말을……."

"되고 싶지 않으세요?"

"……난."

클레이오가 주저하다 말을 꺼냈다.

"그대도 알고 있겠지만, 나는 3황자야. 어머니는 돌아가셨고, 황후 폐하나 황비 전하보다 좋은 외가가 있는 것도 아니야."

"그래서요?"

"'그래서요'라니, 렉시."

클레이오가 슬픈 목소리로 말을 이었다.

"두 형님을 꺾고 내가 황제가 될 수 있는 방법이 없어."

"전하."

알렉산드라가 차분한 목소리로 클레이오를 불렀다.

"그런 건 중요하지 않아요. 역사에도 수두룩하답니다. 창녀의 아들도 황제가 되었고, 이방인이던 사내도 황제가 되었어요."

"렉시, 그분들은 예외일 뿐이야. 지극하게 확률이 낮은. 또 나는 그 단점을 깨부술 만한 그릇도 되지 못해."

알렉산드라는 클레이오의 이런 면을 좋아했다. 그는 자신에 대한 분석이 가차 없었다. 조금이라도 포장해줄 법한데, 결코 그러지 않았다.

다시 생각해 보니 그것이야말로 진솔함으로 포장된 무능이었는데. 그때 도망쳐야 했다. 정말 뭐에 씌어도 단단히 쓰인 게 틀림없었다.

어리석었던 회귀 전의 자신. 사람 보는 눈이 그렇게 없었으니, 어찌 보면 그녀 역시 지독히도 무능한 사람이었다.

속으로 자조하며, 알렉산드라가 말했다.

"제가 도와드릴게요, 전하."

"뭐?"

"제가, 이 알렉산드라가."

알렉산드라가 단단해진 목소리로 말했다.

"전하가 황위에 오르는 것을 도와드리겠다고요."

이 남자를 황좌에 앉히고 싶었다.

그를 사랑했기 때문에, 황제가 되고 싶다는 욕망마저 순수해 보였다. 그래서 모든 것을 희생해 남편을 황제로 만들고 정작 자신은 내쳐졌다.

그때 이 남자의 욕망을 무시했더라면 괜찮았을까.

남편은 변하지 않았을까.

'아니야.'

그녀는 간단하게 답을 내렸다. 사실은 그녀 역시 알고 있었다. 그녀 역시 황좌를 욕망했던 탓이다.

황족도 아닌 여자의 몸으로 황좌와 가장 가까워지는 방법은 황족인 남편과 결혼하여 황후가 되는 방법밖에는 없었다.

그녀는 그를 순수하게 사랑하여 결혼했다고 믿고 있었지만, 어쩌면 황족이라는 그의 핏줄 또한 사랑했는지도 몰랐다.

그러니 그녀는 단순히 남편을 위해서만 움직인 것은 아니었다. 그녀를 위해서, 황후가 되고 싶었기 때문에도 움직였다. 나중에 일이 잘 되고 나서야 그 욕망을 희생이라는 이름으로 포장한 것이었다.

알렉산드라는 다시 한번 자조했다. 물론 그렇다고 해서 이 남자가 회귀 전 자신에게 한 짓이 정당화되는 것은 아니었지만.

인간이 욕망에 충실한 것이 죄는 아니었지만, 그가 그녀에게 했던 일들은 분명 죄였다.

"제가 도와드릴게요, 전하. 할 수 있어요."

"렉시, 난……."

"싫으시면 말씀하세요, 전하."

알렉산드라가 떨리는 목소리로 클레이오에게 말했다.

"싫으시다면 그만두셔도 돼요. 강요하고 싶지 않아요."

물론 말뿐이었고, 알렉산드라 또한 이 남자가 그만둘 거라는 생각은 조금도 하지 않았다. 그녀의 회귀로 운명이 어그러진다고 해서 가장 기본적인 사실마저 변하는 것은 아니었다.

이 남자는 욕망의 화신이었다. 그런 남자가 이런 달콤한 제안을 거절할 리가.

"내가 황제가 되길 원해, 렉시?"

그는 교활하게도 그녀에게 책임을 넘겼다. 알렉산드라는 그 모습에 실소를 퍼부어주고 싶었지만, 본심을 숨기고 그 대신 친절하게 성녀 같은 미소로 답해주었다.

그가 그러했듯이.

"원해요, 전하."

알렉산드라의 대답에, 클레이오는 그녀를 빤히 쳐다보았다. 그는 지금 무슨 생각을 하고 있을까.

이 순진하고 멍청한 여자가 자신을 위해 희생할 거라는 사실에 기뻐하고 있을까. 그도 아니면 자신의 아내가 자신을 황제로 만들어 줄 거라는 말에 진심으로 감동받아 고마워하고 있을까.

'하긴, 어느 쪽이든 상관은 없지만.'

"렉시."

잠시 후, 클레이오가 떨리는 목소리로 그녀를 불렀다. 알렉산드라가 옅게 미소 지으며 말하라는 듯 고개를 끄덕였다.

그가 평소와는 다른, 진지한 얼굴로 그녀에게 말했다.

"나, 해볼게. 황제가 되고 싶어."

"전하……."

"그대를 황후로 만들어 주고 싶어. 세상에서 가장 아름답게 빛나는 왕관을 그대의 머리 위에 씌워주고 싶어."

감히 그따위 말을 지껄이다니. 알렉산드라는 속으로 냉소를 지었다.

'역겹기 그지없군.'

지금까지 클레이오에게 들었던 말들 중 가장 견딜 수 없을 정도로 끔찍한 말이었다. 자신의 검은 욕망을 아내를 위한 사랑으로 포장하는 그의 가식이 더러워 견딜 수가 없었다.

알렉산드라가 폭발하는 분노를 참지 못하고 몸을 부들부들 떨었지만, 클레이오는 꽤나 진지했던 상황 탓인지 그런 그녀의 변화를 눈치채지 못했다.

알렉산드라는 한참 후가 되어서야 겨우 진정할 수 있었다. 그녀는 남편의 결의에 엄청난 감동이라도 받은 사람처럼 그를 꼭 끌어

안았고, 클레이오 역시 알렉산드라를 꼭 안아 주었다.

그 덕분에 클레이오에게 자신의 얼굴이 보이지 않게 되자, 알렉산드라는 그제야 그에 대한 짙은 혐오를 얼굴에 그대로 드러낼 수 있었다.

'조금이라도 내게 고마워하지 마, 레이. 내가 당신에게 미안해할 만한 여지를 조금도 남겨두지 말아줘.'

알렉산드라가 속으로 그렇게 생각하며 겉으로는 사랑스러운 목소리로 속삭였다.

"사랑해요, 전하."

그다음 날, 그러니까 타르실라 황후가 섭정이 된 지 사흘째가 되었을 때 다시 한번 궁정 회의가 열렸다.

보통 이틀에서 사흘까지의 간격을 두고 열리는 것이 일반적이었으나 아무래도 상황이 상황인지라 예외를 둔 듯했다.

모든 귀족들이 섭정 황후가 황태자 책봉을 선포한 후 그다음에 열리는 회의에 주목했다. 황태자를 책봉하겠다고는 했지만, 과연 어떤 방법으로 황태자를 책봉할 것인가?

타르실라는 그날 열린 회의에서, 마치 남의 일을 바라보는 듯한 태도로 회의장에 있던 귀족들에게 말했다.

"어쨌든 황제를 도와 국정을 운영하는 사람들은 내가 아니라 경들이니, 나보다는 경들이 차기 황제에 누가 가장 적합한지를 잘 판단할 수 있다고 생각해. 그렇지 않은가?"

"타당한 말씀이십니다, 폐하."

"그러니 한번 말을 해보게."

타르실라가 빙긋 웃으며 말했다.

"누가 황태자감으로 가장 적합한가?"

타르실라의 말이 끝났지만, 그 후에도 쉽사리 먼저 입을 열려는 사람은 없었다. 아무래도 첫 번째 순서라는 말이 주는 부담감 때문이리라. 타르실라는 때아닌 침묵이 회의장 안을 감싸자, 이럴 줄은 몰랐다는 듯 의외라는 목소리로 물었다.

"아무도 없는 건가?"

"폐하."

그때 누군가가 입을 열었다. 익숙한 목소리에 타르실라가 '그럼 그렇지' 하는 얼굴로 목소리의 주인을 돌아보았다. 그는 모두의 예상대로, 타르실라의 친오라비인 코울리즈 공작이었다.

올해로 쉰다섯의 생일을 맞은 그는 나이보다 젊은 외모를 가지고 있었는데, 타르실라 역시 그 나이 또래에 비해 동안인 것으로 봐서는 코울리즈 가문의 내력인 듯했다.

그가 당연하다는 듯한 목소리로 말했다.

"당연히 황후 폐하의 자녀이신 2황자 전하가 다음 대 황위에 올라야 한다고 생각합니다. 황제의 혈통과 정통성처럼 중요한 것은 없지요."

"그렇게 치면 황비 전하 소생의 1황자 전하께도 자격이 충분한 것 아닙니까?"

이가렐 공작이었다. 그가 당당한 목소리로 말을 이었다.

"황제 폐하의 첫 번째 황자시고, 황비 전하의 아드님이십니다. 여기서 무슨 말이 더 필요합니까? 더구나 2황자는 지난번 홍등가 출입과 사생아 문제로 물의를 일으킨 적도 있지 않소?"

"사생아 루머가 거짓이라고 밝혀진 지가 언제인데!"

"그걸 누가 입증할 수 있겠습니까, 코울리즈 공. 외조카 분이시라고 지나치게 감싸시는 것 같군요."

"사실이 그렇다는 겁니다, 사실이!"

"그 사실을 누가 믿느냐, 이게 문제 아니겠습니까?"

"이보시오, 이가렐 공작. 계속 이렇게 시비를 거시면 나도 그냥 가만히 있을 수만은 없습니다. 여기가 어디라고 자꾸 유언비어를 입에 담는 겁니까? 신성한 회의장에서!"

"유언비어라니! 코울리즈 공, 그대야말로 말조심하는 게 좋지 않겠소? 공이 그렇게 싸고도는 2황자가 그렇게 깨끗하다면 빅시어스 가문에서 왜 혼담을 먼저 취소했을까?"

"하, 스스로 독을 먹고 아닌 척하면서 황후 폐하께 누명까지 씌운 황비 전하의 아버지께서 깨끗함을 논하는 건 매우 부적절하다고 생각되지 않으십니까? 자기 잘못한 건 하나도 모르는 분이시군요."

"뭐라고? 이 머리에 피도 안 마른 게 어디서……!"

"……다들 그만하지."

어느새 두 공작의 싸움터가 되어버린 회의장 안에서, 타르실라가 경고조의 한마디를 날렸다. 그녀의 표정은 상당히 언짢아 보였는데, 다른 것보다 거의 잊기 직전이었던 아들의 치부가 이가렐 공작의 입에서 다시 한번 언급되었기 때문이었다.

그때의 일을 상기한 타르실라가 저도 모르게 이를 부득 갈았다. 그때가 그녀 인생에서 가장 짜증났던 시기들 중 하나라고 타르실라는 당당하게 말할 수 있었다.

"두 사람의 의견이 상당히 갈리는 것 같은데……. 다른 사람들은 왜 가만히 있는 거지? 의견이 없는 것도 아닐 텐데 말이야."

"……."

"다들 꿀 먹은 벙어리가 되셨나."

타르실라가 실소를 머금은 채 중얼거렸고, 어느새 소란스러웠던 회의장 안에는 다시 고요함만 감돌았다.

사실 그곳에 모인 모두가 알고 있듯이, 이미 황태자 후보는 둘로 좁혀져 있었다. 황비 소생의 1황자와 섭정 황후 소생의 2황자.

이미 두 황자의 외족인 두 공작이 의견을 냈기에 다른 사람들은 함부로 말을 꺼낼 수가 없는 것이었다.

타르실라 역시 그 사실을 알고 있었기 때문에 그냥 옅게 미소만 짓고 있었다. 그녀가 무언가를 생각하는 듯한 표정을 짓다가, 잠시 후에 입을 열었다.

"사실 거수로 정하는 게 가장 공정하다 싶은데, 그건 너무 황가의 체면을 손상시키는 일이라……."

"그렇다면 황후 폐하께서는 특별히 염두에 두고 계시는 방법이 있으십니까?"

한 귀족이 물어왔고, 타르실라는 마치 그 질문만 기다려온 사람처럼 입꼬리를 길게 끌어올려 웃은 다음 답했다.

"그 사람이 적임자인지 아닌지를 알아볼 수 있는 가장 좋은 방법은 그 일을 시켜보는 것이지. 그렇지 않은가?"

"그렇습니다, 폐하."

"내가 알기로 황제께서 쓰러지시기 전 추진하려 하셨던 사업이 하나 있다고 들었는데……."

"메스타트 지역에 요새를 짓는 일 말씀이십니까?"

메스타트 지역은 제국의 남쪽 경계에 위치한 요새지대였는데, 몇 해 전 일어난 지진으로 인해 요새가 많이 약해져 있었다. 때문에 토마스 2세는 메스타트 지역에 새로운 요새를 건설할 계획을 세우고 있었는데, 타르실라는 코울리즈 공작에게 그 이야기를 이미 들어 알고 있었다.

그녀가 고개를 끄덕였다.

"그 일을 두 황자에게 맡겨 보는 것은 어떤가? 최소 비용으로 최대의 결과물을 내는 사람에게 황제의 자질이 있겠지. 두 황자가 실무 경험이 전무하다고는 하나, 그 일 정도면 충분히 해낼 수 있으리라 보는데. 결과물을 눈으로 직접 확인할 수 있으니 경들은 물론 추후 황제 폐하께서도 판단하시는데 충분히 유의미한 역할을 할 수 있으리라 생각해. 경들 의견은 어떤가?"

"좋은 생각 같습니다, 폐하."

'웃기는군.'

라키아스가 속으로 비소를 지었다. 황제가 깨어나지 않는 것을 가정해 황태자를 책봉하자고 할 때는 언제고, 그새 그가 깨어나는 상황을 입에 담다니.

사실 이 상황 자체가 그로서는 약간 우습게 느껴졌다. 황후는 공정한 것보다는 자신 쪽에 유리한 게임을 좋아하는 사람이었고, 그 누구보다도 그녀의 아들이 황태자가 되고, 황제가 되기를 바라는 사람이었다.

그런 사람이 이런 공정한 게임을 제안한다?

'분명 꿍꿍이가 있군.'

황후는 절대 불리한 게임을 시작하는 사람이 아니다. 이 게임은 2황자에게 유리하게 흘러갈 가능성이 상당히 농후했다.

그렇지 않다면 그녀가 먼저 이런 '겉으로는 분명 공정해 보이는' 게임을 제안할 리 없었으니까.

"그럼 그렇게 진행하도록 하지."

타르실라가 부드러운 목소리로 말했다. 마치 모든 일이 그녀의 뜻대로 흘러가 기뻐하는 사람의 얼굴을 한 채로.

"황후가 먼저 그런 제안을 했다고?"

에인궁에서 정무를 보던 빈첸시아가 믿을 수 없다는 목소리로 물었다. 그러자 소식을 전해준 시녀가 틀림없다는 듯 고개를 끄덕였다.

"그렇답니다, 전하. 최소 비용으로 최대의 결과물을 내는 황자님을 황태자로 삼으시겠다고 말씀하셨대요. 잘됐지요?"

하지만 그 말에도 빈첸시아의 표정이 밝아지지 않자, 시녀는 의아한 목소리로 물었다.

"전하, 기쁘지 않으세요? 공정한 경쟁이니 어느 쪽이든 손해 볼 게 없잖아요."

"황후는 이기지 않을 게임을 시작하지 않아. 분명 무슨 꿍꿍이가 있을 거다."

빈첸시아가 심각한 목소리로 시녀에게 지시했다.

"제레미에게 가서 행동거지를 각별히 조심하라고 말해주고 오너라. 언제 어떤 상황이 그 애 목을 죄어올지 모르니까 말이야."

"네, 전하. 알겠습니다."

고개를 숙인 채 답한 시녀가 빈첸시아의 집무실을 나갔고, 그녀는 다시 책상 위에 놓인 서류로 시선을 돌렸다. 당장 2주 후에 타르실라 황후의 탄신 연회가 열릴 예정이었다.

본디 황가에 우환 - 지금처럼 황제가 쓰러졌다거나 - 이 있으면 큰 연회는 열리지 않는 게 일반적인 일이었으나, 이번 연회는 워낙 오래전부터 준비를 해온 데다가, 타르실라의 성격상 황제가 쓰러진 일을 빌미로 연회를 취소하자고 말하면 빈첸시아를 지금보다 갑절은 더 미워할 게 뻔했기 때문에 빈첸시아는 연회를 취소하는 선택지를 생각조차 하지 않고 있었다.

어쨌든 지금은 몸을 사려야 할 시기였기 때문에, 궁정 회의나 타르실라 황후 본인이 직접 이 일에 태클을 걸지만 않는다면 굳이 독단적으로 판단하고 연회를 중지시킬 이유가 없었다.

빈첸시아는 그렇게 생각하며 서류를 다시 읽다가, 문득 에밀리아나 생각이 나자 들고 있던 펜대를 잠시 내려놓고 방 안을 지키고 있던 다른 시녀에게 물었다.

"1황자비는 어떻게 지내고 있다더냐."

"듣기로는, 요즘 중앙궁에서 황제 폐하를 간병하고 계신다고 합니다."

"뭐……?"

시녀의 말을 들은 빈첸시아가 이제껏 지었던 표정들 중 가장 황당한 표정을 지은 채 다시 물었다.

"다시 말해봐라. 1황자비가 무얼 하고 있다고?"

"중앙궁에서 황제 폐하를 간병하고 계시다고 합니다."

"황후도 이 사실을 알아?"

"1황자비 전하께서 직접 황후 폐하를 찾아뵙고 부탁드렸다고 합니다. 맏며느리 된 도리를 다 하고 싶으시다면서요."

"맙소사."

제정신이 아닌 게 틀림없군.

지금 상황에 고작 간병이나 하고 있다니. 더구나 1황자비의 몸으로 법도까지 어기면서 말이다.

빈첸시아가 영 마음에 안 든다는 표정으로 중얼거렸다.

"어쩐지 처음부터 별로다 싶었는데……."

"너무 나쁘게 보시지는 마시어요, 전하. 1황자비 전하의 성품이 워낙 자애롭고 온화하신 탓에 중앙궁 시녀들에게 평판이 아주 좋다고 합니다."

"하아……. 앞으로는 1황자비에게도 감시를 붙여서 그 동태를 내게 보고하도록 해. 알겠느냐?"

"네, 전하. 그렇게 하겠습니다."

중앙궁 시녀들에게 평판이 좋아졌다니 그건 좋은 일이었지만, 도대체 지금 같은 때에 무슨 생각을 하고 있는 건지 모르겠다.

빈첸시아가 그리 밝지 않은 표정으로 다시금 서류에 눈길을 돌렸다.

알렉산드라는 황제가 되고 싶다는 클레이오에게 지금은 일단 때가 아니니 가급적 몸을 사리라고 말했다. 괜한 만용을 부리는 성격은 아니었지만, 어느 정도 제어는 필요했으니까.

클레이오가 아주 멍청하거나 어리석은 사람도 아니었기 때문에, 알렉산드라는 그가 쓸데없는 행동을 하지는 않을 것이라고 안심했다.

그녀는 라키아스에게 클레이오가 황제가 되겠다는 결심을 했다는 것과 함께, 그 역시도 당분간은 아무것도 하지 않는 게 좋겠다는 내용의 편지를 쓴 다음 그것을 들고 황실도서관으로 갔다.

알렉산드라는 익숙하게 〈안나 마리아의 슬픔〉이 꽂혀 있을 서가까지 걸어간 다음, 책 속에 조심스럽게 편지를 끼워 넣었다. 그리고 아무 책이나 뽑아 입구로 나가려는데, 뒤쪽에서 낯설지 않은 목소리가 들려왔다.

"3황자비 전하 아니십니까?"

순간 알렉산드라는 깜짝 놀라 온몸의 털이 곤두서는 느낌을 받았지만, 최대한 아무렇지 않은 모습으로 뒤를 돌았다. 면식 있는 여자 하나가 그곳에 서 있었다.

"오랜만에 뵙네요."

에밀리아나였다.

알렉산드라는 아름답게 웃으며 에밀리아나에게 인사했다.

"1황자비 전하."

"도서관에서 마주칠 줄이야. 상상도 못 했어요."

에밀리아나가 특유의 활달한 목소리로 말하며 알렉산드라에게 다가왔다.

"책을 빌리러 오신 건가요?"

"그렇답니다, 전하."

알렉산드라가 곧바로 똑같은 질문을 했다.

"전하께서도 책을 빌리러 오신 건가요?"

"네. 폐하의 옆만 지키고 있는 게 심심해서요."

알렉산드라의 눈썹이 살짝 꿈틀거렸다. 에밀리아나가 중앙궁에서 토마스 2세의 간병을 하고 있다는 소식 정도는 그녀 또한 알고 있었다.

그 이야기를 들은 직후 그녀가 어떤 표정을 지었더라. 회귀 전과 달라진 게 없다는 듯한 표정. 에밀리아나는 그때도 지금도 여전히 착했다. 지나치게 착하다는 게 문제라면 문제였지만.

"이야기는 들었습니다. 중앙궁 시녀들에게 전하의 평판이 아주 좋다지요."

"그들이 저를 좋게 봐준 것뿐이랍니다. 전 한 게 없어요."

"황자비의 몸으로 간병을 한다는 건 쉬운 일이 아니지요. 유례도 없을뿐더러……. 대단하다고 생각하고 있습니다."

"별것 아니에요. 제가 폐하를 위해 할 수 있는 일이 이런 것뿐인 걸요."

에밀리아나의 말에 알렉산드라는 묘하게 자신의 모습과 그녀의 행보가 비교되는 것 같아 마음이 불편해졌다. 하지만 마음속으로는 무시하며, 그녀가 태연하게 마음에도 없는 말을 했다.

"저도 종종 들르겠습니다."

"저야 감사하지요."

생긋 웃으며 대꾸한 에밀리아나가 곧 종종걸음으로 알렉산드라의 근처에 다가왔고, 알렉산드라는 별 생각 없이 그녀에게 인사한 뒤 가려던 길을 가려고 했다.

하지만 그때, 에밀리아나의 입에서 나온 한마디가 그녀의 몸을 완전히 굳혔다.

"〈안나 마리아의 슬픔〉."

알렉산드라가 걸음을 우뚝 멈춘 채, 떨림을 숨기며 천천히 뒤를 돌았다. 에밀리아나가 빙긋 웃으며 〈안나 마리아의 슬픔〉을 책장에서 빼냈다. 그다음 행동은 예정된 것이었다.

알렉산드라가 정말로 간신히 초조함을 숨기며 에밀리아나에게 물었다. 단언컨대 그녀가 회귀한 후 가장 긴장한 순간이었다.

"그 책…… 읽으시려고요?"

"처음 보는 책이에요. 뭔가 재미있어 보이는데, 읽어보려고요."

그리고 그녀가 책을 펼치려는 순간, 알렉산드라가 입 밖으로 아무 말이나 내뱉었다.

"시간 낭비예요."

그 한마디에, 에밀리아나의 행동이 거짓말처럼 멎었다. 그녀가 알렉산드라를 응시하며 물었다.

"시간 낭비라뇨?"

"제가 읽어 봤어요. 정말…… 시간이 아까웠던 책이었지요."

알렉산드라는 그 자리에 서서 꼼짝도 하지 않은 채 에밀리아나를 향해 말을 이었다.

"웬 고루한 남자가 지은 소설인데, 결말도 별로고…… 하여튼 다 별로예요."

"그래요?"

알렉산드라의 말에 에밀리아나는 고개를 갸웃거리다가, 하는 수 없다는 듯 책을 다시 책장 안에 꽂아 넣었다. 그녀가 말했다.

"3황자비 전하께서 그렇게까지 혹평하시는 책이라면 분명 읽어 볼 만한 가치가 없겠네요. 다른 서가에 가봐야겠어요."

"그러세요, 전하."

알렉산드라가 애써 웃어 보이며 자신을 지나쳐 걸어가는 에밀리아나의 뒷모습을 응시했다. 심장은 아직까지도 펄떡펄떡, 긴장에 절어 뛰고 있었다.

대략 20분 후, 지엔궁으로 돌아온 알렉산드라에게 드네리스가 말을 전했다.

"황후 폐하께서 파사궁으로 오라는 전갈을 보내셨습니다, 전하."

드네리스의 말에 알렉산드라가 눈썹을 찌푸렸다.

타르실라 황후와의 만남은 그리 기분 좋은 것만은 아니었다. 도대체 왜 오라고 하는 것일까?

알렉산드라가 빌려온 책 한 권을 책상 위에 내려놓은 다음 드네리스에게 말했다.

"지금 바로 찾아뵙겠다고 말씀 전해주세요."

타르실라에게는 아직 확신이 없었다. 물론 그녀는 알렉산드라를 믿고 있었다. 하지만 그때 피로연장에서 왼손을 사용했던 일은 분명 확인이 필요했다.

만약 그녀가 홍등가에서 제너스카의 뒤를 밟았던 여자라면?

타르실라의 얼굴이 순식간에 무서워졌다.

'만약 그렇다면…….'

가만둘 수 없었다. 지금까지 해왔던 알렉산드라의 행동이 전부 자신을 기만하기 위해 저지른 일이라는 뜻 아닌가.

타르실라가 저도 모르게 입술을 꾹 깨물었고, 그 순간 바깥에서 시녀의 목소리가 들려왔다.

"황후 폐하, 3황자비 전하께서 드셨습니다."

그 말에 타르실라가 표정을 풀었다. 그녀는 언제 인상을 찡그렸냐는 듯 급하게 환한 표정을 지어 보였는데, 그 모습이 아까 전의 표정과 대비되어 상당히 무섭게 느껴졌다.

노래를 부르는 듯한 어조로 타르실라는 말했다.

"어서 들이도록 해."

곧 타르실라의 눈앞에 알렉산드라의 모습이 나타났고, 타르실라는 그녀를 웃는 낯으로 바라보며 인사했다.

"왔니?"

"부르셨다고 들었습니다, 폐하."

알렉산드라가 엷은 미소를 띤 채 타르실라에게 인사했고, 타르실라는 아무렇지 않게 그녀에게 자리를 권했다.

"일단 앉으렴. 에시아, 가서 차를 내오너라. 이번에 코울리즈 공이 내게 선물했던 것으로."

"네, 폐하."

"3황자비, 일단 차부터 한 잔 들자꾸나."

타르실라가 자애로운 미소를 지으며 말했고, 선택의 여지가 없었던 알렉산드라로서는 그저 가만히 고개만 끄덕일 수밖에 없었다.

곧이어 시녀가 차를 내왔고, 타르실라와 알렉산드라의 앞에 하나씩 놓아주었다. 타르실라가 우아하게 한 모금을 마신 다음, 곁눈질로 알렉산드라가 차를 마시는 모습을 바라보았다.

차의 손잡이를 잡은 손은 오른쪽이었다.

하지만 그것만으로는 판단할 수 없었다. 만약 알렉산드라가 정말로 왼손잡이인데도 이렇게 살아남아 자신의 눈앞에 있는 것이라면, 오른손을 자유자재로 쓸 수 있는 가능성도 배제할 수 없었기 때문이었다.

타르실라는 그제까지 생각했던 대로, 정면 돌파를 택하기로 했다. 그녀가 천천히 입을 열어 알렉산드라를 불렀다.

"3황자비."

"네, 폐하."

"난 솔직하지 못한 걸 싫어하는 사람이다. 아는지는 모르겠지만."

"……."

무슨 말을 하려는 걸까? 알렉산드라가 저도 모르게 입술을 달싹거렸다.

"그리고 말을 돌려 말하는 것도 싫어해. 알아 두길 바란다."

"알겠습니다, 폐하."

"내가 지금 네게 질문 하나를 할 거야."

타르실라가 조용조용한 음성으로, 하지만 말 한 음절, 한 음절에 힘을 눌러 담으며 말했다.

"대답을 해주길 바란다. 진심을 다해서, 솔직하게."

"네, 폐하."

"왼손잡이냐?"

알렉산드라는 상당히 놀랐다. 첫 번째는 타르실라가 자신이 왼손잡이라는 사실을 이미 알고 있는 것처럼 질문해왔기 때문이었고, 두 번째는 이렇게 단도직입적으로 물어올 줄은 몰랐기 때문이었다. 물론 겉으로는 전혀 내색하지 않은 채, 알렉산드라가 뻔뻔하게 역으로 물었다.

"왼손잡이라뇨?"

"말 그대로다. 왼손을 쓸 줄 아느냐고."

"왼손잡이들은 전부 처형대상입니다, 폐하. 알고 계시겠지만."

"그런 걸 묻는 게 아니다, 3황자비."

타르실라가 날카로운 눈빛으로 알렉산드라를 꿰뚫어 보듯 쳐다보며 물었다.

"왼손잡이가 맞느냐, 3황자비?"

"아닙니다."

알렉산드라는 당당하게 답했다. 마치 참소라도 당한 사람마냥 억울하다는 눈빛은 덤이었다.

"도대체 무슨 연유로 그런 질문을 하시는 건지 알 수가 없군요."

"오해라면 미리 사과하마."

하지만 그 얼굴에 전혀 미안함 따위는 묻어나 있지 않았다.

"하지만 3황자비, 이걸 알아두렴. 나는 확실한 걸 좋아하는 사람이고, 또 내 곁에는 확실히 나를 따르는 사람이 있기를 원해. 아마 내가 아니라 누구라도 그럴 거다. 너도 마찬가지일 거고."

타르실라의 말이 맞았다. 알렉산드라가 타르실라를 빤히 바라보았다.

"너는 나의 사람이야. 맞지?"

"폐하, 무슨 의미에서 그런 말씀을 하시는지 잘 모르겠습니다."

"2황자가 황위에 오르는 것을 도우라는 의미야."

말을 마친 타르실라가 곧바로 물었다.

"설마 네 남편이 황위에 오르는 것을 기대하고 있는 것은 아니겠지?"

"……."

"너같이 똑똑한 애가 그런 헛꿈을 들이키지는 않을 테지만…… 만약 그렇다면 잘 들어둬라. 다음 황위는 틀림없이 제너스카의 차지야."

타르실라가 이것 하나만큼은 확실히 하고 가자는 듯, 명확한 어조로 덧붙였다.

"3황자가 아니라 1황자라고 해도 감히 황좌를 넘보지는 못한다. 알아들었느냐?"

"……네, 폐하."

"그러니 너는 1황자와 2황자 둘 중에 선택해야 할 거야. 하지만 지난번 황비 독살 미수 사건 때문에 황비와는 완전히 척을 진 것으로 안다. 그렇지?"

분명 끝은 물음의 형식이었지만, 타르실라는 대답을 기대하고 한 질문이 아니라는 듯 곧바로 말을 이었다.

"그러니 나를 선택해, 비. 2황자가 황위에 오른다면 1황자는 그날로 살아도 산 것이 아닌 삶을 살게 되겠지만, 3황자는 다르다. 평생 영화를 누리며 살도록 보장해줄 수 있어."

"……."

알렉산드라는 순간 할 말을 잃어버렸다.

만약 그녀가 에밀리아나처럼 욕심 없는 사람이었다면 이 말에 혹했을지도 모른다. 하지만 알렉산드라는 알고 있었다. 타르실라는 약속을 소중히 하는 사람이 아니다. 만약 2황자가 황위에 올랐다고 해도 언젠가 3황자가 제너스카의 황좌에 조금이라도 위협이 된다고 판단하면 그 날로 버려질 것이다. 참혹하게.

"폐하."

알렉산드라가 사근사근한 목소리로 타르실라에게 말했다.

"그런 의미에서 말씀하신 거라면, 저는 이미 폐하의 사람이랍니다."

거짓말이었다. 완벽하게.

확신이 없는 상태에서의 종속은 위험한 법이었다. 더군다나 거기에 목숨이 달려 있다면, 더더욱 함부로 충성을 생각할 수 없었다.

"이미 폐하께서도 알고 계시지 않나요? 그러니 제게도 그런 말씀을 하신 거라 보는데……."

"맞아."

타르실라가 빙긋 웃으며 답했다.

"하지만 나는 확실한 사람만 내 두고 싶어, 비."

"이해합니다, 폐하."

"……엘리너."

그때, 갑자기 타르실라가 카셰 후작부인을 불렀다. 부름을 받은 후작부인이 서둘러 그녀에게 다가왔다.

"네, 폐하."

"펜과 종이를 가지고 와."

타르실라의 말에 엘리너가 바깥의 시녀에게서 펜과 종이를 받아든 후 타르실라에게 다가와 건넸고, 타르실라는 그것을 알렉산드라의 앞에 내민 다음 말했다.

"자, 3황자비."

알렉산드라가 타르실라를 응시했다.

"네 말에 책임을 져보렴."

"……."

"왼손으로 레예스어를 써봐."

"폐하."

"못 하겠니?"

"……그럴 리가요."

알렉산드라가 아름답게 웃으며 망설임 없이 펜을 잡았다. 오른손으로. 그런 다음에야 알렉산드라는 왼손으로 펜을 넘겨 다시 잡았다.

그런데 그 모양새는 오른손으로 펜을 잡았을 때와는 달리 엉성하기 짝이 없었다. 타르실라의 왼쪽 눈썹이 꿈틀거리며 올라갔고, 알렉산드라는 종이 위에서 힘들게 펜을 움직였다.

한참 후에야 알렉산드라가 펜을 내려놓은 다음 한마디를 내뱉었다.

"다 썼습니다, 폐하."

종이에는 '저는 결백합니다'라는 한 문장만이 누가 보아도 엉성한 글씨체로 적혀 있었다.

타르실라가 묘한 표정으로 알렉산드라를 쳐다보았다.

"……엉망이구나."

"저는."

알렉산드라가 빙긋 웃으며 답했다.

"오른손잡이니까요, 폐하. 당연한 일 아니겠습니까."

"……."

타르실라는 더 이상 아무 말도 하지 않았다. 아니, 하지 못했다는 표현이 더 맞을 것이다.

사실 타르실라가 시도했던 방법은 꽤나 위험천만한 것이었는데, 만약 정말로 알렉산드라가 왼손잡이로 밝혀져 그녀의 뒤에서 몰래 뒤통수를 칠 계획이 드러났다면 타르실라로서는 그만한 행운도 없을 것이었다.

하지만 만약 그게 아니라면, 타르실라는 알렉산드라에게 약간의 미움을 살 수 있었다. 아니, 이건 사실 약한 표현이었다. 좀 더 엄밀히 말하자면 신뢰가 깨질 위험이 다분했다.

어쨌든 타르실라가 알렉산드라를 믿지 못했다는 사실을 대놓고 드러낸 것이었으니까.

"사과하지, 비. 내가 경솔했어."

타르실라가 사과를 했다. 알렉산드라는 그 사실 자체로 놀라지 않을 수 없었다.

타르실라는 더없이 오만하고, 세상에서 자신보다 가장 고귀한 여인은 없을 것이라고 생각하고 사는 여자였다. 그런 여자는 대개 사과를 하지 않았고, 타르실라도 예외는 아니었다.

그런 그녀가 사과를 한 것이었다. 일개 3황자비에게.

알렉산드라가 저도 모르게 눈썹을 꿈틀거렸다.

"비가 왼손을 자연스럽게 쓰는 모습을 보고 의심이 들었던 거야. 기분 상했다면 미안하군."

"……아닙니다, 폐하."

알렉산드라가 자연스러운 미소를 지어 보이며 답했다.

“제가 그리했다면 응당 하실 수 있는 고민이라고 봅니다. 제가 저도 모르게 왼손을 썼다니. 아마 어지간히 급했나 봅니다.”

“……그랬나 보지.”

타르실라가 아무렇지 않게 미소 지었고, 그 미소를 본 알렉산드라 역시 태연하게 미소를 지었다.

이미 이런 상황은 비단 타르실라 이외에 다른 이가 시험해 볼 상황을 대비해 피나는 노력을 해둔 지 오래였다.

어쨌든 사람의 본성이라는 것은 쉽사리 변하는 게 아니었고, 또 급한 상황에서는 언제든 튀어나오는 것이 본성이라는 놈이었으니까.

알렉산드라가 비소를 지으려는 것을 겨우 참으며 물었다.

“그렇다면 폐하, 용건은 끝나신 건가요?”

“……그래.”

“그럼 이만 가봐야겠습니다. 별것 아닌 일로 폐하의 시간을 괜히 빼앗은 것 같아 송구하군요.”

그건 사실 타르실라의 이야기가 아니라, 알렉산드라 자신의 이야기였다. ‘고작 이런 일로 시간을 뺏게 만드느냐는’ 타르실라가 듣고서도 어쩌지 못할 힐난.

타르실라가 말없이 고개만 끄덕였고, 알렉산드라 역시 말없이 고개만 숙인 채 그녀에게 예를 갖춰 인사했다.

"전하, 너무 기분 나쁘게는 생각하지 않으셨으면 좋겠습니다."

문을 열고 방 밖으로 나오는데 카셰 후작부인이 알렉산드라에게 말했다. 그 말을 들은 알렉산드라는 잠깐 멈칫했다가, 곧 아무렇지 않게 그녀를 향해 웃어 보이며 대꾸했다.

"기분이 나쁘다니요, 카셰 후작부인. 저는 절대 그렇게 생각한 적이 없답니다."

"너그러우십니다."

"아뇨, 부인. 오히려 폐하의 혜안에 감탄할 뿐이에요. 자신의 곁에 둘 이를 아무나 골라서야 되겠습니까?"

말을 마친 알렉산드라가 생긋 웃어 보인 다음 다시 발걸음을 옮겼다. 뒤쪽에서 카셰 후작부인이 가볍게 묵례하는 모습이 보였지만, 알렉산드라는 이를 무시한 채 싸늘한 얼굴로 중얼거릴 뿐이었다.

……나는 이미 당신의 바닥까지 다 겪어보았어, 타르실라.

5 Maretta

어쨌든 타르실라로서는 한 차례 실수를 범한 셈이었다. 권력적 우위는 타르실라가 차지하고 있다고 해도, 실수는 실수였으니까.

때문에 알렉산드라는 타르실라가 한동안은 자신을 부르지 않을 것이라고 생각하고 있었지만, 1주일도 되지 않아 그 예측은 보기 좋게 빗나갔다.

"섭정 폐하께서 3황자비 전하를 찾으십니다."

"……."

알렉산드라는 순간 할 말을 잃었다가, 잠시 후 고개를 끄덕이며 곧바로 찾아뵙겠다고 답했다. 시녀가 돌아간 뒤에, 알렉산드라는 천천히 자리에서 일어났고, 페넬로페가 옷매무새를 다듬어주며 물었다.

"요즘 섭정 황후께서 전하를 자주 찾으시네요. 가면 무슨 말씀 하세요?"

"별 이야기 안 해."

알렉산드라가 아무렇지 않은 듯 답했다. 실제로도 별 중요한 이야기는 오고가지 않았다.

지난번의 그 일은…… 이야기라고 보기에는 어폐가 있었다.

페넬로페가 쌀쌀함을 대비해 알렉산드라에게 그리 두껍지 않은 숄을 걸쳐 주었고, 알렉산드라는 싱긋 웃으며 다녀오겠다고 말한 다음 방을 나섰다.

'무엇 때문에 또 부르는 걸까, 타르실라.'

알렉산드라가 곰곰이 생각하는 표정을 지으며 천천히 걸음을 옮겼다. 한가롭게 차나 마시자고 부른 것은 아닐 것이다.

현재 그녀의 위치를 생각해 봤을 때 그런 여유로운 시간을 낼 수 있을 리 없었다. 내궁의 일을 황비가 도맡아 하고 있긴 했지만, 그렇다고 하더라도 섭정으로서의 역할은 상당히 과중한 것이었으니까.

'뭔가 불길한데…….'

자신에게 내정을 맡기려는 것도 아닐 텐데, 그러면 도대체 무슨 일일까? 알렉산드라가 복잡하게 고민하다가, 잠시 후에 모르겠다는 표정으로 머리를 털어버렸다.

어차피 이렇게 유추해봤자 답이 나오는 것도 아니었다. 사실 지난번에도 왼손을 사용했다는 걸 들켰을 줄 짐작조차 하지 못했으니까.

알렉산드라가 무의식적으로 그녀의 왼손을 만지작거리며 걸음을 계속했다. 그때, 낯익은 이름이 그녀의 귀에 꽂혔다.

"서둘러, 마레타! 이러다 늦겠다."

마레타.

그 이름 하나에 알렉산드라의 걸음이 우뚝 멈추었다. 뒤에서 따라 걷던 드네리스가 갑작스러운 그녀의 행동에 의아한 표정으로 물었다.

"전하?"

"마……."

알렉산드라가 입술을 달싹거리며 마레타의 이름을 중얼거리다가, 이윽고 냅다 목소리가 들린 쪽으로 뛰기 시작했다.

돌발 행동에 당황한 시녀들 역시 그녀를 뒤쫓아 갔다.

"전하, 무슨 일이세요!"

하지만 알렉산드라의 귀에는 아무것도 들리지 않았다. 지금 그녀의 머릿속에는 오직 한 가지 생각뿐이었다.

'분명…… 분명 마레타라고 했어.'

알렉산드라가 다급한 표정으로 황자비로서의 체면도 잊은 채 계속 달렸다. 긴 드레스 자락이 속도를 못 이기고 나비처럼 나풀거렸다.

항상 깊고 고른 숨만 드나들던 코에서는 아주 드물게 얕고 불규칙적인 숨이 드나들기 시작했다.

알렉산드라는 그만큼 절박했다. 평소에 하지 않을 행동까지 과감하게 할 수 있을 정도로.

"하아, 하아……."

하지만 열심히 뛰어보아도 마레타는커녕, 마레타의 이름을 언급한 그 시녀조차 보이지 않았다. 이미 놓쳐버린 듯했다.

그 생각에, 알렉산드라는 순간 앞에 눈물이 핑 도는 것 같은 착각이 일었다. 마치 눈앞에서 가족을 놓친 듯한 느낌이었다.

"마레타……."

"전하!"

뒤따라온 드네리스와 다른 시녀들이 잔뜩 놀란 얼굴로 알렉산드라의 안위를 걱정했다.

"전하, 괜찮으세요?"

"……그래요."

한참 후에야 알렉산드라가 힘없이 답했다.

빠른 움직임에 머리카락이 잔뜩 헝클어져 있었고, 격한 운동으로 볼은 빨개진 채였다. 알렉산드라의 대답에도 드네리스는 걱정스러운 표정을 잃지 않은 채 그녀에게 다시금 물었다.

"정말 괜찮으신 것 맞지요, 전하? 갑자기 뛰어가셔서 너무 놀랐습니다."

"정말 괜찮아요, 드네리스."

알렉산드라가 어느새 창백해진 얼굴로 중얼거렸다.

"이만 가보는 게 좋겠네요. 내가 사람을 잘못 본 것 같습니다."

마레타를 놓친 탓에 알렉산드라의 기분은 상당히 저조해진 상태였다. 알렉산드라에게 마레타는 단순한 시녀가 아니었기 때문이었다.

역으로, 마레타에게도 알렉산드라는 단순한 주인이 아니었다. 알렉산드라는 그간 자신에게 충성을 맹세하고, 실제로도 충성하는 자들을 많이 봐왔지만, 그 누구도 감히 마레타를 뛰어넘을 수는 없으리라고 자신했다.

마레타는 알렉산드라를 신으로 여기는 사람이었다. 만약 누군가가 알렉산드라를 모욕한다면 그자는 마레타에 의해 사지가 찢길 것이고, 다른 누군가가 알렉산드라의 앞길에 방해가 된다면 마레타는 스스로 죽을 각오를 하면서까지 그를 없애기 위해 적진의 심장에 뛰어들 것이었다.

다만 이런 과한 충성심이 독이 될 때도 있었는데, 그녀가 지나치게 알렉산드라의 결정에 토를 달지 않았기 때문이었다.

알렉산드라가 회귀 후 드네리스를 영입한 것도 그 때문이었다.

마레타가 할 수 없는, 자신에 대한 냉정한 판단을 내려줄 수 있는 자가 필요했기 때문에.

물론 마레타 역시도 이성이 있었기 때문에 무엇이 옳은지 그른지 정도는 알 수 있었다. 하지만 그것이 설령 자신의 생각에 반한다 할지라도, 마레타는 그냥 따랐다. 주인의 명령에 이성이 개입되는 것은 마레타에게 있을 수 없는 일이었다.

이러한 충성심을 알렉산드라라고 모를 리 없었다. 때문에 마레타는 그녀가 세상 그 누구보다 아끼는 시녀였다. 아니, 시녀를 넘어선 그 무언가였다.

알렉산드라는 입궁한 이후 계속해서 마레타를 찾았지만, 어째서인지 그녀를 찾는 게 불가능했다.

"섭정 폐하, 3황자비 전하 드십니다."

"들이도록 해."

전과 다름없는 고고한 목소리에 알렉산드라는 하마터면 웃어버릴 뻔했다. 참 타르실라다웠다.

어찌 보면 뒤끝이 없다고 해도 좋으나, 그런 멋진 표현보다는 그냥 자신의 실수나 허물에 관대하다는 표현이 더 적합할 터였다.

알렉산드라가 안으로 들어가자, 어쩐 일로 타르실라가 그녀의 머리카락 색과 계열을 같이 하는 어두운색 드레스를 입고 있었다.

화려함을 최고의 미덕으로 여기는 타르실라로서는 드문 일이었기 때문에 알렉산드라는 의아함까지 느껴졌다. 하지만 내색하지 않은 채, 알렉산드라가 우아한 목소리로 그녀에게 말했다.

"황후 폐하께서 저를 부르셨다는 말씀을 듣고 왔습니다."

"제대로 들었어, 비. 이리 와서 앉도록 하지."

높지도, 낮지도 않은 목소리로 자리를 권한 타르실라가 이윽고 시녀에게 말린 장미 차와 얇은 오트밀 쿠키를 가져오라고 지시했다.

알렉산드라는 빈틈을 보이지 않기 위해 최대한 꼿꼿한 자세로 앉아, 온화한 미소를 띤 채로 타르실라에게 말을 걸었다.

"섭정 황후로서 몹시 바쁘실 텐데 이렇게 불러 주셔서 죄송스럽습니다."

"죄송스럽긴, 우리 사이에."

타르실라가 피식 웃으며 대꾸했고, 알렉산드라는 지난번에 그녀가 했던 실수는 아마 다 잊어버린 게 분명하다는 결론을 내렸다.

역시 그녀다운 일이었기에 그리 놀랍지도 않았지만.

"차나 한잔할까 해서 불렀다. 겸사겸사 꺼낼 말도 있고."

"그러셨군요."

"요즘 3황자와의 관계는 어떠하냐."

"……."

갑자기 뜬금없이 거론된 부부관계에, 알렉산드라는 자연스럽게 당황했다. 만약 클레이오와의 관계가 나쁘지 않았더라도 이건 정말 어울리지 않는 화제였다. 알렉산드라는 도대체 무슨 의도로 그녀가 이런 이야기를 꺼낸 건지 모르겠다고 생각하다가, 별생각 없이 답했다.

"잘 지내고 있습니다, 전하."

"그래."

타르실라가 희미하게 웃어 보이며 답했다.

"부부간 금실이 좋아야 무슨 일을 하든 잘 되는 법이지."

"……."

"오늘 널 부른 이유가 뭐라고 생각하느냐, 비?"

"잘 모르겠습니다, 폐하."

알렉산드라가 솔직하게 답했다.

이유를 유추해보긴 해봤지만, 어차피 못 맞출 것 같아 포기했다는 말도 덧붙이려다, 포기했다.

타르실라가 알렉산드라를 빤히 쳐다보며 말했다.

"한번 맞춰보렴."

"……."

알렉산드라는 이런 식의 이야기를 정말 싫어하는 쪽이었지만, 그렇다고 타르실라에게 '장난 그만하시고 본론이나 말씀하시지요'라고 말할 수도 없는 노릇이었다.

그녀가 속으로 한숨을 쉬며 아무 답변이나 댔다.

"제가 폐하를 위해 무언가 할 일이 있는 건가요?"

"역시."

타르실라가 만족스러운 목소리로 답했다.

"똑똑하구나."

맞았어……?

알렉산드라가 당황한 표정을 지었고, 타르실라는 여전히 웃는 낯을 한 채로 말했다.

"보아하니 아무거나 던졌는데 맞았다는 표정이구나."

"제가 폐하를 위해 무엇을 해드려야 하나요?"

"나는 할 수 없지만, 너는 할 수 있는 일이다, 비."

타르실라가 드디어 본론을 말했다.

"1황자를 매장하고 싶어."

"무슨……."

"곧 내 탄신일을 기념하여 연회가 열린다. 알고 있겠지?"

모를 리가 없잖은가. 알렉산드라가 고개를 끄덕였고, 타르실라가 말을 이었다.

"그때 그 아일 완전히 매장해버릴 생각이야."

"생각해 두신 묘안이 있으신가 봅니다."

"아니."

타르실라가 고개를 저었다.

"없어."

"……."

"똑똑한 우리 비가 생각해 주었으면 하는데."

"저를 너무 과대평가하시는 듯합니다."

"황비 독살 미수 사건 때처럼 머리를 굴리면 되지 않겠느냐?"

"그때와 지금은 다릅니다, 섭정 황후 폐하."

알렉산드라가 조곤조곤 자신의 생각을 말해나갔다.

"그때 저는 순전히…… 양심에 따른 선택을 한 것뿐이었습니다. 황비 전하를 참소하기 위함이 아니었어요."

여기서 이걸 수락한다면, 타르실라에게 직접 자신의 교활함만 내비치는 꼴밖에 되지 않았다. 만일 이 일을 수락하면 타르실라에게 당장의 신임은 얻을 수 있겠지만, 장기적으로 봤을 때는 타르실라가 자신 역시 적으로 돌릴 가능성이 컸다. 그런 일은 피해야 했다.

타르실라의 기억 속에서 자신은 언제까지고 '착하지만 영민한 3황자의 비'로서만 남아야 했으니까. 설령 완전히 감추지 못한다고 해도, 표면적으로는 그리 해야 했다.

"할 수 없습니다, 폐하. 또 그럴 만한 머리도 되지 못합니다."

"……실망이구나, 비. 내가 비에게 기대한 건 그런 게 아니었는데."

"무엇을 기대하셨는지는 모르겠습니다만, 제가 폐하를 위해 해드릴 수 있는 것은 그런 유의 것이 아닙니다."

알렉산드라가 명확한 목소리로 말했다.

"대신 손을 더럽혀줄 사람을 찾으시는 것이라면, 다른 분을 알아보심이 어떠하실는지요."

"나는 이게 반항이라고 밖에는 생각되지 않는구나."

"폐하를 진정으로 따르는 것이 입안의 혀처럼 구는 것은 아니라고 생각합니다."

"……틀린 말은 아니야. 하지만 내게는 이미 직언을 할 이들이 충분하니, 남은 것은 입안의 혀처럼 구는 이들밖에 없는데?"

타르실라는 물러날 기미를 보이지 않았다.

알렉산드라는 이 상황에서 엄청난 피로감을 느꼈지만, 여기서 물러날 수도 없는 노릇이었다. 말 한마디, 한마디를 신중하게 내뱉어야 했다.

"그렇다면 폐하께 저는 필요 없는 사람이겠군요."

"말이 그렇게 되나?"

"유감스럽습니다."

"……지난번 일에 화가 나기라도 한 건가? 내가 아는 비는 이런 사람이 아니었는데."

"그런 일을 마음에 담아 둘 만큼 속이 좁지는 않습니다. 다만 제 능력 밖의 일은 거절하는 것이 예의라고 생각해서요."

"나는 부도덕한 이들보다 무능력한 이들을 더 혐오하는 사람이야. 그리고 내가 본 비는 유능하지."

"과분한 칭찬 감사합니다, 폐하. 하지만 저는 정말로 어떻게 해야 할지를 모르겠습니다. 만약 1황자 전하께 아무런 티끌이 없으시다면, 그분을 매장하는 것은 어려워요."

"티끌은 만들면 되는 것이다, 비. 내 생각보다 순수하구나."

"아둔한 것일지도 모르지요."

"그렇다면 이렇게 하자꾸나, 비."

타르실라가 부드러운 음성으로 타협책을 내놓았다.

"모든 궂은일은 내가 하도록 하마. 너는 단지 운반책만 되어주면 되는 거야."

"무슨 말씀이신지……."

"자세한 내용은 추후에 말해주도록 하마. 어때, 이 정도면 괜찮겠느냐?"

"……."

"이 일만 잘 마무리되면 2황자는 황태자가 되는 거야. 그렇다면 나는 3황자에게 곧바로 대공의 지위를 주마. 어때, 이래도 싫으냐?"

여기서까지 몸을 빼는 것은 과한 일이었다. 그럼에도 불구하고 알렉산드라 2분 정도 고민하는 낯빛을 취하다가, 결국 고개를 끄덕이며 답했다.

"제게 너무 유리한 조건인 것 같은데요."

"아주 그렇지는 않을 거야, 비. 설사 그렇다 하더라도 나는 항상 일한 것보다 좀 더 후하게 대가를 쳐주니까."

타르실라가 알렉산드라를 묘한 얼굴로 쳐다보다가, 잠시 후에 대화를 끝냈다.

"이만 가보는 게 좋겠구나. 내가 할 말은 다 끝났어. 추후 정해지는 게 있다면 다시 부르도록 하마."

"너무 많이 시간을 빼앗은 것 같아 죄송스럽습니다."

"그럴 리가. 즐거운 시간이었어."

타르실라가 대인배 같은 미소를 지어 보이며 알렉산드라를 향해 손짓했고, 알렉산드라는 조심스럽게 허리를 굽힌 다음 타르실라의 방에서 나갔다.

탁, 문이 닫히는 소리와 함께 타르실라의 입가에서 미소가 지워졌다. 하지만 아주 싸늘하게 느껴지는 것은 아니었다.

"강직한 건지 교활한 건지 도통 모르겠군."

알렉산드라가 이토록 당당하게 나올 수 있었던 까닭은 다름 아니라 회귀 전에도 이와 똑같은 일이 한 번 있었기 때문이었다. 그때도 알렉산드라는 끝까지 더러운 일을 하지 않을 것이라고 말했다.

타르실라는 오만함과는 별개로 경계심이 많은 사람이다. 그녀가 어떤 계책을 꾸며내든 그것이 성공한다면, 겉으로는 기뻐하겠지만 내심 알렉산드라를 계속 의식할 것이 뻔했다.

그러다 어느 순간 알렉산드라가 타르실라에게 조금이라도 반하는 태도를 취하면, 그것을 핑계 삼아 그녀를 공격할 것이다. 알렉산드라가 아는 타르실라는 그런 사람이었다.

그러니 최대한 강직한 이미지를 만들어 내야 했다. 그리 유능하진 못할지언정 뒤에서 배신하지는 않을 사람이라는 믿음을 심어 주어야 했다.

애당초 알렉산드라가 타르실라의 눈에 들기 위해 애쓴 것은 순전히 그런 목적 때문이었으니까. 지금 타르실라와 우호적인 관계에 있다 하여 본질을 호도하는 것은 절대 있어서는 안 될 일이었다.

'그리고 아마 내가 기억하는 것이 맞다면 그때 분명…….'

"어딜 그렇게 급하게 가십니까."

그때, 익숙한 목소리가 알렉산드라의 귓가로 파고들었다. 알렉산드라가 당황한 얼굴로 왼쪽에서 다가오는 라키아스를 쳐다보았다.

새하얀 제복을 입고 있은 라키아스의 모습은 더없이 고결하고 순수해 보였다. 물론 그의 본모습을 알고 있는 알렉산드라로서는 겉모습이 다가 아니라는 생각밖에 들지 않았지만.

알렉산드라가 뒤쪽에서 자신을 따라오던 시녀들을 흘긋 바라보고선 라키아스에게 인사했다. 보는 눈이 많으니 조심해야 했다.

"이런, 오르누스 공작 전하 아니십니까."

"3황자비 전하를 뵙습니다. 못 본 새에 더욱 아름다워지셨군요."

라키아스는 그렇게 말한 다음, 한쪽 무릎을 꿇고선 알렉산드라의 왼쪽 손등에 키스를 남겼다. 당황한 알렉산드라가 라키아스를 내려다보았지만, 라키아스는 여전히 특유의 매력적인 미소를 입가에 띠고 있었다.

알렉산드라는 만약 주변에 보는 눈만 없었더라면 이 인간의 정강이를 세게 차 주었으리라고 생각하면서, 최대한 아무렇지 않게 응수했다.

"과분한 칭찬을 들은 것 같아 민망합니다. 헌데 여기까진 무슨 일로……."

"아, 그저 지나가다 우연히 마주쳐 인사드린 것뿐입니다."

"그러셨군요. 그럼 저는 이만……."

알렉산드라가 아무렇지 않게 인사를 남긴 다음 지엔궁으로 돌아가려는데, 갑자기 라키아스가 그녀의 손목을 붙잡았다. 알렉산드라가 라키아스에게만 보이게 '혹시 미치셨습니까'라는 시선을 보냈지만, 라키아스는 태연하게 자신이 하고 싶은 말을 끝까지 했다.

"혹시 지엔궁으로 가십니까?"

"……그렇습니다만."

"잘됐군요."

라키아스가 우아하게 웃으며 알렉산드라에게 물었다.

"제게 차 한 잔만 대접해 주실 수 있으십니까?"

"전하."

긴장 때문인지 자꾸만 불규칙적으로 뛰는 심장을 무시하며, 알렉산드라는 라키아스의 눈동자를 응시했다.

이 남자에게 잡힌 손목이 마치 불에 덴 듯 뜨거웠다. 타오르는 불꽃이 제 손목을 움켜쥔 듯한 느낌. 그 불꽃이 점점 번져나가 제 몸을 전부 다 사그라뜨릴 것만 같았다.

이 남자가 도대체 왜 이러는 걸까.

보는 눈이 이렇게나 많은데, 혹시라도 이상한 오해를 받으면 어쩌려고 이러는지. 그러니까, 제정신이 아닌 것만 같았다.

알렉산드라가 대답을 주저하고 있는데, 라키아스가 마지막 쐐기를 박았다.

"한 잔만이요. 목이 마른데 여기서 젠스카야 백작성까지 돌아가려면 너무 시간이 많이 걸리는군요."

"그러시다면…… 따라오시지요."

알렉산드라가 하는 수 없다는 듯 그에게 말했지만, 무엇 때문인지 라키아스는 끝까지 그녀의 손목을 놓지 않고 있었다. 알렉산드라가 슬며시 눈치를 주었지만 허사였다.

결국 참다 못한 그녀가 입을 열었다.

"손목을 놓아 주셨으면 좋겠습니다, 전하."

"아."

라키아스는 정말로 그녀의 손목을 잡았던 것을 몰랐던 사람마냥, 깜짝 놀란 얼굴로 손을 풀었다. 알렉산드라가 '연기도 참 잘해'라고 생각하고 있는데, 순간 두 사람의 눈이 마주쳤다.

"……."

"……."

동시에 알렉산드라의 얼굴이 당황으로 물들었다. 마주한 라키아스의 눈동자에 한 치의 가식도 없는 순수한 당황만이 담겨 있었기 때문이었다.

라키아스는 자신이 충동적인 행동을 거의 하지 않는다고 자신해왔다. 태어날 때부터 지금까지 그의 인생은 철저히 매뉴얼에 의해 실행되었으니까. 아주 사소한 행동 하나까지도 전부 계산된 후 이루어졌다.

그는 무슨 행동을 하든 자신에게 피해가 가지 않도록, 그리고 최대한 이익이 되도록 철저히 따져보고 행동했는데, 그것은 생존을 위한 몸부림이라기보다는 본능에 더 가까운 일이었다. 태생 자체가 그런 그랬으니까.

드물게 매뉴얼에서 벗어난 행동을 하기도 했지만, 한마디로 '거의 드문' 일이었다. 그리고 그 드문 일들도 대부분은 사소했다. 그의 인생에 거의 영향을 미치지 않을 정도의 사소함.

그리고 자신의 그런 습성에 대해 라키아스는 아주 만족해했다.

알렉산드라와 손을 잡기로 한 것도 철저한 계산 아래 나온 행동이었다. 3황자비는 영민했다. 하지만 단순히 똑똑하다는 이유 하나만으로 그녀의 손을 잡은 것은 아니었다. 황후도, 황비도 충분히 영민했으니까.

다만 그들과 3황자비의 차이점이 있다면, 그들의 세력은 강하고 3황자비의 세력은 아직 약하다는 것이었다. 그것도 아주 많이.

당시 라키아스의 세력은 결코 약하지 않았으나, 그 사실을 아는 사람은 거의 없었다. 그가 철저하게 그 사실을 숨겼기 때문이었다.

라키아스가 오르누스 공작령을 떠나 에르네브 백작령으로 거처를 옮긴 일을 두고 대부분의 사람들은 그가 제국을 지키려는 충신이기 때문이라고 떠들어댔지만, 실상은 그게 아니었다.

황위를 차지하기 위해서는 군사를 모으는 것이 그 무엇보다도 중요했는데, 그가 궁정 귀족으로 있으면서 일찌감치 중앙 정계에서 활동했다면 수많은 사람들의 눈을 피해 군사를 모으는 일은 거의 불가능에 가까웠을 것이다.

하지만 그가 일찍부터 몸을 사리며 동떨어진 에르네브로 몸을 숨겼기 때문에, 그는 어렵지 않게 군사를 모을 수 있었다. 또한 에르네브가 국경지역인 탓에 군사를 모으는 사실이 누군가에 의해 밝혀진다 해도 국경 수비를 위함이었다는 명목으로 쉽게 포장이 가능했다.

어쨌든 이런 계산 덕분에 라키아스는 황가의 의심을 피하면서도 군사력을 키울 수 있었던 것이다.

하지만 앞서 말했듯 이 사실을 아는 사람은 드물었고, 때문에 황가에서도 라키아스를 그리 위협적인 존재로 여기지 않았다.

물론 타르실라가 빠른 감으로 그를 위험 분자로 판단하긴 했지만, 이는 라키아스가 뒤에서 꾸미고 있는 짓을 알아차려서가 아니었다.

'그런 당돌한 눈빛은 처음이었지.'

라키아스가 알렉산드라와의 첫 만남을 회상하며 속으로 중얼거렸다. 파티에서 처음 만났을 때의 그 당당했던 눈빛이 잊히지 않았다. 더불어 자신에게 동맹을 맺자고 제안했을 때 보였던 그 날카로운 눈빛까지. 그 눈빛이 마음에 들긴 했지만, 단순히 눈빛에 서린 당돌함 때문에 그녀의 손을 잡은 것은 아니었다.

그녀는 자신의 세가 약하다는 사실을 모르지 않았을 것이다. 그럼에도 불구하고 그녀는 확신 있는 어조로 그에게 손을 잡자고 제안했다. 그의 잠재력과 야망을 인정하는 듯한 눈빛. 그리고 그 잠재력과 야망이 필요하다는 듯한 말투. 그게 가장 마음에 들었다.

더불어 자신을 아주 잘 알고 있다는 듯한 그 태도까지. 지금 생각해봐도 왜 그녀가 그런 식으로 말을 했는지는 알 수 없었지만, 어쨌든 이런 복합적인 요소들이 합쳐져 그는 그녀의 손을 잡기로 결심했던 것이다.

철저한 계산의 결과였다. 그녀라면 어쩐지 자신이 원하는 바를 정말로 이뤄낼 수 있을 것만 같았으니까. 자신을 배신할 것 같지도 않았고.

하지만 여기에서 문제가 생겼다. 그의 마음이 점점 계산에서 벗어나기 시작한 것이다.

어느 순간부터 그녀가 하는 말이 아닌 그녀의 목소리에 더 귀를 기울이게 되었고, 그녀가 쓴 편지의 내용이 아닌 그녀의 글씨체에 더 집중하게 되었다. 그녀가 입은 드레스가 아니라 드레스에 가려진 속살이 더 궁금해졌고, 그녀의 아름다운 미소를 보는 것에 만족하지 못하고 그 미소까지도 소유하길 바랐다.

심지어는 그녀를 울려 그 맑은 두 눈에서 나올 투명한 눈물조차 전부 제 것으로 만들고 싶었다.

이것은 흔한 연애 소설에 나올 법한 순수한 마음이 아니었다. 오히려 추악함과 더러움에 가까웠다. 이미 남편이 있는 여자를, 그것도 종질의 아내를 탐하기 시작한 것이다.

그는 자신이 미친 게 분명하다고 생각했다. 결코 정상적이지 않았다. 아무리 그가 정상적이지 못한 일을 계획하고 있다고 해도, 이게 선을 넘는 일이라는 것쯤은 알고 있었다.

스스로에게 구역질이 났고, 추잡스럽게 느껴졌지만, 그럼에도 불구하고 그녀를 보면 더 구역질 나고 추잡스러운 상상을 했다. 이미 그의 마음은 이성을 배반한 지 오래였다.

아니, 어쩌면 그의 마음이 지금처럼 이성에 붙들려 있던 적도 드물 것이다. 만약 그가 이성적으로 자신을 다스리지 않았다면, 당장에라도 알렉산드라를 붙잡고 그녀에게 사랑한다고 고백하며 입술에 키스를 퍼부었을 테니까.

알렉산드라의 새하얀 살결을 온통 자신의 흔적으로 붉게 물들이고, 그녀의 붉은 입술을 탐하고 또 탐해 부르트도록 만드는 것이다.

그는 그녀의 모든 것이 자신을 향해 있기를 바랐다.

그녀의 부드러운 목소리가 3황자가 아닌, 오로지 자신의 이름만을 부르길 바랐다. 그녀의 눈길이 향하는 곳이 3황자가 아닌, 오로지 자신이기를 바랐다. 그녀의 숨결이 닿는 거리에 3황자가 있는 것이 아니라, 오로지 자신만이 있기를 바랐다. 그녀의 눈짓 하나, 숨소리 하나, 말소리 하나까지 전부 다 그가 소유하길 원했다.

전부 그가 독점하기를 원했다. 다른 누구에게도 양보할 수 없다는 그 지독한 소유욕과 독점욕은 황위를 차지하자고 마음먹은 이후로, 처음이었다.

아니, 이것은 그때의 마음보다도 더 지독했다. 황위를 차지하는 것은 인내할 수 있었다. 계획을 세우고 기다릴 수 있었다.

하지만 알렉산드라에게만큼은 그 인내심이 적용되지 않았다. 당장이라도 그녀를 무너뜨리고 정복하고 싶었다. 조금의 기다림 없이 그녀의 모든 빈틈을 찾아 자신의 것으로 채우고 싶었다.

그걸 인내할 수 없었다.

지금도 거의 죽을힘을 다해 참고 있는 중이었으니까.

"손을 좀……놓아 주시지요."

그래서 알렉산드라에게 그런 말을 들었을 때, 라키아스는 화들짝 놀랄 수밖에 없었다. 그는 결국 참지 못하고 그녀에게 손을 댄 것이다. 그녀를 탐하고 또 탐하고 싶다는 추악한 마음을 이기지 못한 그의 손이 마침내 본능을 따라 멋대로 움직인 것이다.

그가 당황스러운 얼굴을 숨기지 못한 채 화들짝 놀라며 그녀의 손목을 잡았던 손을 뗐다.

그런데 알렉산드라의 표정이 이상했다. 그가 그녀를 잡았던 손을 떼고 나자 얼굴에 드리워진 당황스러움이 더욱 커진 것이다. 그가 순식간에 의아해진 눈빛을 한 채로 그녀를 쳐다보았지만, 그러는 사이 그녀의 두 눈에 서린 당황스러움은 어느새 사라지고 없었다.

알렉산드라는 언제 당황했냐는 듯 차분해진 눈빛으로 라키아스를 응시하며 말했다.

"……지엔궁은 이쪽입니다."

몸을 홱 돌린 알렉산드라가 앞장을 섰다. 라키아스는 그런 그녀의 뒷모습을 몇 초 정도 멍하니 바라보다가, 곧 말없이 그녀의 뒤를 따르기 시작했다.

그 눈동자에 서려 있던 것은 분명 당황스러움이었다. 단언컨대 알렉산드라는 라키아스가 자신의 손목을 잡은 행동보다 그 순수한 당황스러움에 더 놀랐다고 자신할 수 있었다.

그녀가 지금까지 그를 어떤 사람으로 생각해 왔는지가 단적으로 드러나는 부분이었는데, 알렉산드라의 인식 속에서 라키아스는 '찔러도 피 한 방울 나올 것 같지 않은 남자', '눈앞에서 누가 죽던 눈 하나 깜짝하지 않을 냉혈한'이었다.

때문에 그녀는 그가 자신에게 마음이 있다는 사실을 눈치챘을 때, 그 어느 때보다 강하게 부정했다. 심지어는 그가 자신에게 고백했을 때조차 그것을 진지하게 믿지 않았다.

하지만 손목을 놓아달라는 말을 듣고 보인 그 당황스러운 눈동자, 그것을 보았을 때 알렉산드라는 비로소 인정해야만 했다.

이 남자는 나를 좋아해.

알렉산드라는 눈을 통해 사람을 판별했다. 말도, 행동도 사람을 속일 수 있었지만, 눈 안쪽에 숨겨진 심연만은 사람을 속일 수 없었으니까.

그건 그 사람의 본성이었다. 원한다고 해서 숨길 수 없고, 아무리 노력한다 해도 숨겨지지 않는.

그런데 라키아스의 눈동자에 담긴 당황스러움은 가식이나 거짓과는 거리가 멀었고, 심지어는 어디서 많이 본 듯 익숙하기까지 했다. 이유를 찾던 알렉산드라는 곧 어렵지 않게 그 눈동자를 익숙하다고 여긴 까닭을 찾아낼 수 있었다.

'한때는 내가 가지고 있었던 당황스러움.'

회귀 전, 클레이오를 사랑했을 때 그녀가 숱하게 내비쳤던 눈빛이었다. 파티에서 아무도 모르게 클레이오를 쳐다볼 때나, 저도 모르게 클레이오와 손이 닿았을 때. 그리고 클레이오가 자신의 청혼을 받아들였을 때.

그러니까, 지금의 라키아스는 회귀 전의 알렉산드라와 똑같은 눈동자를 가진 셈이었다. 알렉산드라가 저도 모르게 침음성을 삼켰고, 그 모습에 앞에서 차를 마시고 있던 라키아스가 의아한 표정으로 물었다.

"무슨 일 있나?"

그렇게 묻는 라키아스는 이미 아까의 소년과도 같았던 당황한 모습은 완전히 사라져 버리고, 평소의 차가운 사내로 돌아온 뒤였다.

알렉산드라가 복잡한 표정으로 그의 얼굴을 응시하며 읊조리듯 답했다.

"……아무것도 아닙니다."

알렉산드라는 문장 끝에 무의식적으로 '라키아스', 그의 이름을 덧붙이려다 의식적으로 입을 틀어막았다. 이제는 호기롭게 그의 이름을 부르는 입버릇도 청산해야 할 듯싶었다. 이러다 정말 걷잡을 수 없을 정도로 마음이 커져 버리면 곤란했으니까.

알렉산드라가 한숨 섞인 목소리로 물었다.

"여기까지 온 까닭이 뭡니까."

"얼굴 한 번 더 보고, 이렇게 마주 보며 시간을 보내고."

"……."

"그걸 바랐던 것일지도 모르지, 나는."

마치 다른 사람의 이야기를 하는 듯한 화법에 알렉산드라의 어안이 벙벙해졌다.

그녀가 떨리는 목소리로 물었다.

"이제 아주 막 나가기로 결심한 겁니까."

"그건 저번 피로연에서도 고백한 것 같은데."

"당신……!"

"그리고 이렇게도 말했잖아. 우리 두 사람, 공동의 목표에는 지장이 없을 거라고."

"……이런 식으로 나오면 지장이 안 생기려야 안 생길 수 없습니다."

"공사의 구별을 확실히 하지. 내 마음은 내 마음이고, 우리 복수는 우리 복수니까."

"……."

"그보다 아까부터 이상한 점이 있는데."

"……또 뭡니까."

라키아스가 그녀의 눈을 정면으로 바라보며 물었다.

"아까부터 의식적으로 내 이름 안 불러 주는 것, 알고 있었나?"

"……."

알렉산드라는 순간 말문이 막히는 것을 느꼈고, 그 모습을 바라보던 라키아스는 묘하게 미소 지었다.

한참 후에야 알렉산드라는 다시 입을 열었다.

"그런 것까지 참견해야겠습니까?"

"지금도."

라키아스가 묘하게 눈꼬리를 올리며 지적했다.

"원래라면 '그런 것까지 참견해야겠습니까, 라키아스?' 이래야 할 텐데……."

"따라 하지 마세요."

"뭘?"

"내 말투 말입니다."

"왜?"

"……애같이 자꾸 이러깁니까."

"가끔 이런 생각이 들 때가 있어."

"무슨 생각이요."

"당신이 다른 사람들 앞에서 보이는 말투와 내 앞에서만 보이는 말투."

"……."

"그리고 당신 남편 앞에서만 보이는 말투 중, 어느 것이 진짜 당신일까?"

알렉산드라는 대답하지 않았지만, 라키아스의 말은 계속 이어졌다.

"내 앞에서만 보이는 당신 특유의 말투, 그게 진짜였으면 좋겠는데."

"무슨 뜻입니까."

"당신이 내 앞에서 가장 편안해했으면 좋겠다는 소리야."

"그러니까, 그게 무슨……."

"이해 못 하겠어?"

라키아스가 드물게 다정한 표정으로 미소 지으며 알렉산드라에게 말했다.

"당신이 내 앞에 섰을 때 가장 진실 되었으면 좋겠다는 소리야."

"나는 당신 앞에서 진실합니다, 충분히. 적어도 믿기로 결심한 동료 앞에서는 진실해요."

그 말에 라키아스의 미간이 미약하게 좁혀졌고, 그 변화를 눈치챈 알렉산드라는 약간 의아한 표정이 되었다.

좋아할 만한 말이라고 생각했는데, 아니었나.

"표정이 왜 그래요? 좋아할 줄 알았는데."

"반은 좋았어."

"무슨 뜻이에요?"

"내 앞에서 충분히 진실하다는 건 기분 좋은데, 동료라는 말은 좀 별로라."

"하."

알렉산드라가 황당하다는 웃음을 터뜨렸다. 도대체 이 남자가 자신에게 바라는 건 어디까지인 건지. 알렉산드라가 물었다.

"되게 위험한 발언인 건 압니까, 그거?"

"어차피 우리 둘뿐이잖아. 이 방에서는."

"그 말 조금 소름 돋네요."

"'오붓하게'라는 말도 붙일 걸 그랬나?"

"그건 정말 소름 돋고요."

알렉산드라가 아예 인상을 찌푸리고선 라키아스에게 물었다.

"도대체 동료가 아니면 뭘 바라는 겁니까?"

"황후?"

"……."

갑작스럽게 나온 단어 하나에 알렉산드라의 표정이 완전히 얼어붙었다.

이 남자가 방금 무슨 말을 한 건지.

알렉산드라가 굳은 얼굴로 라키아스를 쳐다보았지만, 그 말이 진심이라는 것을 입증하듯 라키아스의 표정은 지나치게 진지했다.

알렉산드라가 입술을 달싹거리며 무언가를 말하려고 했지만, 무언가를 말하려는지도 이제는 잘 모르겠다는 생각만 들었다.

"황후를 바라."

"……미쳤어."

"미치지 않았어."

라키아스가 느릿하게 입꼬리를 끌어올리며 나른하게 웃었고, 알렉산드라는 처음으로 그 미소에 옴짝달싹 못 하겠다는 생각이 들었다.

알렉산드라가 입술만 지그시 깨물며 라키아스를 바라보았다. 그는 여전히 웃고 있었다.

"나는 진심이거든."

"진심이 아니어야 할 겁니다."

알렉산드라가 떨리는 목소리로 대꾸했다.

"설령 내 마음이 당신을 향한다고 해도 불가능한 일이에요. 우리의 계획을 벌써 잊은 겁니까?"

"무슨 계획?"

"내가 당신을 황제로 만들겠다는 계획."

알렉산드라가 으르렁거리는 듯한 목소리로 말했다.

"내 남편을 폐위하고 당신을 황제로 세우는 복수. 잊은 거냐고요."

"잊지 않았어."

라키아스가 부드러운 음성으로 답했다.

"어떻게 그걸 잊을 수가 있겠어, 황자비 전하. 못 잊지."

"그런데 왜……!"

"그 계획에 하나 더 추가할까?"

라키아스가 알렉산드라의 말을 끊으며 말을 이었고, 알렉산드라는 이 남자와 처음 대면한 순간보다 지금이 훨씬 긴장된다는 사실을 깨달았다. 이 남자가 야심 많은 승냥이인 줄은 알았지만, 그 눈빛이 저에게까지 미치리라고는 생각지도 못한 일이었다.

알렉산드라가 저도 모르게 마른침을 삼켰다.

"당신을 내 옆자리에 앉히는 거야."

"라키아스!"

결국 먼저 결심을 깬 이는 알렉산드라였다.

라키아스의 발언에 당황한 알렉산드라가 만류하듯 그의 이름을 소리쳐 불렀지만, 라키아스는 도리어 선을 넘어 버렸다.

"그래, 알렉산드라."

"당신, 정말로……."

미친 게 틀림없어. 알렉산드라가 고개를 작게 저으며 중얼거렸다.

미친 게 틀림없다. 정말로…… 미친 게 틀림없어.

"어떻게 그런 말을……."

"내 말이, 뭐 어때서?"

라키아스가 물었다.

"당신을 내 옆자리에 세우는 게, 그렇게 놀랄 만한 일인가?"

"당신이 제위에 앉는다면 나는 폐후일 겁니다. 폐후를 황후로 들이는 황제라니! 그게 말이 되는 일이라고 생각하는 겁니까, 당신은?"

"말이 되지."

라키아스가 아무렇지 않게 말을 내뱉었다.

"말이 되고말고. 알렉산드라, 당신 말대로라면 그때의 나는 황제인걸. 이 거대한 제국 레예스의 단 하나뿐인 지배자."

"……."

"황제는 무치야. 허물이 없다는 뜻이지. 당신을 내 황후가 아니라, 다른 그 무엇으로 삼아도 감히 내게 반항할 수 없다는 소리야."

"쿠데타로 이루어진 권력이 얼마나 위험한지는 당신이 가장 잘 알겠죠. 그 불안정한 권력의 축 위에서, 나를 당신의 옆자리에 세우겠다는 겁니까? 얼마나 극심한 반대가 따를지, 그 누구보다도 잘 알 것 같은 당신이?"

"걱정하지 마, 알렉산드라."

라키아스가 다정하게 미소 지으며 그녀에게 속삭이듯 말했다.

"당신을 지켜줄 힘 하나 정도는 있으니까."

"그런 말이 아니잖습니까."

"내가 당신을 지켜줄게. 세상 모든 화살이 당신을 향해도 내가 다 맞아주겠다는 소리야."

"……."

알렉산드라가 저도 모르게 손끝을 말아 쥐었다. 갑자기 심장이 아파왔다.

이상한 일이었다. 나는 이 남자에게 아무런 마음도 없는데. 이 남자를 좋아하는 것도 아닌데. 이 남자가 내게 소중한 사람도 아닌데.

그런데 왜…….

"세상에서 가장 날카롭게 벼려진 칼이 당신을 찌르려 한다면 내가 대신 받을게. 당신은 내 품 안에 갇혀서, 영원히 안전한 상태로 지내는 거야."

"라키아스."

알렉산드라가 두 번째로 결심을 깼다. 이건 도무지 그의 이름을 부르지 않고서는 불가능한 이야기였다.

"내게 이러지 말아요."

"왜?"

"나는 당신의 마음을 받아줄 수 없으니까."

"무엇 때문에?"

라키아스가 차분하게 물었다.

"세상의 시선, 타인의 이목, 그런 것 때문에? 그도 아니면 쿠데타로 얻게 될 정통성 없는 권력 때문에?"

"난……!"

"그도 아니면."

라키아스가 날카로운 목소리로 물었다.

“날 사랑할 자신이 없나?”

“……내 마음은 이미 닫혔습니다.”

알렉산드라가 단정조로 말했다.

“다시 열 생각 없고, 열릴 일도 없을 거예요.”

“그럼 이렇게 해.”

라키아스가 빠르게 개선책을 내놓았다.

“마음을 다시 열지 않아도 돼. 열 생각 따위 가지지 않아도 좋아.”

“…….”

“그냥 받기만 해, 내 마음.”

“그게 당신이 바라는 전부는 아니잖습니까.”

“아니.”

라키아스가 알렉산드라의 눈을 똑바로 바라보며 말했다.

“그게 내가 바라는 전부야.”

“왜…….”

알렉산드라가 입술을 달싹거렸다.

도대체 왜. 당신이 무엇이 부족해서 그런 힘든 일을 감당하겠다는 건데?

마음이 거절당하는 슬픔을 알지도 못하면서. 받아들여지지 않는 마음이라는 게 얼마나 고통스러운 건지, 겪어본 적조차 없으면서……!

"왜 굳이 그렇게까지 하는 겁니까."

당신은 왜 그렇게 자신만만하게 가시밭길을 걷겠다고 하는 거야? 왜 굳이 힘든 일을 작정해서 하려고 하는 거야?

포기하면 편한데, 마음 받아주지 않는 여자 따위 무시하고 다른 여자 찾으면 편한데, 도대체 왜?

"몰라서 묻는 거야?"

"이해가 가지 않으니까요."

"다시 한번 말해줄게, 알렉산드라."

라키아스가 그녀의 눈을 타오르는 눈빛으로 바라보며, 한 자, 한 자 힘주어 말했다.

"내가, 당신을 사랑해."

"……."

"여기에 더 다른 이유가 필요한가?"

쿵.

심장이 완전히 추락하는 아찔한 감각에, 알렉산드라는 저도 모르게 몸을 떨었다. 알렉산드라가 복잡한 표정으로 라키아스를 쳐다보았지만, 그의 표정은 조금의 흔들림도 없이 견고한 상태였다.

흔들리는 사람은 오로지 알렉산드라 하나였다.

그녀가 입만 벙긋거리며 무언가를 말하기 위해 애쓰고 있는데, 갑자기 문밖에서 엘로웬의 목소리가 들려왔다.

"3황자비 전하."

충격에 비틀거렸던 알렉산드라의 두 눈동자가 더욱 잘게 떨리기 시작했다.

"3황자 전하께서 드셨는데요."

알렉산드라가 라키아스를 쳐다보았다. 하지만 라키아스는 될 대로 되라는 심정인 건지, 아니면 들켜도 상관없다는 심정인 건지, 그도 아니면 지금 이 상황을 잘 넘어갈 수 있다는 자신감이 있는 건지 조금의 표정 변화도 주지 않은 채 끝까지 알렉산드라에게만 시선을 고정시키고 있었다.

알렉산드라가 주저하는 사이, 엘로웬의 목소리가 또 한 번 들려왔다.

"어떻게 할까요, 전하?"

"……안에 손님께서 와 계세요."

알렉산드라가 최대한 목소리의 떨림을 감추며 덧붙였다.

"전하께 내 침실에서 잠시만……."

"3황자 전하를 안으로 들이세요."

그때, 라키아스의 목소리가 알렉산드라의 것을 끊고 들어왔다. 알렉산드라가 경악한 얼굴로 몸을 홱 돌려 라키아스를 쳐다보았지만, 그는 여전히 태연한 모습이었다.

알렉산드라가 도대체 무슨 생각인 거냐고 물어보기도 전에, 문이 열리고 누군가가 성큼성큼 방 안으로 들어왔다.

"렉시, 여기 있었던 거야?"

클레이오의 목소리였다.

알렉산드라가 입을 꾹 다문 채로 뒤에 있을 클레이오를 향해 몸을 돌렸다. 클레이오가 그녀의 두 눈 앞에서 미소를 지은 얼굴로 서 있었다.

알렉산드라가 어색하게 미소 지으며 클레이오에게 인사했다.

"오셨어요, 전하?"

당황한 목소리는 아니었지만, 속으로는 분명 당황했으리라고 라키아스는 추측했다. 바로 안으로 들이라고 말할 줄은 몰랐겠지.

그가 자연스럽게 웃으며 클레이오에게 인사했다.

"오셨습니까, 3황자 전하."

"……."

클레이오의 표정은 그리 좋아 보이지 않았다. 그는 약간 언짢은 듯한 기색을 내비치며 라키아스에게 물었다.

"오르누스 공작 전하께서 여기까진 어인 일이십니까."

"'여기까지'라니요, 황자 전하. 그 무슨 서운한 말씀을 하십니까."

라키아스가 너스레를 떨며 클레이오에게 말했다.

"3황자 전하께서는 다른 누구도 아닌 제 종질 되시는 분인 것을요."

"……."

"실은 젠스카야 백작령으로 떠나기 전에 목이 너무 말라서요.

그러던 차에 '아주 우연히' 3황자비 전하와 마주쳤지 뭡니까. 차 한잔 대접 받을 수 있을까 하여 여쭈었는데, 친절히 승낙하시더군요."

"그러셨군요."

클레이오가 낮은 목소리로 대꾸한 다음, 알렉산드라에게로 시선을 옮겼다. 알렉산드라는 입을 다문 채 똑같이 클레이오를 응시했다. 그 모습을 바라보는 라키아스의 한쪽 눈썹이 묘하게 꿈틀거렸다.

세 사람 사이에 미묘한 기류가 형성되었고, 이런 분위기를 그리 달갑게 여기지 않은 알렉산드라가 먼저 입을 엶으로써 마침내 분위기가 깨졌다.

"이만 가보시는 게 좋겠습니다, 공작 전하. 계속 늑장을 부리셨다가는 젠스카야 백작령에 저녁이 되어서나 도착하실 테니까요."

"동감입니다, 황자비 전하."

라키아스가 비뚜름한 미소를 지어 보이며 클레이오에게 말했다.

"전하께서 차를 우리는 솜씨가 아주 일품이시더군요."

"……."

라키아스의 거짓말에 알렉산드라는 당황했다. 그녀가 차를 잘 우리긴 했지만, 그렇다고 해서 그에게 직접 차를 우려준 것은 아니었다.

클레이오의 눈빛이 차가워졌고, 그 변화를 놓치지 않은 라키아스는 아름답게 미소 지으며 자리에서 일어난 뒤, 두 사람에게 우아하게 인사했다.

"그럼…… 나중에 또 뵙지요."

그 인사를 끝으로 라키아스는 문가 쪽으로 걸어갔다. 곧이어 문이 열렸다 닫히는 소리가 들렸고, 마침내 응접실 안에는 클레이오와 알렉산드라, 두 사람만이 남게 되었다.

알렉산드라 역시 슬며시 자리에서 일어나 살짝 잠긴 목소리로 클레이오를 반겼다.

"오셨어요, 전하?"

"응."

알렉산드라가 부러 미소 지으며 클레이오에게로 다가간 뒤, 슬쩍 그의 목에 팔을 감은 채로 클레이오의 가슴에 얼굴을 기댔다.

알렉산드라가 속삭이듯 클레이오에게 말했다.

"오늘 좀 피곤하네요. 전하께서도 그러신가요?"

"무슨 일 있었어?"

"무슨 일이요?"

"……오르누스 공작 말이야."

"……."

알렉산드라는 순간 침묵했다가, 잠시 후에 물었다.

"무슨 일이라뇨?"

"나는 그 사람 별로야."

"전하의 당숙 되시는 분인걸요."

"인상이 뭐랄까…… 별로야."

"……."

인상이 별로라는 사람에게 뭐라고 더 말할 수가 없어서, 알렉산드라는 그대로 입을 다물었다.

그리 긴 시간이 흐르지 않은 후에, 그녀는 다시 입을 열어 클레이오에게 물었다.

"오늘 한가해요?"

"왜?"

"이렇게 계셔도 되나 해서."

"오늘 수업은 끝났어."

클레이오가 다정하게 웃으며 알렉산드라에게 물었다.

"우리 데이트할까?"

클레이오가 말한 '데이트'는 참으로 평화롭기 그지없는 산책이었다.

알렉산드라는 차라리 그게 낫다고 생각했다. 괜히 앉아서 차나 마시며 시간을 보내는 것보다는 말을 적게 할 수 있으니까. 적어도 산책하러 가면 자연의 아름다움에 정신을 빼앗긴 척을 하거나 혹은 사색에 잠긴 시늉을 하며 대화를 피할 수 있지 않은가.

"무슨 고민이 있어, 렉시?"

아까 전 타르실라와의 일을 회상하는데 클레이오가 물어왔다. 알렉산드라는 고개도 돌리지 않은 채 대답했다.

"어떻게 하면 당신을 그 위로 올릴 수 있을까."

거짓말은 아니었다. 알렉산드라는 늘 어떻게 하면 자신이 황후가 될 수 있을지 생각했으니까.

"그걸 생각하고 있었어요."

"진짜…… 가망이 있는 거야?"

"해봐야죠."

"내가 도울 건 없어?"

클레이오의 말에 알렉산드라가 드디어 고개를 들어 올린 다음 클레이오를 쳐다보았다.

이 남자가 자신을 위해 할 수 있는 일? 도울 수 있는 일?

"없어요, 전하."

그런 게 어디 있어. 애당초 내가 이 고생을 하는 이유가 다, 당신에게 복수하기 위함인데.

"전하께서는 그저 사고 치지 마시고, 지금처럼 조용히 지내시면서 황제 폐하의 눈 밖에만 나지 않으면 돼요."

"너무 간단하잖아. 나도……."

"피 묻히는 일은."

알렉산드라가 빙긋 웃으며 말했다.

"전부 제가 해요, 전하."

"렉시……."

"전하께서는 그저 가만히 있기만 하시면 돼요. 제가 전부 다 할 테니까."

"……."

"더러운 일은 다, 제가 할 거예요."

"알았어, 렉시."

클레이오가 걱정스러운 표정으로 알렉산드라를 쳐다보며 말했다.

"그래도 난…… 내가 조금이라도 부담을 덜어줬으면 했는데."

"전하의 존재 자체가."

알렉산드라가 환하게 웃으며 말을 이었다.

"이미 충분히 힘이 되어 주는걸요."

"렉시……."

클레이오가 뭉클한 눈빛으로 알렉산드라를 바라보았지만, 알렉산드라는 속으로 클레이오를 향해 비소를 지었다.

'감동받은 척하긴. 속으로는 궂은일을 내가 다 해준다는 말에 기뻐 날뛰고 있을 거면서.'

하긴, 당신은 참 복 받은 남자였지. 손가락 하나 까딱하지 않아도 야심 많은 아내가 모든 더러운 일을 다 도맡아 해주었잖아.

당신은 내가 투쟁해 얻은 왕관을 그저 가식적인 얼굴로 받아 머리 위에 쓰기면 하면 되었고.

알렉산드라는 회귀 전의 어리석었던 자신을 비웃으며 계속 걸었다. 클레이오는 더 이상 그녀에게 말을 걸지 않았고, 알렉산드라도 계속 속으로 무언가를 생각하느라 그에게 말을 걸 여유가 없었기 때문에, 결국 두 사람 사이에는 어느 순간부터 정적이 흐르기 시작했다.

"렉시, 있잖아. 혹시 오늘……."

"아악!"

그때, 클레이오의 말을 끊고 어디에선가 비명이 들려왔다.

목소리가 높은 것을 보니 목소리의 주인은 남자보다는 여자 쪽에 가까울 것이었다.

비명에 클레이오가 저도 모르게 입을 다물고 소리가 난 쪽으로 고개를 돌렸고, 그건 알렉산드라도 마찬가지였다.

하지만 알렉산드라의 반응이 클레이오보다 좀 더 컸는데, 그녀의 얼굴이 백지장처럼 완전히 하얗게 변했기 때문이었다.

그 모습을 발견한 클레이오가 당황한 표정을 지으며 알렉산드라에게 물었다.

"왜 그래, 렉시?"

"이 목소리는……."

알렉산드라가 멍한 목소리로 중얼거렸고, 그 모습에 클레이오는 도대체 이번에는 또 무슨 일인 건지 걱정이 되었다.

물론 황궁 안에서 여자의 비명이 울려 퍼진 게 결코 정상적인 일은 아니었지만, 그걸 감안한다고 하더라도 알렉산드라의 표정은 일반적인 범주에서 벗어나는 정도였다.

"이 목소리, 분명……."

"아는 사람이야?"

"전하."

알렉산드라가 다급한 목소리로 클레이오를 부른 다음, 딱 한 마디를 내뱉었다.

"가봐야겠어요, 전하."

알렉산드라는 그 말만 남기고선 비명이 났던 쪽으로 달려가기 시작했다. 클레이오는 알렉산드라의 돌발행동에 당연히 당황할 수밖에 없었고, 자연스럽게 알렉산드라의 뒤를 뒤쫓았다.

앞서가던 알렉산드라와의 거리가 점점 좁혀졌다.

"렉시, 같이 가!"

"분명 이쪽이었어……."

뒤쪽에서 클레이오가 그녀를 소리쳐 불렀지만, 못 들은 척하는 건지, 아니면 정말로 어딘가에 정신이 팔려 못 들은 건지 알렉산드라는 일말의 반응도 보이지 않은 채 계속해서 달리기 시작했다.

'너 맞지, 마레타?'

분명 마레타의 비명이었다. 다른 누구도 아닌 마레타의 목소리를 헷갈릴 리가 없었다. 알렉산드라는 마레타를 찾아 계속해서 달리기 시작했고, 그 순간 다시 한번 비명이 들렸다.

"아악!"

그 소리에 힘입어 알렉산드라는 좀 더 수월하게 소리가 난 위치를 찾을 수 있었다. 그리고 마침내, 알렉산드라는 그토록 마주하길 바라 마지않던 사람과 조우할 수 있었다.

"마레타."

알렉산드라가 작은 목소리로 마레타의 이름을 입에 담았다. 알렉산드라의 눈앞에 그녀가 있었다. 그토록 찾아 헤매던 그녀, 마레타가.

다만 문제가 하나 있었다.

"너 자꾸 내 앞에서 알짱댈래?"

"으윽!"

"일도 똑바로 못하는 병신 같은 게! 여기가 어디라고 감히 평민 출신이 나대?"

하녀복을 입은 마레타가 다른 하녀들에게 집단 구타를 당하고 있었다. 회귀 전과 무섭도록 똑같은 상황에 알렉산드라의 몸이 부들부들 떨렸다.

이것은 단순히 마레타가 눈앞에서 구타를 당하고 있는 상황에 대한 분노에서 기인한 것만은 아니었다. 그녀는 그 광경에서, 역설적이게도 기쁨을 느꼈다. 어떻게든 마레타를 다시 볼 수 있게 되었다는 기쁨.

그러나 마레타와 재회하게 되었다는 기쁨만큼 감히 그녀의 마레타에게 저런 식의 구타를 행했다는 사실에서 오는 분노도 만만치 않게 컸기에, 알렉산드라는 생각을 할 새도 없이 먼저 행동했다. 적어도 마레타에 관한 한, 알렉산드라의 감정은 늘 이성보다 우위였다.

그녀가 성큼성큼 마레타와 다른 하녀들이 있는 쪽으로 걸음을 옮겼다. 하녀들은 그녀가 다가오는 것도 모른 채 계속해서 마레타를 구타하고 있었다.

마침내 알렉산드라의 이성이 끊어졌고, 그녀는 선봉에 서서 마레타를 제일 열심히 구타하고 있는 여자에게 냅다 뺨을 날렸다.

아무도 그녀의 마레타에게 손댈 수 없었다.

"아악!"

뺨을 맞은 여자가 그 자리에 풀썩 쓰러졌고, 자연히 시선은 알렉산드라에게로 집중되었다. 하녀들은 알렉산드라의 화려한 차림새에 본능적으로 그녀가 높은 신분의 사람임을 눈치채고선 마레타와 뺨을 맞은 여자를 내버려 둔 채 그대로 달아났다.

지금 일은 분명 회귀 전과 달랐다. 회귀 전의 그녀는 처음부터 이렇게 이성을 잃고 뺨부터 날리지 않았으니까. 그건 회귀 전 마레타를 처음 만났을 때와 달리, 지금의 그녀가 마레타에게 너무나도 좋은 감정을 가지고 있었기 때문이었다.

알렉산드라는 자신에게 뺨을 맞고 쓰러진 여자에게는 눈길조차 주지 않은 채, 오로지 마레타에게만 관심을 두었다. 그녀가 걱정스러운 얼굴로 무릎을 쪼그리고 앉아 마레타를 깨웠다.

"얘, 일어나 보렴."

마레타는 그녀가 회귀한 사실을 몰랐다. 그러니 처음부터 마레타의 이름을 부른다면 그녀가 놀랄 것이었다. 마레타를 부르는 알렉산드라의 목소리는 더없이 나긋하면서 간절했고, 그 마음이 느껴진 것인지 쓰러진 마레타가 느릿하게 눈을 뜨기 시작했다.

알렉산드라가 그 모습을 보고 환하게 미소 지었다.

마레타는 멍한 눈으로 알렉산드라를 바라보며 물었다.

"누구……세요?"

"알렉산드라 지오바나 잔 레예스."

알렉산드라가 떨리는 목소리로 자신의 이름을 말해준 다음 마레타에게 물었다.

"괜찮아? 왜 여기서 이러고 있니?"

"……."

당연히 마레타는 대답하지 않았다. 대답하고 싶지 않았던 것인지, 아니면 대답할 기력조차 없었던 것인지는 모르겠지만, 아마 둘 다일 가능성이 컸다. 알렉산드라는 대답을 기대하고 한 질문이 아니라는 듯 계속해서 말을 이어나갔다.

"나와 함께 가자."

"……3황자비 전하신가요?"

"그래."

너무나도 오랜만에 들어보는 마레타의 목소리. 알렉산드라는 금방이라도 눈물이 나올 것만 같은 기분이었다. 알렉산드라가 떨리는 음성으로 마레타에게 이미 답을 알고 있는 내용을 질문했다.

"이름이 뭐니?"

"마레타예요."

"예쁜 이름이구나."

알렉산드라가 떨리는 눈을 곱게 접어 웃은 다음 아까 했던 질문을 했다.

"나랑 가지 않을래?"

"전하께서는 제가 필요 없으실 겁니다. 전 잘하는 것도 없고, 출신도……."

"마레타."

알렉산드라의 떨리는 목소리가 입술을 타고 퍼져나갔다.

"난 그냥 네가 필요한 것뿐이야. 네가 마레타이기 때문에, 나는 네가 필요해."

"……절 아세요?"

"아니."

지금의 너는 내가 너를 안다는 걸 몰라. 하지만 언젠가는 알게 될지도 모르지.

알렉산드라가 붉게 충혈된 눈으로 마레타를 바라보며 웃었다.

"그래도 나는 네가 필요해. 너처럼 충직하고 유능한 사람이 필요해."

"하지만 전 귀족도 아닌걸요. 절 데려가시면 전하께서 궂은소리를 들으실지도 몰라요."

"그건 내 일이란다, 마레타. 넌 그냥 날 따라오기만 하면 돼."

그렇게 말한 알렉산드라가 마레타에게 손을 내밀었다. 마레타의 얼굴은 온갖 상처로 가득했고, 피멍도 잔뜩 들어 있었다. 그 모습을 보니 마음이 찢어지는 듯했고, 알렉산드라는 굳이 그러한 감정을 숨기지 않았다.

"내 손을 잡아."

"……."

"잡고 일어나렴."

"피 때문에 손이……."

더러워요.

그 말을 하려던 것을 눈치채고, 알렉산드라가 먼저 끼어들었다.

"절대 더럽지 않아, 마레타. 그리고 더럽다고 해도 씻으면 되잖아."

"……."

"어서 잡으렴. 팔이 떨어지겠다."

그 말을 듣고 나서야 마레타는 겨우 알렉산드라가 내민 손을 잡았다. 떨리는 손끝이 눈에 보였고, 맞잡은 손에서도 느껴졌다.

알렉산드라가 환하게 웃으며 마레타를 일으켜주었다. 덕분에 온갖 흙먼지와 핏자국이 알렉산드라의 얼굴과 드레스에 묻었지만, 그녀는 조금도 개의치 않는 모습을 보였다.

"렉시."

그때 뒤쪽에서 클레이오의 목소리가 들려왔다. 마레타에게만 신경을 쏟아붓느라 완전히 잊고 있었다.

알렉산드라가 뒤를 돌며 클레이오를 불렀다.

"전하."

"무슨 일이야, 도대체?"

클레이오가 걱정스러운 표정으로 알렉산드라에게 물었다.

"괜찮은 거야? 드레스에 피가……."

"제 것이 아니에요, 전하. 걱정하지 마세요."

그렇게 대답한 알렉산드라가 침울한 표정으로 클레이오에게 설명했다.

"이 아이가 다른 하녀들에게 맞고 있었어요. 도무지 그냥 지나칠 수가 없어서 제가 구해주었답니다."

"그랬어?"

"네. 제가 데려가서 거둘 생각이에요."

"당신은 정말이지…… 너무 착한 것 아니야?"

"착하긴요. 그냥 제가 이 아이가 마음에 들었을 뿐이에요."

그렇게 대꾸한 알렉산드라가 마레타를 부축하며 덧붙였다.

"제가 부축할게요, 전하."

"아니야, 렉시. 도와줄게."

"힘드실 텐데……."

"괜찮아. 자, 한쪽 팔 이리 줘."

클레이오가 마레타의 한쪽 팔을 그의 어깨에 걸쳤고, 덕분에 알렉산드라는 비교적 수월하게 마레타를 옮길 수 있었다.

지엔궁에 도착하자 시녀들이 하녀 하나를 양쪽에서 부축하고 있는 알렉산드라와 클레이오를 보고 기겁해서 달려왔다.

"세상에, 전하!"

"저희를 부르시지 그러셨어요."

"이 아이는 누구예요?"

쏟아지는 질문에 알렉산드라는 간단하게만 답해주었다.

"다른 하녀들에게 맞고 있던 걸 데려왔어요. 앞으로 지엔궁에서 내 시중을 들게 될 겁니다."

"하지만 전하, 하녀라면 평민 출신일 텐데요."

시녀들 중 하나가 떨떠름한 목소리로 불만을 제기했다.

"전하께서 안 좋은 말을 들으실까 봐 걱정돼요."

"괜찮아요. 하라고 하지요, 뭐."

알렉산드라는 상관없다는 듯 말했다. 정말로 상관없었다. 만약 마레타가 평민이 아닌 천민이라고 해도 그녀는 기꺼이 마레타를 자신의 시녀로 들였을 것이다. 그 누구도 아닌 마레타였으니까. 자신을 위해 평생을 바치고 헌신한.

알렉산드라는 시녀들에게 마레타를 깨끗이 씻기고 상처를 치료한 다음 단장까지 시키라고 명령한 뒤, 그녀 역시 목욕을 하기 위해 욕탕 안으로 들어갔다. 알렉산드라의 몸을 씻기던 페넬로페가 약간 놀란 듯한 목소리로 말했다.

"저는 전하께서 저 아이를 시녀로 삼겠다고 하실 줄은 몰랐어요."

"내가 저 아이를 시녀로 삼은 게 못마땅해, 페니?"

"전하의 뜻을 제가 어떻게 알겠어요. 제가 감히 왈가왈부할 사안은 아니죠."

페넬로페가 조심스럽게 답하고선 잠시 후에 덧붙였다.

"뒷이야기는 좀 나돌지 모르지만, 그래도 저는 전하의 그런 점이 좋아요."

"무슨?"

"신분이나 귀천 상관없이 곁에 두시는 거요. 저도 사실 전하를 곁에서 모시기에는 신분이 좀 많이 낮았잖아요."

페넬로페는 몰락한 하급 귀족의 딸이었다. 알렉산드라가 설핏 웃으며 답했다.

"능력은 귀천을 가리지 않거든."

"저 아이에게 무슨 특출한 능력이라도 있는 건가요?"

"모르지."

알렉산드라가 태연하게 대꾸했다.

"하지만 분명 있을 거라고 믿어."

마레타의 아버지는 평범한 도축업자였고, 그녀의 어머니는 그녀를 낳은 다음 얼마지 않아 사망했다. 그러다 21살이 되던 해에 황성에 전염병이 돌았고, 마레타의 아버지까지 그 해 마레타의 생일에 사망했다.

결국 몸을 의탁할 곳이 없어진 마레타는 황궁에 하녀로 들어갔고, 그곳에서 종신직 하녀로 살다 삶을 마감하기로 결심했다. 어차피 평민에게 21세란 시집을 가기에도, 가지 않기에도 애매한 나이였으니까. 그리고 자신과 비슷한 처지의 남자와 결혼해서 자식한테까지 똑같은 삶을 물려주는 것보다는 차라리 이게 낫겠다는 생각도 작용했으리라.

황궁에서 21세의 하녀는 아주 드물었다. 대부분은 10대의 초중반에 입궁했기 때문이었다. 그래서 마레타와 나이는 같지만, 직급은 더 높은 하녀들도 상당수였다.

그러다 마레타는 한 하녀와 같은 방을 쓰게 되었는데, 마레타보다 3살 정도 나이가 어렸다. 그녀는 몰락한 하급 귀족의 딸이라고 했다. 처음에는 마레타를 '언니'라고 부르는 등 온갖 친한 척을 했지만, 그때조차 마레타를 은근히 무시하는 태도가 몸에 배어 있었고, 말투에서도 드러났다.

하급 귀족의 딸이었음에도 집안이 몰락하는 바람에 하녀로 입궁하게 된 자신의 상황이 엄청난 콤플렉스로 작용한 듯했다.

어느 날 우연히 그녀의 도둑질을 목격한 마레타는 그녀에게 한소리를 했고, 그 이후부터 그녀는 마레타에게 적개심을 품었다. 그녀는 그때부터 마레타를 멀리하기 시작하더니, 심지어는 그녀와 함께 어울리는 하녀들을 데려다 상습적으로 마레타를 폭행하기까지 했다.

"어디서 굴러먹었는지도 모르는 게, 나이 좀 많다고 나대는 거야?"

마레타는 최대한 입을 다물고 비명조차 지르지 않기 위해 애썼지만, 때때로 그것조차 참기 어려울 정도로 고통스러운 순간이 있었다.

그럴 때조차 비명만 지를 뿐, 그만하라거나 살려달라는 말은 하지 않았다. 같잖은 자존심이라고도 생각할 수 있었지만, 그렇다고 하더라도 비굴하게 굽히고 싶지 않았기 때문이었다. 자신이 잘못한 게 하나도 없다고 생각했으니까.

하녀장에게도 이 상황을 말해보려 했지만, 자신을 때리는 이들과 한패라는 사실을 알게 되고 나서부터는 그마저도 포기했다.

그날도 어김없이 구타를 당하고 있었다. 그날따라 마레타는 맞는 것을 참는 것이 고통스럽다고 생각했지만, 그네들이 그런 사정까지 봐줄 리가 없었다. 마레타는 평소보다 자주 비명을 지르며 고통을 표출했다.

그리고 그게 동아줄이었다.

웬 고급스러운 드레스를 입은 여자가 냅다 이쪽으로 다가오더니 마레타를 때리던 하녀의 뺨을 내리친 것이다. 아무리 기고만장한 그네들이라지만 그 여자가 높은 신분의 사람이라는 사실쯤은 차림새에서 눈치챘을 것이다.

하녀들은 맞은 것을 항변할 새도 없이 도망쳤고, 그 여자는 마레타와 눈높이를 맞추기 위해 무릎까지 쪼그렸다. 마레타는 잘못한 게 없었지만, 이상하게 그녀에게 미안해 죽을 것만 같았다.

"괜찮아?"

그 한마디가 그녀에게는 구원이었다.

그 여자는 누구냐고 묻는 자신에게 건방지다는 말 대신 이름을 말해주었고, 마레타는 여자가 3황자비라는 사실을 금세 알아차렸다.

그런데 3황자비가 갑자기 제 이름을 묻더니 자신더러 같이 가자는 말을 하지를 않나, 자신이 필요하다는 말을 하지를 않나, 마레타가 잔뜩 당황할 법한 이야기만 늘어놓는 것이었다.

마레타는 그녀가 자신을 놀리는 건 줄 알았지만, 그녀의 눈동자 속에 비친 것은 분명 진심이었다.

"나와 함께 가자."

그 말 속에서 이상하게 간절함이 느껴졌고, 마레타는 이상하다는 생각만 들었다. 3황자비와는 단 한 번도 마주친 적이 없었다.

그런데 3황자비는 이상하게도 자신을 마치 오랫동안 알고 봐온 사람처럼 자신에게 다정히 대해주는 것이었다. 도무지 영문 모를 일이었다.

어쨌든 자신을 직접 부축해 지엔궁까지 데려온 3황자비는 자신을 시녀로 삼겠다는 상당히 파격적인 말을 했고, 그녀의 시녀들에게 지시해 자신을 씻기고 상처를 치료해 준 다음 깨끗한 옷을 입혀주었다.

그 분수에 맞지 않는 대우에 마레타는 민망해 죽을 것만 같았다. 자신을 씻겨주던 어떤 하녀는 이렇게까지 말했다.

"운 좋은 줄 알아. 우리 전하께서 너무 자애로우셔서 너 같은 것들에게까지 자비를 베푸시는 거야."

마레타도 동의했다. 3황자비는 지나치게 자애로운 사람임이 틀림없었다. 그렇지 않고서야 어떻게 자신처럼 별 볼 일 없는 사람에게까지 이 정도의 자비를 베풀 수 있단 말인가.

마레타는 3황자비의 호의를 거절하고 싶을 만큼 그녀의 행동이 부담스럽게 느껴졌지만, 그렇다고 해서 그녀가 감히 3황자비의 명령을 거스를 수도 없는 노릇이었다.

3황자비가 명령하면 마레타는 따라야 했다. 그게 법도였으니까.

"전하께서 너를 찾으셔."

목욕과 상처의 치료를 마친 후 배정된 방에서 잠깐 숨을 돌리고 있는데, 한 시녀가 마레타의 방으로 찾아와 말을 전해주었다.

마레타는 멍한 표정으로 시녀에게 물었다.

"전하께서…… 저를요?"

"그래."

그렇게 말하는 시녀는 어쩐지 불쾌해 보이는 표정이었다. 아무래도 마레타의 존재를 그리 달갑게 여기지 않는 듯했다.

익숙한 일이었기 때문에 마레타는 굳이 상처받지 않았다. 어차피 자신의 존재가 긍정적으로 받아들여지는 경우는 태어나서 한 번도 없었으니까. 태어나서 지금까지 늘 짐 덩어리 취급을 받아왔었으므로.

"어서 따라 나오렴."

"네."

간단하게 대답한 마레타가 서둘러 자리에서 일어난 다음 자신을 찾아온 시녀를 따라나섰다. 알렉산드라의 방은 마레타가 머무는 방에서 그리 멀리 떨어져 있지 않았는데, 시녀는 이것도 상당히 이례적인 일이라면서 알렉산드라의 자비로움을 거듭 강조했다.

마레타 역시 시녀의 말을 들으며 도대체 왜 그녀가 자신에게 이런 호의를 베푸는 것인지 의아해했다. 상식적으로 자신을 이렇게 특별하게 여겨 줄 이유가 없지 않은가.

자신과 어떤 인연이 있었던 것도 아니면서.

"3황자비 전하, 말씀하신 아이를 데려왔습니다."

"들이도록 해요."

"가서 예의 바르게 굴 거라. 실수하지 말고."

시녀는 평민 출신인 마레타가 걱정됐는지 거듭 강조했고, 마레타는 알겠다는 듯 고개를 작게 끄덕였다. 곧 문이 열렸고, 마레타는 조심스럽게 안쪽으로 걸어 들어갔다. 차를 마시고 있던 알렉산드라는 방으로 들어온 마레타를 보더니 이내 환하게 웃었다.

마레타는 그 미소에 또 한 번 당황했다.

"3황자비 전하를 뵙습니다."

"마레타, 치료는 잘 받았나요?"

"전하의 은혜에 감사드릴 따름입니다."

'원래 이렇게 딱딱한 사람이었나?'

알렉산드라는 워낙 마레타의 다정함에만 익숙해져 있던 탓에 오랜만에 겪는 마레타의 처음 모습이 영 낯설게만 느껴졌다.

결국 처음부터 다시 시작해야 한다는 결론에 다다른 알렉산드라가 그녀에게 다정한 목소리로 자리를 권했다.

"앉으렴, 마레타."

"네, 전하."

마레타는 생각보다 예법을 훌륭하게 익혔는지 행동거지에 별 흠결이 보이지 않았다. 알렉산드라는 그 모습을 바라보다 흐뭇한 미소를 지은 다음 그녀에게 물었다.

“내가 왜 마레타를 이곳으로 불렀는지 알고 있나요?”

“잘 모르겠습니다, 전하.”

“다름이 아니라, 마레타가 내 시녀가 되어 주었으면 해서요.”

알렉산드라의 말에 마레타는 당황스러운 표정을 감추지 못했다. 시녀라니. 시녀란 최소 신분이 어느 정도 보장되어 있는 영애들만 할 수 있는 것이었다.

때문에 마레타 자신처럼 평민이 시녀를 하는 경우는 거의 드물었다. 마레타가 제가 지금 무엇을 들었냐는 듯한 표정으로 알렉산드라에게 말했다.

“그렇지만 전하, 모르셨나 본데 저는 평민입니다.”

“알고 있습니다.”

“전하, 저를 거두어 주신 일만 해도 이미 충분히 감사합니다. 시녀로 저를 들이시는 것은 제게 너무나도 과분한 은혜를 베푸시는 거예요.”

마레타가 말도 안 되는 일이라는 듯 손사래를 치며 거절했다.

“전 제 분수를 잘 알고 있고, 실천하려고 노력하고 있습니다. 저를 시녀로 들이신다면 아마 구설에 휘말리실 거예요. 절 구해주신 분께 그런 폐를 끼치고 싶지는 않습니다.”

“폐라니요, 마레타. 그렇지 않아요.”

알렉산드라가 진심이 담긴 미소를 지으며 덧붙였다.

“나는 능력 있는 사람들을 좋아하고, 내게 충성스러운 사람들을 좋아하거든요."

"……."

"내게 충성을 다해주세요, 마레타. 그렇다면 그대의 신분은 조금도 문제 되지 않아요."

"저는……."

마레타가 뜨거운 침을 삼키며 알렉산드라에게 말했다.

"저를 구원해주신 분께 충성하는 것을 마다할 생각은 조금도 없습니다, 전하."

"……."

"다만 제 존재 자체가 전하께 폐가 되는 것을 두려워할 뿐이에요."

"내가 폐가 아니라면 아니라는 겁니다, 마레타. 그 문제는 그대가 걱정할 부분이 아니에요."

"그래도……."

"……황자비 전하."

그때 바깥에서 드네리스의 목소리가 들려왔다.

"황실위생관리부에서 전하를 찾아왔습니다."

듣도 보도 못한 이름에 알렉산드라가 미간을 좁혔다.

"어디라고요?"

"황실위생관리부의 하녀장이 전하를 찾아 왔습니다."

알렉산드라가 기가 찬 표정을 짓다가, 마레타에게로 시선을 옮겨 물었다.

"원래 있던 곳이 황실위생관리부였나요?"

"……그렇습니다, 전하."

"이런."

알렉산드라가 갑자기 불쾌해진 기분으로 중얼거렸다.

"고작 이런 일로……."

"어떻게 할까요, 전하?"

"……들이도록 하세요."

알렉산드라가 급격하게 낮아진 목소리로 답했고, 곧 문이 열리며 중년 여성 한 명이 방 안으로 들어왔다. 그녀는 알렉산드라의 앞에 앉아 있는 마레타를 보며 인상을 찌푸리다가, 곧 3황자비의 앞이라는 사실을 잊고 있었다는 듯 얼른 표정을 풀며 인사했다.

"3황자비 전하를 뵙습니다. 레예스에 광명을."

"황실위생관리부의 하녀장이라고 들었습니다만. 무슨 일인가요."

"그것이……."

하녀장은 슬쩍 마레타를 곁눈질했다가 대답했다.

"오해를 하신 듯하여……."

"무슨 오해 말입니까."

"저 아이를 데려가셨다고 들었습니다. 지금 보니…… 제가 들은 것이 맞는 것 같군요."

"오신 김에 말씀드리지요. 저 아이를 내 시녀로 삼으려고 합니다."

"네에?"

하녀장이 대놓고 놀란 표정을 지었고, 알렉산드라는 그리 기분 좋지 않은 목소리로 물었다.

"무슨 문제가 있습니까?"

"아니요, 전하. 다만…… 저런 것을 데려다가 시녀로 삼으신다는 것은 자칫 전하의 위신이……."

"그렇다면 지금 그대는 내 판단이 잘못되었다고 말하고 있는 것이로군요."

그 말에 하녀장이 아연실색하며 손사래를 쳤다.

"전하, 아닙니다. 제가 어찌 감히……."

"판단은 내가 내리는 것이지 그대가 내리는 것이 아니에요. 내가 보석을 발견했으니 데려가겠다는 건데 거기에 왈가왈부하는 것은…… 내 눈이 잘못되었다고 말하는 것 아닙니까."

"전하, 불쾌하셨다면 죄송합니다."

"알고 있다니 정말 다행입니다."

알렉산드라는 목소리를 누그러뜨리지 않으며 말을 계속했다.

"나는 이 아이가 맞고 있던 걸 발견하고 구해왔습니다. 피해자가 있으니 가해자도 있겠지요."

"……."

"그게 누구인지는 하녀장님도 알고 계시겠지요?"

"전하, 그것은……."

"대답만 하세요. 변명을 듣겠다고 한 적은 없으니까."

"……."

하녀장이 잠깐 동안 침묵했다가 잠시 후에 물었다.

"어떤 조치를 취하기를 원하시는 것입니까, 전하?"

"그것은 하녀장님께서 가장 잘 알고 계시리라 보는데요. 하녀들에게도 위계질서라는 것이 있고, 지켜야 할 규율과 법도라는 것이 있지 않습니까?"

"그렇습니다."

"법도대로 처리하세요, 법도대로."

"알겠습니다, 전하."

"처리하고 제게 보고하시고요. 하녀장까지 하신 분이니 영민하실 거라 믿습니다."

"……네, 전하."

"이만 가보세요, 그럼."

"네, 전하. 그럼 이만……."

하녀장은 굽신거리며 인사한 다음 자리를 떴고, 다시 둘이 된 다음에야 마레타는 조심스럽게 물었다.

"정말 절 시녀로 쓰실 생각이신 건가요?"

"한 입으로 두말 하는 취향은 없답니다."

알렉산드라가 씩 웃으며 말했다.

"이제 정말 빼도 박도 못 하게 되었고."

"전하, 하지만 전 정말…… 걱정됩니다. 제가 감히 전하께 누를 끼칠까 봐요."

"내가 본 그대는 그럴 사람이 아니에요. 오히려 내게 이로움이 되었으면 되었지……."

알렉산드라가 옅게 미소 지으며 마레타를 안심시켰다.

"내게 충성을 다해주세요, 마레타. 내가 원하는 건 오직 그것뿐이랍니다."

"전하께서는 제게 처음으로 쓸모 있다 말씀해 주신 분이세요."

마레타가 감정이 북받쳐 오르는 목소리로 알렉산드라에게 말했다.

"전하께서 죽으라 명령하신다면 정말 죽겠습니다."

"그럴 일은 없을 거예요."

"무엇을 명령하시든 다 따르겠어요."

마레타의 말에, 알렉산드라가 순간 멈칫한 다음, 목소리를 잔뜩 낮추어 물었다.

"내가 어떤 사람이든, 무슨 짓을 하든."

"……."

"날 따를 자신이 있나요?"

"물론이에요, 전하."

"밖에서 보이는 내 모습이, 다른 사람들이 보는 내가, 진짜 내가 아니라고 해도?"

마레타는 알렉산드라의 그 말은 잘 이해 가지 않았지만, 일단 고개를 끄덕였다. 어쨌든 이제 알렉산드라는 자신의 주인이었고, 그녀는 알렉산드라의 명령에만 오로지 순응할 생각이었다.

그러니 설령 그녀가 자신이 겪었던 것만큼 착하지 않다거나, 혹은 자비롭지 않더라도 상관없었다.

어차피 이제 중요한 건 그녀가 모시는 사람은 이제 알렉산드라 지오바나 잔 레예스라는 사실뿐이었으니까.

"전하께서 설령 내일 저를 죽이신다 해도, 저는 전하를 따르겠습니다."

"그대는 늘 너무 극단적인 예만 드는군요."

"그만큼 전하께 충성을 맹세하겠다는 말씀입니다."

그 말을 들은 알렉산드라가 정말 기쁘다는 듯 웃은 다음, 마지막으로 물었다.

"내가 나쁜 짓을 하더라도 지금 같은 마음을 유지해 줄 수 있나요?"

"전하께서 묻히실 피가 있다면 제 손으로 넘겨주시지요."

마레타가 조용히 미소 지으며 덧붙였다.

"고귀하신 분의 손에 피를 묻힐 수는 없으니까요."

"……그래요."

알렉산드라가 묘한 표정을 지으며 마레타에게 말했다.

"이 방을 나가면 페넬로페가 그대가 해야 할 일을 알려줄 겁니다. 어렵지는 않을 거예요. 본디 시녀의 일과란 하녀의 그것과는 비교할 수 없을 정도로 여유로운 법이니까요."

"네, 전하."

"이만 나가보세요."

마레타는 알렉산드라에게 군더더기 없는 인사를 남긴 뒤에야 알렉산드라의 방을 나섰고, 그와 동시에 엘로웬이 들어와 말을 전해 주었다.

"전하, 3황자 전하께서 같이 석찬을 드실 수 있으신지 여쭤오셨는데요."

"……."

"어떻게 할까요?"

알렉산드라가 아까와는 비교할 수 없을 정도로 건조한 목소리로 대꾸했다.

"그렇게 하겠다고 전해 주세요."

6

Return

정찬실 안은 고요했고, 스테이크를 날카롭게 써는 소리만 들려왔다. 알렉산드라는 마레타와 재회했다는 기쁨 때문에 평소보다 기분이 좋은 상태였는데, 그게 표정과 행동에서 그대로 나타났다.

클레이오는 알렉산드라가 고기를 써는 모습을 빤히 지켜보다가 문득 물었다.

"오늘 기분이 좋아 보여, 렉시."

"그래요?"

알렉산드라가 여전히 접시에서 눈을 돌리지 않으며 대꾸했다.

"능력 있는 시녀를 얻었거든요."

"마레타라는 그 아이?"

"들으셨어요?"

"응. 시녀들이 떠드는 이야기를 들었어."

"입들이 가볍네요."

"우리끼리인데 뭐 어때."

어깨를 으쓱이며 답한 클레이오가 곧바로 알렉산드라에게 물었다.

"그렇게 마음에 들었어? 평민 출신을 시녀로 삼을 만큼?"

"……네."

'평민 출신'이라는 말이 알렉산드라의 신경을 거슬리게 만들었지만, 그녀는 되도록 내색하지 않은 채 스테이크를 써는 데 집중했다. 좋은 고기라고 그렇게 칭찬을 하던 요리장의 말과는 달리, 고기가 질겼다.

"닷새 후면 황후 폐하의 탄신 연회가 열리는데, 그때 입을 드레스는 결정했어?"

갑작스럽게 바뀐 화제에 알렉산드라는 스테이크를 써는 것을 멈춘 다음 클레이오를 바라보며 답했다.

"푸른색으로 입을까 하는데, 전하 생각은 어떠세요?"

"뭘 입어도 당신은 항상 예쁜걸."

그 말에 알렉산드라가 저도 모르게 웃음을 터뜨렸고, 클레이오 역시 빙긋 웃었다.

그때, 누군가가 정찬실의 문을 똑똑 두드렸다. 클레이오가 물었다.

"무슨 일이냐."

그러자 엘로웬이 문을 열고 들어온 다음, 두 사람이 있는 곳까지 종종걸음으로 걸어와 말을 전했다.

"죄송합니다, 전하. 급한 일이라……."

"말해보도록."

"섭정 황후께서 3황자비 전하를 급하게 찾으십니다."

나를? 알렉산드라가 한쪽 눈썹을 치켜 올렸고, 클레이오 역시 의아한 얼굴이었다.

"황후 폐하께서 비를? 왜?"

"그 이유는 말씀하지 않으셨습니다."

"……."

알렉산드라는 잠깐 동안 입을 다물고 있다가, 곧 하는 수 없다는 목소리로 클레이오에게 말했다.

"가봐야 할 것 같습니다, 전하. 식사를 다 끝마치지 못해서 죄송해요."

"죄송하긴. 그대가 잘못한 일도 아닌데."

"그럼 다녀오겠습니다."

알렉산드라가 건조하게 인사한 다음 자리에서 일어났다. 타르실라가 무슨 일로 자신을 불렀을지, 대충 예상이 갔다.

"섭정 폐하, 3황자비 전하께서 드십니다."

시녀의 말과 함께 문이 열렸고, 알렉산드라는 우아한 걸음걸이로 타르실라의 방 안까지 들어갔다. 타르실라는 고상하게 녹차를 마시며 무언가를 생각하는 듯한 표정이었는데, 어쩐지 즐거운 표정이었다.

타르실라에게 인사를 마친 알렉산드라는 그녀가 권하는 자리에 앉은 다음, 조용한 음성으로 물었다.

"부르셨다고 들었습니다, 섭정 폐하."

"늦은 시간에 미안하게 되었어, 비. 하지만 급한 일이라 말이야."

"말씀하시지요."

"그때 내가 했던 말 기억하고 있나?"

타르실라의 말에 알렉산드라가 잠깐 입을 다물었다가, 잠시 후 답했다.

"기억하고 있습니다."

"잘됐군."

그렇게 중얼거린 타르실라가 곧 무언가를 테이블 위에 올려놓은 뒤, 알렉산드라가 있는 쪽으로 밀어주었다.

안에 투명한 물약이 든 작은 약병이었다. 알렉산드라가 물끄러미 타르실라가 건넨 것을 바라보며 물었다.

"이것이 무엇인가요, 폐하?"

알렉산드라는 이것이 무엇인지 알고 있었다. 이건…….

"최음제란다."

최음제였다. 사람의 성욕을 촉진하는 약물.

알렉산드라가 아무렇지 않게 그것을 받아든 후 말했다.

"이것을 1황자에게 먹이라, 그리 말씀하고 싶으셨던 것이군요."

"효과가 아주 빠르단다, 비."

타르실라는 직접적인 대답을 피하며 말을 돌렸다.

"이걸 먹게 되면 최소 1시간 안에는 관계를 가져야 해. 그렇지 않는다면 너무 괴로워서 몸부림칠 수밖에 없단다. 참 잔인한 약물이지."

"……."

"내가 이걸 1황자에게 건네면 의심할 게 빤하지 않겠니? 내 주변 사람들 중 이 일을 할 수 있는 사람은 오로지 너뿐이란다, 비."

타르실라가 빙긋 웃으며 덧붙였다.

"설령 뒤에 일이 생기더라도 혐의를 피할 수 있을 거다. 교묘한 방법이니까. 그렇지 않을까?"

알렉산드라는 타르실라의 말을 믿지 않았다.

타르실라는 설령 이 일로 뒤탈이 생긴다면 무슨 방법을 써서든 자신에게 죄를 뒤집어씌우고 도망갈 여자였으니까. 충분히 그러고도 남았다.

이미 회귀 전 그녀를 지독하게 겪어 본 탓에 면역이 되어 있던 알렉산드라는 별생각 없이 약병을 들어 올렸다. 이것까지 거절하면 타르실라와의 관계가 완전히 곤란해진다. 어느 정도 선에서 받아들여야만 했다. 알렉산드라가 물었다.

"섭정 폐하께서 전적으로 책임을 지시겠다는 말씀입니까?"

"책임이라……."

타르실라가 비소를 지으며 말했다.

"내가 지금 이 제국의 섭정이고, 황후야. 누가 감히 그 책임을 물을 수 있다는 말이냐."

"……."

틀린 말은 아니었다. 결국 최종 결정권자는 현재로서 섭정 황후인 타르실라였는데, 그녀가 황비와 1황자에게 득 되는 일을 순순히 해줄 리가 없었으니까.

이 정도면 괜찮겠지. 알렉산드라는 속으로 그렇게 중얼거리고선 타르실라가 건넨 약병을 품속에 집어넣었다.

"연기가 미흡하여 들키지나 않을는지 모르겠습니다."

"그런 걱정은 하지 않는다, 비. 너는 영특한 아이니까. 내게 딸이 있었다면 꼭 너 같았을 거야."

"……."

칭찬인 건지 욕인 건지 잘 구별이 되지 않아 아무 말도 하지 않고 있는데, 타르실라가 곧바로 말을 이었다.

"닷새 후면 내가 이 세상에 처음 난 날이지."

"혹 탄신 선물로 받고 싶은 것이 따로 있으십니까."

"나는 비의 안목을 믿어. 비가 알아서 준비하도록 하지."

지난번에도 나를 실망시키지 않았잖아?

타르실라의 말에 알렉산드라가 옅게 웃으며 답했다.

"믿어 주셔서 감사합니다, 폐하."

"최음제라……."

알렉산드라가 타르실라가 줬던 투명한 약병을 엄지와 검지로 집어 올리며 중얼거렸다. 이미 회귀 전 한 번 썼던 방법이었고, 실제로 알렉산드라는 이것을 1황자가 파멸하는 것의 단초로 삼기도 했었다. 다만 그 시기가 지나치게 빠르다는 것이 회귀 전과 회귀 후의 다른 점이었다.

'어차피 이루어질 일을 좀 더 앞당긴다고 해서 나쁠 것은 없지.'

생각을 마친 알렉산드라는 어쨌든 이 일을 라키아스에게 알리는 것이 좋겠다고 판단하고, 시녀에게 일러 종이와 펜을 가져오도록 한 후 황후가 지시한 내용을 상세히 적었다.

편지를 다 쓴 알렉산드라는 이것을 어떻게 도서관까지 옮길지 고민하다가, 이번 기회에 마레타를 한번 시험해 보기로 결심했다. 알렉산드라가 노래를 부르는 듯한 음성으로 마레타를 불렀다.

"마레타."

"네, 전하."

곁에 있던 마레타가 조용한 음성으로 대답하며 알렉산드라에게로 다가왔고, 알렉산드라는 빙긋 웃으며 마레타에게 자신이 작성한 편지를 내밀었다. 직접 뜯어보지 않는 한은 그 내용을 절대 알 수 없는 형태로 되어 있었다.

알렉산드라가 지시했다.

"황궁 도서관 R열 9번째 책장 위에서 6번째 칸."

"……."

"그곳에 〈안나 마리아의 슬픔〉이라는 책이 한 권 있답니다. 그곳에 이 편지를 끼워 놓고 오세요."

"네, 전하."

마레타는 이 편지를 누구에게 보내는 것인지, 왜 하필이면 〈안나 마리아의 슬픔〉에 끼워 놓고 오라는 건지 등 시시콜콜한 내용을 일절 묻지 않았다.

그 반응에 알렉산드라는 자신의 판단이 회귀 후에도 옳았음을 깨닫고선 기뻐했다. 그녀가 마레타를 좋아하는 주된 이유 중 하나였다.

주인의 말에 늘 충성하는 것. 물론 최후에는 이것이 독이 되긴 했지만.

심부름을 위해 마레타가 방을 나간 후, 알렉산드라는 가만히 생각에 잠겼다. 아까 보았던 라키아스의 눈빛이 도무지 믿기지 않았다.

회귀 전에도 연인이 없었던 탓에 라키아스의 그런 표정은 단 한 번도 보지 못했던 그녀다. 그런 그가 저를 보며 그런 눈빛을 하다니. 알렉산드라가 골치 아픈 표정으로 머리를 짚었다.

그녀가 알기로 엄청난 소유욕과 독점욕을 가지고 있는 남자였다, 라키아스는. 그런 남자가 자신을 좋아한다. 심지어는 언젠가 폐후가 될 자신을 황후로까지 올릴 생각을 하고 있다.

알렉산드라는 일이 복잡해질지도 모르겠다는 생각을 머릿속에서 지울 수 없었다.

'물론 그를 복수의 한 방편으로써 이용할 수는 있겠지만…….'

클레이오는 라키아스를 싫어했다. 무슨 이유가 있는지는 딱히 모르겠지만, 첫인상부터 좋지 않았다고 평할 정도면 그를 좋아할 리는 없었다. 그런 그와 자신의 아내가 남녀관계로 얽힌다?

'추잡하긴 하군.'

그만큼 확실한 복수가 되긴 할 테지만 말이다. 하지만 그렇다고 해도 그건 라키아스에게 너무 못 할 짓이었다.

그녀가 이미 사랑에 한 번 데인 적이 있기 때문일까. 알렉산드라는 어쩐지 라키아스의 마음을 이용하는 것이 영 내키지 않았다.

그를 좋아하지 않는다는 사실과는 별개로, 그것까지는 못 할 짓이라는 생각만 자꾸 들었다.

'그보다 황후의 이번 탄신 선물은 무엇으로 하는 게 좋을까.'

황후는 과시욕이 있는 사람이고, 남들에게 대접받을 때 가장 자존감이 높아지는 사람이었다. 때문에 보이는 것과 물질적인 것을 무엇보다도 중시했는데, 그것이 가장 잘 발현된 예가 선물이었다.

그래서 알렉산드라는 최대한 타르실라가 받았을 때 기분 좋아할 만하고 남들에게 자랑할 수 있는 선물을 고려해야만 했다. 한참 동안 고민하던 그녀가 잠시 후 조용히 드네리스를 불렀다.

방에 들어온 후 알렉산드라의 곁으로 다가온 드네리스가 똑같이 조용한 음성으로 물었다.

"전하, 무슨 일이신가요?"

"얼마 전 키네티스 제도에서 들어온 희귀 보석 기억하나요, 드네리스? 아버지가 보내주셨던 것 말입니다."

"기억하고말고요. 지클린데 후작 각하께서 귀한 게 들어왔다고 말씀하시면서 보내주신 것이 아닙니까. 그런데 그건 왜……."

"그걸 잘 포장해서 파사궁으로 보내주세요. 드네리스 그대가 직접 다녀오는 게 모양새는 좋겠네요."

"그 귀한 걸요?"

드네리스가 꽤 놀란 표정으로 물었다.

상당히 값이 나가는 것이라고 들었는데, 그걸 황후의 탄신 선물로 이렇게 덜컥 줘버려도 되는 것일까? 걱정스러워하는 표정의 드네리스에게 알렉산드라가 아무렇지 않은 목소리로 대꾸했다.

"나도 그 보석이 아깝긴 하지만 어쩌겠습니까. 황후 폐하께서 웬만한 선물은 눈에 차지 않아 하실 테니까요."

그건 그랬다. 타르실라 황후는 사치가 심한 사람이었고, 무엇이든 최고를 가져야 한다는 강박관념이라도 있는 건지 무조건 최상급에 최고 품질만 사용했다.

사실 한 제국의 안주인이니 그게 불합리한 것은 아니었지만, 역대 황후들과 비교하자면 그리 검소한 편은 아닌 것이 확실했다. 드네리스 역시 사교계 안팎으로 들려오는 황후의 화려한 소비 생활을 잘 알고 있었기 때문에 알렉산드라의 말에 함부로 반박하지 못했다.

그녀가 알았다는 듯 고개를 끄덕이며 답했다.

"그렇다면 말씀하신 대로 하겠습니다, 전하."

"부탁할게요."

알렉산드라가 가만히 고개를 끄덕인 후 드네리스를 내보냈다. 알렉산드라 역시도 많이 탐나 했던 보석이었지만, 큰 것을 위해서라면 그같이 작은 것쯤은 포기하는 태도도 필요했다.

타르실라의 탄신연회 당일이 되었을 때, 준비를 모두 끝마친 알렉산드라는 마지막으로 어제 타르실라가 주었던 최음제를 들여다보았다.

이 투명하디투명한 액 속에 얼마나 잔인하고 짓궂은 놈이 들어가 있는지는 회귀 전의 알렉산드라도 이미 겪어본 적 있는 사안이었다.

알렉산드라가 그것을 품속에 잘 숨겨둔 다음, 단정하게 위로 올린 머리를 다시 한번 매만졌다. 그 모습을 본 마레타가 물었다.

"전하, 도와드릴까요?"

"아니에요, 마레타. 그 정도는 아니랍니다."

알렉산드라는 부드럽게 마레타의 호의를 거절한 다음 다른 질문을 했다.

"그보다 그때 맡겼던 일은 잘 해주었나요?"

도서관에 편지를 끼워 넣는 일을 말하는 것이었다. 알렉산드라의 질문에 마레타가 염려 말라는 듯 고개를 끄덕이며 답했다.

"네, 전하. 틀림없이 끼워 넣고 왔습니다."

"미행하는 사람은 없었고요?"

"네, 전하."

질문 없이 대답만 이어지는 마레타의 말을 가만히 듣던 알렉산드라가 천천히 입을 열었다.

"내가 왜 그런 일을 시켰는지, 왜 미행하는 사람이 없느냐고 물었는지, 궁금할 법도 한데 말입니다."

"주인께서 하시는 일은 그 내용이 무엇이든 궁금해하지 않는 것이 아랫사람의 도리라고 배웠습니다."

"그것참 누가 가르쳐 주었는지는 몰라도."

알렉산드라가 만족스럽게 입꼬리를 끌어 올린 다음 웃었다.
“참 잘 가르쳐 주었네요.”
“칭찬 감사히 듣겠습니다.”
마레타의 얼굴이 발갛게 물들었고, 그 모습을 귀엽다는 듯한 눈으로 바라보던 알렉산드라는 곧 천천히 자리에서 일어났다.
이만 가야 할 시간이었다.
“오늘은 다행히 전하께서 에스코트하러 오지 않으시네요.”
그 이상한 말조차 마레타는 의아해하지 않았다. 알렉산드라는 흡족한 미소를 지으며 연회장까지 걸음을 옮겼다.

연회장은 늘 그렇듯 시끌벅적했다. 알렉산드라는 잠시 후에 있을 일을 생각하느라 약간 멍한 상태였는데, 덕분에 옆에서 클레이오가 뭐라 뭐라 떠드는 소리도 그저 건성건성 듣고만 있었다.
그러다 어느 순간, 클레이오가 이런 말을 했다.
“참, 렉시. 그래도 탄신을 맞으셨는데, 섭정 폐하께 한번 가보는 게 예의가 아닐까?”
아, 그러고 보니 가장 중요한 것을 잊고 있었다.
알렉산드라가 그러자는 듯 고개를 끄덕이며 대꾸했다.
“그래야지요. 하마터면 깜빡할 뻔했네요.”
알렉산드라는 눈으로 타르실라를 찾았다. 온갖 화려한 보석들로 치장한 그녀는 평소보다 더 많은 사람들에게 둘러싸인 듯했는데, 섭정 황후라는 현재의 위치를 고려했을 때 이상한 일도 아니었다.

알렉산드라가 클레이오에게 말했다.

"저 혼자 다녀올게요."

"같이 가지, 왜?"

"지금 폐하 주변에 다른 귀부인들이 많이 계셔서 전하께서는 나중에 2황자 전하가 계실 때 가보시는 게 좋을 듯해요. 그래야 분위기도 어색해지지 않고요."

"무슨 말인지 알았어, 렉시."

그가 알았다는 듯 고개를 끄덕이며 다녀오라는 말과 함께 알렉산드라의 이마에 키스했다. 알렉산드라는 클레이오를 향해 어색하게 웃어 보인 다음, 타르실라가 있는 곳까지 느릿하게 걸어갔다.

"3황자비?"

알렉산드라가 타르실라의 지척까지 걸어갔을 때, 타르실라가 먼저 알렉산드라를 발견하고 아는 척을 했다.

타르실라가 먼저 인사하는 일은 거의 드물었기에, 알렉산드라는 좋아해야 할지 싫어해야 할지 모르겠다고 생각하면서 우아하게 미소 지으며 타르실라에게 인사했다.

"섭정 황후 폐하께 인사드립니다. 탄신을 경하드려요. 레예스와 파사궁에 영광을."

"보석은 잘 받았다, 비."

타르실라 역시 우아하게 웃으며 알렉산드라에게 말했다.

"아주 마음에 들어서 곧바로 황후의 관에 장식하라고 지시했지. 네가 선물한 게 상당히 값나가는 보석으로 알고 있는데, 선물해 줘서 고맙다, 비."

"섭정 폐하께서 마음에 들어 하신다니 그것으로 저는 만족합니다."

"마음씨도 곱고."

타르실라가 썩 만족한 표정으로 웃은 다음 이윽고 알렉산드라에게 가까이 오라는 듯한 손짓을 했다. 알렉산드라가 그녀의 바로 지척에까지 다가갔지만, 타르실라는 그마저도 만족스럽지 않은 듯 다시 한번 손짓했다. 결국 알렉산드라가 완전히 그녀의 곁으로 다가간 뒤에야 타르실라는 그녀의 귓가에 대고 속삭였다.

"그때 지시했던 일은 잊지 않았겠지?"

최음제 이야기였다. 알렉산드라는 빙긋 웃으며 마치 다른 이야기를 들은 사람마냥 답했다.

"그때 제게 선물해 주셨던 드레스는 제 드레스 룸 안에 고이 모셔두었답니다. 특별한 날에만 입고 싶어서요. 입고 오지 못해 죄송합니다."

"아니야, 비."

타르실라가 묘한 미소를 지으며 알렉산드라에게 말했다.

"오늘만 날도 아니고, 굳이 그런 걸로 미안해할 필요는 없지."

"……섭정 폐하."

그때 익숙한 목소리가 끼어들었다. 모두의 시선이 그 목소리로 집중되었는데, 목소리의 주인은 다름 아닌 에밀리아나 1황자비였다.

그녀의 등장에 타르실라가 슬그머니 웃음기를 지웠다. 물론 기본적인 웃음기는 남아 있는 상태였지만.

근래까지도 토마스 2세를 간병하느라 여념이 없다고 알려진 에밀리아나는 마지막으로 보았던 것보다 조금 더 수척해 보였다.

간병이 쉬운 일은 아니었기 때문에 알렉산드라는 그러려니 했고, 주변에 있던 다른 귀부인들도 그렇게 생각하는 듯했다.

에밀리아나가 해맑은 미소를 지으며 타르실라에게 말했다.

"섭정 황후 폐하, 탄신을 경하드립니다. 레예스에 무궁한 영광을."

"어째 오랜만에 보는 것 같구나, 1황자비."

"황제 폐하의 간병에 바빠 자주 찾아뵙지 못했어요, 폐하. 송구합니다."

에밀리아나가 조심스럽게 대답했지만, 타르실라는 여전히 그리 반가운 표정은 아니었다.

에밀리아나는 눈치가 없는 것인지 아니면 속이 좋은 것인지 아무런 표정의 변화도 보이지 않은 채 타르실라에게 계속 말했다.

"직접 고른 드레스를 파사궁으로 보내드렸는데, 마음에 드셨는지 모르겠어요."

"나쁘지 않았단다, 비. 다만 내 취향이 아니었을 뿐이야."

그러니까 별로 마음에 들지 않았다는 의미였다. 완곡하게 돌려 말한 것도 아닌데 에밀리아나는 여전히 타르실라가 자신을 기꺼워하지 않는다는 사실을 모르는지, 꽤나 태연한 모습을 보였다.

그때 분위기가 어색해진 것이 부담스러웠는지 누군가가 다른 이야기를 꺼냈다.

"그보다 1황자비 전하께서 황제 폐하께서 쓰러진 이후로 계속 폐하를 간병해오고 계시다는 소식을 들었어요."

"대단하세요, 전하. 쉬운 일이 아닌데 말입니다."

다른 귀부인들의 칭찬에 에밀리아나가 민망하다는 듯 얼굴을 작게 붉히며 답했다.

"그저 제가 할 수 있는 일이 무엇인지 생각해보다가 찾은 일이랍니다."

"아무것도 하지 않는 것보다는 훨씬 낫다고 생각해요, 전하."

알렉산드라가 방금 말을 꺼낸 여자를 쳐다보았다. 그것이 자신을 저격한 말이라는 사실을 알렉산드라가 눈치채지 못할 리 없었다.

레이디 이네스. 황비를 지지하는 가문들 중 하나인 산킨스 가문의 영애였다. 알렉산드라가 슬며시 한쪽 눈썹을 구겼다.

무례하군.

"저 또한 1황비 전하의 행보에 감동을 받긴 했지만…… 글쎄요. 폐하를 위하는 마음도 중요하지만, 3황자비로서의 체신과 품위를 지키는 것 또한 중요하다고 생각해서요."

"3황자비 전하, 그렇다면 전하의 말씀은 1황자비 전하께서 황자비로서의 체신과 품위를 지키지 못하고 계시다는 말씀인가요? 조금 듣기 거북하군요."

"레이디 이네스께서 과도하게 해석하신 것 같네요. 그렇게 말씀드린 적은 없습니다만."

알렉산드라가 그리 뭉툭하지 않은 목소리로 덧붙였다.

"어쨌든 황족이 직접 간병에 나서는 것은 유례없는 일인 데다 법도에 어긋나는 것도 사실이니까요. 그럼에도 불구하고 직접 간병에 나서신 1황자비 전하의 행동은 대단하다고 생각합니다만, 1황자비 전하와 행동을 같이하지 않는 것이 그리 비난받아야 할 일인가에 대해서는 의문입니다."

"전하, 오해를 하셨네요. 제가 언제 비난을 했다고……."

"레이디 이네스께서 마치 제가 황제 폐하에 대한 걱정을 조금도 하지 않는 것처럼 말씀하셔서 말입니다. 저로서는 도무지 비난이라고밖에는 생각이 들지 않네요."

말을 마친 알렉산드라가 곧바로 뒤에 몇 마디를 더 덧붙였다.

"후일 레이디 이네스의 시부모가 되실 분께서는 아주 좋으실 겁니다. 듣자 하니 레이디 이네스는 후일 시부모님께서 병상에 누우시면 직접 간병하는 것도 마다하지 않으실 것 같아서요. 제게 아들이 있었다면 마땅히 레이디 이네스 같은 분과 결혼시켰을 텐데…… 안타깝네요.”

“제, 제가 언제……!”

“그만 하세요, 레이디 이네스. 황후 폐하의 앞입니다. 목소리를 높이시는 것은 자제해 주세요.”

이네스를 제지한 것은 다름 아닌 에밀리아나였다. 에밀리아나까지 자신의 편을 들지 않자 당황한 이네스는 결국 입을 다물었고, 알렉산드라 역시 거기서 이네스를 더 들쑤시지는 않았다.

그리고 그 모습을 관조적으로 바라보고 있던 타르실라는 아무렇지 않게 웃으며 알렉산드라의 편을 들었다.

“사실 1황자비의 행보가 파격적인 것은 맞지. 하지만 그렇다고 해서 3황자비를 비난할 수는 없다고 생각하는데.”

“같은 의견이랍니다, 황후 폐하. 저는 저고, 3황자비 전하는 3황자비 전하인걸요.”

에밀리아나가 부드러운 목소리로 타르실라의 말에 맞장구를 쳤고, 그 모습을 보고 있던 다른 귀부인들은 에밀리아나가 지나치게 착하다 못해 어수룩하기까지 하다고 마음속으로 결론 내렸다.

상식적으로 이런 상황에서 3황자비를 두둔하는 것은 마음이 웬만치 넓지 않고서야 불가능한 일이었으니까.

그리고 알렉산드라는 자신을 옹호해주었음에도 불구하고 어쩐지 계속 에밀리아나에게서 찝찝한 기분을 느껴야만 했다. 마치 양의 탈을 쓴 여우를 보는 듯한 느낌이랄까.

뭐, 알렉산드라가 원래부터 에밀리아나에게 그리 호의적인 마음이 없었기 때문에 그렇게 느끼는 것일 수도 있겠지만.

"어머니."

그때, 낮은 목소리가 귀부인들의 틈을 가른 채 들려왔다. 2황자 제너스카였는데, 과거 사생아 사건이 있은 후 생각했던 것보다 훨씬 조용하게 지내고 있던 탓에 이미 그때의 일은 귀족 사회에서 거의 묻힌 듯 보였다. 귀부인들은 당연히 2황자를 환대해주었다.

"2황자 전하를 뵙습니다."

"어쩜, 못 본 새에 더 수려해지셨어요."

"1황자 전하께서 결혼하셨으니 이제 전하께서도 하루빨리 2황자비를 들이셔야지요."

귀부인들의 말소리가 점차 높아졌지만, 제너스카는 조금의 귀찮은 기색도 없이 넉살 좋게 웃으며 일일이 다 대답해주었다.

"그래서 방금도 열심히 찾고 왔답니다. 다만 저보다는 섭정 폐하의 눈이 더 정확할 것 같아서요. 아마 폐하께 부탁드려야 하지 않을까 합니다."

"그것도 좋은 생각이지요. 섭정 폐하의 사람 보는 눈은 누구보다도 뛰어나니까요."

그 말에 빙긋 웃은 제너스카가 동의한다는 듯 고개를 끄덕인 다음, 타르실라를 응시하며 말했다.

"어머니, 잠깐 저 좀 보실 수 있겠습니까."

"나?"

타르실라가 의아한 표정으로 물었고, 제너스카는 다시 한번 고개를 끄덕인 뒤 답했다.

"네. 긴히 드릴 말씀이 있어서요."

아들의 말에 타르실라가 묘한 표정을 짓더니, 곧 알았다는 듯 고개를 끄덕였다. 귀부인들이 슬며시 눈치를 보며 다녀오시라는 듯한 눈빛을 보냈고, 타르실라는 나른하게 웃으며 제너스카와 함께 구석진 곳으로 이동했다.

대화를 주도하던 사람이 사라지자 무리는 급격히 힘을 잃은 듯한 느낌이었다. 귀부인들 몇몇이 자리를 이탈함에 따라 무리 역시 슬그머니 해체되기 시작했다. 그 분위기에 편승해 알렉산드라 역시 자리를 빠져나오려 했으나, 뜻밖의 복병이 그녀의 발목을 잡았다.

"3황자비 전하."

에밀리아나가 알렉산드라를 불렀다. 알렉산드라가 본심을 숨긴 채 온화한 눈빛으로 에밀리아나를 응시한 뒤 물었다.

"무슨 일로 부르셨나요, 전하?"

"무슨 일이랄 게 따로 있는 건 아니고…… 그저 말씀이나 조금 나누었으면 해서요. 그간 제가 전하와 너무 왕래가 없었던

지라…….”

“아.”

알렉산드라는 그간의 바빴던 일로 에밀리아나의 안부가 조금도 궁금하지 않았을뿐더러, 잠시 후에 있을 일 때문에 준비를 하고 싶었지만, 그렇다고 해서 에밀리아나의 대화 요청을 거부하고 매몰차게 나올 수도 없는 노릇이었다. 적어도 에밀리아나에게 대놓고 싫어한다는 티를 내보이는 것은 어리석은 일이었으니까.

알렉산드라가 마치 대화를 나누게 되어 몹시 기쁘다는 듯한 표정을 드러내며 에밀리아나에게 말했다.

“제가 진즉 찾아뵀어야 했는데 너무 무관심했어요. 죄송합니다, 전하.”

“그럴 리가요. 비께서도 나름 바쁘셨을 테고, 저 또한 폐하의 간병에 여유가 도무지 나지 않았는걸요.”

에밀리아나가 부드럽게 웃은 다음 알렉산드라에게 물었다.

“그래서, 그간 잘 지내셨나요?”

“잘 지내지 못할 만한 일은 없었답니다.”

다행스럽게도요.

알렉산드라의 말에 에밀리아나가 그것참 다행이라는 듯 환하게 웃으며 답했다.

“평안하셨다니 다행이에요. 3황자 전하를 만나 뵌 지도 너무 오래되었네요.”

"마찬가지랍니다, 전하. 1황자 전하께서는 어디에 계신가요?"

"몸이 안 좋으셔서요."

에밀리아나가 슬픈 표정으로 덧붙였다.

"조금 늦게 오실 예정이랍니다."

"저런."

하나도 안타깝지 않았지만, 마치 엄청나게 안타깝다는 목소리로 말하면서, 알렉산드라가 덧붙였다.

"그럼 이따 연회장에 오신다면 오랜만에 인사를 드려야겠네요."

"그이가 기뻐할 거예요."

"그럼 잠시 후에 뵙겠습니다, 1황자비 전하."

에밀리아나의 말에 알렉산드라가 묘한 미소를 지은 다음, 그녀에게 허리를 굽혀 인사했다. 에밀리아나는 착하게도 똑같이 허리를 굽혀 알렉산드라의 인사를 받아 주었고, 알렉산드라는 입가에서 미소를 지우지 않은 채 우아하게 걸음을 돌렸다.

그때, 그녀의 두 눈에 익숙한 금빛 눈동자가 보였다.

라키아스였다.

그녀가 저도 모르게 당황한 소리를 흘렸다.

"아……."

마주치리라고 예상은 했었다. 중앙 정계에 진출한 라키아스가 황후의 탄신 연회에 참석하지 않는다면 다른 누가 이런 파티에 참석할 수 있단 말인가.

하지만 지금 마주치는 건 너무나도 이른 일이었다. 적어도 그녀가 모든 일을 끝마친 다음에나 볼 거라고 예상했으니까.

'굳이 부딪힐 필요는 없겠지.'

예상하고 있는 계획은 전부 편지에 담아 보냈다. 그 과정에서 라키아스가 도울 일은 거의 없다고 봐도 무방했다. 그러니 오늘은 굳이 말을 섞지 않아도 될 것이다. 알렉산드라는 부러 그에게서 눈을 돌린 다음, 계획을 실천으로 옮길 준비나 하기로 결심했다.

"그게 무슨 소리냐, 제너스카."

제너스카와 함께 테라스로까지 나온 타르실라는, 아들이 방금 자신에게 한 말을 도무지 믿을 수가 없었다.

그녀가 당혹감이 서린 목소리로 아들에게 물었다.

"지금 네가 말한 게 사실이야?"

"부황을 직속으로 맡고 있는 궁의들에게 들었습니다."

제너스카가 심각한 얼굴로 부연했다.

"조만간 부황 폐하께서 눈을 뜨실 거라는 말씀입니다, 어머니. 대책을 세우셔야 해요."

너무 일렀다. 아직 자신의 아들이 황태자 책봉도 받지 못했는데!

타르실라가 급격하게 초조해진 표정으로 신경질을 냈다.

"그때 궁의 말로는 분명 깨어나는 시간이 늦어질 거라고 말했잖아!"

"회복 속도가 다른 환자들에 비해 상당히 빠른 편이랍니다. 이대로 부황 폐하께서 깨어나시면 우린 일생일대의 기회를 놓쳐 버리는 거예요."

"걱정 마라, 제너스카."

타르실라가 언제 짜증을 냈냐는 듯, 금세 차분해진 모습으로 돌아와 아들에게 말했다.

"그전에 모든 일을 다 정리하면 되니까. 여차하면 폐하의 상태를 다시 나빠지게 만들 수도 있잖아?"

"그렇게 되면 뒤처리가 곤란해져요."

제너스카가 아버지에 대한 조금의 연민도 보이지 않은 채 대꾸했다.

"가급적 깨어나시기 전에 일을 끝내는 게 좋겠습니다."

"같은 생각이야. 그런 말까지 나왔다면 일이 잘 되더라도 언젠가는 나중의 누군가가 의심을 품을지도 모를 일이지."

그리고 그것처럼 귀찮은 것은 없었다.

잠시 무언가를 곰곰이 생각하던 타르실라가 곧 너무 걱정하지 말라는 듯한 목소리로 아들에게 말했다.

"일단 3황자비가 우리의 일을 도와주기로 했다. 지금으로서는 거기에 기대는 수밖에 없어."

"어머니, 3황자비가 진짜로 우리의 편일까요?"

"그건 나도 모르지."

타르실라가 묘한 표정을 지으며 말했다.

"확실한 건 지금 당장 3황자비가 우릴 배신하지는 않을 거라는 점이다. 어차피 황비 쪽과는 척을 지고 있으니까. 함부로 내 목을 물 생각은 못 하겠지."

"그건 동의하지만……."

제너스카가 어깨를 으쓱이며 말을 맺었다.

"뭐, 어머니가 어련히 알아서 하시겠죠."

"나만 믿어, 젠."

타르실라가 나른하게 웃으며 물었다.

"내가 언제 실수하는 것 봤니?"

투명한 물약이 들어가도 술의 색에 지장을 주지 않을 잔. 알렉산드라의 선택은 백포도주였다. 그녀는 백포도주 한 잔을 손에 든 채 조용히 테라스 쪽으로 나온 다음, 주변을 살펴 아무도 없다는 것을 확인했다. 그런 다음 물약의 부피만큼 백포도주를 마신 뒤, 타르실라가 그녀에게 건네준 최음제를 칵테일 잔에 넣었다.

마지막으로 그녀의 입이 닿은 부분만 장갑을 낀 손으로 닦으면 모든 증거가 인멸되는 것이었다. 모든 일을 끝마친 알렉산드라는 빈 물약병을 바깥으로 던져 버린 다음 아무렇지 않게 뒤를 돌았다.

"아……."

뜻밖의 인물과 마주친 알렉산드라가 당황한 얼굴로 라키아스를 쳐다보았다.

이 사람은 왜 또 이곳에 있는 걸까.

알렉산드라가 멍한 목소리로 물었다.

"무슨 일입니까."

"답지 않게 허술하군."

그렇게 말한 라키아스가 갑자기 알렉산드라가 있는 쪽으로 몸을 굽혔다. 당황한 알렉산드라가 뒷걸음질을 치기도 전에, 그가 그녀의 등으로 손을 가져가 뒤를 받친 다음, 알렉산드라가 들고 있던 칵테일잔을 가져갔다.

"이런 일을 할 때는 좀 더 조심해야지."

"지금…… 뭐 하는 겁니까?"

"검사?"

라키아스가 칵테일 잔을 눈높이에 맞춰 들어 올린 다음 살살 흔들었다. 그가 나긋한 목소리로 지적했다.

"이렇게 좀 섞어줘야지. 그래야 불순물이 들어갔다는 걸 모를 테니까."

"……."

"자."

라키아스가 우아하게 웃으며 알렉산드라에게 다시 잔을 건넸고, 그녀는 아무 말 없이 잔만 받아든 다음 말했다.

"비켜주시겠습니까. 이만 가봐야 해서요."

"조급하긴."

"우리 둘이 이렇게 같이 있는 거, 들키면 안 되잖습니까."

"왜?"

라키아스가 짓궂게 웃으며 물었다.

"남편에게 들킬까 봐 걱정되나?"

"누가 들으면 내가 외도라도 하는 줄 알겠네요."

"그것도 스릴 넘치긴 하지."

"돌았군요."

"당신에게 돈 건 사실이야."

"어쩜 그런 말을 눈 하나 깜짝 안 하고……."

알렉산드라가 진심으로 경악하며 말했다.

"미쳤어요, 정말로."

"말했잖아, 렉시. 당신한테 진짜로 미쳤다니까."

"말장난은 그만두죠, 라키아스."

애칭에 방금 같은 표현은 도를 넘는 애정 표현이었다. 알렉산드라가 마침내 눈썹을 구기며 말했다.

"가급적 빨리 이 일을 마무리 짓고 싶어서요. 이만 가보겠습니다. 할 말이 생기면 다음에 또 보도록 하죠."

알렉산드라는 그 말만 마치고선 빠르게 라키아스의 옆을 지나쳐 연회장 안으로 들어갔다. 혼자 남은 라키아스가 무슨 표정으로 저를 바라보고 있을지 눈에 선했기 때문에 굳이 뒤를 돌아보지는 않았다.

부지런히 파티장 중앙 부근까지 걸음을 옮긴 알렉산드라는 칵테일이 모여 있는 테이블에 원래 가지고 있던 백포도주를 내려놓은 다음, 눈으로 제레미 황자와 에밀리아나 황자비가 있는 곳을 찾았다. 잠시 후, 비교적 사람이 없는 한산한 곳에서 대화를 나누고 있는 두 사람을 목격한 알렉산드라가 빙긋 웃으며 최음제가 든 백포도주와, 아무것도 들어 있지 않은 백포도주를 들고 두 사람에게로 빠르게 걸음을 옮겼다.

계획을 실현해야 할 시간이었다.

"1황자 전하, 1황자비 전하."

알렉산드라의 목소리에 다정하게 대화를 나누고 있던 두 사람이 알렉산드라에게로 시선을 주목했다. 알렉산드라는 빙긋 웃으며 두 사람에게 인사했다.

"1황자 전하, 오랜만에 뵙습니다."

"3황자비 전하, 오랜만에 뵙는군요."

1황자가 반가운 미소를 입에 걸친 채 알렉산드라의 인사에 화답했고, 알렉산드라는 자연스럽게 두 사람에게 들고 있던 백포도주 잔을 내밀었다. 물론 최음제가 들어 있는 잔이 제레미에게 넘겨졌다.

두 사람은 의외로 별 의심 없이 잔을 받았고, 알렉산드라는 태연하게 바로 근처에 있던 테이블에 놓인 다른 잔을 들어 한 모금을 마셨다. 역시나 백포도주였다.

"요즘 바쁘게 지내신다고 들었습니다. 메스타트 지역에 요새를 쌓는 일을 맡으셨다고요."

알렉산드라의 말에 제레미가 얼굴을 붉히며 답했다.

"부끄럽게도 제너스카와 경쟁하게 되었지요. 실은 저도 아직 제 능력이 어느 정도인지 가늠이 되지 않아서…… 좋은 기회라고 생각하고 있습니다."

"두 분 다 유능하시고 인품도 훌륭하시니 누가 황태자가 되시든 제국의 영광이라고 생각합니다."

"그 말씀이야말로 부끄럽군요. 전 그렇게 완벽한 사람이 아닌데 말입니다."

"무슨 소리세요, 전하."

그때, 옆에서 가만히 두 사람의 대화를 듣고만 있던 에밀리아나가 해맑은 목소리로 끼어들었다.

"제 눈에 전하처럼 완벽하신 분은 없으신걸요. 그러니 그런 말씀은 마세요."

"에밀리."

갑작스러운 애정 표현에 당황한 제레미가 저도 모르게 다시 한 번 얼굴을 붉혔다. 참 자주도 얼굴을 붉힌다고 생각하면서, 알렉산드라가 가식적으로 웃었다.

"두 분 사이가 좋아 보이시는 것 같아서 보는 제가 다 흐뭇합니다."

"그렇게 말씀하시면 섭섭합니다, 3황자비 전하. 전하께서도 3황자 전하와 사이가 매우 좋으시지 않나요?"

에밀리아나의 말에 알렉산드라는 순간 당황했지만, 전혀 내색하지 않은 채 대꾸했다.

"전하께서 지나치게 잘해주셔서, 제가 너무 감사할 뿐이지요. 가끔은 부담스럽게 느껴질 만큼 과분한 사랑을 받고 있답니다."

"과분한 사랑이라니요. 제가 3황자 전하라도 비전하 같으신 분이라면 사랑하지 않을 수 없을 거예요. 비전하께서는 사랑받으실 자격이 충분하신걸요."

"감사합니다, 비전하. 하지만 그건 전하께서도 마찬가지이신 걸요."

알렉산드라의 말에 에밀리아나가 황홀하다는 듯한 표정으로 알렉산드라에게 말했다.

"저도 나중에 1황자 전하나 3황자 전하처럼 멋진 황자를 낳고 싶어요."

"……꼭 그러실 겁니다."

알렉산드라가 대충 대꾸한 다음 아까 두 사람에게 넘겨주었던 잔을 바라보았다. 아직 두 사람 모두 한 모금도 마시지 않은 탓에 잔이 꽉 채워져 있었다.

특히 제레미가 좀체 잔을 입에 가져다 대려는 시도를 하지 않자, 초조해진 알렉산드라는 우아한 손놀림으로 칵테일 잔을 기울여 입술에 가져다 댄 다음, 백포도주 한 모금을 마셔 보였다. 두 사람이 잔을 기울이도록 유도하기 위해 저지른 행동이었는데, 이것이 효과가 있었는지 에밀리아나가 한 모금을 마셨다.

문제는 제레미가 여전히 잔을 기울이려는 노력조차 하지 않고 있다는 점이었다. 답답해진 알렉산드라가 두 사람과 대화를 계속하면서 연신 잔을 입술에 가져다 댔고, 결국 알렉산드라의 잔이 먼저 동나버리는 현상이 발생했다.

알렉산드라가 한 잔을 더 마시기 위해 꽉 차 있는 다른 잔을 눈으로 찾고 있는데, 갑자기 에밀리아나가 이런 말을 했다.

"전하, 3황자비 전하께 잔을 드리세요."

그 말에 당황한 알렉산드라가 에밀리아나를 쳐다보았지만, 그녀는 태연하게 웃기만 할 뿐이었다.

알렉산드라가 정중히 거절했다.

"괜찮습니다, 전하. 새로운 것을……."

"황자 전하께서 실은 지금 금주 중이시거든요. 약간의 술도 원치 않으셔서요."

에밀리아나가 여전히 웃는 낯으로 알렉산드라에게 말했다.

"그러니 전하께서 드시지요. 굳이 새 잔을 가져올 필요는 없지 않겠습니까."

"……."

계획이, 완전히 틀어졌다.

알렉산드라는 아까와 비슷한, 아무렇지 않은 눈동자를 유지하고 있었지만, 속마음은 완전히 당황하고 있는 중이었다.

회귀 전 제레미는 그녀의 잔을 받았고, 마셨고, 추태를 저질렀고, 결국은 폐황자가 되었다.

"혹시 황자 전하의 잔을 받길 원치 않으시나요, 3황자비 전하?"

"무슨 뜻인가요."

"혹 잔 안에…… 이상한 것을 넣었다거나."

그 말에, 알렉산드라가 아무 말 없이 에밀리아나를 쳐다보았다. 여느 때와 같이 말간 눈이 웃고 있었다.

하지만 그 순간, 알렉산드라는 완전히 눈치채버렸다.

'이 여자…….'

회귀했다, 분명.

7

Lovemaking

에밀리아나 역시 자신처럼 회귀한 것이다.

알렉산드라는 그제야 에밀리아나의 눈을 똑바로 바라볼 수 있었다. 맑은 눈망울 사이에 검게 드리워진 싸늘하고 매서운 증오의 빛. 모든 게 다 너 때문이라고 말하는 것 같은 눈동자에는 단 한 번도 그녀에게서 느껴볼 수 없었던 차가움이 담겨져 있었다.

아니, 정정하자면 딱 한 번 본 적은 있었다.

'죽기 직전, 나를 그런 눈으로 바라봤었지.'

왜 처음에는 눈치채지 못했을까.

알렉산드라가 저도 모르게 마른침을 삼켰다. 회귀 후의 에밀리아나라면 저런 낯선 눈으로 저를 바라보는 것이 설명 가능하다.

알렉산드라가, 그녀를 죽였으니까.

"그럴 리가요."

알렉산드라가 빙긋 웃으며 말했다.

"잔을 주시겠습니까, 1황자 전하."

"입도 대지 않았습니다."

제레미가 괜히 너스레를 떨며 알렉산드라에게 그가 들고 있던 백포도주를 건네주었다. 알렉산드라는 조금의 떨림도 없이 잔을 받아든 후, 그녀의 결백을 증명해 보이기라도 하는 것처럼 입술 쪽으로 잔을 기울였다. 그녀가 굳은 결심을 한 뒤 한 모금을 마시려던 찰나.

"이런, 이런."

누군가가 갑자기 끼어들어 그녀의 잔을 빼앗았다. 갑작스러운 상황에 당황한 알렉산드라가 멍한 얼굴로 자신의 잔을 빼앗아 든 남자를 쳐다보았다. 태양보다 찬란히 빛나는 금색 눈동자가 익숙하게 저를 향해 웃어 보였다.

알렉산드라가 그만두라고 말하려 했지만……

"제가 목이 좀 말라서, 실례하겠습니다, 1황자비 전하."

……이미 때는 늦어 버린 뒤였다.

라키아스는 지체 없이 잔을 입술 쪽에 가져다 댄 뒤 벌컥벌컥 마시기 시작했다. 한 모금도 아니고, 전부 다. 라키아스 그 자신이 잘 섞어 두었던 최음제가 든 백포도주였다.

알렉산드라가 망연자실한 표정으로 저도 모르게 신음을 흘렸다.

"아……."

"이런."

한 방울도 남기지 않은 채 잔을 전부 비운 라키아스가 당황한 알렉산드라의 모습을 보더니 씩 웃으며 물었다.

"제가 전하의 잔을 빼앗아 많이 화가 나신 모양이군요."

"……."

"그럼 뭐, 제가 새 잔을 드려야겠지요."

라키아스는 마치 아무 일도 아닌 것처럼 태연하게 테이블 위에 놓여 있던 다른 백포도주를 들어 올린 뒤 알렉산드라에게 건넸다.

알렉산드라는 괜히 다리가 후들후들 떨리는 것을 느끼며 라키아스가 내민 잔을 받아들었다. 그녀의 손은 떨리고 있었지만, 다행히 누군가가 눈치챌 정도로 심각하지는 않았다.

잔을 받아든 알렉산드라가 손에 들린 백포도주를 망설임 없이 마셨다. 그녀 역시 한 방울도 남기지 않은 채 깨끗하게 잔을 비운 다음에야 대화는 재개되었다.

라키아스가 능글맞은 미소를 띤 얼굴로 에밀리아나에게 물었다.

"무슨 대화를 나누고 계셨습니까, 1황자비 전하?"

"아……."

에밀리아나가 묘하게 굳어진 얼굴로 라키아스와 알렉산드라를 번갈아 바라보다가, 곧 아무렇지 않게 입을 열어 답했다.

"무슨 중대한 이야기를 한 것은 아닙니다, 오르누스 공작 전하. 그저 단순한 이야기였답니다. 신변잡기적인 화제였지요."

"그간 황제 폐하의 간병을 도맡으셨다 들었습니다. 진실로 성녀십니다. 보통 어려운 일이 아니라고 들었는데요."

"모쪼록 제 노력이 의식을 잃으신 폐하께 조금이라도 도움이 되기를 바라는 마음에서 그리 한 것이랍니다. 성녀라니, 당치도 않은 칭찬이세요. 과분한 칭찬에 몸 둘 바를 모르겠습니다."

"하지만 정말 그런 평판을 들으실 만합니다."

라키아스가 의미심장한 얼굴로 그렇게 말했고, 에밀리아나는 그 말이 그녀의 심기를 거슬리게라도 한 것인지 저도 모르게 입매를 굳혔다. 그 모습을 본 라키아스가 속으로 조소를 지었다.

'어리숙하긴.'

언젠가는 황위 경쟁에 참여할 1황자를 위해서라도 세간의 좋은 평가가 필요했을 것이다. 그리고 지금 같은 상황에서 쓰러진 황제를 지극정성으로 간병하는 것은 금세 그녀에 대한 긍정적인 평가를 한 번에 쌓을 수 있는 거의 유일한 방법이었다.

라키아스가 비소를 숨긴 채 부드러운 음성으로 말을 이었다.

"어쨌든 두 분 전하의 평판이 좋아진다는 것은 기쁜 일이지요."

"……감사합니다, 공작 전하."

"……."

아무렇지 않게 대화에 끼어든 라키아스와는 달리, 알렉산드라는 이렇게 가시방석일 수가 없겠다고 생각했다. 정작 최음제를 먹은 사람은 자신이 아니라 라키아스였는데도 말이다.

알렉산드라가 초조한 얼굴로 자신의 옆에 선 라키아스를 바라보았다. 아무렇지 않아 보였다.

'최음제가 효과를 발하는 시간이 최대 몇 시간이더라…….'

"3황자비 전하."

"한 시간……."

"네?"

제레미가 의아한 얼굴로 물었고, 알렉산드라는 그제야 자신이 쓸데없는 말을 지껄였다는 사실을 깨닫고선 최대한 아무렇지 않은 목소리로 얼버무렸다.

"한 시간 정도만 있다가 들어가려고요. 몸이 약간 좋지 않네요."

"저런."

제레미가 진심으로 안타깝다는 목소리로 말했고, 그 옆에 있던 에밀리아나도 말을 보탰다.

"요즘 무리라도 하셨나 봅니다."

"제가 무리할 게 뭐가 있나요. 그저 하릴없이 책이나 읽는데요."

"맞아요, 참. 3황자비 전하께서는 책을 참 좋아하신답니다."

에밀리아나가 까르르 웃으며 말을 더했다.

"참, 〈안나 마리아의 슬픔〉 말이에요, 그때 추천해 주신 책."

"……네."

추천 따윈 안 했을 텐데?

알렉산드라가 어색하게 대답했다. 그때부터 눈치를 챘어야 했다. 어쩐지 그때 하필 물어본 책이 〈안나 마리아의 슬픔〉이더라니.

그녀가 짧지 않은 황자비 시절 동안 숱하게 읽었던 책이 〈안나 마리아의 슬픔〉이었는데. 회귀 전의 일을 기억하고 물어본 게 틀림없었다. 알렉산드라가 속으로 싸늘하게 웃으며 대꾸했다.

"읽어 보셨나요?"

"호기심을 참을 수 없어서요. 그런데 저는 괜찮았어요."

"다행입니다, 전하."

혹 에밀리아나가 알렉산드라와 라키아스 사이에 오고간 밀서라도 보았을까 봐 알렉산드라는 순간 걱정했지만, 설령 그렇지 않았다고 하더라도 에밀리아나는 이미 자신에게 반감이 넘칠 대로 넘친 상태일 터였다.

더구나 편지 내용 중 그것을 쓴 사람이 자신임을 나타내는 명백한 증거 역시 알렉산드라는 남겨두지 않았기 때문에, 설령 일이 잘못된다고 할지라도 알렉산드라는 빠져나갈 구멍이 있었다.

아니, 설령 없다 할지라도 만들면 그만이다. 알렉산드라는 그렇게 생각하며 덧붙였다.

"이야기라는 것이 본래 그렇지 않습니까. 누군가에게는 즐겁지만 누군가에게는 그렇지 않으니까요."

"이야기뿐 아니라 인생사가 전부 그렇더랍니다. 누군가에게는 희극이지만 누군가에게는 비극이지요."

"……."

알렉산드라는 대꾸 없이 조용히 미소만 지었다.

에밀리아나는 자신이 회귀했다는 사실을 알고 있을까?

아니, 아마 모를 것이다. 그것을 눈치채기에는 회귀 후의 자신과 회귀 전의 자신의 행보에 다른 점이 없었으니까.

알렉산드라는 처음으로, 진심으로 회귀 전의 삶과 똑같은 삶을 살기로 선택한 자신의 결정을 칭찬했다.

만일 어쭙잖게 회귀 전과 다른 삶을 살겠다, 어쩐다를 했다면 무력하게 에밀리아나에게 당하고만 있을지도 모를 일 아닌가.

무엇보다 에밀리아나를 위해서라도 좋은 결정이었다. 자칫했다가는 그녀의 피 끓는 복수심을 순식간에 말소시킬 뻔했으니까. 그건 모두에게 불행이었다. 알렉산드라가 나른하게 웃으며 말했다.

"……벌써부터 술기운이 올라오네요. 몇 잔 마시지도 않았는데 말입니다."

"저런."

에밀리아나가 짐짓 안타깝다는 목소리로 말했다.

"그렇게 안 봤는데, 의외로 술이 약하신 것 같군요."

알렉산드라는 술에 강했다. 잘 취하지 않았다. 그걸 에밀리아나가 모를 리 없었다.

알렉산드라가 에밀리아나를 빤히 바라보며 말했다.

"좀 많이 마신 듯합니다."

"아까부터 많이 마시시긴 하셨습니다. 조금 쉬시는 것도 나쁘지 않을 것 같아요."

"네. 아무래도 테라스에 좀 가봐야겠네요."

알렉산드라는 그렇게 말한 후 정중하게 라키아스와 제레미, 에밀리아나에게 인사를 남긴 다음에야 자리를 빠져나왔다. 이 정도로 술기운이 올라오지는 않았다. 오히려 그녀를 정신없게 하는 것은 아까 라키아스가 마신 최음제 든 백포도주였다.

알렉산드라는 복잡한 얼굴로 연회장을 나갔다. 최음제를 마신 건 분명 그쪽이었는데, 이상하게 머리가 아픈 건 자신이었다.

그 순간, 발을 잘못 내디딘 알렉산드라가 저도 모르게 비틀거렸고, 동시에 누군가가 그녀를 강한 힘으로 붙잡아주었다. 누군지도 모를 남자에게 고맙다고 인사하려던 순간, 알렉산드라는 익숙한 체향을 맡고선 몸을 경직시켰다.

"조심해야지."

라키아스. 알렉산드라가 새파래진 얼굴로 라키아스를 쳐다보았다. 너무나도 아무렇지 않아 보이는 얼굴이 낯설었다.

알렉산드라가 침음성을 삼키며 라키아스의 금빛 눈동자를 바라보았다.

여전히 반짝거렸다. 찬란한 낮의 태양처럼. 알렉산드라가 물었다.

"괜찮은 겁니까?"

"내가 할 말 같은데."

"아니, 나 말고 당신."

알렉산드라가 다시 물었다.

"괜찮으냐고."

"앞으로도 계속 반말하는 건 어때? 이렇게 들으니 또 묘한 맛이 있군. 존대보다는 이쪽이 더 내 취향……."

"라키아스."

알렉산드라가 어쩐지 화난 음성으로 그를 불렀지만, 라키아스는 여전히 태연한 태도를 유지했다.

"괜찮아."

"아니."

알렉산드라가 고개를 저었다.

"괜찮을 리가 없어."

알렉산드라가 그에게 붙잡힌 몸을 바로 한 다음 그를 똑바로 응시하며 말했다.

"그 최음제, 독한 겁니다. 황후가 이상한 것을 주었을 리 없으니까."

"다시 반말해주면 안 되나?"

"라키아스, 상황 파악이 안 됩니까?"

떨림 반, 분노 반이 섞인 목소리가 알렉산드라의 입술을 타고 퍼져나갔다. 그 말을 들은 라키아스가 똑같이 알렉산드라를 쳐다보았다. 아까보다 진지한 눈동자에 그제야 알렉산드라는 안심이 되었다.

"내가 그대를 덮칠까 봐 걱정이라도 되는 건가?"

아까 한 말 취소였다. 알렉산드라가 입술을 짓이기며 말했다.

"필요하면 말해요. 얼마든지 구해다 줄 테니까. 당신에게 안기고 싶어 할 여자들, 널리고 널렸을걸?"

"알고 있어."

"그럼 지금이라도……."

"근데 내가 싫거든."

라키아스의 말에 알렉산드라가 몸을 틀려다 말고 멈칫했다. 그녀가 이해 가지 않는 눈으로 물었다.

"……왜입니까."

"마음속에 품고 있는 사람이 있는데 몸으로는 다른 여자 안는 거, 딱 질색이라."

"라키아스."

"그런 표정 짓지 마, 렉시. 당신 잡아먹겠다는 거 아니야."

라키아스가 때에 어울리지 않는 여유로운 미소를 지으며 말했다.

"참을 수 있어."

"못 참아요."

"내가 참는다는데 그 이상의 간섭이 필요한가?"

"……."

할 말을 잃은 알렉산드라가 멍한 표정만 짓고 있는 사이, 라키아스는 몸을 돌려 어딘가로 걸어가기 시작했다. 그가 눈앞에서 거의 사라졌을 때가 되어서야, 알렉산드라는 욕지거리를 내뱉었다.

"제길."

괜찮을 리가 없잖아.

알렉산드라가 발을 움직이기 시작했다. 처음에는 여유로웠던 발걸음은 시간이 지나자 점차 속도가 붙기 시작했다.

그녀는 어느 순간부터 그를 쫓아 달리기 시작했다. 그는 연회에 참여한 귀빈들의 숙소로 마련된 궁으로 들어가고 있었다. 아직 파티가 끝나기에는 이른 시각인지라 복도에는 사람이 없었다.

다행이었다. 젊고 잘생긴 미혼의 공작과 그의 뒤를 쫓는 젊고 아름다운 3황자의 비. 땅거미가 겨우 자취를 감춘 이른 밤. 오해하기 딱 좋은 상황이었으니까.

'아니, 어쩌면 오해가 아닐지도.'

알렉산드라가 입술을 꾹 깨물며 라키아스가 들어간 방의 문을 벌컥 열고 들어갔다. 침대 위에 라키아스가 앉아 있었다. 여전히 아무렇지 않은 모습에 알렉산드라가 눈썹을 찡그렸다.

왜, 왜 이렇게 멀쩡한 거야, 당신.

"해독제라도 미리 마시고 온 사람인 줄 알겠어요."

"……왜 온 거지?"

"내 동료가 걱정돼서요."

"그놈의 동료."

라키아스가 인상을 찌푸리며 말했다.

"그 소리 안 해줄 수 없어?"

"동료를 동료로 부르지, 그럼 뭐라고 부릅니까."

"파트너."

라키아스가 묘한 음성으로 말했다.

"그게 더 듣기 좋아."

"왜요?"

"파트너는 부부도 될 수 있지만, 동료는 부부가 될 수 없으니까."

"……라키아스."

"농담 아니야."

원래라면 '농담이야'라고 말했을 남자.

알렉산드라가 복잡한 눈으로 라키아스를 쳐다보았고, 라키아스는 그런 그녀에게 물었다.

"계속 거기 서 있을 건가? 와서 앉도록 해."

"……."

"어차피 여기 들어올 사람 없어."

하지만 알렉산드라는 그의 말을 무시하고 문을 잠가 버렸다. 조심해서 나쁠 것 없다. 더구나 지금 같은 상황에서는 더더욱.

그런 다음에야 그녀는 안심하고 라키아스의 근처에 있던 스툴에 앉았다. 스툴은 약간 차가웠다.

"……왜 마셨습니까."

"뭘?"

"최음제가 든 백포도주요."

알렉산드라가 떨리는 목소리로 말을 이었다.

"알고 있었잖아, 당신."

"알고 있었지."

그가 부정하지 않은 채 답했고, 알렉산드라는 울컥해서는 물었다.

"그런데 왜……!"

"내가 안 마셨다면 당신이 마셨을 것 아닌가?"

라키아스가 간단하다는 듯 답했다.

"그게 싫었어."

"추태는 부리지 않았을 겁니다. 난 견딜 수 있으니까."

"그게 싫었다고."

라키아스가 서늘한 목소리로 말했다.

"그게 싫었어. 당신이 참는 게 싫었다고."

"……."

"충분한 답, 됐나?"

"왜……."

"진짜 모르겠나?"

라키아스가 알렉산드라의 눈을 똑바로 바라보며 물었고, 알렉산드라는 대답하지 않았다.

이유를 알고 있었다. 답도 알고 있었다.

그래서, 알렉산드라는 아무 말도 할 수 없었다.

그리하여, 라키아스는 대신 답을 말했다.

"내가 그대를 사랑한다고."

"……."

"말했잖아, 렉시. 자꾸 나를 비참하게 만들지 마."

"라키아스."

"당신이 지금 마음에 여유가 없다는 거, 모르지 않아."

라키아스가 담담한 목소리로 말했다.

"그래서 재촉하지 않는 거고…… 윽."

그때, 갑자기 라키아스가 괴로운 표정으로 침대보를 움켜쥐었고, 알렉산드라는 몸을 움찔 떨었다.

몇 초 동안 괴로운 신음을 내뱉으며 침대보만 찢어질 듯 움켜쥐던 라키아스가 잠시 후 소름 끼치게 낮은 목소리로 명령했다.

"나가, 렉시."

"라키아스."

"나가, 제발."

"……."

알렉산드라가 무슨 생각을 하는 건지 알 수 없는 얼굴로 라키아스를 응시했다. 그러는 동안에도 라키아스는 계속 괴로워했다.

최음제의 효력이 슬슬 들기 시작하는 것이다.

그 순간, 알렉산드라가 자리에서 슬며시 일어났고, 라키아스는 그녀가 이만 나가려는 것인 줄 알고 내심 기뻐했다.

하지만 그녀의 발길이 향한 곳은 문가가 아니었다.

"라키아스."

그녀가 그를 내려다보며 속삭였다. 그녀의 속삭임은 성적으로 흥분한 라키아스에게 지나치게 자극적이었다.

굳이 흥분하지 않았더라도 충분히 자극적이었을 그녀의 속삭임이, 최음제를 먹은 상황에서 더욱 그 자극이 증폭된 것이다.

라키아스가 깊게 숨을 들이쉬었다.

위험했다, 이건.

"나가라니까. 말 정말 더럽게 안 들……."

"나는 내가 저지른 일에 책임을 지려는 사람입니다."

"뭐……?"

말을 마친 알렉산드라가 느릿하게 라키아스의 무릎 위에 앉았고, 알렉산드라는 이것이 두 번째라고 생각했다.

라키아스의 당황한 모습을 보는 것. 나쁘지 않았지만, 지금 같은 상황에서는 좀 더 기분이 묘했다.

묘한 배덕감과 묘한 스릴과 묘한…… 두근거림.

알렉산드라는 인정해야 했다. 적어도 자신이 이 남자에게 아무런 감정도 가지지 않은 것은 아니라는 사실을. 그리고 그 감정은 이 남자가 자신을 향해 품고 있는 것과 지독하리만치 닮아 있다고. 그 순수하고 본능적인, 아름다운 동시에 추악한 감정.

"그러니까 이건 그냥, 죄책감인 거예요."

사랑이 아니야.

"죄책감이라도 상관없다고 말한다면."

라키아스가 거친 숨을 뱉어내며 물었다.

"내가 미친놈인 건가?"

"아니."

알렉산드라가 속삭였다.

"미치지 않았어."

알렉산드라는 그 말을 끝마친 후, 곧바로 라키아스의 입술을 삼켰다. 그녀가 아는 라키아스라면 자신의 키스를 거부할 리 없다.

예상대로 그는 거부하지 않았다. 거부할 이유가 없었으니까. 어떻게 감히 자신의 입맞춤을 거부할 수 있겠는가.

"하아……."

키스도 슬슬 끝을 내야겠다고 생각한 순간, 알렉산드라는 라키아스의 입술에서 자신의 것을 뗀 채 그를 바라보았다. 번들거리는 입술은 미치도록 관능적이었고, 흥분으로 젖은 눈가 역시 알렉산드라를 긴장하게 했다. 알렉산드라가 다시 그에게 키스하기 위해 얼굴을 숙이려는데, 라키아스가 잔뜩 잠긴 목소리로 물었다.

"렉시."

"……."

이런 순간에 애칭이라니. 알렉산드라는 순간 참지 못하고 그의 옷깃을 세게 쥐었다.

라키아스가 듣기 좋게 낮은 목소리로 물었다.

"괜찮은 건가?"

"뭐가, 말입니까."

"지금 이게 마지막이야."

라키아스가 진지하게 경고했다.

"내가 참을 수 있는 건, 여기까지라고."

"누가 참으랬나."

알렉산드라가 싸늘하게 웃으며 말했다.

"내 의지로 내가 선택한 일입니다, 라키아스. 내 죄책감이, 내 마음이."

"……."

"당신과 이러라고 명령하는 거라고."

알렉산드라는 더 이상의 딴죽을 원치 않았다. 그녀는 그대로 그에게 키스했다. 아까까지만 해도 나름 얌전했다 여겼던 그의 손이 점차 바빠지기 시작했다. 끝까지 갈 생각이었다. 뒤는 어떻게든 무마할 수 있다. 하지만 지금 이 상황은 자신밖에는 무마할 수 없으니까.

무엇보다, 지금은 그냥 이러고 싶었다. 그녀가 이 남자를 원하고 있었으니까. 사랑해서인지는 확답할 수 없지만, 지금은 그냥, 이러고 싶었으니까.

새벽 동이 트기도 전에 알렉산드라는 잠에서 깨어났다. 바깥에 빛 한 점도 들어오지 않아 그들이 있는 방 안은 어둡디어두웠다.

머리가 아픈 건지 살짝 인상을 쓰며 머리를 짚던 알렉산드라가 곧이어 옆에서 잠든 라키아스에게로 고개를 돌렸다. 깊게 잠든 모습이 평소와는 다른 분위기를 풍겼다.

"후……."

알렉산드라가 짧게 한숨을 내쉬었다.

어젯밤의 일을 후회하지는 않는다. 다만 앞으로 할 뒤처리가 골치 아플 뿐이다. 일단 하나하나 정리를 해보자면, 일단 지엔궁에 지난밤 자신의 알리바이를 증명하는 게 첫 번째였다. 마레타가 있으니 큰 걱정은 안 했다.

어제 1황자와 에밀리아나가 있는 곳에서 술에 취한 것 같다고 말을 흘리기도 했으니 밤새 이곳에 있었다고 말해 두면 될 터였다.

라키아스는 걱정하지 않았다. 이쪽도 책사가 없는 건 아니었으니까. 두 번째가 사실 제일 걱정이었는데, 바로 타르실라였다.

타르실라는 어제 무사히 파티가 끝났다는 사실을 알고 분명 잔뜩 화를 냈을 것이다. 어쩌면 다시 그녀를 찾아갔을 때 뺨을 맞을지도 모르겠다.

어느 쪽이든 할 말은 없었지만, 그 또한 변명 거리는 있었다. 좀 부끄러운 내용이긴 했지만, 지금 중요한 건 그런 게 아니었으니까.

알렉산드라가 침대 위에서 내려왔고, 그와 동시에 그녀를 가렸던 이불이 스르르 아래쪽으로 떨어져 침대 가장자리에 걸쳐졌다. 알렉산드라는 아무렇지 않게 어젯밤 내동댕이쳤던 드레스를 주워 든 다음 스스로 입기 시작했다.

시녀 없이 혼자서 해내려니 영 복잡하고 시간도 오래 걸렸지만, 그렇다고 해서 지금 시녀를 부를 수도 없는 노릇이었다. 그건 미친 짓이었으니까.

어제 라키아스와 무슨 일이 있었는지를 동네방네 소문내고 싶은 게 아니라면 무슨 짓을 해서든 혼자 입어야만 했다.

"후."

겨우 드레스를 다 챙겨 입고 난 후 헝클어진 붉은 머리카락까지 정리하자 딱 하나만이 남았다. 알렉산드라는 고개를 돌려 여전히 잠든 채로 있는 라키아스를 돌아보았다.

의외였다. 작은 소리에도 금방 깰 것 같이 생겨서는.

"라키아스."

알렉산드라가 작게 라키아스의 이름을 불렀다. 그는 일어나지 않았고, 알렉산드라는 그를 더 부르는 것을 포기했다.

그녀가 잠시 후에 작은 목소리로 중얼거렸다.

"당신이 못 일어난 거야."

그러니까 나는 잘못 없어.

알렉산드라는 그 말만 마친 후에 곧바로 밤새 있던 방을 나섰다. 달칵 하는 소리와 함께 라키아스만 홀로 남은 방 안은 다시 고요해졌다.

"오셨습니까, 전하."

알렉산드라가 지엔궁에 있는 자신의 침실로 돌아왔을 때, 마레타는 조금의 당황스러움도 없이 그녀를 맞아들였다. 그 태연한 모습에 알렉산드라는 마치 회귀 전으로 돌아온 것 같은 기분이 들었다.

마레타는 늘 그랬으니까. 자신이 어디에 있던 누구와 있던 궁금해하지 않는, 선을 넘지 않고 수선스럽게 굴지 않는 충직한 벗.

"왔어요, 마레타."

"걱정했습니다."

차분한 목소리로 마레타가 말했고, 알렉산드라는 피곤한 표정으로 마레타에게 조용히 드레스를 벗겨달라고 우선 지시했다. 마레타는 대답을 기다리기보다는 알렉산드라의 명령을 먼저 따르는 것을 택했고, 그제야 알렉산드라는 다시 입을 열었다.

"난 괜찮았어요. 걱정하지 말아요."

"무사히 돌아오셔서 기쁩니다."

"마레타."

알렉산드라가 마레타를 깊은 눈빛으로 바라보며 물었다.

"어제 내 남편께서 나를 찾으셨나요?"

"찾으셨습니다."

마레타가 조금의 당황도 없이 솔직하게 답했고, 알렉산드라가 곧바로 다시 물었다.

"뭐라고 대답했나요, 다들?"

알렉산드라의 물음에 마레타는 잠시 고민하는 표정을 짓다가, 이내 천천히 입을 열었다.

파티가 끝나는 시각까지도 알렉산드라는 모습을 드러내지 않았고, 당연히 알렉산드라의 시녀들은 당황할 수밖에 없었다. 테라스를 찾아봐도 없고, 그렇다고 해서 연회장 안에 있는 것도 아니었으니까. 엘로웬, 페넬로페, 드네리스는 이 일을 어떻게 해야 할지 고민했다.

3황자에게 알렉산드라가 사라졌다는 사실을 알릴 것인가, 아니면 이 사실에 대해 침묵할 것인가.

고민하던 그네들은 결국 3황자에게 알렉산드라가 사라졌다는 사실을 알리기로 결심했지만, 이들의 앞을 마레타가 막아섰다.

"괜한 말로 3황자비 전하께 누를 끼칠 수 있으니, 일단은 두고 보는 게 낫지 않겠습니까."

페넬로페가 말도 안 된다는 목소리로 마레타의 말을 따지고 들었다.

"하지만 마레타, 만약 정말로 3황자비 전하께 무슨 변고라도 생긴 것이라면……!"

"그렇다고 하더라도 이 늦은 밤에 긁어 부스럼을 만들 필요는 없습니다, 레이디 페넬로페. 좀 더 기다렸다가, 내일 아침까지도 오지 않으신다면 그때 3황자 전하께 고하여도 늦지 않을 거예요."

마레타의 대답을 들은 엘로웬은 일리가 있다는 듯 수긍하는 표정을 지었지만, 드네리스의 표정은 어쩐지 탐탁지 않아 보였다.

잠시 후에 그녀가 마레타를 불렀다.

"마레타."

"네, 레이디 드네리스."

"신중하게 결정해야 할 것입니다. 3황자비 전하의 안위가 달린 문제예요. 그대의 말도 분명 일리는 있지만, 만일 아니라면 어쩔 것입니까? 그분의 신변에 혹 문제라도 생긴 것이라면요."

“그때는…… 이 목을 내놓아도 할 말이 없겠지요.”

마레타가 진지한 목소리로 덧붙였다.

“무엇을 염려하시는지 잘 알고 있습니다, 레이디 드네리스. 하지만 만약 우리가 생각하는 것만큼 심각한 일이 일어나지 않았는데 괜히 3황자 전하께 말씀드리는 것은 부적절하게 처신하는 꼴이 될 수 있습니다. 그리고 만약 전하께서 피치 못할 사정이 생겨 자취를 감추신 것일 수도 있고요.”

“그게 무슨 말입니까? 피치 못할 사정이라니요.”

“그럴 수도 있다는 것입니다. 만약 내일 아침까지도 전하께서 돌아오시지 않는다면 그때 가서 다시 이 문제를 논의해도 늦지 않습니다. 그때는 또 그때의 계책이 있으니 너무 일찍부터 소란을 떠는 일은 지양하도록 하지요.”

“무슨 일 있나?”

그때 뒤쪽에서 굵은 남자의 목소리가 네 사람 사이를 파고들었다. 모두가 일제히 뒤를 돌아보았고, 거기에는 붉은색 연미복을 입은 클레이오가 서 있었다. 네 사람은 모두 허리를 굽혀 그에게 인사했고, 그는 나른한 미소를 지으며 네 사람이 있는 쪽으로 걸어왔다.

“렉시를 찾았는데 도통 보이지가 않아서 말이야. 혹 3황자비가 어디 있는지 알고 있나?”

“그게, 전하께서는…….”

"안에서 주무시고 계십니다, 전하."

마레타가 페넬로페 대신 답했고, 그녀를 제외한 셋은 마레타를 쳐다보았다. 하지만 마레타는 조금의 흔들림 없이 말을 이어나갔다.

"감기 기운이 있다고 하시며, 일찍 돌아와 주무시고 계십니다."

"그래?"

그 말을 들은 클레이오가 갑자기 걱정스러운 표정으로 알렉산드라의 침실로 들어가려고 했다. 그러자 마레타가 그를 불러 세웠다.

"3황자 전하, 잠시만 기다려 주십시오."

"무슨 일이지?"

"아무도 들이지 말라는 3황자비 전하의 명이 계셨습니다."

그 말에 클레이오가 한쪽 눈썹을 치켜뜬 채 물었다.

"나도 말인가?"

"네, 전하. 황자비 전하께서 황자 전하께 감기를 옮기는 것을 원치 않으시다면서, 그 누구도 들이지 말라고 엄명하셨습니다. 양해해 주셨으면 합니다, 전하."

"……."

그 말을 들은 클레이오가 약간 찡그린 표정으로 마레타를 응시하다가, 잠시 후 알았다는 표정으로 다시 발걸음을 돌렸다.

그는 약간 한숨이 섞인 목소리로 대꾸했다.

"알았다. 내 비께서 그리 말씀하셨다면야, 굳이 그녀의 뜻을 무시하는 것도 예의는 아닌 듯하군."

"저희 전하의 뜻을 이해해 주셔서 감사합니다, 3황자 전하."

"……그래."

클레이오가 묘한 표정으로 마레타를 잠시간 응시하다가, 곧 말없이 그 자리를 떴다. 클레이오가 돌아가자마자, 드네리스가 걱정스러운 표정으로 마레타에게 물었다.

"정말 이래도 괜찮겠습니까, 마레타?"

하지만 드네리스의 걱정 어린 표정에도 마레타는 태연한 목소리로 아무렇지 않게 대답할 뿐이었다.

"전하께서는 분명 내일 아침까지는 지엔궁에 돌아오실 겁니다, 레이디 드네리스. 아무 변고 없이, 무사히요. 그러니 너무 걱정하지 마세요."

그녀를 제외한 세 시녀는 도대체 마레타가 무슨 자신감으로 그렇게 말하는 건지 도무지 이해 가지 않았지만, 더 캐묻기에는 마레타의 태도가 너무 확신에 차 있었다.

결국 셋은 그녀의 뜻에 따르기로 결론 내렸다. 암묵적인 합의였다.

결론적으로 마레타의 말은 맞았다. '아무 변고 없이, 무사히' 지엔궁으로 '아침까지는' 돌아왔으니까.

알렉산드라가 속으로 안도의 한숨을 내쉬었다. 그러다 잠시 후, 그녀가 이상하다는 목소리로 마레타를 불렀다.

"마레타."

"네, 전하."

"왜 그렇게 처신했는지, 물어봐도 되나요?"

알렉산드라의 물음에 마레타는 잠깐 동안 말을 고르는 시늉을 했다. 그게 이유를 말하기가 조심스러워서인지, 아니면 이유를 지금 생각해 내기 위함인지는 알렉산드라도 가늠이 되지 않았다.

잠시 후에, 마레타가 천천히 입을 열었다.

"그때 제게 편지를 책 사이에 끼워 넣고 오라는 명령을 내리셨지요."

"그랬습니다."

"그때 직감이 들었습니다. 본능적으로. 무슨 일을 꾸미고 계신다고요."

마레타가 차분히 자신의 생각을 말로 풀어나갔다.

"저를 시키면서까지 타인의 이목을 피해 전달할 편지라면 분명 일반적인 내용은 아닐 거라고 생각했습니다. 비밀스러운 내용이겠지요. 남이 알아서는 안 되는. 그런 편지를 그런 방법으로 남에게 전하시는 데에는 분명 어떤 일을 은밀히 계획하고 계신다는 이유밖에 없지 않겠습니까."

"그래서요?"

"전하께서 남들의 이목을 피해 다른 사람을 만나실 수 있는 기회는 연회 같은 공식적인 행사 일정뿐이지요. 그런 날이 아니라면 전하의 일거수일투족은 전부 다른 사람들에 의해 관찰당하고 있을 테니까요. 당장 이 지엔궁에도 황후 폐하나 황비 전하, 혹은 다른 사람의 끄나풀이 있을지 모르는 일 아닙니까."

"……."

"저는 전하께서 만나셔야 할 분을 만나고 계시다고 생각했습니다. 파티가 끝나고 나서까지 만남을 지속하실 줄은 몰랐지만…… 어쨌든 그 생각밖에는 들지 않더군요. 그리고 황자 전하께서 황자비 전하의 행방을 찾으신다면, 필시 그 일은 부군이신 황자 전하께서도 모르시는 일일 터."

마레타가 알렉산드라를 응시하며 조용하지만 명확한 발음으로 물었다.

"전하께서는 아무도 모르게 어떤 일을 모의 중이십니다. 제 생각이 맞습니까?"

"……맞네요."

너무나도 간단하게 들켜버렸다. 고작 심부름 한 번에. 그럼에도 알렉산드라는 싫지 않다는 표정으로 미소 지었다. 어쩌면 그녀는 이렇게 들켜 버리기를 바랐는지도 모른다.

틀림없는 그녀의 마레타에게. 계속해서 기다리고 있던 그녀의 마레타에게.

그녀는 지금까지 바라왔으니까. 그녀의 생각, 그녀의 마음, 그녀의 모든 것을 전부 공유할 수 있는 믿음직한 누군가를.

알렉산드라가 이를 어쩌냐는 듯한 표정으로 말했다.

"다 들켜 버렸네요, 마레타."

입꼬리를 길게 끌어올려 웃으며, 알렉산드라가 묘한 얼굴로 마레타의 어깨를 짚었다.

"자, 그렇다면 한번 그 똑똑한 머리로 말해보세요. 내가, 무슨 일을 꾸미고 있는 것 같나요?"

"……그것까지는."

마레타가 슬쩍 미간을 좁히며 말을 맺었다.

"함부로 말씀드릴 수 없습니다. 월권이니까요."

"'월권'이다."

알렉산드라가 흥미롭다는 듯, 다시 물었다.

"궁금하지 않나요? 나라면 궁금할 것 같은데. 정숙한 3황자의 비가 과연 남편도 모르게 무슨 일을 꾸미느라 밤이슬까지 맞고 다니는지……."

"저도 사람이기 때문에 궁금하긴 하지만 묻고픈 마음은 없습니다, 전하. 분명히 말씀드리지만, 그것은 월권입니다. 제가 감히 전하의 행보에 대해 참견하거나 왈가왈부할 자격은 없으니까요."

"너무……."

알렉산드라가 황홀하기까지 하다는 듯한 표정으로 중얼거렸다.

"재미없는 것 아닙니까. 나는 솔직히 기대했거든요."

"무엇을 기대했다는 말씀이신지……."

"캐묻기를 바랐어요, 마레타. 그럼 알려줄 수도 있었을 텐데."

"……전하께서 말씀하시는 것."

마레타가 흔들림 없는 목소리로 물었다.

"혹 지엔궁의 누구라도 알고 있는 자가 있습니까?"

"없답니다."

알렉산드라가 소녀 같은 미소를 지으며 답했다.

"없어요, 아무도. 그래서 아무도 내 편이 되어주질 못해요."

말을 마친 그녀가 짐짓 슬픈 표정으로 말을 이었다.

"그래서 마음이 많이 아프답니다. 이곳에는 '그들'이 없으니 나는 철저히 혼자예요. 같이 있되 같이 있지 못하고, 웃음을 나누되 마음까지는 나누지 못하는……."

"……."

"그래서 마레타라도 내 비밀을 알았으면 했는데……. 궁금해하지 않네요."

"전하, 외람되지만 그렇게 말씀하신다면 저는 더더욱 알고 싶은 마음이 없습니다."

마레타가 낮은 목소리로 알렉산드라에게 말했다.

"중요한 일을 계획하시는 듯한데, 그런 일을 전하를 모신 지 한 달조차 되지 않은 제게 알리시는 것은 매우 위험한 일입니다."

"하지만 나는 마레타를 믿는걸요."

"저 또한 믿지 마십시오, 전하."

마레타가 단호하게 말을 이었다.

"그리 중요한 일이라면, 뜻을 함께한 분들과만 마음을 나누십시오. 저는 그 일에 있어 이방인이 아닙니까. 그런 제게 그런 중요한 일을 누설하는 것은 위험천만한 일입니다."

"……내가 바랐던 전개는 이런 게 아니었는데."

알렉산드라가 묘한 얼굴로 읊조렸다.

"하지만 그대의 성정을 생각한다면 이상한 전개도 아니네요. 그래요."

"일을 이뤄 나가시는 데 제가 필요하다면 언제든 아낌없이 쓰십시오, 전하."

마레타가 희미한 미소를 지으며 알렉산드라에게 말했다.

"제가 그 일에 대해 알지 못하더라도, 저는 전하를 도울 수 있습니다."

"……."

"그때 제게 편지를 맡기셨듯 일을 맡기세요. 원하시는 게 무엇이든, 전부 다 제가 하겠습니다. 그게 깨끗한 일이든 더러운 일이든, 안전한 일이든 위험한 일이든, 상관없이요."

마레타의 말에 알렉산드라는 가만히 그녀를 응시했다.

회귀 전과 회귀 후, 가장 달라진 게 없는 사람을 꼽으라면 마레타는 다섯 손가락 안에 반드시 들 터였다. 변함없이 충성스러운 그녀의 마레타. 어떤 상황에 처하든 믿음을 주는 그녀의 마레타.

알렉산드라가 찬란한 미소를 머금은 채 마레타와 눈을 마주치다가, 곧 그녀에게로 걸어가 꼭 안아 주었다.

갑작스러운 포옹에 마레타는 당황한 듯했으나, 알렉산드라는 그녀를 안은 손을 풀지 않은 채 따뜻한 음성으로 그녀의 귓가에 속삭였다.

"고마워요, 마레타."

"전하……."

"역시 나에게는, 그대밖에는 없어."

알렉산드라는 그제야 그녀에게서 몸을 떼어 냈다.

알렉산드라는 여전히 입가의 미소를 지우지 않은 채, 아름다운 노래를 부르는 듯한 목소리로 마레타에게 말했다.

"단장을 도와주세요, 마레타. 급하게 가봐야 할 다음 장소가 있어서 말입니다."

아침 일찍 찾은 황후궁에는 무서우리만치 적막한 분위기가 감돌고 있었다. 알렉산드라는 그것이 타르실라의 기분이 매우 좋지 않기 때문임을 알았고, 그녀의 기분이 나쁜 이유는 다름 아닌 자신 때문이라는 사실도 잘 알고 있었다.

본래라면 타르실라는 지금까지도 샴페인을 터뜨릴 정도로 기뻐

해야 했으나, 의도치 않게 계획이 실패해 버린 탓이었다.

알렉산드라는 겉으로는 아무렇지 않게 무표정을 지었으나, 속으로는 결국 참지 못하고 한숨을 내쉬었다.

변명이 준비되어 있든 그렇지 않든, 이런 상황에서 타르실라와 대면하는 것은 그리 기꺼울 만한 일이 아니었다.

"……3황자비 전하 오셨습니까."

지난밤부터 지금까지 얼마나 심한 폭언에 시달린 건지 시녀장인 엘리너의 표정이 말이 아니었다.

알렉산드라는 회귀한 이래 본 엘리너의 얼굴 중 지금이 가장 어둡다고 생각하면서, 조용한 목소리로 엘리너에게 물었다.

"섭정 황후께서는 깨어 계십니까."

"이른 새벽 기상하셨습니다."

엘리너가 낮은 목소리로 대꾸했고, 알렉산드라는 고해 달라는 듯 작게 고개를 끄덕였다. 곧 엘리너가 느릿하게 입을 열었다.

"섭정 황후 폐하, 3황자비 전하께서 드셨습니다."

"……."

꽤 오랫동안 안에서는 침묵을 유지했다. 알렉산드라는 예상했다는 듯 조금의 흔들림 없는 표정으로 꼿꼿이 허리를 편 채 자리를 지켰다. 꽤 오랜 시간이 지나고 나서야 안쪽에서 서늘하고 낮은 한마디가 겨우 들려왔다.

"들라고 해."

"들어가시지요, 전하."

알렉산드라는 결코 빠르지 않은 속도로 타르실라의 집무실까지 걸어 들어갔다. 고개를 아래로 살짝 숙이고 있던 탓에 타르실라의 얼굴은 잘 보이지 않았지만, 피부로 와 닿는 어두운 분위기가 이미 그녀의 기분 상태가 매우 저조하다는 사실을 잘 알려주었다.

알렉산드라는 상황과 관계없이 일단 예를 취해 인사했다.

"제국을 구한 달, 섭정 황후 폐하께 인사 올립니다. 레예스와 파사궁에 무한한 영광을."

"……."

하지만 그 장황한 인사에도 타르실라는 조금의 미동도 않은 채, 그저 가만히 알렉산드라를 응시할 뿐이었다. 알렉산드라는 과연 타르실라가 어떤 눈빛으로 자신을 보고 있을지 궁금했다. 결코 좋은 눈빛은 아닐 거라는 게 확실하긴 했지만, 그래도 좀 더 구체적으로 알고 싶었다.

일을 망친 그녀를, 타르실라는 과연 어떤 눈으로 바라보고 있을까?

그러다 타르실라가 갑자기 자리에서 일어난 다음 성큼성큼 알렉산드라에게로 걸어왔다. 포옹이나 키스를 위해서 그런 것은 결코 아닐 것이다.

그렇다면 남은 선택지, 그리고 지금 이 상황에 가장 잘 어울리는 선택지는 단 하나뿐이었다. 알렉산드라가 저도 모르게 눈을 질끈

감았다.

-짝

과연 무슨 눈빛을 하고 있을지 고민했던 것이 전부 수포로 돌아갔다. 그 한 번의 손찌검에 알렉산드라는 타르실라가 자신을 증오하는 눈으로 보고 있을 것이 확실하다고 결론 내렸다.

알렉산드라가 빨간 자국이 남은 뺨을 왼쪽 손으로 조심스럽게 감싼 다음 천천히 고개를 위로 들어 올렸다. 회귀 후에는 드물게 보았던 타르실라의 싸늘한 얼굴이 눈앞에 있었다.

알렉산드라가 저도 모르게 마른 침을 삼켰다. 이 위압적인 분위기가 무섭지 않다고 한다면 그건 솔직히 거짓말일 것이다.

"감히…… 감히 네가……!"

"……."

"내 일을 망쳐?"

타르실라는 어지간히 알렉산드라에게 분노한 듯 보였다. 그녀는 씩씩거리는 얼굴로 알렉산드라를 인정사정없이 노려보았는데, 아마 보통의 인간이었다면 그 눈빛에 질식해 죽을 만큼 살벌한 눈빛이었다.

알렉산드라가 가만히 시선을 아래로 내리깐 다음, 면목 없다는 목소리로 입을 열었다.

"변명은 하지 않겠습니다, 폐하."

"변명!"

타르실라가 기가 찬다는 듯한 목소리로 탄성을 터뜨렸다.

"설마 감히 내 앞에서 변명이라는 것을 늘어놓을 생각이었나? 무능함을 스스로 증명하고 싶었어?"

"……."

"도대체 왜! 그 쉬운 일을 왜 하지 못한 거야? 단지 잔을 건네주기만 하면 되는 일이었다. 고작 그런 일도 성공하지 못해서 나를 이런 식으로 조롱해?"

"폐하."

알렉산드라가 조용히 입을 열었고, 타르실라는 여전히 매서운 눈초리로 알렉산드라를 노려보았다.

역시 이런 여자를 믿는다는 것은 못 할 짓이다.

"저 역시 변명을 그리 좋아하는 편은 아닙니다만, 짚고 넘어가야 할 게 한 가지 있습니다."

"'짚고 넘어가야 할 것'이라."

타르실라가 한쪽 눈썹을 삐딱하게 치켜 올린 다음 물었다.

"그게 뭐냐."

"누군가가 저희 쪽의 계획을."

알렉산드라가 잠깐 심호흡을 한 후 말을 이었다.

"……누설한 것 같습니다."

평소 라키아스는 늦잠을 자는 성격이 아니었다. 나태를 가장 큰 적으로 여길 만큼 근면한 그였지만, 그렇다고 해도 약 기운과 그 전날의 격렬한 운동까지 버틸 정도는 아니었다.

그는 간만에 숙면을 취한 후, 느지막하게 눈을 떴다.

"……빠르군."

자연스럽게 옆을 보았지만, 그녀는 없었다. 라키아스는 아쉬운 표정으로 그녀의 남은 체온이라도 느끼기 위해 옆을 쓸어보았지만, 그를 비웃듯 옆자리는 차갑디 차가웠다.

라키아스가 미간을 좁히며 중얼거렸다.

도대체 언제 나간거야.

하긴 그녀의 위치를 생각해 본다면 오히려 그것이 다행이었다. 어젯밤의 일은 급작스럽게 진행된 것이었으니 아마 지엔궁의 시녀들에게도 행방을 알리지 못했으리라. 똑똑한 여자이니 변명은 알아서 잘 둘러댈 터. 그 부분이 걱정되는 것은 아니었다.

만약 알렉산드라가 지클린데의 영애 신분이었더라도 그녀는 마치 아무 일도 없었던 사람처럼 매정하게 자신의 곁을 떴을 것이다. 그러고도 남았다.

"후."

그가 복잡함이 담긴 한숨을 쉬었다. 최음제가 든 백포도주를 알렉산드라를 대신하여 먹은 것은 분명 충동적인 행동이었다.

그 또한 에밀리아나가 그런 역공을 가할 줄은 생각조차 하지 못하고 있었기 때문이었다.

하지만 만약 그 사실을 미리 알았더라도 그는 기꺼이 알렉산드라 대신 최음제를 마셨을 것이다. 개방된 장소에서 최음제를 마신 알렉산드라라니. 생각만 해도 끔찍했다. 설령 마신다 해도 그것은 온전히 자신과 단둘이 있을 때여야만 했다.

그 관능적인 모습을 감히 다른 사람이 보게 둘 수는 없었으니까.

라키아스는 무표정한 얼굴로 자리에서 일어났다. 그녀는 아마 자신과 다시 마주한다 해도 특별히 달라진 모습을 보이지는 않을 것이다.

알렉산드라는 그런 여자였으니까. 고작 몸 한 번을 섞었다고 해서 특별해질 여자라면 애당초 그렇게 애타하지도 않았을 것이다.

심지어 어제의 관계는 그에 대한 순수한 욕정의 발현이라기보다는 책임감에서 우러나온 행동에 가까웠다. 설령 알렉산드라의 의도에 그보다 더 은밀한 감정이 섞였다고 해도 결국 주를 이루는 것은 책임감이었을 것이다.

그게 아니라면 최음제를 마신 그를 그녀가 안았을 리 없을 테니까.

어제 입었던 옷을 전부 챙겨 입은 그가 방을 나섰다. 아직까지도 어제의 열기가 그대로 남아 있는 듯했으나, 바깥의 싸늘한 공기와 마주하니 그마저도 다 찰나의 환상인 듯했다.

완전히 궁 밖으로 나오자, 누군가가 그에게로 빠르게 다가왔다. 익숙한 얼굴이었다. 라키아스가 무심하게 그의 이름을 불렀다.

"케이토."

"전하."

케이토는 사색이 된 얼굴빛을 하고 있었는데, 그를 보자마자 얼굴이 더 창백해졌다. 라키아스가 놀랍다는 듯 물었다.

"설마 밤새 나를 기다린 건가?"

"아침 일찍 왔습니다. 도대체 왜 궁에 계신 겁니까? 아니, 다 좋은데 말씀은 하고 사라지셔야지요!"

케이토가 걱정돼 죽는 줄 알았다는 듯 애타는 목소리로 물었다.

"무슨 일이 있으셨습니까? 듣기로는 어제 파티에서도 일찍 모습을 감추셨다는데……."

"사정이 있었다."

짤막하게 답한 라키아스가 아무렇지 않게 마차가 있을 곳으로 발걸음을 옮겼다. 그런 그의 옆을 따라 걸으며 케이토가 여전히 불안한 목소리로 물었다.

"도대체 무슨 일입니까, 전하. 절 이렇게 걱정시키시다니! 제가 심장마비로 죽는 꼴을 보고 싶으신 것이지요. 안 그렇습니까?"

"설마."

라키아스가 어깨를 으쓱이며 말을 이었다.

"일이 좀 틀어진 것뿐이다."

그렇게 말한 라키아스가 능숙하게 마차 위에 올라탔고, 케이토 역시 가볍게 마차 위로 올라탔다. 곧이어 마차가 출발했지만, 그 안에서도 케이토의 잔소리는 계속되었다.

"일이 틀어지든 바로 세워지든, 말씀은 전하셨어야 했습니다. 전 진짜 기사들을 보낼 생각까지 했다고요."

"만약 그랬다면 자네는 지금쯤 파면을 당했을 거야."

"저도 압니다. 그래서 실행으로까지 옮기지는 않았잖아요?"

이번에는 케이토가 어깨를 으쓱였고, 라키아스는 못 말린다는 듯 피식 웃었다. 케이토가 물었다.

"이제 말해보십시오. 어제 도대체 무슨 일이 있으셨던 겁니까?"

"말하자면 복잡한데."

라키아스가 '끙' 소리를 내며 말했다.

"그대도 알고 있을 거야, 케이토. 황후가 3황자비에게 시킨 일."

"1황자에게 최음제를 먹이는 일을 말씀하시는 것이지요?"

"그래."

"하지만 어제 아무 일도 일어나지 않은 것 같던데요."

케이토가 날카로운 눈빛을 한 채 라키아스에게 물었다.

"실패했군요. 그렇지요?"

"맞아."

라키아스가 짧게 답했다.

"실패했어. 완전히."

"섭정 황후의 기분이 말이 아니겠군요."

케이토가 알만하다는 듯 혀를 찼다. 타르실라는 자신이 계획한 일이 틀어지는 것을 그 누구보다도 못 견뎌 하는 사람이었다.

더구나 이런 중요한 일이 틀어지다니. 아마 3황자비는 된통 혼이 나고 있을 가능성이 컸다. 어쩌면 이번 일로 완전히 신뢰를 잃었을지도.

'뭐, 그분이라면 그 위기조차 잘 넘기실지도 모르지.'

케이토가 알고 있는 알렉산드라라면 아마 어떤 방법을 써서든 이 상황을 잘 넘길 수 있을 터였다. 그는 딱히 그 부분까지는 걱정하지 않았다. 그가 신경 써야 할 부분은 다른 쪽이었다.

"우리 쪽에서 입게 될 피해는요?"

"당연히 없어. 애당초 우리가 개입된 일이 아니었으니까."

라키아스가 콧잔등을 매만지며 말을 보탰다.

"그녀가 이 상황에 잘 대처하길 바라야지."

"그런데 어쩌다 실패했답니까? 그리 어려운 일도 아니잖아요. 전 사실 어젯밤 황궁이 발칵 뒤집힐 줄 알았습니다."

케이토의 물음에 라키아스가 한 문장으로 이유를 축약해 주었다.

"1황자비가 최음제가 든 백포도주를 역으로 그녀에게 권했거든."

"맙소사."

케이토가 놀란 표정으로 고개를 절레절레 저었다. 그 순간 3황자비가 얼마나 놀랐을지 상상조차 가질 않았다. 아마 저라면 그 순간 너무 놀라서 바보같이 그대로 속마음을 다 드러내 보였을지도 모르겠다. 케이토가 흥미진진한 표정으로 물었다.

"그래서 어떻게 되었습니까?"

"어떻게 되긴."

라키아스가 빙긋 웃으며 대꾸했다.

"내가 대신 마셨지."

그 말을 들은 케이토의 얼굴이 순식간에 흙빛으로 변했다. 케이토가 더듬거리며 물었다.

"저, 전하…… 제가 잘못 들은 거라고 말씀해 주시겠습니까?"

"유감이야, 케이토."

라키아스가 고개를 절레절레 저으며 말을 보탰다.

"한 치의 거짓도 없는 사실이거든. 내가 한 방울도 남기지 않고 다 마셨어."

"전하!"

케이토가 소리를 빽 질렀고, 라키아스는 인상을 찌푸리며 물었다.

"왜 그러나."

"도신 게 틀림없군요. 도대체 어떻게 그런 짓을……!"

"내가 안 마셨다면 그녀가 마셔야 했을 거야."

"버리면 그만입니다!"

케이토가 어이없다는 목소리로 반박했다.

"그게 어떤 약인 줄 아시고 그걸 드셨다는 겁니까? 3황자비가 아니더라도 전하께서는 충분히 황위에 오르실 수 있습니다. 3황자비는 수단이 되어야지, 목적이 되어서는 안 됩니다, 전하."

"케이토."

라키아스가 점잖은 목소리로 케이토에게 말했다.

"나한테는 그녀가 수단인 동시에 목적이야."

"뭐라고요……?"

"황위에 오르게 되면 그녀를 황후로 맞아들일 생각이다."

"……전하!"

케이토가 미쳤냐는 듯한 눈으로 라키아스를 바라보며 물었다.

"절 죽이려고 작정을 하셨군요. 절대 안 됩니다!"

"그녀와 똑같은 말을 하는군."

맙소사, 벌써 3황자비에게까지 그 말을 하셨단 말이야? 케이토가 완전히 얼빠진 얼굴로 물었다.

"제정신이십니까?"

"다행스럽게도 미치지는 않았어."

"유감스러운 일이지요. 미치셨다면 차라리 그걸로 위안이라도 삼을 텐데."

케이토가 고개를 절레절레 저으며 중얼거렸다.

"어쨌든 안 됩니다, 전하. 미리 말씀드리지만 절대 안 돼요."

"어째서?"

"전하께서 황제가 되시면, 3황자비 전하는 이미 폐후십니다."

"그렇겠지."

"폐후를 황후로 들이는 황제라니요. 말이 된다고 생각하십니까? 전하를 지지하는 귀족들을 전부 바보로 만들 생각이시냐는 겁니다."

"케이토."

라키아스가 낮은 목소리로 케이토를 불렀고, 그제야 케이토는 흥분에서 벗어나 라키아스를 응시했다. 잔뜩 흥분한 자신과 달리 더없이도 차분한 모습이었다.

케이토가 못마땅한 얼굴로 라키아스에게 말했다.

"말씀하십시오."

"나는 바보가 아니야."

"알고 있습니다, 전하. 하지만……."

"케이토."

그가 한층 다정해진 어조로 다시 한번 케이토를 불렀다.

그는 이번에는 대꾸하지 않았다.

"그대의 주군을 너무 무시할 필요 없다는 소리다. 내가 그리 어리석은 사내였다면 그대부터 나를 따르지 않았겠지."

"……."

"그 이야기는 나중에 해도 좋아. 아직 먼 미래의 일이니까."
"좋습니다."
케이토가 짤막하게 한숨을 내쉬며 말했다.
"그럼 다른 이야기나 해보지요. 그래서 어떻게 되셨습니까?"
그때, 말을 마친 케이토가 순간 얼굴이 새파래지며 자문자답했다.
"설마……."
"뭘 추리하고 있는 건지는 모르겠는데."
라키아스가 느긋하게 웃으며 말을 이었다.
"아마 그대가 생각하고 있는 게 맞을 거야."
"전하."
케이토가 떨리는 목소리로 말했다.
"제가 생각하고 있는 게 맞다면, 그건 정말로 큰일인데요."
"이런."
라키아스가 탄성을 터뜨리며 말을 이었다.
"그런 말을 꺼내는 걸 보니 아마 내 말이 맞는 것 같군."
"전하!"
"도대체 오늘 몇 번을 소리치는 건가, 케이토. 아무리 이 마차가 방음이 잘 된다고는 하지만 마부 생각도 해줘야지."
"전하. 제정신이 아니신 게 분명합니다."
케이토가 부들부들 떨리는 목소리로 말했다.

"외도입니다. 화간이라고요. 이게 알려지면 두 분 모두 사형입니다. 이게 그분을 위한 일입니까?"

"알려지지 않으면 범죄가 아니야."

"전하, 그런 말씀이 아니질 않습니까."

"날 너무 범죄자처럼 몰고 가지 않았으면 해, 케이토. 어쨌든 이 사실을 아는 사람은 나랑 그대, 둘뿐이니까. 아, 그녀까지 합하면 셋이군."

"……."

"알리지 않을 거지?"

"……미치셨습니까."

제가 그걸 알리게.

케이토가 영 불만스러운 얼굴로 물었다.

"두 번 하실 생각은 아니시지요?"

"그런 사적인 부분까지 공유할 생각은 없는데."

"전하!"

"농담이야."

라키아스가 씁쓸하게 웃은 다음 중얼거렸다.

"설령 내가 원한다고 해도 그녀가 허락해 주지 않을 거다."

"……설마."

케이토가 경악한 얼굴로 물었다.

"그분께서 먼저……."

"……."

"맙소사."

케이토가 어안이 벙벙해진 얼굴로 중얼거렸다.

"그럴 줄은 몰랐네요."

"그 이야기는 그만하지."

라키아스가 어쩐지 불쾌해진 얼굴로 화제를 끊었고, 케이토 역시 주제넘었다고 생각했는지 입을 다물었다. 그리고 젠스카야까지 가는 동안 두 사람은 마차 안에서 한마디도 하지 않았다.

"……계획을."

타르실라가 날카로운 목소리로 물었다.

"누설했다니. 그게 무슨 소리냐?"

"말씀드린 그대롭니다, 폐하."

알렉산드라가 낮은 음성으로 답했다.

"1황자비 전하께서 계획을 알고 계셨어요."

"……뭐?"

"그렇지 않고서야 1황자비 전하께서 제게 역으로 최음제가 든 백포도주를 권하실 리 없지 않습니까."

"……."

타르실라의 표정이 굳어졌고, 알렉산드라는 그제야 속으로 안도의 한숨을 쉬었다. 물론 끝까지 긴장은 놓지 않는 게 좋았다.

알렉산드라가 말을 이었다.

"그런 상황에서 1황자 전하께 계획을 실행하는 것은 불가능한 일이었습니다, 폐하."

"알았다, 비. 무슨 말인지 알겠어. 상황이 그러했다면 어쩔 수 없지."

타르실라가 고개를 느릿하게 끄덕였다.

그러다 잠시 후, 타르실라가 의문을 제기했다.

"그런데 말이다, 비."

"네, 폐하."

"그렇다면 1황자비가 역으로 권했다는 그 백포도주."

"……."

"그건 누가 마셨느냐?"

"그건……."

알렉산드라가 입술을 작게 달싹거리다, 잠시 후 천천히 입을 열었다.

"오르누스 공작 전하십니다."

"……라키아스 말이냐?"

"네, 폐하."

"어째서?"

타르실라가 의심스럽다는 목소리로 물었다.

"어째서 여기서 오르누스 공의 이름이 나오는 거지?"

"그 부분은 저도 모르겠습니다, 폐하. 갑자기 저와 1황자 전하, 1황자비 전하 사이로 끼어드시더니 1황자비 전하가 제게 건네시는 백포도주를 빼앗아 가시더군요."

알렉산드라는 마치 어제의 일을 다시 상기해도 어이없다는 식으로 대답을 이어나갔다. 자신과 라키아스 사이에 그 어떠한 연관점도 타르실라가 유추해 내서는 안 된다.

알렉산드라가 조용한 목소리로 대답을 이어나갔다.

"어쨌든 다행이었습니다. 그분께서 드시지 않으셨다면 도리어 제가 파티장에서 우스운 꼴을 보였을지 모를 일이니까요."

"라키아스가 운이 나빴구나. 어제 일찍부터 보이지 않던데, 설마 최음제 때문은 아니겠지."

"그럴 가능성이 농후합니다, 폐하. 폐하의 성정에 효력이 적은 약을 쓰시지는 않으셨을 테니까요."

알렉산드라가 희미하게 웃으며 가슴 위로 길게 떨어진 머리카락을 뒤로 넘겼다. 타르실라의 얼굴을 보니 다행스럽게도 그리 걱정할 만한 정도는 아닌 듯했다.

알렉산드라가 차분한 음성으로 타르실라를 위로했다.

"폐하, 앞으로 시간이 많습니다. 너무 조급해하지 마시지요."

"그건 비가 몰라서 하는 소리야."

타르실라가 싸늘한 목소리로 말을 이었다.

"곧 황제 폐하께서 깨어나실 거다."

"……폐하께서 말이십니까."

"폐하를 지척에서 모시는 궁의에게서 들은 내용이다. 확실해. 난 곧 섭정의 자리에서 물러나게 될 거다. 폐하께서 의식을 되찾으신다면 말이지."

"……."

아무것도 정리되지 않은 상황에서 황제가 의식을 회복한다는 것은 알렉산드라로서도 그리 달갑지 않은 일이었다. 하지만 그렇다고 해서…… 황제를 암살할 수도 없는 노릇 아닌가.

그러나 타르실라의 생각은 알렉산드라와 다른 듯했다. 그녀는 알렉산드라와는 상황이 달랐으니까.

"나는 그리 인내심이 많은 사람이 아니고, 불투명한 미래에 모든 것을 내걸 만큼 어리석지도 않아. 그러니……."

"……."

"여차하면 그냥 곧바로 황태후가 되어 버릴 생각이다."

"……폐하."

위험한 발언을 아무렇지도 않게 하는 타르실라를 바라보며, 알렉산드라는 저도 모르게 당황한 표정을 지었다.

그리고 실제로도 당황했다. 왜냐하면, 알렉산드라가 아는 타르실라라면 충분히 가능한 시나리오였으니까.

하지만 그렇게 되어 버린다면 클레이오가 황위에 오르는 것은 영영 요원한 일이 되어 버린다.

알렉산드라가 긴장으로 마른 침을 삼켰다.

"이번 일과는 비교되지 않을 정도로 위험한 일입니다, 폐하. 알고 계시지요?"

"네게만 말하는 것이다, 비."

타르실라가 알렉산드라를 바라보며 느릿하게 미소 지었다.

"너를 믿으니까."

순간 알렉산드라는 실소가 터져 나오려는 것을 겨우 참고선, 타르실라에게 말했다.

"폐하를 믿습니다. 다만 어느 선택을 하시든…… 저는 폐하께서 무사하셨으면 합니다."

"나는 언제든 무사해, 비. 그게 어느 상황이라도 나는 무사할 거다."

타르실라가 묘한 표정을 지으며 말했고, 알렉산드라는 의도적으로 불안한 표정을 지었다. 하지만 타르실라는 걱정하지 말라는 듯 도리어 인자한 표정을 지어 보인 채 알렉산드라를 안심시켰다.

"네게 불똥이 튀는 일은 없을 거다, 비. 네가 나를 배신하지만 않는다면 말이지."

"폐하."

"이만 가 봐도 좋다. 이번의 실수는…… 언젠가 만회할 기회가 있겠지."

"……편히 쉬십시오."

알렉산드라는 단정하게 허리를 굽혀 인사한 후 타르실라의 방을 나섰다. 엘리너가 그리 밝지 않은 표정으로 그녀를 배웅해 주었다. 하지만 파사궁에서 완전히 벗어난 뒤에도 알렉산드라의 표정은 쉽사리 펴질 줄 몰랐다.

'만약 타르실라가 정말로 황제를 암살하려 한다면…….'

막아야 했다. 무슨 일이 있어도 그것만은 막아야 했다.

만약 타르실라가 이대로 실권을 잡게 되면 아무리 라키아스의 힘을 빌린다고 하더라도 쿠데타를 성공시키기 어려웠다. 코울리즈 가문과 그 추종 가문들의 힘은 감히 무시할 만한 것이 못 되었으니까.

'만약 그런 낌새를 조금이라도 보인다면 차라리 타르실라를 먼저 제거하는 것도 나쁘지 않아.'

한 번 잡은 손을 끝까지 놓지 말라는 법은 없었다. 어차피 권력 다툼에는 영원한 적도, 영원한 동지도 없는 것이다.

더구나 다른 사람도 아닌 자신과 황후라면 더더욱. 애당초 친해질 수가 없는 관계 아닌가. 알렉산드라가 차가워진 눈빛으로 생각했다.

'파사궁 쪽 움직임을 면밀히 감시하도록 사람을 붙여야겠어.'

지금쯤이면 지엔궁 내에서는 움직여도 클레이오가 딱히 의심하지는 않을 터였다. 이미 그를 황제로 만들겠다고, 더러운 일도 다 자신이 하겠다고 공언한 상태였으니까.

오히려 수상쩍게 움직일수록 좋아할지도 모르지. 알렉산드라가 비소를 지었다.

"렉시."

제 생각이라도 읽고 움직이는 건지. 알렉산드라가 속으로 실소를 터뜨리며 뒤를 돌았다. 익숙한 얼굴이 그녀를 맞이했다.

"한참 찾았어."

증오스러운, 그녀의 남편이었다.

물론 알렉산드라는 그 감정을 밖으로까지 내보이지는 않았다.

"전하."

"어디 있었던 거야? 당신 침실로 가보니 시녀들이 파사궁으로 갔다고 해서, 이쪽으로 와 봤어."

알렉산드라가 빙긋 웃으며 클레이오의 뺨에 손을 얹은 뒤 다정하게 물었다.

"늦은 아침이긴 해도 피곤하실 텐데."

"당신 걱정돼서. 어젯밤에도 아프다면서 침실에 아무도 들이지 말라고 했다며."

"아."

알렉산드라가 이제 기억났다는 목소리로 대꾸했다.

"그랬어요. 진짜로 몸이 안 좋았거든요. 혹시 당신에게 감기라도 옮기면 큰일이잖아요?"

"당신은 나를 너무 끔찍하게 생각해 주는 것 같아. 내가 괜히 미안해지게……."

"미안하다뇨. 전혀 아니에요."

설핏 웃는 얼굴을 한 채, 알렉산드라는 자연스럽게 그의 품에 안겨들었다.

"내가 아픈 것도 서러운데 당신까지 아프면 그건 더…… 마음이 아프잖아요."

"이제는 괜찮은 거야? 좀 나아 보이는데."

당연하지. 애당초 아픈 적이 없었으니까.

알렉산드라가 빙긋 웃으며 말했다.

"괜찮아요. 한숨 푹 자고 일어났더니 확실히 낫네요."

"그보다 파사궁에는 어쩐 일이야? 이런 아침부터."

"아."

알렉산드라는 절반의 진실만 말해주기로 했다.

원래 순수한 진실과 순수한 거짓보다는, 그 둘이 반쯤 섞인 것이 더 그럴듯하게 들렸기 때문에.

"섭정 황후께서 제게 시키신 일이 있었는데, 제가 제대로 해내지 못해서요."

"저런."

클레이오가 눈썹을 아래로 내리며 알렉산드라를 토닥여 주었다.

"많이 혼났어?"

"……다행히."

알렉산드라가 작게 웃으며 말했다.

"많이 안 혼났어요. 변명을 잘 했거든요."

"잘했어, 렉시."

클레이오는 자신의 품에 안긴 알렉산드라의 이마에 작게 입을 맞춘 다음, 다정한 목소리로 그녀에게 물었다.

"아침 먹었어?"

"간단……하게."

"그럼 같이 차나 한잔 마시자. 다음 수업 때까지 시간이 좀 남았거든."

클레이오의 말에 알렉산드라가 어색하게 웃었다. 하긴, 이 남자가 우회적으로 한 말을 이해할 수 있을 리가 없지.

그녀는 하는 수 없다는 듯 클레이오에게 대꾸했다.

"그렇게 해요, 전하."

8

Detection

에밀리아나 발레르 빌 린리는 린리 백작의 고명딸로 태어났다.

그녀는 알렉산드라가 황자비가 된 이후 위기감을 느낀 빈첸시아 황비의 뜻에 따라 1황자비로 입궁했지만, 빈첸시아 황비가 에밀리아나에게 바랐던 것만큼 그녀는 악하지도, 독하지도 못했다.

천성이 착한 그녀가 알렉산드라의 흉계에 넘어가지 않기란 몹시도 어려운 일이었다. 결국 그녀의 남편인 1황자 제레미는 수치스러운 일로 불명예스럽게 폐황자가 되었고, 변방에서 남편과 조용히 지내던 에밀리아나는 얼마 후 반역을 모의했다는 누명을 쓰고 제레미와 함께 참수당했다.

'여기까지가 회귀 전 에밀리아나의 인생이었지.'

어리석고 순진했던.

침대 위에 누워 있던 에밀리아나가 냉소적인 얼굴로 중얼거렸다. 알렉산드라가 저와 사랑하는 남편의 인생을 전부 망가뜨렸다는 사실은 인생의 마지막 순간이 되어서야 알 수 있었다.

그때 자신을 바라보던 알렉산드라의 가소롭다는 듯한 표정. 그 증오스러운 표정을 에밀리아나는 결코 잊을 수 없었다.

'그때의 내가 얼마나 가여웠으면 신께서 나를 과거로 되돌려 놓아 주었을까?'

처음에는 믿을 수가 없었다. 단두대에 목이 잘린 후 눈을 떴다는 것도 신기할 노릇인데, 심지어 눈을 뜬 시점이 과거였다. 그것도 제레미와 결혼하여 1황자비가 되기 전.

어리둥절했던 것도 잠시, 에밀리아나는 복수를 다짐했다. 자신과 남편을 나락으로 떨어뜨린 주범, 알렉산드라를 똑같이 파멸로 이끄는 것이다. 그녀는 남편과 자신의 결혼식을 앞당기기 위해 의도적으로 제레미에게 접근했고, 계획했던 대로 1황자비가 되었다.

사실 처음에는 의문도 있었다. 제게 친절했던 알렉산드라가 자신과 남편에게 그런 짓을 저질렀다는 사실이 도무지 믿기지 않았기 때문이었다.

하지만 어제 황후의 탄신 연회에서 에밀리아나는 확실히 깨달아야만 했다. 알렉산드라가 다시 한번 자신과 남편을 나락으로 떨어뜨리려 했다는 걸. 에밀리아나는 그렇게 당하고도 깨닫지 못했던 과거의 자신을 향해 냉소를 지었다.

결국 인생의 마지막 순간, 그녀가 보았던 것이 맞았다.

"황자비 전하."

그때, 시녀의 목소리가 들렸다.

에밀리아나는 침대에서 여전히 꿈쩍하지 않은 채 답했다.

"무슨 일인가요."

"1황자 전하께서 드셨는데요."

사랑스러운 그녀의 남편이었다.

에밀리아나가 반색하며 자리에서 몸을 일으켰다.

"당장 안으로 모시세요."

그렇게 말하는 에밀리아나의 목소리에는 즐거움이 담뿍 묻어났다. 비록 회귀 전에는 정략혼으로 맺어진 사이이긴 했지만, 에밀리아나는 제레미를 사랑했고, 제레미 역시 에밀리아나를 진심으로 아껴주었다.

가끔 그의 우유부단함이나 모친 의존적인 성향이 마음에 들지 않을 때도 있었지만, 그럼에도 불구하고 에밀리아나는 제레미를 사랑했다. 그리고 그건 회귀한 지금도 변함이 없었다.

"에밀리."

제레미가 다정한 목소리로 에밀리아나의 애칭을 부르며 안으로 들어섰다. 에밀리아나가 방긋 웃으며 자리에서 일어났다. 슬립 차림인 그녀의 모습을 보며 제레미가 다소 놀란 듯한 얼굴로 물었다.

"지금 일어난 겁니까?"

"어제 기분이 좀 안 좋아서요, 전하."

에밀리아나가 묘한 목소리로 답했다.

"과음을 좀 했답니다."

"기분이 안 좋았습니까?"

제레미가 걱정스러운 목소리로 에밀리아나에게 다가온 후, 가볍게 그녀를 안아 주었다. 에밀리아나가 입가에 살포시 미소를 띤 채로 입을 열었다.

"네. 조금?"

"왜 안 좋았는데요?"

"착한 줄만 알고 있던 영애가 있었어요. 동생처럼 지냈는데…… 알고 보니 뒤에서 제 욕을 했더라고요."

"이런."

제레미가 마치 자신의 일인 양 인상까지 찌푸리며 에밀리아나의 이야기에 이입했다. 그 모습을 본 에밀리아나의 입가 미소가 짙어졌다. 그녀는 그의 이런 모습까지도 전부 사랑했다.

"믿고 있던 사람이 배신했다는 걸 알게 되는 것처럼 상처받는 일도 없지요. 그 마음 이해합니다."

"전하께서도 비슷한 경험이 있으세요?"

"아직은 없습니다."

"영원히 없으셨으면 좋겠어요."

에밀리아나가 제레미의 콧잔등에 가볍게 키스한 다음 말을 이었다.

"그거, 생각보다 괴롭거든요."

"잊어버려요, 에밀리. 친하게 지낼 영애가 그 사람 하나뿐인 건 아니잖습니까."

"그렇긴 하죠."

에밀리아나가 건조한 목소리로 대꾸했다.

"그래도 이대로는 억울해서 그냥 못 넘겨요."

"그럼 뭐, 똑같이 뒤통수라도 치려는 겁니까?"

"그럴까 생각 중이에요."

대답과는 어울리지 않는 상큼한 미소를 지으며, 에밀리아나가 빙긋 웃었다.

"이대로는 열불이 나서 도무지 견디지 못할 것만 같거든요."

"에밀리, 당신이 하고 싶은 대로 해요."

부드러운 목소리로 저를 부추기는 제레미를 응시하며, 에밀리아나는 저도 모르게 웃었다. 자신이 하려는 일이 도대체 무엇인지 알고 이렇게 스스럼없이 권하는 건지.

아마 이 남자는 제 아내를 회귀 전처럼 순진하고 아무것도 모르는 백조로만 바라보는 게 틀림없었다. 그도 그럴 것이, 이 남자에게만큼은 자신의 달라진 모습을 철저하게 숨겼기 때문이었다.

다른 사람들은 몰라도, 제레미만큼은 끝까지 자신의 변화된 모습을 알지 않기를 바랐다. 그래야 위안이 될 것 같았으니까.

"오늘도 중앙궁에 폐하의 간병을 갑니까, 에밀리?"

제레미의 그 질문에 에밀리아나는 갑자기 어제 오르누스 공작이 제게 했던 말을 떠올렸다. 그는 자신이 왜 황제의 간병인 노릇을 자처했는지를 이미 눈치챈 듯했다. 그 사실이 우스워, 에밀리아나는 저도 모르게 낮게 웃음을 터뜨렸다.

자신의 남편도 모르는 속사정을 생판 남이 알아차리다니. 아니, 생판 남은 아닌가. 어쨌든 공작은 남편의 당숙이었으니까.

그래 봤자 에밀리아나와는 피 한 방울 섞이지 않았지만.

"갑자기 왜 웃습니까?"

낮게 터뜨린 웃음에 제레미가 의아한 표정을 지으며 에밀리아나에게 물었고, 에밀리아나는 대답 없이 제레미의 얼굴을 올려다보았다. 키 차이가 많이 나는 탓에 그녀가 먼저 키스하기 위해서는 발꿈치를 한껏 위로 들어 올려야만 했다.

에밀리아나는 기습적으로 제레미에게 입을 맞춘 다음, 잠시 후에 잔뜩 붉어진 제레미의 얼굴을 확인하며 또 한 번 낮게 웃었다.

"전하께서."

"……."

"너무 잘생기셨잖아요."

"에, 에밀리."

"중앙궁에 갈 거예요. 지금 당장. 혹시 저와 더 시간 보내지 못해 아쉬우신 건가요?"

"……오늘 시간이 괜찮았습니다."

"좀 일찍 올게요."

에밀리아나가 싱긋 웃은 다음 그대로 방을 나가버렸다. 역시, 그대로 죽는 것보다는 이렇게 다시 삶을 사는 게 좋았다.

남편의 얼굴도 볼 수 있었고, 키스도 할 수 있었고…….

"1황자비 전하 오셨습니까."

……복수도 할 수 있었으니까.

에밀리아나는 입가에 옅은 미소를 띤 후 자신에게 인사하는 중앙궁의 시녀들의 인사를 다정하게 받아주었다.

"안녕하세요, 레이디 에스터. 오늘따라 얼굴이 좋아 보여요."

"어머, 티가 나나요? 실은 어제 좋은 화장수를 바르고 잠들었거든요. 정말 섬세하세요, 전하."

"부끄러운데요."

"부끄럽긴요. 하긴, 이렇게 착하시고 섬세하시니 황제 폐하의 간병도 잘하시는 것이겠지요. 중앙궁 시녀들이 전하를 칭찬하느라 수다가 마를 날이 없답니다."

"다들 절 너무 좋게 봐주셔서 민망할 뿐이에요."

"참, 그러고 보니 제가 그 말씀을 안 드렸나요?"

에스터의 말에 에밀리아나가 의아한 표정으로 되물었다.

"무슨 말씀인가요, 에스터?"

"좋은 소식이 있어요, 전하."

에스터가 신나는 미소를 지으며 에밀리아나에게 말했다.

"제가 궁의들이 하는 말을 슬쩍 엿들었는데, 황제 폐하의 상태가 점점 호전되고 있다고 해요. 아마 조만간 눈을 뜨실 것 같다는 말을 들었어요."

"……."

에스터의 말에 에밀리아나는 순간 저도 모르게 입매를 굳혔다.

그 모습을 귀신같이 알아챈 에스터가 영문을 모르겠다는 표정으로 그녀에게 물었다.

"전하, 왜 그러세요?"

"아."

그 질문을 받은 뒤에야 에밀리아나는 정신을 차렸다. 큰일 날 뻔했다. 아직도 이렇게 표정 관리가 어색한 꼴이라니.

역시 천성은 쉽게 버리지 못하는 건가. 에밀리아나가 어색하게 웃으며 대충 얼버무렸다.

"아무것도 아니에요."

아무것도 아닌 일은 아니었지만, 적어도 지금의 에밀리아나는 아무것도 아닌 일처럼 행동해야 했다.

그녀가 짐짓 기쁜 표정을 지으며 에스터의 말에 대꾸했다.

"정말 잘됐네요, 에스터. 그런 좋은 소식을 알려줘서 고마워요."

"별말씀을요. 응당 전하께서 가장 먼저 아셔야지요."

"그런데 말이에요, 에스터……."

에밀리아나가 갑자기 목소리를 깐 뒤 은밀한 눈빛으로 물었다.

"그 사실을 우리 외에 또 누가 알고 있나요?"

"음……."

잠깐 고민의 시간을 갖던 에스터가 이윽고 입을 열어 답했다.

"아마 제가 알고 있으니 황제 폐하를 지척에서 모시는 시녀들도 다들 알고 있을 거예요. 그리고 아마 황후 폐하께서도……."

"황후 폐하께도 궁의들이 말을 전했나요?"

"네. 제가 그 순간에 들은 내용이거든요."

제기랄. 에밀리아나가 속으로 욕지거리를 중얼거렸다.

일이 이렇게 되면 앞으로의 상황은 뻔한 것이다. 타르실라 황후처럼 간악한 여자가 이 기회를 이대로 놓칠 리 없다. 최악의 가정은 그녀가 토마스 2세의 눈을 영영 감겨 버리는 것이다. 그렇게 되면 자신의 남편이 황제가 되는 일은 요원해져버린다.

'절대 그렇게 둘 수는 없지.'

에밀리아나가 속으로 냉소를 지으며 토마스 2세가 있을 그의 침실로 들어갔다. 에밀리아나 역시 짐작은 하고 있었다. 황제의 모습이 병색이 완연한 것과는 거리가 멀었기 때문이었다.

하지만 이렇게 빠를 줄이야.

에밀리아나가 낭패라는 듯한 얼굴로 누워 있는 토마스 2세를 응시했다. 그에게 어떤 감정이 있는 건 아니었다. 그녀에게 있어 토마스 2세는 회귀 전에도 회귀 후에도 변함없이 남이었으니까.

하지만 적어도, 지금은 그가 필요했으니까. 에밀리아나는 그렇게 생각하며 자리에 앉았다.

타르실라는 종종 알렉산드라를 불러 함께 차를 마시곤 했다.

알렉산드라로서는 신임을 얻었다는 증거이니 분명 좋아해야 할 일이었지만, 회귀 전에도 이 정도까지의 친절은 보인 적이 없었기 때문에 의아한 기분은 들었다.

"차 맛이 좋구나."

그날도 타르실라는 화창한 날씨를 핑계로 알렉산드라를 불러냈고, 알렉산드라는 붉은 드레스를 입은 다음 파사궁의 후원으로 갔다. 타르실라는 푸른색 드레스를 입고 있었는데, 평소답지 않게 검은 머리카락을 길게 늘어뜨린 채였다.

알렉산드라가 우아하게 허리를 굽혀 타르실라에게 인사했다.

"섭정 폐하를 뵙습니다. 레예스에 영광을."

"어서 와 앉으려무나, 비. 날씨가 좋아."

"초대해 주셔서 영광입니다, 폐하."

알렉산드라는 정중하게 인사를 마친 뒤 타르실라의 앞에 앉았다. 곧 시녀들이 다가와 두 사람 몫의 차를 내주었는데, 색과 향기로 보아하니 애플티인 듯했다. 타르실라가 으스대는 듯한 목소리로 말했다.

“귀한 젤리가 들어와 불렀단다, 비.”

디저트는 로쿰 젤리였다. 동방에서 유명하다는 그 젤리.

알렉산드라가 입가에 엷은 미소를 띤 채 물었다.

“로쿰인가요?”

“알고 있니?”

“듣기만 했습니다. 어떤 소년이 이 젤리 때문에 형제자매까지 배신했다는 이야기를 들었거든요. 그만큼 달콤하다더군요.”

“레예스에서 아주 멀리 떨어진 곳에서만 구할 수 있는 젤리지. 애플티와 먹으면 맛이 괜찮다더구나.”

타르실라는 그 말과 함께 직접 젤리를 베어 물어 보였다. 알렉산드라 역시 한 입을 베어 물자, 달콤하고 쫀득한 식감이 입안 가득 퍼져나갔다. 하지만 지나치게 달았기 때문에 알렉산드라의 입맛에 그리 맞지는 않는 듯했다.

그때, 알렉산드라를 빤히 바라보고 있던 타르실라가 문득 물었다.

“……아이는 아직이니?”

알렉산드라는 당황할 수밖에 없었다. 타르실라가 저와 클레이오 사이의 아들을 반길 만한 위치는 아니었으니까.

알렉산드라가 조심스럽게 물었다.

“왜 갑자기 그런 질문을 하시는지……”

"그냥 이런 생각이 들었어. 너와 3황자 사이에서 난 딸이 있다면 그 딸은 어떤 모습을 하고 있을까?"

뚱딴지같은 소리에 알렉산드라는 도통 이해가 가지 않는다는 생각밖에는 들지 않았다. 도대체 왜 이런 이야기를 하는 걸까?

알렉산드라가 두루뭉술하게 말했다.

"글쎄요……. 제 머리카락은 붉은빛이 돌고, 3황자 전하의 머리카락은 갈색에 가까운 금발이니, 아마 둘 중 하나를 가지고 태어나겠지요."

"……그렇겠지?"

"하지만 3황자 전하의 어머니나, 제 어머니, 혹은 황제 폐하의 머리카락을 닮았을지도 모르지요. 핏줄이란 그런 것 아닙니까."

"……."

그 말에 타르실라가 돌연 괴로운 듯한 표정을 지었고, 이례적인 일에 알렉산드라는 또 한 번 놀랄 수밖에 없었다.

타르실라는 약한 모습을 남에게 보이는 사람이 아니었다. 알렉산드라가 당황하며 물었다.

"폐하, 괜찮으십니까?"

"세상 사람들이 다 너처럼만 생각해도 좋았을 텐데……."

"네?"

영문을 알 수 없는 소리에 알렉산드라가 여전히 당황한 목소리로 물었다.

"그게 무슨 말씀이십니까."

"널 보면 내 딸이 생각나."

더더욱 영문 모를 소리였다. 타르실라에게는 딸이 없었다.

그런데 갑자기 딸이 생각난다니. 알렉산드라가 물었다.

"황실에는 황녀 전하가 안 계시지 않습니까?"

"한때는 있었단다, 비."

타르실라가 우울하게 덧붙였다.

"지금은 없지만."

"……돌아가셨나요?"

"그래."

타르실라가 말을 보탰다.

"일찍 죽었어. 아마 그 애를 기억하는 사람은 몇 안 될 거다. 그리 환영받는 존재가 아니었거든."

"황후 폐하의 적장녀이신걸요. 환영받지 못했을 리가요."

"……."

그 말에 타르실라가 알렉산드라를 빤히 쳐다보았다. 무표정한 그녀의 얼굴과 마주하며, 알렉산드라는 혹 실언을 한 건 아닌지 했던 말을 곰곰이 되짚어 보았지만, 그런 것은 없었다. 알렉산드라가 다른 질문을 하기도 전에, 타르실라의 입이 먼저 열렸다.

"붉은 머리였거든. 환영받을 수가 없었다."

"아……."

알렉산드라가 말끝을 흐렸고, 타르실라는 담담하게 말하는 듯했지만, 그 속에 담긴 울분과 억울함까지 숨기기는 어려웠다.

타르실라의 목울대가 위로 올라갔다가, 내려갔다.

"너도 알다시피 난 흑발이고, 황제 폐하께서는 3황자처럼 갈색이 도는 금발이시지. 우리 중 그 누구도 적발을 가질 만한 사람이 없었어. 사람들이 그때 감히 날 뒤에 두고 뭐라고 떠든 줄 아니? 내가, 이 타르실라가 간통을 했다고!"

"……."

"감히 그따위로 떠들었어. 나중에야 안 사실이지만, 내 외조부께서 붉디붉은 머리카락 색을 가지고 계셨다지."

"마음고생이 심하셨겠습니다."

"그때는 어리석게도 그 앨 죽여버리고 싶은 생각까지 들었다. 그럼 내 결백을 입증할 수 있을 거라고 믿었지."

타르실라가 냉소를 머금은 얼굴로 말을 이었다.

"애당초 중요한 건 진실이 아니었는데. 그냥 게네들은 나를 까내리고 싶었던 것뿐이었다. 고귀한 레예스의 황후이자 코울리즈 가문의 공녀. 이토록 독보적인 고귀함은 역사적으로도 드물었으니까."

"황녀 전하께서는……."

"죽었다니까."

타르실라가 무표정한 얼굴로 말을 툭 내뱉었다.

"언제였더라. 돌도 지나지 않았는데 폐하께서 내가 자리를 비운 사이에 황녀를 보러 오신 거다."

알렉산드라는 말없이 타르실라의 이야기를 듣기만 했다. 타르실라의 목소리는 아닌 듯하면서도 계속 떨리고 있었다.

"그런데 그 애를 보고 가신 다음, 황녀의 숨이 돌연 멎었어. 이상한 일이었지. 마지막으로 보고 나갈 때까지만 해도 황녀는 멀쩡했거든."

"……."

"난 폐하께서 황녀를 죽였다고 생각하고 있다. 자신의 치부가 될지도 모를 그 아이를 없애 버리고 싶었겠지. 더구나 다른 사람도 아닌 황후의 아이니까."

"많이…… 슬프셨겠습니다."

"자식은 가슴에 묻는다고들 하지. 그 애도 내게는 그런 존재였어. 돌도 지나지 않아 이름 한 자락조차 받지 못하고 묻혀야만 했던 내 아기……."

타르실라의 눈시울이 붉어졌고, 알렉산드라는 그것을 못 본 척했다. 그녀를 배려해서도, 그녀에게 어떤 연민이 들어서도 아니었다.

혹시라도 그녀에게 약해질까 봐, 그게 무서워서 고개를 돌려버린 것이었다.

세상에 사연 없는 사람이 없다고는 생각하지 않았고, 황후도 예외는 아닐 거라고 어렴풋이 생각은 하고 있었지만, 이런 식은 위험했으니까. 그녀에게 괜한 감정을 품고 싶지 않았다. 적어도 복수의 대상에게 그런 감정은 사치인 동시에 오만이었으니까.

"괜한 소리로 분위기만 망친 것 같구나."

잠시 후에 타르실라가 낮은 목소리로 말했고, 알렉산드라는 대꾸하지 않았다. 이런 상황에서 어울리는 건 어쭙잖은 위로의 말이라기보다는 침묵이라고 생각했기 때문에.

타르실라가 애플티 한 모금을 마시며 말했다.

"내일 티파티가 열리는데. 알고 있겠지?"

"물론입니다, 폐하. 초대해 주셔서 감사해요."

알렉산드라가 희미한 미소를 띤 채로 대답했고, 타르실라는 그 모습을 또다시 빤히 바라보았다.

아마 죽은 딸이 컸다면 이 정도 자랐을까, 하고 생각하고 있는 듯한 표정이어서, 알렉산드라는 더더욱 입을 열지 않았다.

지엔궁으로 돌아간 알렉산드라는 정말로 뜻밖의 상대가 기다리고 있다는 소식을 들었다.

"3황자비 전하, 오르누스 공작 전하께서 응접실에서 기다리고 계십니다."

"……."

마레타의 말을 들은 알렉산드라는 자연스럽게 당황했다. 그런 일이 있은 지 며칠이나 되었다고 그새 저를 찾는단 말인가.

그녀가 속으로 한숨을 쉬었다.

라키아스를 보는 게 껄끄럽거나 한 것은 아니었다. 다만 이렇듯 잦은 만남이 남들 눈에 좋게 비칠 리 없었다.

알렉산드라가 건조하게 물었다.

"무슨 일로 나를 뵙자고 하셨나요?"

"그것까지는 말씀하지 않으셨습니다만……. 드릴 말씀이 있다고는 말씀하셨습니다."

"……."

도서관 편지는 아예 이용하지 않겠다는 건가, 이제.

알렉산드라가 황당한 기색을 숨기며 마레타에게 말했다.

"동방에서 온 차가 들어온 것으로 기억하는데."

"보이차를 말씀하시는 건가요?"

"시녀에게 일러 그것과 함께 비스킷을 준비해 주세요. 짜지 않은 것으로."

"알겠습니다, 전하."

알렉산드라는 그 말만 마친 다음 응접실로 걸음을 옮겼다. 자신의 침실에서 응접실까지 가려면 클레이오의 침실과 집무실을 반드시 거쳐야 했는데, 알렉산드라는 혹여 라키아스와 클레이오가 만난 건 아닌지 새삼 걱정스러워졌다. 아니면 추후에라도 마주친다든가.

그건 생각하고 싶지도 않은 보기였다. 알렉산드라가 인상을 찌푸리며 계속 걸었다.

"……."

클레이오의 침실에 다다랐을 때, 알렉산드라는 평소답지 않게 걸음을 멈추어 섰다. 그녀가 천천히 고개를 옆으로 돌려 굳게 닫힌 문을 바라보았다. 시종들을 전부 안으로 들인 건지, 문 앞에는 적은 인원만 남겨져 있었다.

알렉산드라는 순간 입술을 작게 달싹거렸다가, 이내 몸을 홱 돌려 다시 응접실 쪽으로 발걸음을 옮겼다. 아까 타르실라가 했던 쓸데없는 말 탓인지, 쓸데없는 감정이 든 듯했다.

마침내 응접실에 다다랐을 때, 알렉산드라를 발견한 시녀 하나가 조용한 목소리로 말했다.

"오르누스 공작 전하, 3황자비 전하께서 드셨습니다."

시녀의 말과 함께 문이 열렸다. 알렉산드라는 응접실 소파 위에 더없이 바른 자세로 앉아 있는 라키아스를 발견하고선 비뚜름하게 입꼬리를 끌어 올려 웃었다.

저렇게 태연한 모습이라니.

사실 저로서도 라키아스가 저렇게 나와 준다면 마음은 편했다. 괜히 그날 밤의 일을 들먹이는 것은 피차 구질구질한 일이 아닌가.

그녀는 그 밤이 처음이 아니었고, 그 역시 처음은 아니리라고 알렉산드라는 확신하고 있었다.

그러니 특별하다고 낙인찍어야 하는 밤이 아니었던 것이다.

알렉산드라는 입가에 은은한 미소만 띤 채, 라키아스가 있는 쪽으로 우아하게 발걸음을 옮겼다.

라키아스는 여전히 특유의 미소를 짓고 있었다.

자리에 가뿐하게 앉으며 그녀가 물었다.

"어떻게, 그날은 잘 들어가셨습니까."

아무렇지 않게 던진 말에, 라키아스가 허탈하게 웃은 다음 물었다.

"먼저 방을 나선 사람이 할 말은 아닌 것 같은데."

"알다시피 나는 함부로 자리를 비울 수 없는 사람이라. 그 하룻밤을 비운 것만으로도 너무 조마조마했다고요."

"별말이 들려오지 않는 것을 보면 어떻게 잘 둘러댔나 보군."

"충직한 시녀 아이 하나 덕분에."

"일전에 말했던 아이?"

라키아스의 말에 알렉산드라가 놀랍다는 듯 한쪽 눈썹을 치켜떴다.

"내가 마레타 이야기를 한 적이 있었던가요?"

"그 아이 이름이 마레타라는 건 지금 알았군. 그런데 그 시녀 아이 이야기는 했었다. 꽤 오래전이었던 것 같은데."

"그래 봐야 내가 황자비가 된 이후겠지요."

그리 오래되지도 않았는데, 뭘.

알렉산드라가 코웃음을 친 다음 본론으로 넘어갔다.

"그래서, 오늘은 또 무슨 일입니까."

"너무 매정한 것 아닌가. 손님에게 차 한 잔도 안 내주고선."

-똑똑

그 말과 동시에 문 바깥에서 노크 소리가 들려왔다.

알렉산드라가 저도 모르게 푸핫 웃음을 터뜨렸고, 라키아스는 난처한 표정을 지었다. 타이밍 한 번 귀신같군.

알렉산드라가 나긋한 목소리로 말했다.

"들어오세요."

알렉산드라의 말과 함께 누군가가 방 안으로 들어왔다. 다과를 가지고 들어온 이는 마레타였는데, 라키아스로서는 그녀의 모습을 정식으로 처음 보는 것이었다.

그럼에도 불구하고 그는 놀라운 눈썰미로 물었다.

"저 아이가 마레타군. 그렇지?"

"눈치가 빠르시네요."

"못 보던 아이가 다과 시중을 들고 있잖아. 그런 부분에 대해서는 민감했던 걸로 기억하는데."

관찰력까지 좋고.

알렉산드라가 흥미롭다는 듯 입을 열었다.

"역시 당신은 알면 알수록 재미있어요."

"그 재미있는 사람을 좋아할 생각은?"

"아직은 없네요."

알렉산드라가 안타깝다는 듯한 목소리로 말을 흘렸고, 라키아스는 재미있다는 표정을 지었다.

다름 아닌, 그녀가 방금 보였던 반응 때문에.

"낯선 이 앞에서 이런 말을 하는데도 말리지 않네?"

세모눈을 뜨고 내게 눈치를 줄 줄 알았는데.

라키아스의 말에 알렉산드라가 코웃음을 치며 대꾸했다.

"마레타는 괜찮아요."

"듣기로는 동료 하녀들에게 매를 맞던 걸 구해와 시녀로 삼았다던데."

"내 뒷조사까지 했습니까?"

아까는 잘 추리해낸 척하더니. 알렉산드라가 어쩐지 못마땅한 목소리로 묻자, 라키아스가 작게 웃으며 해명했다.

"젠스카야는 에르네브와는 다르게 별별 소문이 다 들어와서 말이야. 떠들기 좋아하는 귀부인과 영애들이 얼마나 많은지는 그대가 더 잘 알고 있겠지."

"그 점에 대해서는…… 아니다. 쓸데없는 이야기 같네요."

"근본도 모르는 하녀 아이를 그렇게 신용하다니. 당신답지 않군."

"마레타에게는 모든 게 예외예요."

두 사람이 떠드는 사이 마레타는 이미 귀신처럼 응접실에서 물러난 지 오래였다.

다시 둘만 남게 되었을 때, 라키아스가 혀를 차며 말했다.

"답지 않게 사람을 믿는군. 원래 이런 여자였나?"

"저도 가끔은 신기하답니다. 이렇게 한 사람을 맹목적으로 믿은 게 얼마만인지……."

"저 아이가 방금 내가 했던 말을 퍼뜨리기라도 하면?"

"그럴 아이였다면 그날 밤 내가 지엔궁을 비웠던 사실도 이미 진즉 다 퍼졌어야 합니다."

알렉산드라의 말에 라키아스가 묘한 목소리로 중얼거렸다.

"답지 않은 절대적 신뢰라. 이거 부러워해야 하나."

"당신에게도 이미 충분히 그러고 있으니, 너무 서운해하거나 아쉬워할 필요는 없습니다."

"그래야지. 이래 봬도 몸까지 섞은 사이잖아?"

"……."

알렉산드라가 대답 대신 서늘하게 웃었다.

그날 밤의 이야기를 가급적 꺼내지 말아 달라고 주의를 준 것이었지만, 라키아스가 그 경고를 곧이곧대로 들을 리 없었다.

그는 어쩐지 신나 보이는 목소리로 말을 이었다.

"좀 더 특별해졌다는 생각에 기분이 좋네."

"별로요. 그렇게 따진다면 내 남편도 내게 특별해야죠."

알렉산드라가 여전히 냉소적인 얼굴로 말을 보탰다.

"흔히 그러잖아요. 남자들은 사랑하지 않는 여자와 잘 수 있지만, 여자는 그럴 수 없다고. 누가 그런 개소리를 만들어 냈는지 모르겠어. 여자도 충분히 유희나 목적을 위해서 사랑하지 않는 남자와 한 침대에 들 수 있는데 말이지요."

내가 그러는 것처럼.

알렉산드라의 말에 라키아스가 아까보다 가라앉은 목소리로 대꾸했다.

"나로서는 서운한 말인데."

"다른 사람이면 몰라도 당신은 서운해하면 안 되죠. 당신 입장에서 내 남편은 연적 아니었나요? 상식적으로 생각해봐도 고작 하룻밤뿐이었던 당신보다야 내 남편과 밤을 보낸 횟수가 더 많을 텐데. 그렇게 따지면 내 남편이 당신보다 내게는 더 특별하겠군요."

그 말에 라키아스가 묘하게 기뻐하는 목소리로 물었다.

"아니라는 소린가?"

"원하는 대답이 뭔지 대충 예상은 가는군요. 그 부분은 대답 못 해주더라도, 어쨌든 당신이 그 사람보다는 내게 특별해요. 그건 부정할 수 없군요. 물론 그 사람도 여러모로 내게 특별하지만."

모호한 의미에 라키아스가 헛웃음을 머금었다.

하여튼, 사람을 아주 들었다 놨다 하는군.

"도통 신용할 수가 있어야지."

"믿든 말든 그건 당신 마음이고……. 어쨌든 왜 왔습니까."

알렉산드라가 작게 인상을 찡그리며 덧붙였다.

"이런 잦은 만남은 좋지 않아요. 알고 있겠지만, 이 지엔궁에는 나 혼자 사는 게 아냐. 내 남편이 버젓이 같은 지붕 아래서 지내고 있는 중이라고요."

"그 말, 이상하게 듣기 좋은데. 내가 미친놈인가?"

"잘 알고 있네요."

알렉산드라가 감흥 없는 목소리로 대꾸한 뒤 물었다.

"들키고 싶은 건 아니죠? 혹시 그런 쪽이 취미인가."

"날 뭐로 보고."

"그게 아니면 이렇게 찾아오지 말라고요. 편지의 의미가 퇴색되고 있잖아."

"편지에는 당신의 눈동자가 담겨 있지 않으니까. 그게 아쉽더라고."

아, 느끼해. 알렉산드라가 대놓고 얼굴을 구겼다.

"나는 담백한 걸 좋아하는 사람입니다. 방금 건 너무 느끼했어요."

"또 당신의 목소리도 담겨 있지 않지."

"그만 해요."

알렉산드라가 웃음과 함께 짜증이 섞인 목소리로 라키아스를 말렸다.

하여튼 여러모로 이상한 남자. 그녀가 그를 재촉했다.

"빨리 용건이나 말해요."

"황제가 곧 깨어난다고 하더군."

"……."

아, 그것 때문에 온 거였나. 알렉산드라의 표정이 한순간에 가라앉았다.

그녀는 말을 빙빙 돌리지 않고 말했다.

"황후는 황제를 암살할 생각이에요. 의도치 않게 알게 됐는데, 개인적으로도 황제에게 원한이 있더군요."

"굳이 개인적인 원한이 없더라도 좋은 기회야. 지금 황제가 죽는다면 황위는 결국 2황자의 차지가 될 테니까."

"막을 겁니다."

알렉산드라가 조용한 음성으로 부연했다.

"황제에게는 아무런 감정도 없지만, 이건 막아야 해요. 계획을 바꿔야 할 수도 있겠습니다."

"황후를 먼저 처리하자는 뜻인가?"

그 말에 알렉산드라가 라키아스를 향해 고개를 돌린 다음, 잠깐의 침묵 끝에 입을 열었다.

"민감한 사안이라 당신과는 의논하려고 했습니다. 당신의 개인적 복수도 무시할 수는 없으니까."

"뭐……."

라키아스가 잠깐 생각하는 표정을 짓다 입을 열었다.

"뭘 염려하는지는 알겠는데, 복수에 눈이 멀어 대의를 희생할 만큼 어리석지는 않아."

대의라.

어울리지 않게 쓴 고귀한 단어에 알렉산드라는 순간 실소를 머금을 뻔했으나, 간신히 갈무리하고선 질문했다.

"순서를 바꾸어도 괜찮다는 뜻입니까?"

"가장 맛있는 디저트는 마지막에 먹는 게 가장 달콤하지만, 일찍 먹는다고 해서 달콤함이 사라지는 건 아니니까."

라키아스가 빙긋 웃으며 덧붙였다.

"그녀에게 절망을 주는 건 지금도 가능한 일이다. 굳이 순서에 집착할 이유는 없어."

"……다행이네요."

"생각해둔 거라도 있나?"

"아직이요. 이제 찬찬히 생각해 봐야지요."

"서두르는 게 좋을 거야. 언제든 일을 저지르고도 남을 여자니까."

그렇게 말한 라키아스가 잠시 후에 물었다.

"내가 도울 일은 없나?"

"없네요. 유감스럽게도."

알렉산드라가 덧붙였다.

"아직까지 당신이 실질적으로 도울 일은 없습니다. 당신은 당신의 일을 해요. 궁 안의 일은 내가, 궁 밖의 일은 당신이. 그렇게 합의 본 것 아니었습니까?"

"그냥 혹시나 해서 물었어."

라키아스가 어깨를 으쓱이며 대답했고, 알렉산드라는 확실히 하자는 듯 다시 한번 못을 박았다.

"서로의 위치에서 서로의 할 일을 하는 겁니다. 당신이 사교계의 일까지 책임져 줄 수는 없으니까."

"알겠어, 렉시. 화내지 마."

"……부적절한 호칭은 삼가고요."

"노력은 해보지."

그렇게 대꾸한 라키아스가 빙긋 웃었고, 알렉산드라는 그가 제 애칭을 부르는 행위를 고칠 거라고는 별로 기대하지 않았다.

고칠 수 있다면 진즉 고쳤겠지.

알렉산드라가 마땅찮은 표정으로 물었다.

"그럼 이제 끝난 겁니까, 볼일?"

"너무 매정한데."

"시간을 오래 끌면 위험하다니까요."

알렉산드라가 답답하다는 듯 말했다.

"당장에라도 내 남편이 이곳을 급습하면 뭐라고 설명……."

"……렉시?"

그때 들려온 익숙한 목소리에, 알렉산드라의 몸이 뻣뻣하게 굳었다.

말도 안 돼. 아니, 이곳은 지엔궁이니까 말이 아예 되지 않는 건 아니지. 하지만 노크도 하지 않았잖아. 어떻게 내 동의도 구하지 않고 이곳으로 들어올 수 있지?

온갖 생각이 그녀의 머릿속을 스쳐 갔고, 알렉산드라는 엄청난 당황스러움을 느꼈지만, 애써 숨기기 위해 노력했다. 여기서 이 감정을 드러내 버리면 일이 골치 아파지니까.

그것도 아주, 많이.

"전하."

알렉산드라가 느릿하게 몸을 뒤로 돌린 후, 희미하게 웃는 얼굴로 클레이오를 불렀다. 클레이오는 얼굴을 굳힌 채 그 자리에 꼼짝도 하지 않고 서 있었다. 그의 딱딱한 시선은 알렉산드라와 함께, 그녀를 마주 본 채 앉아 있는 라키아스를 향해 있었다.

당연한 말이었지만, 오해하기 딱 좋은 상황이었다.

아니, 어쩌면 오해가 아니었는지도.

9

Collaborationist

언젠가는 이런 일이 생길 줄 알고 있었다. 다만 그게 오늘이라고는 생각조차 하지 못했을 뿐. 알렉산드라는 속으로 심호흡을 한 다음, 최대한 무덤덤한 얼굴을 하기 위해 애썼다.

그녀가 천천히 자리에서 일어나 클레이오에게로 다가갔다.

“어쩐 일이에요?”

“렉시.”

클레이오의 목소리는 그리 좋다고는 할 수 없었다. 예상했던 반응이었지만, 긴장이 되는 건 어쩔 수 없었다.

알렉산드라가 마른침을 꿀꺽 삼켰다.

“네, 전하.”

“이게 지금 무슨 일인지.”

클레이오가 드물게 싸늘해진 목소리로 물었다.

"해명을 좀 들어야 할 듯한데."

클레이오의 말에 알렉산드라는 무언가를 생각하는 표정을 짓더니, 곧 아무렇지 않은 말투로 클레이오에게 말했다.

"일단 앉으시는 게 좋겠어요, 전하. 뭘 하든 서서 할 수는 없는 노릇이니까."

그 말과 함께 알렉산드라는 클레이오를 지금까지 그녀가 앉아 있던 응접용 소파로 이끌었다. 클레이오는 굳이 저항하지 않았고, 그제까지 알렉산드라가 앉아 있던 자리에 앉았다. 그 모습을 본 라키아스가 무의식적으로 한쪽 눈썹을 치켜떴고, 그러한 행동에 알렉산드라는 순간 당황했지만, 못 본 척한 채 클레이오의 바로 옆에 앉았다.

다행히 이번에는 라키아스가 아무런 반응도 보이지 않았다.

"다소 오해할 수 있는 상황이었어요, 전하. 그건 부정할 수가 없겠군요."

"……렉시."

"오해하지 말아요, 전하. 전하께서 상상하시는 그런 일이 아니니까요."

그 말을 하며 알렉산드라는 약간 양심이 찔렸지만, 적어도 오늘은 '그런' 일로 만난 것은 아니었다. 알렉산드라가 짧게 한숨을 내쉰 다음 말을 이었다.

"어디서부터 말씀드려야 할지 감이 잡히지 않는군요. 꽤 긴 이야기라서요."

알렉산드라가 라키아스를 응시한 뒤 더없이 사무적인 어조로 물었다.

"오르누스 공작 전하, 혹시 시간이 괜찮으십니까."

"물론입니다, 황자비 전하."

라키아스가 태연하게 미소 지으며 말했다.

"보아하니 3황자비 전하께서 3황자 전하께 오해를 사신 듯해서요. 하긴, 그래도 할 말이 없는 상황이었지요."

마치 자신은 현재의 상황에 조금도 연루되어 있지 않다는 듯한 화법에 클레이오는 물론이고 알렉산드라까지 어이가 없어졌다.

하여간 능구렁이 같은 건 알아줘야지.

알렉산드라가 속으로 한숨을 쉰 뒤 입을 열었다.

"감사합니다, 전하. 어쨌든 우리 두 사람 모두 결백을 증명해야 하니까요."

알렉산드라는 무엇부터 말할지 고민하다가, 결론부터 그에게 말해주기로 마음먹었다.

"전하, 오르누스 공작 전하께서는 저희를 돕기 위해 저를 찾아오신 겁니다."

"그게 무슨 소리야, 렉시?"

"전하를……."

알렉산드라가 마른침을 삼킨 다음 말을 이었다.

"황제로 만들어 드리는 데 일조하실 분이라고요."

"……당숙님께서 말씀이십니까?"

"당질께서는 모르시고 계셨겠지만."

라키아스가 온화하게 웃으며 말했다.

"그렇답니다. 3황자비 전하의 말씀이 옳아요."

"어째서 말입니까."

클레이오가 잔뜩 경계하는 목소리로 라키아스에게 물었다.

"당숙께서 제게 그리 하실 만한 이유가 없으실 텐데요."

"제 개인적인 이유입니다."

"그걸 말씀해 주셔야 제가 당숙님을 믿을 수 있지 않겠습니까."

"이런."

라키아스가 난처하다는 듯 웃으며 알렉산드라를 응시했지만, 알렉산드라는 그 눈짓에 반응하지 않았다. 라키아스는 그런 알렉산드라를 잠시간 바라보다가, 곧 하는 수 없다는 듯한 표정으로 입을 열었다.

"개인적인 복수 때문입니다."

"누구를 향한 복수입니까."

"지금 병상에 누워 계신 폐하와……."

라키아스가 말끝을 길게 늘인 다음 말을 맺었다.

"그로 인해 섭정을 맡고 계신 폐하시지요."

“두 분 폐하께 무슨 원한이 있으시기에.”

“그것까지는 말씀드리기가 곤란하군요.”

라키아스가 빙긋 웃으며 덧붙였다.

“내 당질님께서는 나를 믿지 못하시는 듯한데, 그렇게 따지자면 이쪽도 마찬가지입니다. 오히려 내 쪽이 더 위험한 것 아니겠습니까. 내가 당질님의 무엇을 믿고 내 비밀을 알려드리겠습니까.”

그러면서, 라키아스는 알렉산드라에게로 시선을 옮겨 말을 맺었다.

“황자비 전하께서 그러시는 것처럼, 저를 믿어 주셔야 저도 제 패를 내보일 수 있는 겁니다.”

“……내 비께서는 그 이유를 알고 계시다는 말씀입니까.”

“아뇨.”

라키아스가 어깨를 으쓱이며 답했다.

“모르고 계십니다. 굳이 묻지 않으시기에 저 또한 대답해 드리지 않았지요.”

거짓말은.

알렉산드라가 속으로 황당함을 삼키며 드레스 자락을 말아 쥐었다.

“황자비 전하와는 다르게, 황자 전하께서는 그것이 중요하신가 봅니다.”

“어쨌든 공작 전하께서도 엄밀히 따지자면 차기 황위를 적법하게 이어받으실 수 있으신 분 아닙니까. 그런 분께서 제가 황좌를 차지하게끔 도와주신다니."

클레이오가 다소 냉소적인 얼굴을 한 채 말을 맺었다.

"저로서는 의심하는 것이 당연하지요. 모쪼록 자애로우신 당숙님께서 이해해 주셨으면 합니다만."

"뭐, 그 부분에 대해서는 이해합니다. 쉽사리 믿을 수 없는 상황이긴 하지요."

라키아스가 어깨를 으쓱인 다음, 날카로운 목소리로 말을 이었다.

"제 부친의 원수라고나 할까요."

"……두 분 폐하께서 말씀이십니까."

"그렇습니다."

라키아스가 짐짓 거드름을 피우며 사족을 붙였다.

"제 가신들 중에서도 극히 일부만 알고 있는 이야기인데……. 그것을 원수의 아드님 내외에게도 발설하게 될 줄은 몰랐군요."

"말씀 계속하시지요."

"제 부친 되시는 분이 누구인지는 다들 알고 계시겠지요."

라키아스가 알렉산드라에게로 다시 시선을 옮긴 다음 물었다.

"3황자비 전하?"

"……선대 오르누스 공작님을 이르십니까."

"황자비 전하의 시부이신 황제 폐하의 숙부시지요. 선황 폐하의 친동생이기도 하시고."

라키아스가 고개를 끄덕인 다음 물었다.

"그분이 어찌 돌아가셨는지도 아십니까?"

라키아스의 친부이자 선대 오르누스 공작인 니콜라이 황자는 제국의 창검이라 불리는 사람이었는데, 그 별칭에서 유추할 수 있듯 니콜라이 황자는 아주 뛰어난 기사였다.

황자의 지위에 있었음에도 불구하고 자주 전장에 나가 레예스의 영토를 넓히기도 했고, 이민족이 침입할 때는 선봉에 서서 그들을 무찌르곤 했다.

제국민들은 그를 전쟁의 신이라고 불렀다. 그가 선봉으로 선 모든 전쟁들이 승리로 끝을 맺었기 때문이었다.

백전불패의 신화를 이룩한 자가 바로 니콜라스 황자였다. 사람들은 전장에서 돌아온 그를 추앙했고, 신처럼 떠받들었다.

대개 이러한 상황에서 자연스러운 전개는 니콜라스 황자의 이복형이자 황제였던 선황 멜빈 6세가 나이 차가 많이 나는 이복동생의 인기를 시기하여 그를 죽이는 것이었다.

그러나 멜빈 6세는 그렇게 하지 않았다. 선황은 니콜라스 황자가 이루어낸 업적을 사랑했고, 그 업적을 이루어낸 황자를 사랑했다.

승전을 기념하여 막대한 봉토를 내렸고, 오르누스의 공작위 역시 그때 내려진 것이었다. 모든 상황이 긍정적으로 흘러가고 있었다.

"전장에서 용맹하게 싸우다 적의 칼에 찔려 돌아가셨지요."

니콜라이 황자가 서북쪽 변방의 전투에서 적의 칼날에 목숨을 잃기 전까지는.

알렉산드라의 답변에 라키아스가 빙긋 웃었고, 부적절한 반응에 알렉산드라는 속으로 당황했다.

친부의 죽음에 대한 언급을 듣고 나서 저런 반응을 보이는 것이 과연 가능한가?

의구심을 입 밖으로 내기도 전에 라키아스가 먼저 입을 열었다.

"아닙니다."

단호한 목소리.

알렉산드라가 당황한 눈으로 라키아스를 쳐다보았다. 입가에는 여전히 냉소적인 미소가 걸려 있었다.

"내 부친께서는 그렇게 고결한 최후를 맞지 못하셨습니다."

차라리 그렇게 돌아가셨다면 더 좋았을 텐데요.

읊조리듯 뒤에 덧붙인 싸늘한 말에, 알렉산드라는 물론이고 클레이오도 함께 긴장했다. 매번 태연자약하게 웃는 모습만 보다, 간만에 서늘한 뱀 같은 미소를 보자 기분이 묘해졌다.

"그럼 당숙님의 말씀은…… 부친께서 세간에 알려진 것과는 다르게 돌아가셨다는 겁니까?"

"이 정도면 답이 나오지 않습니까, 전하?"

라키아스가 비뚜름하게 입꼬리를 끌어올린 다음 물었다.

"병석에 누워 계신 황제 폐하와 그로 인해 섭정을 맡게 되신 황후 폐하."

"……."

"그 두 분이 바로 제 부친의 원수시지요."

멜빈 6세에게는 정실에게서 난 아들이 하나 있었다.

당연히 그 아들은 차기 황제로 낙점되어 태어나자마자 황태자의 자리에 올랐고, 18년 동안 제국의 두 번째 권력자로 살았다.

아무도 황태자가 황위에 오를 것을 의심하지 않았다.

"황태자를 폐위하고 니콜라이를 황태제로 책봉할까 하는데, 그대의 생각은 어떠한가."

문제는 어느 순간부터 황제가 차기 황제로 황태자가 아닌 니콜라이 황자를 염두에 두어 버렸다는 점이었다.

멜빈 6세의 말을 들은 이가렐 공작이 당황한 얼굴로 되물었다.

"폐하, 그게 무슨 말씀이십니까. 황태자 전하께서 멀쩡히 살아 계신데……."

"토마스는 황제의 재목으로는 부적합하다, 이가렐 공. 그 애는 배포도 작고 아량도 좁은 데다 무능하기까지 해. 내 그 애에게 기대를 걸었다 실망한 적이 한두 번이 아니다. 레예스의 앞날을 위해서라면 차라리 니콜라이가 제위에 오르는 것이 나아."

아들을 신랄하게 까 내리는 멜빈 6세의 말을 가만히 듣고 있던 이가렐 공작이 한참 후에 걱정스러운 목소리로 문제를 제기했다.

"하지만 폐하, 황태자 전하께서 과연 받아들이시겠습니까."

"무슨 뜻이지?"

"태어나서부터 지금까지 폐하의 뒤를 이어 황제의 자리에 오를 것을 믿어 의심치 않고 계시던 분입니다. 그런 분이 하루아침에 황태자의 자리에서 쫓겨나신다면 과연 그 결과를 납득하실지 걱정입니다."

"결정은 짐이 내리는 것이네, 공. 그 누구도 감히 짐의 후계자에 대한 결정에 왈가왈부할 수는 없는 것이야. 설령 그게 황태자나 니콜라이라도 말일세."

"허나……."

"무엇을 걱정하는지는 아네, 공. 하지만 황태자의 마음을 헤아려야 한다는 이유로 이 제국의 미래를 포기할 수는 없는 노릇 아닌가. 더 좋은 선택지가 눈앞에 뻔히 있는데 그걸 무시하고 덜 좋은 선택지를 선택할 수는 없다는 말일세."

"……무슨 말씀을 하고자 하시는지 이해는 갑니다. 다만 폐태자는 너무 가혹하지 않습니까."

"황태자에게는 따로 봉토를 내리면 될 일이야. 좋은 봉토를 내려준 뒤 그곳의 제후로서 군림하면 될 일 아닌가. 다만 그 범위가 제국에서 영지로 축소되었을 뿐이지. 토마스에게는 그 정도가 어울려."

"……."

"내가 더 늙기 전에 결정을 내려야 한다고 생각했다, 이가렐 공. 하루 이틀 생각하고 내린 결정이 아니라, 꽤 오래전부터 염두에 두고 있었던 일이야. 니콜라이는 엄연히 부황의 적자이니 정통성에 문제가 생기는 일도 없을 것이다."

"다른 귀족들과도 어느 정도 논의를 해보시는 게 좋지 않겠습니까."

이가렐 공작의 말에 멜빈 6세가 코웃음을 치며 말했다.

"그래 봤자 그 치들이 어디 레예스의 미래를 생각하고 결정을 내리겠나. 다들 어떻게 하면 좀 더 실속을 챙길 수 있을지, 그 생각뿐이겠지."

"……."

부정할 수 없는 말에 이가렐 공작은 입을 다물었고, 멜빈 6세는 날카로운 눈빛으로 그에게 명령했다.

"토마스를 황태자에서 폐하고 니콜라이를 황태제로 책봉하는 절차를 준비해주게, 공. 이 일에 대해서는 믿고 맡길 이가 그대뿐이군."

"알겠습니다, 폐하."

"또한 이 일은 절대 비밀에 부쳐져야 할 걸세."

"물론입니다."

이가렐 공작이 낮은 목소리로 답했고, 멜빈 6세는 믿는다는 듯 그의 어깨를 두어 번 툭툭 쳤다. 하지만 멜빈 6세의 당부는 시작부터 어그러질 수밖에 없었다.

"……."

누군가가 방 밖에서 그들이 나눈 대화를 전부 엿들었기 때문이었다.

'말도 안 돼.'

그 주인공은 바로 타르실라 인디아 앤 코울리즈.

코울리즈 가문의 공녀이자 현 황실의 황태자비였다.

'전하께서 폐태자가 되신다면 나도 폐비가 될 텐데.'

그 꼴은 못 보지.

타르실라가 표독스러운 눈빛으로 방 안에 있을 황제를 노려본 후, 이내 어딘가로 황급히 걸음을 옮겼다.

황태자 토마스는 멜빈 6세의 평가대로 그리 큰 그릇을 가진 인물은 못 되었다. 인성이나 능력 면에서 모두 그 숙부인 니콜라이 황자에 미치지 못했기 때문이었다.

무엇보다 멜빈 6세는 황태자의 성품이 온 제국민과 귀족들을 포용하기에는 성격이 옹졸하고 비겁하다는 점을 가장 큰 결격 사유로 들었다. 어쨌든 그러한 결점에도 불구하고 토마스는 정치적으로는 노련한 사람이었는데, 교활함만 따로 떼어 놓고 보자면 니콜라이 황자를 능가할 정도였다.

"황태자 전하."

역사서를 읽고 있던 그에게로 시종의 목소리가 전해지자, 토마스는 읽던 책을 조용히 덮은 뒤 물었다.

"무슨 일이냐."

"황태자비 전하께서 드셨습니다."

아내가 찾아왔다는 소식에도 토마스의 얼굴에는 별다른 감흥이 없었다. 다른 이유가 아니라 그가 그녀를 사랑하지 않았기 때문이었다. 그건 그녀를 황태자비로서 존중하는 것과는 또 다른 문제였다.

토마스에게는 이미 죽을 만큼 사랑했던 첫사랑이 있었는데, 첫사랑이 대개 그렇듯 둘은 헤어질 수밖에 없었다. 상대 쪽 여자의 신분이 황태자비가 되기에는 부족했기 때문이었다.

어쨌든 첫사랑과 헤어진 토마스는 부황의 뜻에 따라 정략혼을 할 수밖에 없었다. 의외로 수많은 후보들 중 코울리즈 공녀를 선택한 사람은 부황 멜빈 6세가 아니라 당사자였던 황태자였다.

타르실라가 토마스보다 한 살이 더 많았음에도 그가 그녀를 선택한 것은, 코울리즈 가문을 처가로 둔다면 어떤 상황이 닥치더라도 권력을 잃기 어려울 것이라는 생각이 들었기 때문이었다.

결과적으로 그 판단은 정확히 맞아떨어졌다.

"모시도록 해라."

토마스가 건조한 목소리로 명령하자, 문이 열리고 타르실라가 안으로 들어왔다. 그녀는 평소에도 무표정하거나 작게 인상을 쓴 표정이었지만, 오늘은 좀 더 심각했다.

"황태자 전하를 뵙습니다. 레예스에 영광을."

토마스는 제게 인사하는 타르실라를 빤히 바라보았다가 잠시 후 물었다.

"무슨 일이라도 있나? 표정이 심각한데."

타르실라는 굳이 부정하지 않았다.

"큰일 났습니다."

그 말을 들은 토마스는 긴장할 수밖에 없었다. 타르실라가 여장부라는 사실은 그녀의 아비인 코울리즈 공작은 물론이고 남편인 토마스 또한 인정하고 있었다.

그녀는 웬만한 일에는 '큰일'이라는 이름을 붙이지 않았다. 그런 그녀가 '큰일'이라고 말했다는 것은 정말로 큰일이 일어났다는 소리였다.

덩달아 심각한 얼굴이 된 황태자 토마스가 진지한 목소리로 물었다.

"무슨 일인가."

"황제 폐하께서 전하를 폐위한 후 니콜라이 황자님을 황태제로 책봉하려 하십니다."

아, 그건 정말로 큰일이었다.

토마스가 얼굴을 구기며 타르실라에게 말했다.

"자세히 좀 말해봐."

"말씀드린 그대로입니다. 우연히 황제 폐하와 이가렐 공작의 대화를 엿듣게 되었는데, 폐하께서는 전하를 차기 황제로 부적합하다 보시고 니콜라이 황자님을 황태제로 세우려 하십니다."

"어떻게 그럴 수가!"

토마스의 얼굴은 충격과 분노로 일그러져 있었다.

자그마치 18년이다. 태어나서 지금까지 단 한 번도 황제가 되지 않으리라는 의심을 한 적이 없었다. 날 때부터 지금까지 죽 황태자로만 살아왔기 때문이었다. 그가 몸을 부들부들 떨었고, 그 모습을 지켜보던 타르실라는 목소리를 죽인 채 토마스를 불렀다.

"전하."

토마스가 천천히 타르실라를 바라보았다. 그의 눈동자에 담긴 타르실라의 모습은 더없이 차분했다. 남편이 곧 폐위당하고 자신 역시도 폐비가 될 게 뻔한 상황인데도 말이다.

아이러니하게도 토마스는 아내의 그런 모습을 보자 자신도 거짓말처럼 마음이 가라앉는 것을 느꼈다. 물론 흥분으로 심장은 여전히 두근거렸지만 말이다.

"결정을 내리셔야 합니다."

무슨 결정? 토마스가 어벙한 표정을 지었다. 도대체 그가 이 상황에서 내릴 수 있는 결정이란 게 있기는 한 건지 의문이 들었다.

그는 부황의 권력에 도전할 수 없다. 그랬다간 황태자의 자리에서 폐위되는 것이 문제가 아니라, 목이 잘릴지도 몰랐다.

토마스가 조심스럽게 물었다.

"비는 어떤 생각인가."

"전하."

타르실라가 굳은 표정으로 말했다.

"결단을 내리셔야 합니다. 이대로 폐태자가 되셔서 그저 그런 필부의 삶을 살다 가시렵니까? 지난 18년 동안 황태자로 사셨던 게 아깝지도 않으세요?"

"하지만 방법이 없지 않나."

그 말을 들은 타르실라의 눈이 날카롭게 빛났다.

"방법이 없긴 왜 없습니까. 만들면 되지요."

"그게 무슨……."

"전하."

그때, 타르실라의 눈빛이 갑자기 서늘하게 변했고, 그 모습을 본 토마스는 순간적으로 두려움을 느꼈다.

"문제가 되는 원인만 제거하면 되는 것이 아닙니까?"

“무슨 뜻인지…….”

“답답하시긴!”

타르실라가 혀를 쯧 찬 뒤 말을 이었다.

“우리가 먼저 움직이자, 이 말씀입니다.”

“……비.”

토마스가 미간을 좁힌 다음 물었다.

“지금 나더러 숙부를 죽이기라도 하자고 말하는 건가?”

“아니오.”

타르실라가 고개를 저은 뒤 첨언했다.

“부족하지요. 황제 폐하까지 제거하셔야 합니다.”

“비!”

“전하, 정신 똑바로 차리세요.”

타르실라가 무시무시한 표정으로 토마스에게 충고했다.

“어차피 지금 전하께서는 폐하의 눈 밖에 나셨습니다. 시숙부께서 없어지신다면 지금 전하의 자리가 그대로 보존될 줄 아십니까? 폐하께서 또 다른 후계자를 찾으려 하실지 또 누가 안단 말입니까.”

“…….”

반박할 수 없는 말에 토마스는 입을 다물었고, 거기에 신난 타르실라는 또박또박 말을 계속했다.

“전하의 춘추가 곧 열아홉이십니다. 황위에 오르기에 아직 젊긴 하지만 부족할 나이는 아니지요. 충분히 친정을 하실 수 있으실 겁니다."

"하지만 비의 말은 나더러 존속 살해를 하라는 것이지 않나. 난 그렇게는……."

"폐하께서 비속 살해를 하시든."

타르실라가 정신 차리라는 목소리로 말했다.

"전하께서 존속 살해를 하시든 비극은 일어날 수밖에 없습니다. 모르시겠습니까? 둘 중 한쪽은 죽어야 평화로워진다는 말씀을 드리고 있는 겁니다, 저는."

"……."

그럼에도 불구하고 토마스가 주저하는 빛을 보이자, 타르실라는 속으로 답답함을 느꼈다. 역사에 권력을 지키기 위해 타인은 물론이고 혈족까지 학살했던 이들이 얼마나 많았던가.

어쩌면 시부의 말마따나 이 남자는 황제의 그릇은 되지 못할 것일지도 몰랐다. 타르실라가 그에게 호통을 치려던 그때, 토마스가 입을 열었다.

"코울리즈 가문은."

"……."

"이 일에 동참할 계획인가?"

"무슨 말씀이십니까."

"말한 그대로야. 이 일에 코울리즈 가문이 적극적인 협조를 제공

할 것인지.”

토마스가 무덤덤한 목소리로 말을 이었다.

“그걸 물어보고 있는 거다.”

“…….”

타르실라는 하마터면 실소가 나올 뻔한 것을 억지로 겨우 삼켰다.

그는 이따금씩 이런 모습을 보이곤 했다. 다소 부족해 보이지만, 가장 결정적인 순간에는 이러한 교활함을 내비치곤 했다.

타르실라가 냉소적인 목소리로 토마스에게 물었다.

“전하, 저희 두 사람이 어떤 관계인지를 잊으신 것 같군요.”

“…….”

“저희는 부부입니다. 그 말인즉슨, 무슨 일이 생기든 함께 힘을 합쳐 고난을 극복해 나가야 한다는 의미이지요.”

타르실라가 목소리에 힘을 주며 말했다.

“그러니 전하, 코울리즈 가문은 물론이거니와 저 또한 전하를 위해 힘을 보탤 것입니다. 그러기 위해 맺어진 결합이 아닙니까, 저희 둘.”

“……좋아.”

토마스는 그제야 만족스러운 미소를 지어 보였고, 타르실라는 순간 오싹한 기분에 사로잡혔으나, 곧 아무렇지 않게 계획을 말했다.

“가장 먼저 니콜라이 황자님을 제거해야 합니다. 이 모든 일의 원흉은 그분이니까요.”

“숙부의 군대에 내가 심어둔 부하가 있다.”

토마스가 좋은 계책이 있다는 듯, 목소리를 죽이며 말을 뱉었다.

“그 부하에게 전서구를 보내 숙부를 죽이게 하고, 그러는 사이 부황 폐하를 제거하면 되지 않겠나?”

“좋습니다.”

타르실라가 흡족한 얼굴로 고개를 끄덕인 뒤 곧바로 덧붙였다.

“혹시 모르니 아버님께 일러 군사를 준비해 놓으라고 하겠습니다.”

“……결국 제 아버지께서는 폐하의 심복이었던 자에게 피살당했고, 마침 전장에 계셨기에 명예롭게 최후를 맞으신 것으로 포장되었습니다. 저 또한 그렇게 14년을 알고 지냈지요. 그러다 오르누스 공작령의 통솔권을 이어받을 때가 되어서야 비로소 진실이 무엇이었는지를 알게 되었습니다.”

라키아스의 말이 끝나자, 알렉산드라는 마른침을 삼킨 다음 라키아스를 쳐다보았다.

지금까지 그가 고백한 내용이 전부 사실일까? 머리가 어질어질

했다.

심장마비로 급사했다는 선황이 살해당한 것이었다니. 충격적이었다.

라키아스는 알 수 없는 얼굴로 앞만 응시하고 있었고, 그런 그에게 클레이오가 물었다.

"그게 정말입니까, 당숙님?"

그 또한 충격받은 목소리였다. 당연했다. 적법하게 제위를 이어받은 줄로만 알고 있었던 부황이 알고 보니 살인자였고, 사실은 황위를 찬탈했다는 이야기를 듣고 누가 충격받지 않을 수 있겠는가.

클레이오의 물음에 라키아스가 어깨를 으쓱이며 답했다.

"제가 거짓말을 할 이유가 있습니까. 다른 것도 아니고 제 부친의 죽음을 가지고서요."

"……."

"아버지 휘하에 있던 기사 중 한 명이 제가 오르누스 공작이 되자마자 말해주었던 내용이었습니다. 아버지가 살해당하시고 휘하 기사들이 전부 매수당했거든요. 재물이든, 관직이든, 다른 무엇이든 간에요."

그렇게 말하는 라키아스의 목소리는 상당히 서늘했고, 알렉산드라는 어쩐지 전세가 역전된 것 같다는 느낌이 들었다.

잠시 후에, 라키아스가 이제 되었냐는 듯한 목소리로 물었다.

"이렇게까지 말씀을 드렸는데, 저를 못 믿지는 않으시겠지요."

"……."

"만일 그러신다면 저도 전하께 당당히 실망해 버릴 것 같군요."

"믿습니다."

클레이오가 한참 후에 답했다.

"그렇게까지 말씀하시는데 도무지 믿지 못할 수가 없군요."

"그래서 전하, 저는 두 분 폐하께 복수하고 싶습니다."

라키아스가 빙긋 웃으며 말을 이었다.

"그러려면 무엇보다 제너스카 황자님은 황위에 오르셔서는 안 될 것이고, 제레미 황자님 또한 정통성이 충분하시니……."

"남는 것은 저 하나뿐이라 이 말씀이십니까?"

"기분 나쁘게 듣지는 마십시오, 전하. 전하께서도 돌아가신 2황비 전하의 아드님이시니 정통성은 충분하지요."

라키아스가 미소 띤 얼굴로 덧붙였다.

"다른 이유가 있습니다. 이것만큼은 정말 말씀드릴 수가 없군요."

"……."

"심히 개인적이라 입 밖에 내기도 부끄러워서요."

라키아스는 그렇게 말하며 알렉산드라를 쳐다보았지만, 알렉산드라는 시선을 외면해버렸다. 하지만 라키아스는 이미 예상하고 있던 탓인지 그리 상처받은 표정은 아니었다.

그때, 클레이오가 물었다.

"그런 것이라면 차라리 쿠데타를 일으켜 제위에 앉으시는 것이 더 확실한 복수가 될 텐데요."

클레이오가 바로 보았다. 하지만 그 사실까지 곧이곧대로 말할 수는 없는 노릇이었기 때문에, 라키아스는 적당히 거짓을 섞어 대꾸했다.

"그런 위법한 방법 말고 적법한 방법을 쓰고 싶었습니다. 또한 황제 폐하께 이미 아드님이 세 분이나 계시니 그것은 불가능한 방법이지요."

"……."

"이제 충분한 대답이 되셨습니까."

"그럼 원점으로 돌아와서."

클레이오가 낮은 목소리로 물었다.

"지금 이곳에 제 아내와 함께 있으셨던 까닭이 무엇입니까."

"전하, 그건……."

알렉산드라가 조용히 끼어들었지만, 라키아스가 그녀를 막아섰다.

"저는 지금까지 계속 말씀드린 이유로 황자 전하께서 차기 황제가 되시기를 누구보다 바라는 사람입니다. 그래서 황자비 전하를 만나 뵈며 후일을 도모하고 있던 것이지요."

"……."

"오늘 찾아뵌 것 또한 앞으로의 일을 논의하기 위함이었습니다."

"앞으로의 일이라니요."

"황제 폐하는 곧 깨어나실 겁니다."

라키아스가 덤덤하게 말했고, 그 말을 들은 클레이오는 한쪽 눈썹을 치켜떴다. 라키아스가 말을 이었다.

"그걸 섭정 황후가 가만히 두고 보시겠습니까? 2황자 전하를 반대 없이 황태자로 책봉할 수 있는 기회가 지금뿐인데 말이지요."

"……무슨 말씀을 하고 싶으신 겁니까."

"섭정 황후가 먼저 움직일 것이라, 이 말씀이지요."

라키아스가 답답하다는 듯 덧붙였다.

"이대로 황제가 서거하면 전하께서 제위에 오르시는 것은 영영 요원해집니다. 코울리즈 가문의 권력을 등에 업은 2황자를 직접적으로 폐위시키는 것처럼 어려운 일도 없을 테니까요."

"그럼 당숙님의 말씀은 황후께서 황제 폐하를 살해하시기라도 할 것이라고 말씀하고 싶으신 겁니까?"

"그럴 가능성이 아주 높은 데다가……."

라키아스가 목소리를 한층 낮춘 채로 말을 맺었다.

"그런 말씀을 이미 황자비 전하께 하셨다고 하더군요."

"렉시."

클레이오가 놀란 얼굴을 한 채 알렉산드라가 있는 쪽으로 고개를 돌려 물었다.

"그 말이 사실이야?"

"사실이에요, 전하. 폐하께 직접 들었답니다."

알렉산드라가 심각한 목소리로 덧붙였다.

"대책을 세워야 합니다, 전하. 이대로 가다가는 모든 게 시작도 못한 채 끝날 수밖에 없어요."

"그것을 논의하기 위해 제가 지엔궁을 찾은 것이지요."

라키아스는 마치 조금의 사심도 없었던 사람처럼 클레이오에게 말했고, 알렉산드라는 그 모습을 보며 기가 찼지만 사실을 말할 수도 없는 노릇이라 그냥 입을 다물고 있기로 했다.

"전하, 염려하시는 상황은 조금도 없었습니다. 그런 부적절한 감정을 가질 만큼 제 상황이 여유롭지 못해서요."

"……."

뻔뻔하긴.

라키아스의 말에 알렉산드라가 속으로 혀를 내둘렀다.

"일단은 알겠습니다."

클레이오가 미심쩍은 얼굴로 라키아스에게 말했다.

"하지만 그런 사정이 있었다면 제게 말씀을 해주시지 그러셨습니까. 그랬다면 오늘처럼 얼굴을 붉힐 일도 없었을 것이고, 저 또한 도움을 보탰을지도 모를 일인데요."

"그 부분은 황자비 전하의 뜻을 따랐습니다, 전하."

라키아스가 부드럽게 미소 지으며 거짓말했다.

"가급적 이런 어두운 일은 황자 전하께서 모르게 하고 싶다고 말씀하셨거든요."

"그랬어, 렉시?"

여전히 미심쩍은 목소리에, 알렉산드라가 희미하게 웃는 시늉을 했다.

"네, 전하."

"내가 어린애도 아니고……."

클레이오는 다른 할 말이 더 있는 듯한 얼굴이었지만, 옆에 있는 라키아스를 의식한 듯 말을 다 꺼내기도 전에 그를 흘긋 쳐다본 뒤 입을 다물었다.

"그건 우리끼리 있을 때 이야기 하고…… 일단 알겠으니 오늘은 돌아가 주셨으면 합니다, 당숙님."

클레이오가 라키아스를 똑바로 쳐다본 다음 덧붙였다.

"'부부간에' 나눌 이야기가 있어서요."

"……알겠습니다."

라키아스가 입매를 비뚜름하게 올려 웃은 다음 자리에서 일어섰다. 손님을 배웅하기 위해 알렉산드라와 클레이오 역시 자리에서 일어섰다.

라키아스가 부드러운 미소를 입가에 띤 채 클레이오에게 인사했다.

"무엇보다 타인의 이목 때문에 정식으로 이곳을 방문하기가 어려웠습니다, 전하. 그 부분은 양해해 주실 거라고 믿습니다."

"이해합니다."

클레이오 역시 옅은 미소를 입가에 건 다음 라키아스에게 악수를 건넸고, 그는 기꺼이 클레이오의 악수를 받아들였다. 이 훈훈한 광경을 보며 알렉산드라는 어쩐지 마음 한구석이 불편해졌다.

전부 다 가식적으로만 느껴졌기 때문이었다.

두 사람 모두 자신의 속내를 숨기고 있는 듯한 느낌.

"그럼 이만 가보겠습니다, 전하."

"살펴 가시지요."

그렇게 라키아스가 응접실을 나섰고, 알렉산드라는 클레이오와 단둘이 남게 되었다.

그제야 클레이오의 시선이 알렉산드라에게로 향했다.

"렉시."

알렉산드라를 부르는 클레이오의 목소리는 지나치게 어둡지도, 그렇다고 밝지도 않았다. 알렉산드라는 최대한 무표정한 얼굴로 클레이오를 바라보기 위해 애썼다.

"우리 대화가 좀 필요한 것 같아."

알렉산드라는 결국 다시 응접용 테이블에 앉아야만 했다. 맞은 편에 클레이오가 앉았고, 라키아스가 나가고 몇 분 후에 마레타가 들어와 다과를 새로 내와야 할지를 물었다.

알렉산드라는 그러라고 답했고, 마레타는 두 사람을 위해 기문티와 마카롱을 가져왔다. 본분을 다한 마레타가 응접실을 나간 다음에야 클레이오는 입을 열었다.

"렉시."

"……네, 전하."

"일단 당신이 무슨 생각으로 오르누스 공작과의 일을 숨겼는지는 알 것 같아."

"……."

"나를 위해서였지?"

"그때 말씀드렸잖아요. 더러운 일은 전부 제가 다 하겠다고."

알렉산드라가 목이 메는 듯한 목소리로 말을 보탰다.

"전하께서 그런 일에 손을 대시길 원치 않았어요. 세상 누구보다 고귀하고 깨끗해야 할 사람이니까."

"그런 말이 어디 있어, 렉시."

클레이오가 똑같이 목이 멘 목소리로 알렉산드라에게 말했다.

"당신도 누구보다 고귀하고 깨끗해야 할 사람인걸. 나만 그래야 한다는 건 모순적이야."

"하지만 누군가는 해야 할 일이니까요."

"그걸 같이하자는 거야, 렉시."

클레이오가 다정한 목소리로 알렉산드라에게 말했다.

"나는 어린애가 아니고, 당신과 같은 꿈을 꾸고 있고, 무엇보다 당신의 남편이니까."

"……."

"당신의 그 마음이 나쁘다는 건 결코 아냐. 오히려 고맙게 여기고 있어. 하지만 렉시."

클레이오가 갑자기 테이블 위에 걸쳐져 있던 알렉산드라의 손을 꼭 잡았다. 갑작스러운 스킨십에 놀란 것도 잠시, 알렉산드라는 자연스럽게 클레이오의 손을 함께 맞잡았다.

"네, 전하."

"앞으로는 모든 일을 나와 상의해 주었으면 좋겠어. 우린 인생을 함께하기로 한 동반자잖아. 어느 한쪽이 보호자가 되는 것보다는, 서로가 서로의 보호자가 되어 주는 게 낫다고 생각해."

"……그럴게요."

알렉산드라가 희미하게 웃으며 클레이오를 올려다보았다. 그는 자신을 향해 부드럽게 웃고 있었고, 그 모습을 본 알렉산드라는 처음으로 그와의 관계에 있어 죄책감이 들었다.

그녀가 저도 모르게 입술을 꾹 앙다물었다.

침실로 돌아온 알렉산드라는 내일 열릴 티파티에 차고 갈 액세서리들을 미리 고르고 있었다. 짙은 자주색의 드레스에 어울릴 법한 목걸이를 찾던 알렉산드라는, 어느 순간 입을 열어 마레타를 불렀다.

"마레타."

"네, 전하."

대답이 곧바로 돌아왔고, 알렉산드라는 여전히 시선을 악세사리함에 고정한 채 물었다.

"오르누스 공작님과의 관계를 묻지 않네요?"

"그때 말씀 드렸듯, 주인이 하는 일이 무엇이든 의문을 품지 않는 것이 종 된 자의 도리라 배웠습니다."

"내가 그 사람과 무슨 관계인지 전혀 궁금하지 않다고요?"

알렉산드라가 자리에서 일어섰고, 마레타는 여전히 그 자리에 우뚝 선 채로 있었다. 알렉산드라가 입가에 희미하게 미소를 띤 채 다른 질문을 했다.

"그 사람과 내가 내연 관계인지 궁금하지 않아요?"

"그렇다면 3황자 전하께 들키지 않도록 노력하는 것이 제가 할 일이겠지요."

"……."

주인에 대해서만큼은 맹목적이고 조건 없는 충성심. 회귀 전과 전혀 달라진 점이 없는 마레타의 모습에 알렉산드라는 기분이 묘해졌다.

회귀 후에 모든 것이 조금씩은 달라졌다.

남편을 제 자신보다 사랑했던 알렉산드라는 더 이상 남편을 사랑하지 않았고, 도리어 증오하며 복수를 꿈꾸었다. 회귀 전 정적으로 여겼던 라키아스와는 동맹을 맺어 뜻을 함께했고, 심지어 그는 그녀에게 사랑한다고 고백까지 한 상태였다.

목을 벨 때와는 다르게 회귀 후의 클레이오는 지나치게 알렉산드라에게 친절하며 다정했고, 덕분에 알렉산드라는 그에게 절대 품을 리 없을 것이라고 자신했던 죄책감이라는 감정을 미약하게나마 품을 뻔했다.

어쨌든, 모든 게 회귀 전과는 미묘하지만 분명 어긋나게 흘러가고 있었다. 변함없이 제게 충성스러운 마레타 이외에는. 그 사실에 위안을 느끼며, 알렉산드라가 중얼거렸다.

"나는 그래서 너를 좋아할 수밖에 없는 거겠지."

"네?"

"아무것도 아닙니다."

알렉산드라가 희미하게 웃으며 얼버무린 다음, 마레타에게 사실대로 말했다.

"그 사람이 일방적으로 나를 좋아하는 중입니다. 나는 아직 별 생각 없고요."

"왜 그런 비밀을 제게……."

"묻지 않으니 알려주고 싶어서요."

알렉산드라가 아무렇지 않게 웃으며 마레타에게 물었다.

"이 목걸이 좀 채워 주겠어요, 마레타?"

티파티는 늘 그렇듯 파사궁의 후원에서 열렸다. 알렉산드라는 그 전날 점찍어 두었던 짙은 자주색 드레스 차림으로 파사궁에 등장했다. 목에는 굵은 루비가 중앙에 달린 목걸이를, 귀에는 다이아몬드가 박힌 귀걸이를 건 채였다. 알렉산드라의 모습을 본 다른 귀부인들이 입이 마르도록 그녀를 칭찬했다.

"너무 아름다우세요, 3황자비 전하."

"요즘 부쩍 더 아름다워지신 것 같아요. 특별히 관리라도 받으시나요?"

그녀에 대한 여론이 이토록 긍정적인 데에는, 역시 티파티가 열리는 장소가 파사궁이라는 점이 큰 몫을 차지했다. 티파티에 참석한 대부분의 여자들이 타르실라 쪽에 우호적인 가문에 속해 있었던 것이다. 그런 그들이 근래 섭정 황후의 총애를 받고 있다는 알렉산드라에게 험한 말을 할 리 없었다.

"그런데 설마 오늘도 오시려나요?"

그때 누군가가 던진 질문에, 어느 귀부인이 궁금하다는 듯 물었다.

"무슨 말씀이세요, 위클리 영애?"

"황비 전하 말씀이에요."

위클리 영애가 인상을 찌푸리며 덧붙였다.

"솔직히 황비 전하는 왜 번번이 파사궁의 티파티에 오시는지 모르겠어요. 환영받지 못할 거라는 걸 뻔히 아실 텐데. 설마 그런 걸 즐기시는 건 아닐 테죠?"

"특별한 목적이 있는 건 아니랍니다."

그때, 뒤쪽에서 낯선 목소리가 끼어들었고, 그제까지 입을 놀리던 위클리 영애는 화들짝 놀라며 얼른 뒤를 돌아보았다.

"그저 다른 분들과 즐겁게 담소를 나누고 싶어서 발걸음하는 것뿐인 걸요."

빈첸시아 황비가 아름다운 미소를 띤 얼굴로 후원의 중앙부를 향해 걸어오고 있었다. 그러나 평소와 같이 혼자는 아니었다.

"저희가 너무 늦었나요?"

에밀리아나와 함께였다. 알렉산드라가 저도 모르게 미간을 좁혔다. 다른 사람들의 반응도 크게 다르지는 않았다.

특히나 가장 먼저 말을 꺼냈던 위클리 영애는 당황한 건지 불쾌한 건지 모를 얼굴로 빈첸시아 황비와 에밀리아나 황자비를 쳐다보지도 않았다. 콧대 높은 후작가의 영애다웠다.

"그럴 리가요. 아직 섭정 폐하께서도 걸음하지 않으셨답니다."

한 귀부인의 말에 에밀리아나가 환하게 웃으며 다행이라는 듯 말했다.

"혹여 늦었을까 봐 걱정 많이 했는데 다행이네요."

그러면서 에밀리아나는 옆에 있던 빈첸시아의 팔짱을 끼며 다정스레 말을 걸었다.

"가시겠어요, 어머님?"

"그래."

빈첸시아는 굳이 꺼려하는 기색 없이 에밀리아나와 함께 테이블까지 걸어왔다. 테이블에 앉아 있던 영애들과 귀부인들은 그네들이 자신의 옆에 앉지 않기를 속으로 바랐지만, 누군가의 옆에는 반드시 앉게 될 터였다.

결국 에밀리아나가 선택한 사람은 위클리 영애였고, 영애는 1황자비가 고의로 그런 것이라고 속으로 자신하며 불쾌해했다. 자리에 앉은 빈첸시아가 우아한 목소리로 그 자리에 있던 사람들에게 물었다.

"다들 무슨 이야기하고 계셨나요?"

"내가 너무 늦었나?"

그와 동시에 후원의 입구에서 목소리가 들려왔다. 모두가 그 사람이 타르실라라는 사실을 알고 있었고, 그래서 빈첸시아의 질문에 대답하기보다는 뒤를 돌아보는 것을 택했다.

자연스럽게 빈첸시아의 질문이 무시당했지만, 빈첸시아는 아무렇지 않다는 표정으로 다른 사람들과 함께 타르실라를 맞아들였다.

"오셨습니까, 섭정 폐하."

"이런. 자네도 있었나."

타르실라가 대놓고 기껍지 않은 표정으로 후원 중앙부에 들어섰다. 그녀가 선택한 자리는 바로 비어 있던 알렉산드라의 옆자리였다. 타르실라가 빙긋 웃으며 모두에게 물었다.

"다들 다과는 입맛에 맞나 모르겠군. 이번 티파티에는 좀 더 고급 찻잎을 준비해봤는데……."

"어쩐지 차 맛이 평소보다 유별나게 매력적이다 했는데, 그런 속사정이 있으셨군요."

"어쩜 섭정 폐하께서는 이토록 저희들에게 친절하신지."

"저희도 폐하의 은혜에 보답하기 위해 더 노력하겠습니다."

칭찬 세례가 오가는 와중에도 알렉산드라는 다소 멍한 표정을 짓고 있었다. 다름 아니라 그녀의 옆에 앉은 장본인 때문이었다.

'어떻게 해야 황제를 지켜낼 수 있을까.'

그녀는 어떻게 하면 타르실라의 음모를 막을 수 있을지에 대해 아까부터 계속 고심 중에 있었다. 언제 어떻게 타르실라가 움직일지 알렉산드라가 알 수 있는 방법이 전혀 없는 데다, 워낙 중요한 사안이었기 때문에 한시가 급한 일이었다.

"……자비?"

"……."

"3황자비."

그때, 타르실라의 목소리가 알렉산드라를 깨웠고, 알렉산드라는 그제야 퍼뜩 정신을 차렸다.

"네, 폐하."

"무슨 생각을 그리 골똘히 하느냐. 평소에는 예민하디예민한 아이가."

타르실라가 환하게 미소 지으며 알렉산드라를 응시하고 있었다. 알렉산드라는 어색하게 웃다가, 대충 얼버무렸다.

"아…… 실은 어젯밤 잠을 제대로 자지 못해서 말입니다."

"저런."

타르실라가 왜 그랬냐는 듯 한쪽 눈살을 살포시 접어 내리며 물었다.

"무슨 근심거리라도 있는 것이냐?"

"그건……."

대충 아무 핑계라도 대기 위해 머리를 굴리던 알렉산드라의 뇌리로, 순간 생각 하나가 섬광처럼 스쳐 지나갔다.

그녀는 하마터면 미소를 지어 보일 뻔했다가, 간신히 막고선 얼른 우울한 목소리로 입을 열었다.

"황제 폐하께서 병석에 누워 계신 지 오래신데, 도통 차도를 보이시지 않는 것이 영 마음에 걸려서요."

"……."

달갑지 않은 주제에 하마터면 타르실라의 입매가 굳어질 뻔했던 것을 알렉산드라는 놓치지 않았다.

그녀가 속으로 웃으며 말을 이었다.

"지난번 파티 때 레이디 이네스가 제게 했던 말도 마음에 걸리고……."

에밀리아나는 간병을 하는데 왜 알렉산드라는 하지 않느냐고 딴죽을 걸었던 일을 말하는 것이었다.

타르실라가 기껍지 않은 얼굴로 알렉산드라에게 말했다.

"그 부분은 신경 쓰지 않아도 된다고 내가 말했던 것 같은데 말이다, 비."

"하지만 폐하, 저도 사람이다 보니 아무래도 그런 말에 신경을 쓰지 않을 수가 없겠더군요. 또 그간 황후 폐하께 받은 은혜를 갚기 위해서라도 응당 보은을 해야겠다는 생각이 들었습니다."

알렉산드라가 수심에 빠진 사람처럼 어두운 얼굴을 한 채로 조심스럽게 다음 말을 이었다.

"그래서 황후 폐하, 저 또한 늦었지만 1황자비 전하와 같은 길을 걸으려고 합니다."

"뭐?"

타르실라가 당황한 표정을 지었지만, 알렉산드라는 아랑곳하지 않은 채 말을 이었다.

“괜히 저로 인해 3황자 전하께서 뒷말을 들으실까 봐 무섭기도 하고…… 혹 반대하시는 건가요, 폐하?”

“……그럴 리가.”

말을 그렇게 해도 영 탐탁잖은 얼굴이었다. 알렉산드라는 타르실라의 말에 희미하게 웃어 보이며 답했다.

“허락해 주셔서 감사합니다, 폐하.”

알렉산드라는 그런 다음 전임자였던 에밀리아나에게로 고개를 돌렸다. 이미 그녀의 실체를 전부 알아버렸기 때문인지 예전처럼 순해 보이지만은 않은 얼굴이었다.

알렉산드라가 속으로 조소하며 에밀리아나를 불렀다.

“1황자비 전하.”

“……네, 3황자비 전하.”

에밀리아나가 빙긋 웃으며 답했다.

“괜찮으시다면 제가 전하의 일을 도와도 되겠습니까?”

“이미 황후 폐하께 허락을 받으셨는데.”

에밀리아나가 비뚜름하게 입꼬리를 끌어 올려 웃었다.

“제 허락이 뭐가 중요하겠습니까, 전하.”

“그래도요. 아무래도 전하의 기분을 상하게 해드리는 것은 아닌지…….”

알렉산드라가 에밀리아나의 두 눈을 똑바로 바라보며 말했다.

“걱정이 되었답니다.”

"저를 너무 나쁘게 보시네요."

에밀리아나가 어색하게 웃으며 덧붙였다.

"저야 감사할 따름이지요, 전하. 제가 싫어할 이유가 어디에 있겠습니까."

"그렇게 생각해주신다면야 저는 감사하지요."

알렉산드라가 다행이라는 듯 말했고, 그녀의 말이 끝나자마자 어떤 영애가 찬사를 보냈다.

"정말 대단하세요, 3황자비 전하. 어쩜 그런 생각을 다 하셨어요?"

"역시 마음씨까지 고우세요. 완벽하신 분."

"아마 황제 폐하께서도 전하의 마음씨에 감동하셔서 금방 눈을 뜨실 거예요."

모두가 그녀를 찬양했고, 알렉산드라는 에밀리아나 때와는 너무나도 다른 반응에 어색함까지 느껴졌지만, 아무렇지 않게 웃기만 했다.

흘긋 보니 빈첸시아와 에밀리아나는 그리 달갑지 않은 표정이었고, 그건 타르실라도 그랬다.

이유는 대충 예상이 갔지만, 그렇다고 해서 지금 당장 그녀의 마음을 풀어줄 수는 없는 노릇이었다. 알렉산드라는 일단 지금 자리에나 집중하기로 했다.

⁂

티파티가 마무리된 직후 알렉산드라의 예상대로 타르실라는 그녀를 따로 파사궁의 침실로 불렀다. 타르실라는 알렉산드라가 자신과 일체의 상의도 없이 갑자기 간병하겠다는 의지를 공개적인 장소에서 밝힌 행동에 대해 매우 불쾌히 여기는 듯했다.

"황제 폐하께서 곧 깨어나실 것이라는 사실도, 하지만 눈을 뜨기도 전에 돌아가실 거라는 사실도 이미 잘 알고 있지 않나, 비?"

그녀는 상당히 화가 난 듯한 목소리로 알렉산드라에게 쏘아붙였다.

"그런데 왜 갑자기 그런 말을 한 것이지?"

"불쾌하셨다면 죄송합니다, 폐하."

알렉산드라가 조용히 입을 열어 변명했다.

"그 자리에서 갑자기 떠오른 생각이었고, 그 자리에서 말했어야 하는 사안이어서요."

"어째서?"

"황제 폐하께서 곧 눈을 뜨실 거란 사실을 1황자비가 모를 리 없지 않습니까?"

황제의 지척에서 그를 간병하는 사람이다. 어떻게든 말이 새어나갈 수밖에 없었다. 그 상대가 직접적으로 궁의이든, 아니면 그의 말을 엿들은 중앙궁의 시녀이든 말이지.

더구나 에밀리아나는 정성스러운 태도로 중앙궁 시녀들에게 단기간에 좋은 평판을 쌓아가고 있는 중이었다. 굳이 무슨 의도가 없더라도 대화를 나누는 중에 비밀이 누설되었을 가능성이 컸다.

"아마 1황자비는 알고 있을 겁니다. 그런 와중에 갑자기 폐하께서 돌아가신다면 당연히 의심하지 않겠습니까?"

"……."

"제가 같이 간병한다면 폐하께서 의심을 받으실 확률이 많이 낮아지게 될 것입니다. 사교계에 파다하게 퍼져 있듯 저는 폐하의 사람이니까요. 또 제가 알리바이를 확보해드릴 수도 있지요."

"무슨 말인지는 알겠다, 비."

타르실라가 여전히 떨떠름한 목소리로 말을 보탰다.

"하지만 다음부터 그런 일은 꼭 나와 상의를 거쳐 주었으면 좋겠어. 상당히 당황했거든."

"물론입니다, 폐하."

알렉산드라가 속으로 조소했다. 어제나 오늘이나 왜 이렇게 상의를 해달라는 사람이 많은 건지. 알렉산드라가 덧붙였다.

"이번 한 번만 그런 것이니 부디 너그럽게 용서해 주시지요. 다음부터는 그럴 일이 없을 것입니다."

"그래."

타르실라가 아까보다 누그러진 얼굴로 고개를 끄덕인 다음 알렉산드라에게 걱정의 말을 건넸다.

"하지만 간병이 쉬운 일이 아니라는 건 너도 잘 알고 있을 것이다. 건강이 상할까 염려스럽구나."

"……괜찮습니다, 폐하."

알렉산드라가 어색하게 미소 지은 다음 타르실라가 안심할 수 있도록 말했다.

"무리하지 않도록 각별히 주의하겠습니다."

"그래야지."

타르실라가 의미심장하게 웃으며 알렉산드라에게 말했다.

"조만간 정신없어질 테니까 말이다."

"……."

"이만 가보는 게 좋겠구나. 내가 너를 너무 오래 잡아두었어."

빙긋 웃으며 말하는 타르실라를 응시하며, 알렉산드라가 알았다는 듯 작게 고개를 끄덕였다. 그녀는 마지막으로 우아하게 허리를 굽혀 인사한 다음 그녀의 침실을 나섰다.

"모쪼록 평안한 하루 보내십시오, 섭정 폐하."

"그래서 결국 들키셨다는 말씀입니까?"

케이토가 경악한 목소리로 라키아스에게 물었다. 지엔궁의 응접실에서 있었던 일을 이미 라키아스로부터 모두 전해 듣고 난 직후였다.

그가 어이없다는 얼굴로 중얼거렸다.

"참 대단도 하십니다. 저라면 양심에 찔려서 3황자의 앞에서 얼굴도 제대로 들고 서 있지 못했을 거예요."

"지나친 악평이군."

"사실 불순한 목적으로 방문하신 건 맞잖습니까."

"무슨 소리야, 케이토 경. 엄연히 차후의 대책을 논의하기 위함이었다고."

라키아스가 능청스럽게 한마디를 던지자, 케이토가 황당한 얼굴로 날카롭게 짚어냈다.

"그건 부가적인 이유였겠죠."

"……하여튼 그대는 나를 너무 잘 알아."

"3황자비께서도 눈치채셨을걸요? 아니, 모르는 게 더 이상하지요."

케이토가 투덜거리며 대꾸한 다음 말을 보탰다.

"하여튼 조심하세요. 황자비와의 간통은 걸리면 바로 사형이라고요. 황제의 칼에 목숨을 잃는 수치를 겪고 싶으신 건 아니겠죠?"

케이토의 말에 라키아스가 냉소적으로 맞받아쳤다.

"그럴 바엔 차라리 자살하고 말지."

어쨌든 둘 다 끔찍한 소리였다. 잠시 생각에 잠긴 표정을 짓던 라키아스가 문득 중얼거렸다.

"쉬드린프 부인께서는 잘 지내고 계시는지 모르겠어."

"쉬드린프 부인이요?"

쉬드린프 부인은 선대 오르누스 공작부인의 절친한 소꿉친구이자 라키아스의 유모였다. 작고하신 어머니의 친구인 데다, 라키아스가 가주의 자리에 오르기 전까지 그를 돌보아 준 사람이었기 때문에 정 없기로 유명한 라키아스도 쉬드린프 부인에게만큼은 쩔쩔맸다.

라키아스가 가주가 된 지 얼마 되지 않아 에르네브로 거처를 옮기자, 쉬드린프 부인은 추운 에르네브는 영 마음에 들지 않는다며 황성 근처에 위치한 쉬드린프 후작령으로 몸을 옮겨 아들인 쉬드린프 후작과 함께 지내고 있었다. 쉬드린프 후작이 아직 미혼이었기 때문에 그녀 역시 아직은 쉬드린프 후작부인이었다.

"그래. 쉬드린프 후작부인."

"그분은 갑자기 왜요?"

케이토가 영 뜬금없다는 듯한 얼굴로 묻자, 라키아스는 아무것도 아니라는 듯 어깨를 으쓱였다.

"못 뵌 지도 5년은 된 것 같은데, 어떻게 살고 계시는지 궁금해서. 너무 감상적인 생각이었나?"

"그건 아니지만 쉬드린프 후작님과는 귀족 회의 때 자주 만나시잖아요?"

"그걸 말하는 게 아니잖아."

라키아스가 답답하다는 듯 혀를 쯧 하고 찼고, 그 반응에 토라진 케이토가 쏘아붙이듯 말했다.

“그렇게 보고 싶으시면 한번 가보시던지요. 젠스카야에서 쉬드린프까지 먼 거리도 아니잖습니까.”

그 말에 고민하는 표정을 짓던 라키아스가 잠시 후 물었다.

“에르네브 쪽의 병력 증원 문제가 언제쯤 해결되지?”

“거의 마무리 단계입니다, 전하. 일주일 안으로 전부 해결될 것입니다.”

케이토가 흡족한 표정으로 덧붙였다.

“전하께서 중앙 정계에 진출하신 덕에 자금 모으기가 더 수월해졌거든요.”

“잘됐군.”

라키아스가 피식 웃은 다음 앉은 상태에서 다리를 꼬며 말했다.

“일이 마무리되면 쉬드린프에 한번 가봐야겠어.”

10

Murder

"부황 폐하의 간병을 하게 되었다고 들었어, 렉시."

오찬을 마치고 디저트를 먹던 중 클레이오가 건넨 말에 알렉산드라가 저도 모르게 눈살을 구겼다. 그녀는 고개를 뒤로 돌려 그 자리에 마레타밖에 없다는 사실을 확인하고 나서야 말을 이어나갔다.

"일단 폐하와 가까이 있어야 뭐라도 생각이 날 듯해서요. 당장 무슨 일이 일어난다 하더라도 막을 수 있고……."

"괜히 고생하는 것 같아서 마음이 아파, 렉시. 쉬운 일이 아니잖아."

"어쩔 수 없죠. 지금으로서는 방법이 그뿐인걸요."

알렉산드라가 옅게 웃어 보이며 입안에 넣었던 아이스크림을 부드럽게 녹였다. 계획대로라면 오찬을 마친 후에 중앙궁으로 가야 했다. 알렉산드라가 냅킨을 접어 테이블 위에 올려두자, 클레이오가 아쉽다는 목소리로 물었다.

"벌써 일어서는 거야?"

"죄송해요, 전하."

알렉산드라가 그리 아쉽지 않은 표정으로 미소 지으며 덧붙였다.

"늦으면 괜히 후임자 주제에 게으름 피운다는 소리 들을까 봐서요. 좋은 일 하는 건데 욕먹으면 억울하잖아요."

"그래."

하지만 그렇게 말하면서도 클레이오는 내심 아쉬운 듯한 표정이었다. 그 모습을 본 알렉산드라가 어색하게 그에게로 다가가 이마에 작게 키스했다.

"아쉬우세요?"

"당연하지, 렉시."

클레이오가 노골적으로 아쉬운 티를 내며 알렉산드라의 손을 꼭 부여잡았다.

"이따 다시 보자, 응?"

"……그럴게요."

알렉산드라가 공허하게 웃은 다음 정찬실을 나섰다. 클레이오와 얼굴을 마주하지 않게 되자마자 알렉산드라의 표정은 아까와는 비교할 수 없을 정도로 가라앉았다.

그녀는 피곤한 얼굴로 드레스 룸에 들어선 다음, 장식이 거의 없는 드레스로 갈아입었다. 아무리 화려한 드레스가 취향이라도 때와 장소에 맞게 입는 것이 중요했으니까. 중앙궁에서 에밀리아나의 평판이 좋은 지금 같은 때라면 더더욱 그랬다.

어쨌든 아까 클레이오에게 말했던 것처럼 현재로서는 타르실라를 저지할 수 있는 가장 효과적인 방법은 자신이 직접적으로 황제의 곁을 지키고 있는 것밖에 없었다. 그럼 적어도 최악의 상황은 면할 수 있을 테니까.

'그리고 에밀리아나도 있지.'

아이러니하게도 지금으로서는 그녀 역시 꽤나 도움이 되었다. 에밀리아나도 타르실라가 황제를 제거하고 2황자를 황위에 올리는 것을 반기지는 않을 테니까.

보아하니 회귀한 다음으로는 회귀 전보다 머리가 좋아진 듯한데 그럼 적어도 지금 당장 최악의 상황에 맞닥뜨릴 일은 없을 것이다.

"전하께서 황제 폐하의 간병을 하겠다고 나서실 줄은 몰랐어요."

뒤에서 알렉산드라를 따라 걷던 페넬로페가 문득 입을 열었고, 알렉산드라는 낮게 웃으며 물었다.

"왜 그렇게 생각했어, 페니?"

"지난번 섭정 폐하의 탄신 연회 때 레이디 이네스가 그런 식으로 말했는데도 시큰둥하셨잖아요."

그래서 의외였죠. 페넬로페의 말에 알렉산드라가 낮게 웃었다.

그러게, 그때는 왜 그랬을까.

하지만 지금 다시 생각해보면 그때 바로 태도를 바꾸는 것도 꽤 우습다 싶었다. 알렉산드라가 대충 핑계를 댔다.

"그냥. 괜히 비교되는 게 싫었어. 알잖아, 내 성격."

알렉산드라의 말을 들은 페넬로페가 이해한다는 듯 고개를 끄덕였다.

"하긴. 괜히 구설에 오르는 것보다야 이편이 더 나을지도 몰라요."

"그래."

알렉산드라가 옅게 웃어 보인 채 계속해서 걸음을 걸었다. 황제가 기거 중인 중앙궁은 지엔궁에서 그리 가까운 거리는 아니었다.

그 사실이 그리 좋지 않은 알렉산드라의 기분을 더욱 저조하게 만들었다. 어쨌든 그녀의 자의로 선택한 일은 아니었기 때문에, 목적이 있다 하더라도 그리 기껍지 않은 게 사실이었다.

"3황자비 전하, 오신다는 말씀 듣고 기다리고 있었습니다."

중앙궁의 시녀장인 엔베루스 공작부인이 알렉산드라를 맞아 주었다. 알렉산드라는 자신을 향해 고개를 숙이는 엔베루스 공작부인에게 옅게 웃으며 인사를 받았다.

엔베루스 가문은 중립을 지키고 있는 가문이었고, 때문에 그녀의 적이 될 수도, 아군이 될 수도 있었다. 물론 후자가 그녀가 바라는 상황이었지만.

알렉산드라가 속으로 경계심을 늦추지 않으며 복도로 들어섰다. 중앙궁의 시녀들이 그녀를 보고 흘긋거리는 시선이 느껴졌다.

대개는 경계하는 눈빛이었다. 아무래도 전임자였던 1황자비 에밀리아나에게 우호적인 이들이 많은 듯했다.

도대체 얼마나 살갑게 굴었기에. 알렉산드라가 속으로 헛웃음을 터뜨리며 황제의 침실로 걸음을 옮겼다.

"오셨군요, 전하."

"1황자비 전하를 뵙습니다."

알렉산드라가 정중하게 허리를 굽히며 먼저 인사했고, 에밀리아나는 무슨 그런 인사치레를 하냐는 듯 덥석 알렉산드라의 양손을 움켜쥐었다.

"부담스러우니 우리 둘이 있을 때만큼은 그런 인사는 생략해도 좋아요, 비전하."

에밀리아나가 어쩐지 신나 보이는 듯한 목소리로 알렉산드라를 테이블로 데려가 앉혔다. 알렉산드라는 시종일관 미소만 띤 얼굴로 에밀리아나에게 몸을 맡겼다.

잠시 후, 에밀리아나의 명령을 받은 시녀가 차를 내왔다. 유자차였다. 알렉산드라가 특별히 좋아하지도, 싫어하지도 않는.

“일단 차 한 잔 드세요, 전하. 오느라 고생 많았습니다.”

“계속 자리를 지키신 비전하에 비할까요.”

알렉산드라가 아니라는 듯 고개를 저으며 차를 마시기 위해 고개를 슬쩍 아래로 내렸고, 에밀리아나는 무슨 그런 소리를 하냐는 듯 더 거세게 고개를 저으며 알렉산드라의 말에 반박했다.

“아니에요, 전하. 전 전하의 마음에 감동을 받았답니다. 늦게라도 함께해줘서 정말 고마워요.”

“…….”

어쩐지 ‘늦게라도’라는 말에 뼈가 있는 것 같아, 알렉산드라는 순간 웃음을 터뜨릴 뻔했다.

어쩐지, 상황이 꽤나 평화롭다 싶었다.

“어쨌든 제가 많이 부족한 건 사실이랍니다, 전하. 열심히 하겠습니다.”

“말이라도 고마워요, 전하.”

빙긋 웃으며 대꾸한 에밀리아나가 곧바로 말을 보탰다.

“폐하께서 지금 계속 누워만 계신 상태기 때문에 욕창이 생길 수 있답니다. 일정 시간이 지나면 반드시 누워 계신 자세를 바꿔 드려야 해요.”

“알겠습니다, 전하.”

“그리고 입이 마르실 수 있기 때문에 자주 천에 미지근한 물을 적셔 입술을 적셔 주셔야 하고요.”

“알겠습니다.”

“그리고 또…….”

“…….”

알렉산드라는 입매가 굳어지려는 것을 겨우 참으며 속으로 생각했다. 이건 분명 내가 미덥지 못하다는 걸 대놓고 드러내려는 것이라고. 알렉산드라가 속으로 헛웃음을 터뜨리며 에밀리아나에게 말했다.

“저보다는 중앙궁의 시녀들이 당연히 더 전문가겠지요. 그 아이들에게 물어보면 되지 않겠습니까.”

“……그렇지요.”

에밀리아나가 다소 싸늘한 미소를 지어 보이며 자리에서 일어섰다. 그녀는 그대로 나가는가 싶더니, 알렉산드라의 옆을 지나며 그녀의 어깨에 손을 얹었다.

“그럼, 믿고 가보겠습니다, 비전하.”

“그러시지요.”

알렉산드라가 짜증스러운 기색을 목구멍 속으로 삼키며 에밀리아나에게 말했다.

“조심히 가세요, 전하.”

에밀리아나가 황제의 침실에서 나간 후에야 알렉산드라는 비로소 마음의 안정을 느꼈다. 아직 간병은 시작하지도 않았는데도 몹시 피로했다. 그녀가 테이블 위에 놓여 있던 유자차를 남김없이 입에 털어 넣은 후 찻잔을 소리 나지 않게 내려놓았다.

그전까지는 에밀리아나가 앉아 있었을 의자에서 온기가 느껴졌다. 자리를 지킨 시간이 꽤 긴 듯했다. 알렉산드라는 자리에 앉은 채 다소 멍한 표정으로 죽은 듯 누워 있는 토마스 2세를 바라보았다.

그와 형식적인 이야기라도 섞은 지가 꽤 오래되었다. 기억도 희미할 만큼.

"폐하께 무슨 감정이 있는 건 아니지만, 지금은 일어나셔야 할 때입니다."

적어도 폐하의 후계자는 폐하의 손으로 직접 뽑으셔야 하지 않겠습니까.

알렉산드라가 애타는 얼굴로 토마스 2세를 응시했다. 그런다고 해서 일어날 리가 만무했지만.

'사실 가장 좋은 선택지는 황후가 자신을 죽이려 한다는 사실을 황제가 알게 되는 것인데……'

그렇게 되면 반역죄로 황후는 물론이고 2황자까지 손쉽게 처리할 수 있었다. 다행스럽게도 2황자가 아직 미혼이었기 때문에 그가 기혼일 때보다 일은 좀 더 수월할 터였다.

하지만 그 일이 실현되려면 황제가 지금 당장 눈을 떠야 했다. 그래야 모의라도 할 수 있을 테니까.

'궁의 말로는 분명 조만간 일어난다고 했는데…….'

그 말이 궁의 입에서 나온 지도 분명 꽤 됐을 텐데, 아직까지 소식이 없으니 불안할 수밖에 없었다. 알렉산드라가 다리를 꼰 채 초조한 표정으로 손가락을 무릎 위에서 톡톡 움직였다.

'일이 불리해지면 차라리 우리 쪽에서 먼저 2황자를…….'

- 꿈틀

그 순간, 알렉산드라의 시야에 토마스 2세의 손가락이 움직이는 것이 눈에 들어왔다. 미약했지만 분명 움직이고 있었다.

알렉산드라의 모든 행동이 그대로 멎었다.

알렉산드라가 멍한 표정으로 침상에 누운 토마스 2세를 응시했다.

설마……. 설마……?

"폐하……?"

알렉산드라가 떨리는 목소리로 토마스 2세를 불렀다. 하지만 여전히 답이 없었고, 토마스 2세는 그저 손가락만 조용히 움직일 뿐이었다.

알렉산드라가 흥분으로 커진 눈을 끔뻑거리며 토마스 2세를 계속 쳐다보았다.

'곧 있으면 깨어날 거야.'

그러니까, 고지가 머지않았다. 알렉산드라가 간절한 표정으로 시부의 손을 꼭 부여잡으며 그에게 속삭였다.

"일어나세요, 폐하."

다른 무엇보다 저를 위해서. 그리고 폐하의 권력을 위해서라도.

에밀리아나는 신경질적인 얼굴로 자신의 궁까지 걷기 시작했다. 갑작스러운 알렉산드라의 태도 변화가 그리 달갑지 않았던 탓이다. 그녀가 못마땅한 표정을 한 채 속으로 중얼거렸다.

'도대체 무슨 꿍꿍이야, 알렉산드라.'

자신이 알고 있는 알렉산드라는 순수한 선의로 황제의 간병을 자행할 사람이 아니었다. 분명 무슨 꿍꿍이가 있는 게 분명했다. 문제는 그 꿍꿍이가 뭔지 감이 잘 잡히지 않는다는 사실이었다.

그러다 잠시 후, 에밀리아나가 설마 하는 표정을 지었다.

'황후와 손을 잡고 황제 폐하를 제거하기 위해 그런 것은 아니겠지?'

한 번 불길한 생각이 떠오르자 걷잡을 수 없이 머릿속으로 번져 나가기 시작했다. 에밀리아나는 불안한 표정으로 그 자리에 우뚝 선 다음 갑자기 안절부절못하기 시작했다. 그 모습을 지켜보던 시녀가 걱정스러운 얼굴로 에밀리아나에게 물었다.

"1황자비 전하, 어디 불편하세요?"

"……네?"

"표정이 갑자기 안 좋아지셔서……. 궁의를 부를까요?"

"아니. 그럴 필요 없어요."

부드럽게 시녀의 호의를 거절한 에밀리아나가 잠시 후 다른 생각이 났는지 다른 시녀에게 지시를 내렸다.

"폐하의 침실로 좀 가주겠어요, 레이디 카멜로?"

"네?"

에밀리아나의 말을 들은 카멜로가 의아한 표정으로 되물었다.

"황제 폐하의 침실에는 왜……."

"3황자비 혼자만 두고 왔더니 아무래도 불안해서요."

에밀리아나가 어색하게 웃어 보이며 카멜로에게 말했다.

"혹시라도 무슨 문제가 생기는 건 아닌지 걱정되네요. 3황자비가 황제 폐하를 간병할 동안만 폐하의 곁을 지키다 와주겠어요? 혹시 3황자비가 기분 나빠할지 모르니까 가급적 눈에 띄지는 않게 해주고요."

"네, 전하. 알겠습니다."

에밀리아나의 말을 들은 카멜로는 수긍하는 표정을 지으며 고개를 끄덕였다. 그녀는 곧 지나왔던 길을 따라 빠르게 걸어가기 시작했고, 에밀리아나는 그제야 아까보다는 안심한 얼굴로 자신의 궁을 향해 다시 발걸음을 옮기기 시작했다.

⁕

케이토가 힘써준 덕에 병력 증원 문제는 이틀 안에 끝을 보았고, 라키아스는 간만에 쉬드린프 후작부인을 만날 생각에 답지 않게 들뜬 상태였다. 물론 다른 사람들이 보기에는 평소와 다름없는 차가운 모습이었지만, 가신인 케이토는 달랐다.

그가 낮게 웃으며 한마디를 던졌다.

"이런 모습은 참 오랜만이네요."

"알고 있으니 조용히 해."

"얼마 정도 있다 오시렵니까."

"하루."

들뜬 모습과는 다르게 라키아스가 답한 일수는 상당히 짧았다. 라키아스가 덧붙였다.

"오래 있을 시간이 없어."

할 일이 많았기 때문에 느긋하게 있다 오는 것은 무리였다. 더구나 그가 처한 상황도 그렇게 여유로운 편이 아니었다.

젠스카야 백작령과 후작령 간 거리가 가깝다는 사실이 다행이라면 다행이라고 생각하며, 케이토가 라키아스를 배웅했다.

"오래간만에 좀 쉬고 오시지요. 그간 너무 앞만 보고 달리셨습니다."

"내 처지에 한눈팔 여유가 있었나."

"그래도요."

이를 드러내며 씩 웃은 케이토가 라키아스의 어깨에 손을 얹은 다음 말했다.

"때로는 적당한 휴식도 필요한 법이지요."

"……그대가 할 말은 아닌 것 같은데."

"알면 휴가 좀 주시죠."

케이토가 불만스러운 얼굴로 투덜거렸다. 참고로 그는 라키아스의 밑에서 일하게 된 이래로 특별한 상황을 제외하고서는 단 하루도 쉬었던 날이 없었다.

케이토의 투덜거림에 라키아스가 못 들은 척하며 방을 나섰다.

"그럼 이만 다녀오지."

"못 들은 척하시는 겁니까!"

"무슨 일이 있으면 곧바로 연통을 넣도록 해."

끝까지 무시로 일관한 라키아스가 눈앞에서 사라지자, 혼자 남겨진 케이토가 허탈한 얼굴로 볼을 부풀리다가 잠시 후 하는 수 없다는 듯 자신의 집무실로 걸어갔다.

라키아스가 쉬드린프 후작령을 방문한다는 말에 마냥 기뻐한 사람은 쉬드린프 후작부인보다는 쉬드린프 후작이었다. 그는 가까운 친우가 방문할 거라는 소식을 받고선 곧바로 후작성 안의 모든 사람들에게 손님을 극진하게 대접할 준비를 하라는 명령을 내렸다.

도리어 시큰둥한 사람은 방문 목적의 당사자인 쉬드린프 후작 부인이었는데, 그녀는 무심한 표정으로 '뭘 그렇게 요란을 떠느냐'며 아들을 타박하기까지 했다. 물론 그렇다고 해서 쉬드린프 후작이 마음을 바꾼 것은 아니었지만.

"저야 자주 보지만, 어머니는 거의 5년 만에 보시는 것 아닙니까? 오르누스 공작부인의 장례식 때 말고는 따로 라키아스를 보신 적이 없잖아요."

"오르누스 공작 전하시다, 에녹스."

"말 돌리시긴."

어머니의 지적에 쉬드린프 후작이 입술을 비죽였다. 라키아스와 동갑인 그는 비록 후작의 신분이었지만, 라키아스의 배려 덕에 그와 격식 없이 이름을 부르는 관계를 유지하고 있었다.

쉬드린프 후작이 덧붙였다.

"이 모습을 라키아스가 본다면 서운해할 겁니다."

"내일모레 서른인데 설마 서운해하겠느냐. 남세스럽구나."

"어머니가 지나치게 정이 없으신 겁니다."

쉬드린프 후작이 고개를 절레절레 저으며 대꾸했지만, 실은 그도 알고 있었다. 어머니가 라키아스를 친아들처럼 끔찍이 여기고 있다는 걸.

그때, 성의 집사가 쉬드린프 후작에게로 다가왔다.

"전하, 오르누스 공작 전하께서 방금 당도하셨습니다."

"벌써 말이냐?"

쉬드린프 후작이 대놓고 기쁜 표정을 지었고, 쉬드린프 후작부인 역시 아닌 척하면서도 입가에 은은한 미소를 짓고 있었다. 후작이 쉬드린프 후작부인의 팔짱을 끼며 쾌활한 목소리로 그녀를 이끌었다.

"어머니, 어서 가보시지요."

쉬드린프 후작성을 방문하는 것은 상당히 오랜만의 일이었다. 그럼에도 라키아스는 이곳이 마지막으로 방문했을 때와 특별히 달라진 점이 없다고 느꼈다.

아마 10년 전 방문했던 것이 마지막이었을 것이다. 그 가물가물한 기억에 라키아스가 저도 모르게 미간을 좁혔다.

"방문을 환영합니다, 공작 전하. 매우 오랜만에 뵙는군요."

"달라진 게 없군."

주어가 빠진 문장에 후작성의 집사가 빙긋 웃으며 답했다.

"아시다시피 주인마님께서 변하는 걸 좋아하지 않으셔서요. 이곳에 오신 게 10년 전이 마지막이었던가요? 아마 그때와 특별히 달라진 게 없을 것입니다. 부리던 이들도 대부분 그대로지요."

"그거 좋군."

라키아스가 만족스럽게 웃으며 성 안으로 들어섰고, 그런 그를 가장 먼저 맞이하는 이는 역시 친우인 쉬드린프 후작이었다.

"라키아스!"

후작이 대놓고 기쁜 표정을 지으며 계단을 내려왔다. 분명 이틀 전 마지막으로 보았음에도 그는 마치 자신을 처음 보는 사람처럼 굴었다. 그 모습이 우습다기보다는 어쩐지 기뻐서, 라키아스는 저도 모르게 피식 웃었다.

"누가 보면 10년 만에 처음 만난 줄 알겠군."

"매정하긴."

"자네가 지나치게 정이 많은 거야."

"이럴 때 보면 우리 어머니 아들은 내가 아니라 자네 같은데 말이야."

쉬드린프 후작이 낄낄거리며 웃은 다음, 뒤를 돌아 쉬드린프 후작부인에게 시선을 돌렸다.

"어머니, 라키아스가 왔습니다."

"소란 좀 떨지 말거라, 에녹스. 쉬드린프 후작으로서의 품위를 좀 지켜."

따끔한 목소리로 쉬드린프 후작의 태도를 지적한 쉬드린프 후작부인이 무심하게 라키아스에게 눈길을 준 다음 물었다.

"오셨습니까, 전하."

"여전히 딱딱하시군요."

라키아스가 변한 게 없다는 듯 웃었고, 쉬드린프 후작부인은 조용히 미소 지으며 답했다. 무심한 듯 애정 어린 미소에 옆에 있던 쉬드린프 후작이 킬킬거리며 웃었다.

"이 성이 변한 게 없듯 저도 변한 게 없답니다, 전하. 변하지 않고 살기란 여간 어려운 일이 아니지요."

"그래서 제가 이 성을 좋아합니다, 부인."

"압니다."

아무렇지 않게 대꾸한 쉬드린프 후작부인이 곧바로 집사에게 지시했다.

"이곳에 계시는 동안 전하께서 머무르실 방으로 안내해주세요, 집사. 모든 일은 그다음에 하기로 하지요."

"알겠습니다, 부인."

정중하게 대답한 집사가 라키아스에게 말했다.

"따라오시지요, 전하. 머무르실 방을 안내해 드리겠습니다."

라키아스는 가볍게 고개를 끄덕인 다음 집사를 따라갔다. 그가 머물 방은 그리 깊숙한 곳에 숨겨져 있지 않았기 때문에 어렵지 않게 찾을 수 있었다.

"이곳입니다."

집사가 친절하게 문을 열어 주었고, 라키아스는 시야로 들어온 익숙한 내부에 저도 모르게 미소 지었다. 이곳에 방문하기만 하면 후작부인이 내주었던 방이었다. 간만에 느끼는 편안함에 만족해하면서, 라키아스는 일단 목욕부터 하기로 마음먹었다.

라키아스가 쉬드린프 후작부인과 정식으로 한자리에 앉을 수 있었던 건 그가 목욕을 끝낸 뒤였다. 성의 응접실에서 다시 만난 두 사람은 테이블 하나를 앞에 두고 마주 앉았다. 쉬드린프 후작부인이 직접 우린 찻물을 우아한 손놀림으로 라키아스의 찻잔에 따라 주었다.

"카모마일이랍니다. 피로 회복과 심신 회복에 좋지요."

"부인께서 끓이시는 차도 오랜만에 마셔보는군요."

"젠스카야에도 차를 끓일 줄 아는 사람은 있을 텐데요."

"그렇지만 부인의 손맛을 따라올 수 있는 사람은 드물지요."

그러면서 라키아스는 머릿속으로 한 사람을 떠올렸다.

자신에게 단 한 번도 차를 끓여준 적 없는 여자. 하지만 차 맛이 아무리 떫고 쓸지라도 한 번쯤은 끓여달라고 부탁하고 싶은 여자. 맛이 어떻든 한 방울도 남기지 않고 다 마실 수 있을 것 같다고 자신 있게 말할 수 있는 여자.

……알렉산드라.

"표정이 왜 그러십니까."

갑작스럽게 들어온 질문에 라키아스가 순간 흠칫한 얼굴로 쉬프리드 후작부인을 바라보았다. 그의 표정을 읽은 듯한 쉬드린프 후작부인이 어쩐지 음흉한 얼굴로 라키아스에게 말했다.

"딴생각이라도 하셨나요?"

"……아닙니다."

"사랑하는 여자라도 있으신 듯한 얼굴인데요."

"제가 말입니까?"

라키아스가 이유 없이 시치미를 뗐다.

"그럴 리가요. 상황이 상황인데 그렇게 한가롭게 굴 시간이 있겠습니까."

"있어 보이시는데요."

"……넘겨짚지 마시지요."

"귀신을 속이시지요."

쉬드린프 후작부인이 가소롭다는 표정을 지으며 라키아스에게 물었다.

"누굽니까. 전하의 마음을 훔친 그 능력 있는 여자분이."

라키아스가 대답을 피했지만, 쉬드린프 후작부인은 의외로 집요했다.

"말씀 안 해주시는 겁니까?"

"왜 자꾸 캐물으십니까."

"궁금해서요. 전 사실 전하께서 연애는커녕 결혼도 못 하실 줄 알았거든요."

쉬드린프 후작부인의 말에 라키아스가 당황한 얼굴로 물었다.

“왜 그렇게 생각하셨는데요.”

“여자에게 관심도 없으시고, 여자를 배려하는 법도 모르시고…… 하여튼 그런 부분에 있어서는 꽝이니까요.”

쉬드린프 후작부인이 옅은 미소를 지으면서 말했고, 그 말을 들은 라키아스는 미간을 좁혔다.

“혹평이 심하십니다.”

“원래 진실은 귀에 듣기 쓴 법이랍니다.”

“이 정도로 듣기 쓸 줄은 몰랐네요.”

“쌍방인 겁니까?”

쉬드린프 후작부인의 말에 라키아스는 두 번째로 당황했고, 라키아스가 표정을 얼굴에 많이 드러낸 것이 아니었음에도 쉬드린프 후작부인은 그것을 놀라우리만치 정확하게 잡아낸 다음 단정적으로 말했다.

“이런. 짝사랑이시군요.”

“부인.”

“천하의 오르누스 공작 전하께서 짝사랑이라니!”

쉬드린프 후작부인이 낮게 웃음을 터뜨렸고, 라키아스는 늘 그래왔듯이 그녀 앞에서 발가벗겨지는 기분이 들었다.

라키아스가 난처한 얼굴로 쉬드린프 후작부인에게 말했다.

“절 이렇게 농락할 수 있는 분은 부인뿐일 겁니다.”

“그래서 영광으로 생각하고 있습니다, 전하.”

어느새 웃음을 갈무리한 쉬드린프 후작부인이 라키아스에게 물었다.

"도대체 누구기에 그러십니까. 이 늙은이가 궁금해 도무지 오늘 밤은 잠을 이룰 수가 없겠군요."

"……들으신다면."

라키아스가 묘한 미소를 입가에 띤 채 말을 맺었다.

"감당하지 못하실 텐데요."

"타르실라 황후는 아닐 것 아닙니까."

"부인."

무슨 그런 끔찍한 소리를.

라키아스의 표정이 대번에 굳어져 내리자, 쉬드린프 후작부인이 농담이라는 듯 작게 웃으며 말했다.

"알겠습니다, 전하. 섭정 황후는 확실히 아니군요."

"……."

"그럼 도대체 누구이려나……. 제가 감당 못할 상대는 그녀뿐인데 말이지요."

"너무 호언하시는군요."

"사실이니까요."

"쉽게 호언하시면 안 됩니다. 케이토가 그 상대를 알고 있는데, 제게 미쳤냐고 물었거든요."

"그 아이는 가끔 너무 버릇이 없어요."

혀를 '쯧' 하고 한 번 찬 쉬드린프 후작부인이 곧바로 덧붙였다.

"케이토가 그런 반응이면 아마 저 또한 크게 다르지 않겠군요. 도대체 누구기에 이러시나."

"나중에 알려드리겠습니다, 부인. 때가 좀 적당해지면요."

그 말을 들은 쉬드린프 후작부인이 김이 샜다는 얼굴로 불만을 토해냈다.

"케이토는 아직 젊지만, 이 늙은이는 내일모레 죽을 사람이랍니다."

"자꾸 '늙은이', '늙은이' 하시는데."

라키아스가 날카롭게 쉬드린프 후작부인의 말을 짚어냈다.

"아직 반백도 되지 않으셨다는 사실을 완전히 망각하신 것 같군요. 답지 않게 엄살이 심하십니다."

"흰 머리가 나기 시작했어요."

쉬드린프 후작부인이 암울한 표정으로 대꾸했지만, 라키아스는 지지 않고 맞받아쳤다.

"새치야 저도 가끔 납니다."

"너무 걱정하지 마세요, 전하. 다행스럽게도 전하의 아버님께서는 모발 상태가 좋았다고 하시더군요."

"누가 그러셨나요?"

"작고하신 전하의 모친께서 그러셨지요."

먼저 간 친구를 떠올리는 듯 순간 아련한 표정을 지어 보인 쉬드린프 후작부인이 잠시 뒤에 덧붙였다.

"너무 일찍 가셨어요, 내 친구는."

"그건 부친께서도 마찬가지십니다."

라키아스의 표정이 서서히 가라앉았다. 그에게는 민감한 주제였다.

"아버님께서는 가셔도 너무 일찍 가셨지요."

"동의합니다. 하지만……."

쉬드린프 후작부인이 묘한 얼굴로 라키아스를 응시하며 말을 맺었다.

"원래의 자리를 계승하기 위해 애쓰는 아드님의 모습을 보신다면, 아마 저승에서도 기뻐하실 겁니다."

"당연히 그러셔야지요."

무심하게 말을 툭 내뱉었지만, 그 안에는 숨길 수 없는 그리움이 있었다. 얼굴을 본 적도 없는 상대에 대한 그리움이었다.

그가 문득 물었다.

"후작성 안에는 아버지에 관한 것들이 하나도 없겠지요?"

"여긴 쉬드린프 가문이랍니다, 전하."

조용하게 대답한 쉬드린프 부인은 그런 다음 무언가를 생각하는 표정을 짓다가, 꽤 시간이 흐른 후에 다시 입을 열었다.

"하지만 어쩌면 있을지도 모르겠습니다."

⚜

쉬드린프 후작부인이 라키아스를 데려간 곳은 성의 가장 꼭대기에 있는 방이었다. 그 방 안으로 들어서자마자 라키아스는 속으로 작게 탄성을 내질렀다. 수많은 그림과 조각상들이 그곳에 모여 있었다.

쉬드린프 후작부인이 뿌듯한 목소리로 라키아스에게 말했다.

"이곳에 우리 가문의 수집품들이 전부 모여 있답니다."

"작고하신 쉬드린프 후작께서 수집이 취미라는 사실은 들었습니다만…… 이 정도일 줄은 몰랐군요."

"제가 이 성 안에서 가장 사랑하는 것들이지요."

쉬드린프 후작부인은 그 말만 내뱉은 다음 앞장서 앞으로 걸어가기 시작했다. 라키아스가 조용히 뒤를 따랐고, 어느 순간 후작부인은 어떤 그림 앞에서 걸음을 멈추었다. 라키아스의 발걸음 역시 따라 멈추었다.

"이게 아마 작고하신 공작님의 마지막 모습일 것입니다."

거기에는 그림이 한 점 있었는데, 초상화는 아니었고 그림 안에는 선대 쉬드린프 후작도 같이 있었다. 각자의 부인 간의 인연으로 선대 오르누스 공작과 선대 쉬드린프 후작 역시 꽤나 막역한 사이를 유지했는데, 아마 그 영향으로 그려진 그림인 듯했다.

"출전하시기 전에 제 남편의 요청으로 함께 그리셨다고 합니다."

"……."

라키아스가 형용할 수 없는 표정으로 자신에 앞에 걸린 그림을 응시했다. 자신과 닮은 듯 완전히 똑같지는 않은 얼굴. 오르누스 공작성에서 보았던 것과 크게 달라진 모습은 없었으나, 새로 보는 그림이기 때문인지 느낌 또한 새로웠다.

그런 그를 가만히 응시하던 쉬드린프 후작부인이 설핏 웃으며 물었다.

"전하께서는 부친을 많이 닮으셨습니다. 그래서 선대 오르누스 공작부인께서 더 힘들어 하셨지요."

"……."

"남편이 너무 많이 보인다고 가끔 하소연도 하셨어요."

그럴 법했다. 눈이 예리하지 않은 라키아스가 보아도 자신과 부친은 비슷한 구석이 한두 군데가 아니었으니까.

그때, 무심코 고개를 돌리던 라키아스의 두 눈에 그림 한 점이 더 들어왔다.

"저분은 누구십니까."

라키아스가 낯선 여자의 초상화를 가리키며 물었다. 여자는 백금색의 긴 머리카락과 에메랄드가 박힌 듯한 초록색 눈동자를 가지고 있었고, 누가 보아도 인정할 정도로 상당한 미인이었다.

쉬프린드 후작부인은 그 물음에 처음으로 당황하는 모습을 보였다.

드문 반응에 라키아스가 저도 모르게 미간을 좁히며 후작부인을 불렀다.

“쉬드린프 부인?”

“어…… 전하께서는 모르시는 분입니다.”

“제가 모르다니요?”

“저 여인도 이미 세상에 없거든요.”

쉬프린드 후작부인 역시 미간을 좁히며 덧붙였다.

“작고하신 어머님께서도 꽤나 파란만장한 삶을 사셨지만, 저 여인에 비할 바는 못 되지요.”

“선대 후작님의 정부 같지는 않은데.”

라키아스가 호기심이 이는 표정으로 물었다.

“저분도 부인의 친우이신 겁니까?”

“그랬습니다.”

쉬프린드 후작부인이 부정하지 않고 고개를 끄덕였다.

“보시면 아시겠지만, 상당히 아름다운 친구였어요. 저와 전하의 어머니, 이 아이까지 셋이 친우였는데, 미모로만 보면 저나 전하의 어머님을 능가했지요.”

그래 보였다. 라키아스가 자연스럽게 고개를 끄덕였다.

“그런데 가장 불행하게 살다 죽었어요.”

쉬프린드 후작부인이 침울하게 말을 이었다.

"우리 중 가장 어린 나이에, 외국에서 죽었거든요."

"누구십니까."

"아마 들어본 적 없으실 겁니다."

쉬프린드 후작부인이 조용히 말을 이었다.

"……샤를리즈 레이라 엘 로지아스."

"처음 들어보는 이름입니다."

"전하께서 어릴 적에 죽었으니 모르실 가능성이 큽니다. 정확히는 지금 황제가 즉위하던 해에 죽었습니다."

"외국에서 죽었다면, 외국의 귀족과 결혼하신 모양이로군요."

"원래라면 지금 섭정 황후의 자리를 차지했을 여인이지요."

아무렇지 않게 던진 그 한마디에, 라키아스가 당황한 얼굴로 쉬프린드 후작부인을 돌아보았다. 그녀는 표정에 조금의 미동도 보이지 않은 채 말을 계속했다.

"황제 폐하의 첫사랑이었습니다, 샤를은."

"그런데도 황후가 되지 못한 것을 보면."

라키아스가 알 만하다는 듯 끼어들었다.

"그리 좋은 가문의 여식이 아니었나 봅니다."

"가문 자체는 명문이었습니다. 후작의 서녀였거든요."

"아."

라키아스는 그제야 이해 간다는 듯한 얼굴로 고개를 끄덕였다. 제국법상 정부의 태에서 난 아이는 전부 사생아다. 가끔 사생아를 아끼는 아버지들이 서녀라는 좀 더 번듯한 호칭을 주기도 하지만, 어쨌든 인정받지 못하는 건 매한가지였다.

어쨌든 이런 흐름 때문에 서녀는 황후가 될 수 없었다.

황제가 즉위하던 해 죽었다면 그 전부터 황제와 관계를 맺어 왔다는 이야기일 텐데, 황태자였던 지금의 황제가 선황의 눈밖에 나면서까지 서녀를 황태자비로 들이는 것은 거의 불가능한 일이었다.

라키아스가 그 다음 시나리오를 줄줄 읊었다.

“두 사람은 죽을 만큼 사랑했지만, 설령 후작이 아닌 공작의 서녀였다 하더라도 서녀는 서녀. 황태자비는 될 수 없었겠지요. 결국 황제는 정략혼을 택할 수밖에 없었을 것이고…….”

“샤를을 아꼈던 그녀의 아버지는 딸을 지키기 위해 샤를을 외국의 귀족과 결혼시켰답니다. 황태자비였던 타르실라가 샤를의 존재를 알고 있었고, 아시다시피 그녀는 질투가 많은 여인이지요. 만약 황태자가 황제가 된 후 치기 어린 마음에 샤를을 비로라도 삼겠다고 선언하면 그것처럼 곤란한 일도 없을 테니까요.”

쉬드린프 후작부인의 말을 들은 라키아스가 이해간다는 듯 고개를 끄덕였다. 타르실라가 황제를 사랑하는지 사랑하지 않는지는 모르겠지만, 적어도 그녀가 그를 자신의 소유로 두고 소유욕을 느낀다는 사실은 알고 있었다.

만약 황제가 된 토마스 2세가 샤를리즈를 외국에서 데려와 비로라도 삼겠다고 말한다면 그건 엄청난 파장을 불러올 터였다.

라키아스가 짤막하게 한 줄 평을 내렸다.

"그분의 아버지께서 상당히 현명한 판단을 내리셨군요."

"그게 무색하게도 결혼한 지 얼마 되지 않아 죽었습니다. 스무 살도 지나지 않은 나이였는데……."

씁쓸한 얼굴로 중얼거리던 쉬드린프 후작부인이 곧 언제 우울했냐는 듯 금세 표정을 바꾸며 라키아스에게 말했다.

"너무 우울한 이야기만 연달아 했군요."

"……."

"이만 내려가 보는 게 좋겠습니다, 전하. 아마 지금쯤이면 정찬이 다 준비 되었을 것입니다."

"그러시지요, 부인."

라키아스가 정중하게 웃으며 쉬드린프 후작부인과 함께 그림 앞을 떠났다.

하루라는 시간은 생각했던 것보다 길었다. 라키아스는 5년간의 회포가 이렇게 일찍 풀렸다는 사실에 대해 놀라워했지만, 아마 그 상대가 쉬드린프 후작부인이라 가능하다는 생각이 들었다.

조금만 더 머물다 가라며 징징거리는 쉬드린프 후작을 뒤로 한 채, 라키아스는 젠스카야로 가는 마차에 몸을 실었다.

'나쁘지 않았군.'

의자 등받이에 몸을 깊게 묻은 라키아스가 만족스러운 얼굴로 옅게 웃었다. 종종 이런 시간을 가져도 괜찮을 듯했다.

그가 젠스카야까지는 가는 동안 눈이나 붙여야겠다고 생각하며 눈을 감으려던 그때, 무언가 익숙한 것이 지나가는 듯한 느낌이 들었다. 라키아스가 반사적으로 고개를 돌려 그것을 찾았고, 그는 두어 번 정도 두리번거리고 나서야 원하던 것을 발견할 수 있었다.

아니, 정확하게 말하면 원하던 '사람'이었다.

라키아스가 다급하게 마부에게 명령했다.

"세워!"

라키아스의 명령을 들은 마부가 급하게 마차를 세웠다. 그 반동으로 마차가 잠시간 앞으로 기울었지만, 라키아스는 상관하지 않고 마차에서 빠르게 내렸다. 그런 다음 아까 자신의 시선이 향했던 곳으로 달려가 그가 발견했던 사람을 다시 찾았다.

하지만 그새 어디로 간 건지, 그가 원하는 사람은 그의 시야에 좀체 들어오지 않았다. 라키아스가 미간을 좁히며 욕지거리를 내뱉었다.

"제길."

아무래도 잘못 본 듯싶다고 생각하던 라키아스는, 그러나 얼마 지나지 않아 고개를 저었다. 분명 느낌이 비슷했다. 제 감각이 그리 무딘 편도 아니었으니 아마 확실할 것이다.

"전하, 무슨 일이십니까."

앞에서 마부가 걱정스러운 목소리로 물었고, 라키아스는 다시 한번 마지막으로 그 사람을 보았던 방향으로 시선을 주었다. 일단 지금 당장은 할 수 있는 일이 없었다.

그가 굳은 표정으로 마차 안에 다시 올라탔다.

라키아스는 저녁때가 되어서야 젠스카야에 도착할 수 있었다. 케이토가 그를 반갑게 맞아주었다.

"오셨습니까, 전하. 피곤하시겠군요."

"마차 안에서 계속 자서. 괜찮다."

"그런 것치고는 기분이 좀 나빠 보이시는데요."

케이토가 의아하다는 듯 물었다.

"쉬드린프에서 무슨 일이 있으셨습니까."

"……."

케이토의 말에 라키아스는 아까 있었던 일을 떠올렸다. 마차 밖으로 보였던 그 여자.

'분명 초상화 속 여자와 똑같았단 말이지.'

샤를리즈라고 했었나. 라키아스가 기억을 더듬으며 말했다.

"첫사랑이라는 건 잊으려야 잊히지 않는 법이지."

"예?"

갑자기 그게 무슨 뚱딴지같은 소리냐는 듯 케이토가 물었지만, 라키아스는 설명 대신 명령을 했다.

"사람 하나만 찾아주겠나, 케이토."

"누구인데요?"

"나도 몰라."

"……."

케이토는 순간 라키아스를 때리고 싶은 마음을 간신히 참은 다음, 라키아스에게 말했다.

"이름까지는 안 바라더라도, 단서가 있어야 찾지요."

"여자야. 백금색 머리카락에 눈은 에메랄드색. 쉬드린프에서 발견했으니 아마 그쪽을 뒤져보면 단서가 나올 거다."

그 말을 들은 케이토가 황당한 목소리로 따져 물었다.

"백금색 머리카락에 에메랄드빛 눈동자를 가진 여자가 쉬드린프에 한둘이겠습니까? 거기 인구가 몇인데요."

"그리고 한 사람을 매우 닮았어."

그제야 나온 제대로 된 단서에 케이토가 기뻐하며 물었다.

"누군데요?"

"샤를리즈."

라키아스가 딱 한 번 들었던 그녀의 이름을 기억하며 읊었다.

"샤를리즈 레이라 엘 로지아스."

"그 사람이 누군데요?"

"내 어머니와 쉬드린프 후작부인의 친우였다는군."

대답을 마친 라키아스가 가장 중요한 걸 잊고 있었다는 듯 곧바로 덧붙였다.

"그리고 황제의 첫사랑이라고 했어."

"그 여자가요?"

"그래."

라키아스가 고개를 끄덕인 다음 첨언했다.

"쉬드린프 후작성의 꼭대기 층에 그녀의 초상화가 있어. 내 기억이 맞다면 분명 그 여자와 아주 비슷하게 생겼을 거다."

"알겠습니다. 쉬드린프 후작님께 도움을 요청하지요."

케이토는 고개를 끄덕이며 답한 다음 궁금하다는 목소리로 라키아스에게 물었다.

"전하, 그런데 갑자기 그 여자는 왜 찾으시는 겁니까?"

"말했잖아. 첫사랑이라는 건 잊고 싶어도 쉽게 잊히지 않는 존재라고."

그게 남자든 여자든 말이다.

라키아스가 중얼거리듯 답했다.

"더구나 그렇게 끔찍하게 사랑했다면야, 분명 언젠가는 그 사실을 이용해 먹을 데가 생기겠지."

"황제의 첫사랑을 닮았다는 그 여자가 만약 전하께서 필요하실 때 전하의 뜻대로 움직이지 않는다면요?"

"그렇게 되지 않도록 해야지. 아직은 먼 미래의 일이다. 그녀를 먼저 찾고 난 다음에 논해도 늦지 않아."

"알겠습니다."

어깨를 으쓱이며 답하는 케이토에게, 라키아스가 낮은 음성으로 물었다.

"황성에서는 특별히 소식이 없나?"

"아."

라키아스의 말을 듣고 그제야 생각났는지, 케이토가 얼른 자신의 품에서 편지 하나를 꺼냈다. 약간 꼬깃꼬깃해진 편지를 라키아스에게 건네며, 케이토가 말했다.

"이것부터 전해 드리려 했는데, 그새 잊어버리고 있었네요."

"기억력이 점점 감퇴하는 건가?"

라키아스가 피식 웃으며 케이토로부터 편지를 받아들었다. 익숙한 편지였다. 알렉산드라가 도서관에 편지를 끼워 넣을 때마다 같은 편지지에 같은 편지봉투를 사용했으니까.

마치 때 하나 묻지 않았을 것 같은 순백색.

"도서관에서 가져온 것인가?"

"마침 어제가 날이었더군요. 혹시 몰라 가보았는데 편지가 있었습니다."

"잘했어."

그렇게 말한 라키아스가 씩 웃어 보였고, 그 모습을 본 케이토는 황당하다는 듯 물었다.

"3황자비께서 보내셨다고 웃고 그러시는 겁니까, 지금?"

"알면 조용히 하도록 해."

그가 피식 웃으며 편지봉투를 조심스럽게 뜯었다. 그런 행동조차도 케이토에게는 상당히 낯설게만 느껴졌다.

내 주군께서 저런 분이셨나.

괴리감을 느끼며 라키아스의 얼굴을 바라보는데, 편지를 읽는 그의 얼굴이 점점 묘하게 변해갔다.

편지를 다 읽었는지, 그가 마침내 펼쳤던 편지지를 다시 접어 자신의 품 안에 넣었다.

그 모습을 보던 케이토가 의문스러운 목소리로 물었다.

"무슨 일이 생겼습니까, 전하?"

질문을 받은 라키아스는 한동안 아무 말도 하지 않았다. 그가 다시 입을 연 것은 '전하께서 넋이라도 나가신 건가' 하고 케이토가 의심을 품을 때 즈음이 되어서였다. 그는 낮고 조용한 평소의 목소리로 되돌아와 딱 한마디만을 내뱉었다.

"황궁으로 와달라는 전갈이다."

그날은 알렉산드라가 황제를 간병한 지 정확히 엿새가 되던 날

이었다.

"3황자비 전하, 1황자비 전하께서 드셨습니다."

그날도 어김없이 황제의 곁을 지키던 알렉산드라는 시녀의 말에 자연스럽게 자리에서 일어났다. 곧이어 문이 열리고 에밀리아나가 침실 안으로 들어왔다. 그녀는 언제나처럼 화사한 미소를 지으며 알렉산드라에게 인사를 건넸다.

"수고가 많으십니다, 전하."

"과찬이십니다. 감히 1황자비 전하께 비할 바는 아니지요."

알렉산드라가 아무렇지 않게 웃은 다음 덧붙였다.

"제가 조금이라도 황제 폐하께 도움이 될 수 있다면 이런 건 고생도 아니지요."

"아마 그 말씀을 황제 폐하께서 들으신다면 더없이 기뻐하실 것입니다."

"하하."

알렉산드라가 낮게 웃음을 터뜨린 다음 에밀리나아에게 말했다.

"이만 가보겠습니다, 전하. 오늘은 몸이 조금 좋지 않아 일찍 들어가 쉬어야 할 듯하네요."

"저런."

에밀리아나가 짐짓 안타깝다는 목소리로 알렉산드라에게 말했다.

"건강이 우선입니다, 전하. 어서 지엔궁으로 가서 쉬시는 게 좋겠습니다."

"네. 그럴 생각입니다."

알렉산드라가 살포시 웃으며 에밀리아나에게 말을 남겼다.

"그럼 폐하를 잘 부탁드립니다, 전하."

"염려 마세요."

"저는 전하만 믿고 가보겠습니다."

알렉산드라는 끝까지 정중함을 잃지 않고 말한 다음, 에밀리아나에게 허리를 굽혀 인사까지 마친 다음에야 토마스 2세의 침실에서 나올 수 있었다.

알렉산드라가 몇 발자국 걸었을 때, 그녀의 뒤를 따르던 마레타가 지엔궁 쪽으로 걷는 그녀를 불렀다.

"전하."

"무슨 일인가요."

알렉산드라가 건조하게 묻자, 마레타 역시 건조한 목소리로 답했다.

"오르누스 공작전하께서 당도하셨다는 소식입니다."

"……."

마레타의 말을 들은 알렉산드라의 눈이 반짝이며 빛났다. 그녀가 목소리를 한층 낮춘 다음 마레타에게 물었다.

"어디 계신답니까."

"지엔궁의 응접실에서 보내온 소식입니다. 3황자 전하와 함께 계신다고 하더군요."

"그것 참 잘 되었네요."

"응접실로 가시겠습니까?"

"아뇨."

알렉산드라는 고개를 저으며 답했다. 셋이 함께 모인다면 의심받기에 십상이다.

"다른 곳에 가 있는 게 좋겠군요. 괜한 의심을 사는 것보다야 그 편이 낫지요."

"같은 생각입니다."

빙긋 웃으며 맞장구를 친 마레타가 곧바로 물었다.

"그렇다면 어디로 가시겠습니까, 전하."

"알리바이를 입증할 수 있는 장소라면."

알렉산드라가 묘한 미소를 띤 얼굴로 읊조리듯 답했다.

"어디든 상관없습니다."

"그렇다면 도서관으로 가시는 게 좋겠습니다. 사서인 레펠리스타 백작부인께서 전하의 알리바이를 증언해 줄 수 있을 테니까요."

"나도 비슷한 생각을 했어요."

알렉산드라가 고개를 끄덕인 다음 말했다.

"우리는 그리로 가 있는 게 좋겠습니다."

⁂

손님을 맞아들이는 응접실 안의 공기는 따뜻함과는 거리가 멀었다. 라키아스는 무심하게 차만 홀짝이며 제 앞에서 자신과 똑같은 행동을 반복하는 클레이오를 응시했다.

"……."

"……."

두 사람은 말이 없었다. 알렉산드라라도 있었다면 분위기가 좀 달라졌을 수도 있겠지만, 알렉산드라는 오지 않았다. 중앙궁에 소식을 전하러 갔으니 분명 라키아스가 이곳에 있는 사실을 알 텐데, 왜 오지 않는 건지 클레이오는 궁금해졌다.

그리고 그건 라키아스도 마찬가지였다.

'고역이군.'

남자와 단둘이 있는 상황이 이토록 불편할 줄이야. 라키아스가 속으로 욕지거리를 내뱉으며 앞에 있는 클레이오를 응시했다. 하긴, 단순히 남자와 단둘이 있다는 상황 때문에 그가 불편함을 느끼는 것은 아니리라.

'알렉산드라.'

다른 무엇보다도 그녀의 남편이라는 사실이, 그녀가 증오의 감정을 느낄 만큼 그를 특별하게 여기고 있는 사람이라는 사실이 그를 불편하게, 그리고 불쾌하게 만들었다.

"렉시가 늦는군요."

클레이오가 먼저 입을 열었고, 그 말에 라키아스는 고개를 올려 클레이오를 응시했다. 그의 입에서 나오는 그녀의 애칭마저 그를 거슬리게 만들었다.

"……그러게나 말입니다."

뭐라고 대꾸를 해줘야 할 것 같아서 라키아스는 아무 말이나 내뱉고 입을 다물었으나, 잠시 후 다른 할 말이 떠오르기라도 했는지 다시 입을 열었다.

"오지 않을 수도 있지요."

"……."

"이곳에 제가 있다고만 말씀드린 것이지, 와달라고 청하신 건 아니지 않습니까."

"설마 오지 않기야 하겠습니까."

클레이오가 그럴 리 없다는 투로 라키아스의 말에 반박했다.

"다른 사람도 아니고 당숙님께서 오셨는데요. 아마 올 겁니다."

"내기하셔도 좋습니다."

왠지 오지 않으실 것 같아요.

라키아스의 말에 클레이오가 흥미롭다는 듯 입을 열었다.

"그럼 저는 자연스럽게 오는 쪽으로 거는 겁니까?"

"이제 와서 생각이 바뀌기라도 하신 것인지."

"아뇨."

클레이오가 어깨를 으쓱인 다음 덧붙였다.

"오는 걸로 걸겠습니다. 왠지 제 촉이 그렇게 말하고 있어서요."

클레이오의 말을 들은 라키아스는 순간 같잖다는 듯한 미소를 지어 보일 뻔했으나, 간신히 참아 넘겼다.

이렇게까지 늦는다는 건 필시 그녀에게 무슨 일이 생겼다거나, 혹은 아예 이곳으로 발걸음하지 않겠다는 뜻이다.

하지만 그녀에게 무슨 일이 생겼다고 보기에는 다소 개연성이 부족했다. 당장 그녀의 정적이라 부를 수 있는 빈첸시아 황비와 1황자에게 알렉산드라를 제거할 여력이 있다면 그들은 아마 타르실라 황후를 제거하는 것을 택할 테니까.

그러니 아마 후자일 가능성이 높았다.

개연성도 충분했다. 셋이서 한자리에 모인다는 건 분명 꼬리가 길어지는 일이었으니까. 신중하고 도전을 꺼리는 알렉산드라의 성격상 다른 곳으로 이동했을 가능성도 배제할 수 없었다.

라키아스가 흥미롭다는 목소리로 클레이오에게 물었다.

"만약 제가 이긴다면 무엇을 거시겠습니까, 전하."

"당숙님께서 이기신다면요? 으음……."

클레이오는 마치 이 내기의 승자가 무조건 자신이 될 것이라는 믿음에 사로잡혀 있는 듯했다. 그가 긴 고민 끝에 입을 열었다.

"혹 원하시는 것이 특별히 있으십니까."

"원하는 것."

라키아스가 설핏 웃으며 한 사람을 머릿속으로 떠올렸다. 그 사람의 이름을 입 밖으로 내밀면 이 남자는 어떤 표정을 지을까. 새삼 궁금해졌다.

하지만 그 호기심을 함부로 실현으로 옮기지는 못했다. 그건 미친 짓이었으니까. 만약 알렉산드라가 이 자리에 있었다면 쓸데없는 객기를 부리지 말라고 세모 눈으로 저를 쏘아보았을지도 모를 일이다.

하지만 그녀도 자신도 사실은 잘 알고 있었다.

“막상 질문을 받으니 생각나는 것이 마땅히 없군요.”

라키아스가 그렇게까지 사리분별 못하는 애새끼는 아니라는 걸. 아무리 그가 지금 알렉산드라에게 미친 듯이 빠져 있더라도 말이다.

“이런.”

라키아스의 대답을 들은 클레이오가 김샌다는 듯한 얼굴로 대꾸했다.

“그러면 재미가 없지요.”

“그렇다면 전하의 말씀을 먼저 들어보는 것도 나쁘지 않겠군요.”

라키아스가 묘한 미소를 띤 얼굴로 클레이오에게 물었다.

“만약 이기신다면 제게 무엇을 요구할 심산입니까.”

“글쎄요…….”

클레이오가 라키아스를 빤히 쳐다보며 물었다.

"오르누스의 영지 정도?"

"……."

농담 같지도 않은 말에 라키아스는 정색하기보다는 미소를 지었다. 그의 버릇이었다. 기분과 반비례하여 표정이 좋아지는 것.

클레이오는 그걸 아는지 모르는지 곧바로 자신의 말을 철회했다.

"농담입니다, 당숙님. 아무렴 제가 그렇게까지 양심 없는 내기를 할 리 없지요."

"아닙니다, 전하. 그도 나쁘지는 않군요."

라키아스가 여전히 웃는 낯을 한 채 클레이오에게 말했다.

"그렇다면 저는 그에 상응하는 것을 전하께 요구하면 되는 일 아닙니까."

"그에 상응하는 것이라."

클레이오가 궁금하다는 목소리로 물었다.

"그런 게 있습니까?"

"있지요."

"그게 무엇입니까?"

"이를테면……."

라키아스가 비뚜름하게 끌어 올린 입술을 움직여 말을 뱉었다.

"전하의 아내 되시는 분이라든가."

"……."

클레이오의 표정이 빠르게 굳어졌고, 그 모습을 고스란히 지켜보던 라키아스는 속으로 조소를 내뱉었다.

재미있네.

"농담입니다, 전하."

클레이오가 농담이라 둘러댔듯, 그 또한 농담이라 말했다. 라키아스는 마치 그가 했던 모든 말들에 진심이 담겨 있지 않았다는 것처럼 말을 이었다.

"아무렴 종질부를 취할 정도로 제가 부도덕하지는 않답니다."

"……물론 그러시겠지요."

"물론."

라키아스가 빙긋 웃은 다음 덧붙였다.

"어떤 유목민족에게 비슷한 풍습이 있다고는 하더군요."

"……."

"형사취수라던가."

"……그게 무엇입니까."

"간단합니다. 형이 죽은 뒤에 동생이 형수와 결혼하여 함께 사는 것이지요."

물론 지금과 상황은 다르긴 하지만요.

농담처럼 덧붙인 말에도 클레이오의 표정은 돌아올 줄 몰랐고, 그 모습을 계속 지켜보던 라키아스는 우습다는 생각밖에 들지 않았다.

먼저 도발한 쪽이 역공 한 번에 이런 표정이라.

"……야만적인 제도로군요."

"글쎄요. 저는 그렇게까지 부정적으로 바라보지는 않는답니다."

라키아스가 어깨를 으쓱인 다음 덧붙였다.

"유목민족의 특성상 어찌할 수 없는 일이지요. 더구나 홀로 남겨진 형수와 조카들을 보호하기 위해서는 도리어 어쩔 수 없다고 생각하고요."

"보호가 목적이라면 다른 방법도 있을 텐데요."

"그렇긴 하겠지요. 하지만 단순히 보호만이 목적의 전부는 아닐뿐더러, 무엇보다…… 결혼처럼 결속력을 다질 수 있는 제도도 드무니까요."

"……동의합니다."

하지만 얼굴에는 전혀 그런 기색이 나타나 있지 않았다. 라키아스가 속으로 쿡쿡 웃었고, 그와 동시에 알렉산드라의 시녀 엘로웬이 응접실 안으로 들어왔다.

그녀는 소파에 앉은 두 남자들에게 정중하게 허리를 숙여 인사했다.

"두 전하를 뵙습니다. 레예스에 영광을."

"레이디 엘로웬, 무슨 일입니까."

"황자비 전하께서 황궁의 도서관으로 발걸음을 옮겼다는 소식입니다, 전하."

엘로웬의 말에 클레이오의 표정이 대번에 굳어졌고, 정작 엘로웬의 말에서 서운함을 느꼈어야 할 라키아스는 저도 모르게 미소 지었다.

그가 안심하라는 듯한 목소리로 클레이오에게 말했다.

"염려 마십시오. 전하께서 멀쩡히 살아계신 상황에서 제가 황자비 전하를 아내로 맞는 일은 없을 테니까요."

도서관으로 온 알렉산드라에게는 마땅히 할 일이 없었다. 애당초 그녀가 이곳으로 온 목적은 책을 읽기 위함이 아니었으니까.

하릴없이 복도를 거닐며 책을 찾는 시늉을 하던 알렉산드라는, 어느 순간 입구에서 익숙한 이가 들어오는 광경을 목도하고선 당황스러운 표정을 지었다.

타르실라였다.

"3황자비."

다소 빠르게 알렉산드라를 발견한 타르실라의 입에서 반갑다는 목소리가 흘러나왔다. 알렉산드라는 희미하게 웃으며 타르실라가 있는 쪽으로 천천히 발걸음을 옮겼다.

지고하신 황후께서 이런 곳에는 어쩐 일이신지.

“섭정 폐하를 뵙습니다, 레예스에 영광을.”

“이곳에 있는 것을 보니 지금 폐하의 곁에는 에밀리아나 그 아이가 있는 모양이구나. 그렇지?”

“네, 폐하.”

“교대하는 시간이 언제더냐.”

“……네?”

“답지 않게 못 알아듣긴.”

타르실라가 화사한 미소를 입가에 띤 채 다시 물었다.

“1황자비와 교대하는 시간이 언제냐고 물었다.”

“3시간 정도…….”

“세 시간.”

타르실라가 그 세 음절을 힘주어 따라 했다. 그러고는 빙긋 웃으며 말을 뱉었다.

“적당하구나.”

“…….”

‘무엇을 하기에’ 적당한지는 언급하지 않았으나, 알렉산드라는 직감적으로 알고 있었다. 그녀가 저도 모르게 마른침을 삼켰다.

“조금 늦게 오는 것도 나쁘지는 않을 것이다.”

‘내 말, 무슨 뜻인지 알지?’

그렇게 묻는 것 같아서 알렉산드라는 더욱 긴장했다. 모를 수 없을 리가 없잖은가. 그녀가 느릿하게 고개를 끄덕였고, 타르실라는 아무렇지 않게 말을 이었다.

"세 시간이면 얇은 책 두 권을 읽기에는 적당한 시간이겠구나."

"……."

"하지만 그보다 조금 더 시간이 주어진다면 두꺼운 책 한 권 정도는 충분히 읽을 수 있겠지."

"기억해 두겠습니다."

"그래."

타르실라가 은은한 미소를 입가에 띤 채로 알렉산드라의 어깨를 툭툭 두드렸다. 애당초 이곳을 찾은 목적이 알렉산드라였음을 시사하듯, 타르실라는 그 말을 마치자마자 그대로 도서관을 나가버렸다.

알렉산드라는 멀어져가는 타르실라의 뒷모습을 응시하며 착잡한 표정을 지었다.

이같이 중요한 일에는 자신이 직접 나서는 것이 옳았다. 남의 손을 빌릴 수는 없었다.

그녀의 말에 엘리너를 포함한 그녀의 시녀들이 전부 경악하며 반대했으나, 타르실라는 끝까지 그녀의 손을 직접 더럽히는 것을 고집했다.

그녀는 그것이야말로 완벽한 복수가 될 수 있으리라고 생각했다. 20년이 넘는 시간 동안 자신을 사랑하지도 않는 남편의 곁을 훌륭하게 지킨 것에 대한 보상이 되리라고 본 것이다.

"황후 폐하."

토마스 2세의 침실 앞을 지키던 중앙궁의 시녀는 타르실라를 보자마자 상당히 놀란 표정을 지었다. 그도 그럴 것이, 토마스 2세가 쓰러진 이후 그녀가 이곳으로 발걸음 했던 적이 단 한 번도 없었기 때문이었다.

타르실라는 온화하게 웃으며 시녀에게 말했다.

"폐하를 보러 왔다."

"들어가시지요, 폐하."

당연히 시녀들은 순순히 길을 비켜주었다. 당연했다. 그 누가 지금 그녀가 들어가는 길이 남편을 죽이러 가는 길이라고 생각할 수 있겠느냔 말이다.

문이 닫히는 소리가 들리자마자, 타르실라는 서늘하게 웃었다. 완벽하게 단둘이었다. 에밀리아나도, 다른 시녀도 없었다. 타르실라는 환희를 느끼며 토마스 2세의 곁에 앉았다.

"폐하."

그녀가 그를 불렀다. 당연히 대답은 없었다.

"폐하."

확인 차 다시 한번 그를 불렀지만, 여전히 대답이 없었다. 타르실라는 그 상태에 더없는 만족감을 느끼며 이야기를 시작했다.

"이대로 가시게 되는 것에 너무 섭섭함을 느끼지는 마세요. 사실 만큼 사셨잖습니까."

그렇게 말하는 그녀의 목소리에서는 웃음기가 묻어났다. 앞으로 닥쳐올 상황에 대해 조금의 망설임도 없으리라고 말해주는 듯했다.

그녀는 눈을 아래로 내리깔며 죽은 듯 누워 있는 토마스 2세를 응시했다.

"애당초 저를 사랑하지 않고 계시다는 것쯤은 저도 알고 있었답니다. 샤를리즈 그 계집애를 사랑하셨죠. 천한 서녀 따위를 말입니다."

"……."

"20년 넘게 그 여자의 대역으로 살았어요. 아주 훌륭한 대역이었지요. 듬직한 황자도 낳아드렸고, 내궁의 수장으로서 최선을 다했습니다. 이만하면 저도 폐하께 복수할 권리는 충분하답니다."

타르실라가 묘한 미소를 지으며 말을 이었다.

"너무 애통해하지는 마세요. 어쨌든 폐하의 자식이 폐하의 모든 것을 그대로 잇는 것이랍니다. 제가 다른 사내와 통정을 하여 낳은 아들도 아니고, 순수하게 폐하의 피가 섞인 아들이에요."

타르실라는 그 말만 마친 다음 자리에서 일어났다. 그런 다음 조심스럽게 토마스 2세가 누워 있는 침대 위로 올라간 후, 토마스 2세의 목을 쉽게 조를 수 있도록 그의 위로 올라갔다.

타르실라가 웃는 듯, 혹은 우는 듯한 기묘한 얼굴을 한 채 부드럽게 토마스 2세의 목을 양손으로 감싸 쥐었다.

"이제 그만…… 황녀의 곁으로 가세요, 폐하. 그 아이에게 가서 사죄하세요."

"……."

"죽여서 미안하다고."

그 말과 동시에, 타르실라는 강하게 토마스 2세의 목을 졸랐다. 중년 여성의 힘이라고는 믿기지 않을 정도로 강한 악력이었다.

토마스 2세의 목을 강하게 옥죄는 타르실라의 얼굴에서는 어떠한 죄책감도 엿보이지 않았다.

그때였다.

"아……!"

그녀가 목을 조르던 이의 두 눈이 번쩍 떠졌다. 여전히 토마스 2세의 목을 조르던 타르실라는 그 모습을 보고 경악하지 않을 수 없었으나, 그 상태에서 그만둘 수는 없었다.

어차피 방금 병상에서 눈을 뜬 남자다. 이대로 죽여 버리면 그만이다. 그녀는 이렇게 생각했을 것이다.

그러나…….

"악!"

토마스 2세가 무시무시한 눈빛으로 자신을 쏘아보며 그의 목을 조르는 자신의 양 손목을 강하게 움켜쥐었을 때, 타르실라는 자신의 생각이 틀렸음을 깨달았다.

"감히……!"

참으로 오랜만에 들어보는 목소리에 타르실라의 모골이 송연해졌다.

하지만 그녀는 이를 악물며 끝까지 부질없는 싸움을 이어 나가기 위해 애썼다. 그녀가 젖먹던 힘까지 발휘하며 토마스 2세의 목을 졸랐다.

"크윽……!"

"죽어, 죽어!"

평소의 품위는 어디로 갔는지, 타르실라는 짐승 같은 소리를 내며 토마스 2세의 목을 강하게 졸랐다.

토마스 2세가 꺽꺽거리는 소리를 내면서도 타르실라의 손목을 움켜쥐었고, 한동안 두 사람 사이에서는 팽팽한 몸싸움이 일었다.

어느 순간, 힘이 부친 토마스 2세가 으르렁거리는 목소리로 누군가를 불렀다.

"라키아스……!"

"오르누스 공작이 여기 있을 리가요, 폐하."

타르실라가 사악한 미소를 지으며 멈추지 않고 토마스 2세의 목을 졸랐다. 그러는 그녀의 눈빛은 이미 제정신을 가진 사람의 것이 아니었다.

"장례식 때 잘 말해 두겠습니다. 공작의 아비를 죽인 자가, 니콜라이를 황자를 죽인 자가 바로…… 억!"

그 순간, 타르실라가 말을 끝맺지 못하고 외마디 비명과 함께 토마스 2세의 위로 쓰러졌다. 누군가 그녀의 뒤를 세게 가격한 것이다.

한편, 목이 자유로워진 토마스 2세가 거친 숨을 몰아 내쉬며 탁한 기침 소리를 냈다.

"쿨럭쿨럭!"

"폐하."

그 후에 들려오는 다급함이 섞인 목소리. 토마스 2세가 끽끽거리며 위를 올려다보았다.

"괜찮으십니까."

라키아스였다. 그가 희미하게 웃으며 사촌 형제의 얼굴을 쳐다보았다.

"라키……아스."

와 주었구나.

토마스 2세의 눈은 그렇게 말하고 있는 듯했다. 라키아스가 희미하게 웃으며 토마스 2세에게 말했다.

"더 일찍 오지 못했습니다. 죽여주십시오."

"그럴 리가, 라키아스."

토마스 2세가 힘겹게 고개를 저으며 말을 이었다.

"네가 아니었으면 짐은……."

그의 시선이 어느새 자신의 위로 엎어진 타르실라에게로 향했다. 그녀를 응시하는 그의 시선은 결코 곱다고는 말할 수 없었다. 방금 전까지 자신을 죽이려 했던 여자였으니 당연한 일이었지만.

"이 간악한 여자에게 목이 졸려 죄도 새도 모르게 죽을 뻔했구나."

"……무사하시니 다행입니다."

"다행한 일이지."

그때, 누군가가 문을 열고 그들이 있는 곳까지 들어왔다. 뒤를 돌아보지는 않았지만, 라키아스는 그 사람이 누구인지 충분히 알 수 있었다. 토마스 2세가 그의 예상을 확실히 해주었다.

"왔구나, 3황자비."

"늦었습니다, 폐하."

라키아스와 똑같은 대사를 내뱉은 알렉산드라가 답지 않게 호들갑을 떨며 토마스 2세가 누워 있는 병상까지 걸어왔다.

"오르누스 공작 전하께서 적당한 시기에 와주신 게 얼마나 다행스러운 일인지."

그녀는 눈물이 글썽이는 눈동자를 들어 라키아스를 쳐다본 다음 말했다.

"정말 감사합니다, 전하."

"감사라니요, 비전하. 당치도 않습니다."

라키아스가 정중하게 알렉산드라의 말에 대꾸했다.

"당연히 해야 할 일을 했을 뿐입니다. 감히 황좌를 넘보려 한 '역도'들을 처리하는 것은 제게 소명과도 같은 일이지요."

그 한마디에 알렉산드라는 하마터면 웃음을 터뜨릴 뻔했다.

그렇다면 저 사람이 가장 먼저 베어 버려야 할 사람은 저 사람 스스로와, 그 앞에 서 있는 나일 텐데.

알렉산드라가 짐짓 감동 받은 척을 하며 맞장구를 쳤다.

"저 또한 그렇습니다, 전하. 황제 폐하의 신하로서 응당 해야 할 일이었지요."

그렇게 말한 그녀는 이내 토마스 2세에게로 시선을 돌려 물었다.

"폐하, 다치신 곳은 없으십니까?"

"목이 조금 아프구나."

"궁의를 부르겠습니다. 하지만 아마 큰 문제는 되지 않을 겁니다."

"다른 것보다 이 여자를 좀 치웠으면 좋겠구나."

토마스 2세가 짜증스러운 표정을 지으며 여전히 자신의 위에 쓰러져 있는 타르실라를 손가락으로 가리켰다. 그 모습을 본 라키아스가 염려 말라는 듯 설핏 웃으며 토마스 2세가 듣고 싶었을 대답을 해주었다.

"밖에 젠스카야의 기사들이 와 있습니다, 폐하. 명만 내리신다면 황후를 즉시 추포하여 감금토록 하지요."

"당장 감옥에 처넣도록 해라, 라키아스. 황명이다."

"알겠습니다, 폐하. 그리 하지요."

"그럼 저는 시녀에게 궁의를 불러오라고……."

알렉산드라의 말은 끝까지 이어지지 못했다.

그녀는 차가운 칼날이 자신의 몸 중앙을 관통하는 고통에 자연스럽게 고개를 아래로 내렸다. 익숙한 칼끝이 시야로 들어왔다.

알렉산드라가 천천히 뒤를 돌았다.

"감히……."

쓰러진 줄로만 알았던 타르실라가 라키아스의 허리에서 검을 빼 들어 순식간에 알렉산드라의 몸에 꽂아 넣은 것이다.

토마스 2세는 경악한 표정을 짓고 있었고, 라키아스는 눈앞의 일이 믿기지 않는다는 듯한 얼굴을 하고 있었다.

타르실라가 부들거리는 목소리로 알렉산드라에게 악을 내질렀다.

"네년이 감히 나를 배신해? 네년이 감히……!"

하지만 타르실라의 말 역시 중간에 끊길 수밖에 없었다. 분노한 라키아스가 그녀의 뒤를 인정사정없이 가격했기 때문이었다. 동시에 그는 우레와 같은 목소리로 밖에 있을 기사들에게 소리쳤다.

"당장 들어오지 않고 뭐 하는 거지? 감히 황제 폐하와 3황자비 전하를 해한 이 간악한 여자를 잡아 처넣지 않고!"

그 말과 동시에 바깥에 있던 기사들이 우르르 방 안으로 들어와 타르실라를 끌고 나갔다. 그중 기사 한 명은 부상을 입은 알렉산드라를 발견하고선 궁의를 불러오겠다고 라키아스에게 말했다.

하지만 정작 라키아스는 바닥에 쓰러지듯 주저앉은 알렉산드라에게로 온 신경이 쏠려 있는 상태였기 때문에, 아무 소리도 귀에 들어오지 않았다.

그가 다급하게 알렉산드라를 불렀다.

"3황자비 전하."

그녀를 부르는 라키아스의 목소리는 평소와는 다르게 몹시도 가늘었다. 알렉산드라는 희미해지기 시작한 눈앞을 또렷이 보기 위해 노력하며 자신의 앞에서 덜덜 떨고 있는 라키아스를 응시했다.

이런 모습은 처음이었다.

꽤나 새롭다고 생각하며, 알렉산드라는 어울리지 않게 희미한 미소를 지어 보였다. 그 모습을 누군가 보았더라면 아마 그녀더러 미쳤다고 말할 게 분명한 광경이었다.

"괜찮으십니까."

"3황자비, 괜찮은 게냐."

두 남자가 모두 저를 걱정하는 꼴이라니. 어울리지 않았다.

알렉산드라는 이 상황도 꽤나 우습다고 생각하며 차분하게 답했다. 그 또한 누군가 보았더라면 비정상적이라고 말할 법한 광경이었다.

"괜찮습니다."

하지만 곧바로 어색하게 웃으며 말을 바꾸었다.

"솔직히 말씀드리자면 괜찮지는 않군요. 좀 아프네요."

"……."

라키아스는 벌게진 눈으로 금방이라도 숨을 놓아 버릴 듯한 알렉산드라에게 시선을 고정시켰다. 그 순간 알렉산드라가 입속에서 울컥 피를 토해냈고, 라키아스는 거의 이성을 잃을 듯한 눈빛으로 알렉산드라를 품에 안아 부축했다. 그가 충격으로 충혈된 붉은 눈을 알렉산드라에게 향한 채 안심하라는 듯 속삭였다.

"괜찮습니다, 전하. 곧 궁의가 올 것입니다. 그때까지만 버티십시오."

"저는 죽지 않습니다, 공작 전하."

알렉산드라가 배에서 피를 흘리면서도 최대한 태연하게 말을 이었다. 이 남자의 이런 모습은 처음이고, 이런 목소리는 더더욱 처음이었다.

이 남자는 놀랍게도 겁에 질려 있었다. 자신이 죽을까 봐 무서워하고 있었다. 자신을 잃을까 봐, 사랑하는 여자가 눈앞에서 죽는 모습을 직접 보게 될까 봐 두려워하고 있었다.

'어울리지 않게…….'

지금 이건 라키아스, 이 남자에게 어울리지 않는 모습이라는 생각이 들었다. 그래서 알렉산드라는 어쩐지 그의 볼을 쓸어주며 괜찮으니 그런 표정 짓지 말라고 말해주고 싶었다.

하지만, 보는 눈이 있었다. 당장 황제를 제거할 계획이 없는 이상, 신중해야 했다.

배에서 피를 흘리는 그 순간마저 이런 생각을 하고 있는 자신이 우스웠지만 어쩔 수 없었다.

원래 이렇게 살겠다고 결정한 사람은 바로 자신이었으니까.

알렉산드라가 입가에 흐르는 피를 무시하며 라키아스를 안심시켰다.

"그러니 너무 걱정하지 마세요. 저는 생각하시는 것보다…… 질기거든요."

독하고, 질기고, 대단해. 그러니까 저를 죽인 남편에게 회귀해서까지 복수하겠다는 생각을 할 수 있는 것이겠지.

알렉산드라가 상황에 어울리지 않는 미소를 지어 보이며 토마스 2세에게도 농담을 건넸다.

"일단 저부터 치료를 좀 받겠습니다, 폐하. 모쪼록 이해해 주시지요."

물론 듣는 입장에서는 곧이곧대로 들을 수 없었지만.

토마스 2세가 심각한 얼굴로 알렉산드라에게 말했다.

"말하지 말거라, 황자비. 상처가 더 심해지겠어."

"이 정도는 괜찮……습니다."

솔직히 말하자면 괜찮지 않았다. 어쩌면 이대로 죽을지도 모르겠다는 생각도 들었다.

하지만 그럴 수는 없었다. 그건 좀, 아니 많이 억울한 일이었으니까.

내가 어떻게 다시 살아 돌아왔는데. 여기까지 어떻게 왔는데. 이대로 죽을 수는 없지.

"폐하!"

그때, 궁의의 목소리가 들렸고, 알렉산드라는 그 목소리가 자신을 구원해 줄 어떤 것이라도 될 것이라 생각했는지 무의식적으로 희미하게 웃었다.

곧이어 자신을 발견한 궁의들이 경악하는 소리가 귓가에 울려 퍼졌고, 알렉산드라는 그 소리를 끝으로 완전히 정신을 놓았다.

-3권에서 계속-

외전

He who lives by the woman dies by the woman

알렉산드라는 완벽한 킹 메이커였다.

클레이오는 그 사실을 부정하지 않았다. 어쨌든 자신이 지금의 자리에 오르기까지 알렉산드라의 공헌이 지대했던 것은 사실이었기 때문이었다. 그녀를 포함한 그녀 가족의 희생이 없었더라면 그는 아마 진즉 역모죄의 누명을 쓰고 형장의 이슬로 사라졌을 것이다.

그는 그녀에게 고마워하고 있었고, 그 마음 자체는 알렉산드라가 처형당한 지금까지도, 특별히 변하지 않고 있었다.

'하지만…….'

아내의 죽음 직후, 기묘한 미소를 입가에 띤 클레이오가 무슨 생각을 하는 건지 모를 얼굴로 텅 빈 복도를 걸었다.

'도가 지나쳤어, 나의 렉시.'

알렉산드라에게 고마워했던 이유는, 그녀가 자신보다 영리하고 교활했기 때문이었다. 하지만 그가 그녀를 죽인 이유 역시 그와 같았다.

'하늘 아래 태양이 둘일 수는 없지.'

황후가 된 그녀는 그에게 부담이었다. 클레이오는 이미 그녀와 함께한 세월들을 통해 그녀의 뛰어남을 생생하게 알고 있었다.

그런 그녀가 황제와 버금가는 지위인 황후가 되었다. 지금은 그녀가 자신을 사랑하고 있지만, 만일 사랑이 식는다면, 그녀는 언제든 자신을 내쫓고 새로운 황제를 세울지도 모른다.

물론 이것이 비약이라는 것까지는 클레이오 역시 알고 있었다. 그러나, 그는 황제였다. 비약이든 무엇이든, 그의 심기를 조금이라도 어지럽히는 것이 있다면 무조건 그 싹을 잘라내야 했다.

'이제 발 쭉 뻗고 잘 수 있겠군.'

그게 설령 생사를 함께한 전우 같은 아내일지라도 말이다.

'아, 더 이상 눈치 보지 않고 밤에 돌아다닐 수도 있겠어.'

사실은 이 부분이 더 마음에 들었다. 죽은 그의 아내는 겉모습만 보면 문란할 것 같았지만, 의외로 지고지순한 스타일이었는데, 이것이 클레이오를 미치게 했다.

애당초 그는 그녀를 원해서 결혼한 것이 아니었다.

가문도, 뭣도 없는 3황자로서, 황위가 탐나, 영특하다고 눈여겨

보고 있던 알렉산드라를 유혹해 자신에게 빠져들게 만드는 것이 처음 그가 세운 계획이었는데, 운 좋게도 그의 계획은 완전히 먹혀들었다.

그녀가 제게 청혼까지 해온 것이다. 클레이오로서는 예상치 못한 결과였지만, 어찌 되었든 그에게 잘된 일이었다.

알렉산드라는 참 순진한 여자였다. 결혼 이후의 행보를 고려했을 때는 상상조차 가지 않는 모습이긴 했지만.

'끝까지 갈 수도 있었는데 말이야.'

만일 그가 즉위한 이후 그녀가 조금만 더 자신을 낮추고 조용히 지냈더라면 쇼윈도 부부로나마 함께할 수 있었을지도. 그러나 한결같은 그녀는 즉위 전과 즉위 후의 태도가 조금도 바뀌지 않았다.

이것이 절대자가 된 클레이오의 심기를 거스르게 했다. 죽은 알렉산드라가 듣는다면 기가 막혀 뒷목 잡을 소리였지만, 교만한 클레이오는 정말로 그렇게 생각하고 있었다. 파렴치한 태도이긴 했지만.

"폐하."

어느새 정부인 로웨나의 침실 앞에 다다른 클레이오가 자신을 부르는 소리에 상념에서 깨어났다. 그는 서둘러 알렉산드라를 생각하던 일을 그만두고 특유의 느릿한 미소를 지어 보였다.

"로웨나는?"

"아까 전에 일어나셨습니다, 폐하. 고할까요?"

"그래."

로웨나는 클레이오가 근래 가장 아끼는 애첩이었다. 오늘 알렉산드라의 처형식에는 일부러 오지 않을 것을 권했는데, 마음 여린 그녀가 혹여라도 그 잔인한 모습을 보고 충격을 받을까 우려했기 때문이었다.

"세골렌 후작부인, 황제 폐하께서 오셨습니다."

"어머."

안에서 여자의 탄성이 들려왔다.

"어서 안으로 모시도록 하렴."

종달새가 지저귀는 듯한 목소리는 알렉산드라가 가진 중저음의 목소리와는 상당히 대비되었다. 클레이오는 그 점도 마음에 들어 했다. 알렉산드라와 대화할 때면 마치 곱상한 남자와 대화하는 것 같은 착각이 일었기 때문이었다. 그는 여자라면 로웨나처럼 달콤하고 생기 있는 목소리를 가져야만 한다고 생각하고 있었다.

"폐하!"

침실 안으로 들어온 그에게 로웨나가 쪼르르 달려가더니 옆에 찰싹 달라붙었다. 스스럼없이 팔짱을 끼는 로웨나의 모습은 그녀가 얼마나 클레이오와 친밀한 관계인지를 나타내고 있었다.

"오셨군요. 아침부터 제가 폐하를 얼마나 목 빠지게 기다렸게요?"

"목이 빠지기 전에는 온 것 같은데."

실제로 로웨나가 클레이오를 기다린 시간은 그리 길지 않았다. 그 전날 밤에도 스스럼없이 로웨나와 같은 침대에서 잠든 클레이오가 그녀가 일어나기 전 처형장으로 발걸음 했기 때문이었다.

새벽 늦게까지 치러진 정사는 차치하고서라도, 로웨나는 본래 아침잠이 많은 사람이었다. 그 때문에 아까 일어난 그녀가 자신을 '목이 빠질 정도로' 기다리지는 않았을 것이다. 클레이오가 아기 같은 과장에 피식 웃으며 그녀를 품에 안았다.

"하여간 귀엽다니까."

"흐응."

품 안에서 묘한 소리를 흘린 로웨나가 곧바로 본론으로 들어갔다.

"그래서, 어떻게 되었나요?"

"뭐가 말이지?"

클레이오는 답을 알고 있었음에도 괜히 모르는 척을 했고, 그 반응에 로웨나가 즉각적으로 그를 재촉했다.

"아이참, 모르는 척하지 마시고요."

"……."

그 말에 말없이 미소 지으며 로웨나를 바라보던 클레이오가 천천히 입을 열었다.

"죽었어."

더없이 간결한 한마디에 로웨나의 입가에 잔잔한 미소가 번져 나갔다.

몰락 귀족 출신의 그녀가 클레이오의 총희가 될 수 있었던 건 지극한 행운의 결과였다. 황궁의 후원을 관리하는 시녀로서 입궁했다가, 정말 우연찮은 기회로 클레이오의 눈에 들었기 때문이었다.

어리숙한 시골 처녀는 처음에 그 어마어마한 기회 앞에서 조심스러워하는 모습을 보였지만, 이내 타고난 욕망을 발휘하여 황제를 제 품 안에 가둬 흔들었다. 그런 그녀의 의도를 아는지 모르는지, 클레이오는 기꺼이 그녀의 뜻대로 움직여주었다.

함께 지새우는 밤이 더해질수록 클레이오는 점점 로웨나에게 빠져들었고, 알렉산드라 황후가 더 이상 클레이오에게 필요 없다는 사실을 알게 되었을 때, 로웨나는 감히 황후의 자리까지 꿈꾸었다. 처음에는 '말도 안 된다'고 생각했지만, 클레이오의 총애가 깊어질수록 그 생각은 점차 열어질 뿐이었다.

'탤리즈만을 왜곡해서 소문내길 잘했지.'

알렉산드라의 죽음에는 로웨나의 물밑작업이 큰 역할을 했다. 사랑하는 남편이 밖으로 나도는 모습을 가만히 지켜볼 수 있는 아내가 몇이나 될까. 로웨나는 영악하게도 그 심리를 잘 이용해 알렉산드라를 궁지로 몰아넣었다. 결과는 성공이었고, 그게 지금 클레이오가 자신의 침실에 있는 이유였다.

"파사궁이 비었네요."

로웨나는 아무렇지 않게 그 말을 흘렸다. 현재 로웨나는 황후도, 황비도 아니었다. 그저 세골렌 후작부인일 뿐. 알렉산드라가 건재하는 한, 아무리 클레이오라도 대놓고 로웨나에게 황비의 관을 씌울 수는 없었기 때문이었다. 물론 알렉산드라가 없는 지금, 클레이오를 막을 수 있는 것은 아무것도 없었지만.

"얼른 주인을 찾아줘야지."

"괜찮을까요? 고위 귀족도 아닌 몰락 귀족 출신의 시골 처녀가 황후라니."

로웨나가 지극한 사실을 읊었음에도 클레이오는 미간을 살짝 좁혔는데, 마치 그녀가 제 출신을 비하해 말한 것을 들은 듯한 모습이었다.

"그 누가 감히 이 제국의 황제에게 반기를 들 수 있겠어?"

이제는 이 세상이 전부 나의 것인데. 클레이오의 자신감 넘치는 말에 로웨나가 까르르 웃었다. 그 세상을 전부 가진 남자가 바로 자신의 것이었다. 그러니 이 세상은 궁극적으로 로웨나 자신의 것이 아니겠는가?

그렇게 결론을 도출해낸 로웨나가 더없이 만족스러운 표정으로 클레이오에게 키스했다.

"아아, 로웨나……."

황홀한 얼굴로 자신의 입맞춤을 받아들이는 클레이오를 바라보며 로웨나가 묘한 표정으로 미소 지었다. 이제 자신은 모든 권력의 정점에 있게 된 것이다. 그 누구도 자신 앞에 무릎 꿇지 않을 수 없다.

그 누구도 자신을 막을 수 없다!

그 생각에 엄청난 황홀함을 느낀 로웨나가 보다 열정적으로 클레이오에게 입을 맞추었다.

일은 일사천리로 진행되었다. 로웨나는 황후가 되었다. 일부 귀족들이 그녀의 출신 성분을 트집 잡아 로웨나가 황후가 되는 것을 반대했지만, 저항은 길지 않았다. 지금 황제가 황위에 앉는 데 일등공신이었던 알렉산드라 황후를 처형시킨 것이 얼마 전이었기 때문에, 그로 인해 생성된 공포감이 생각보다 강했기 때문이었다. 아내이자 동료까지 스스럼 없이 죽였는데, 신하라고 머뭇거리겠느냐는 것이 그들의 의견이었다.

이후로 모든 일은 아무렇지 않게 흘러갔다. 황후가 된 로웨나는 알렉산드라라는 최소한의 규제 장치가 사라지자 제멋대로 굴기 시작했고, 그녀가 원하는 모든 것들을 자신의 소유로 만들었다.

그 과정에서는 조금의 고민도 없었다. 자신이 이 제국의 황후였다. 이 제국에서 그녀보다 더 고귀한 여인은 없었다. 그런 그녀가 원하여 가지겠다는데 무엇이 문제인가? 이러한 사고는 로웨나를 전보다 더 독선적이고 제멋대로인 성격으로 만들었는데, 문제는 클레이오가 이런 로웨나의 행동을 전혀 규제하지 않는다는 데에 있었다.

그는 당장 처리해야 할, 눈앞에 산더미처럼 쌓인 정무에 바빴고, 또 로웨나가 이후에도 멈추지 않은 자신의 문란한 생활을 알렉산드라와는 달리 눈감아 주었기에 그녀의 눈치를 어느 정도는 보는 게 좋겠다는 생각에서였다.

"황제 폐하를 뵙습니다."

적어도, 그 사실을 알게 되기 전까지는 아무 문제가 없었다.

"황후는 안에 있나?"

어쩐지 화난 듯한 음성이 평소와는 다르다는 것을 시녀는 직감적으로 느끼고 움츠러들었다. 하지만 이내 황후궁의 시녀로서의 자신감을 되찾고 그에게 대답했다.

"계십니다, 폐하."

"뭘 하고 있지?"

"다음 주 파티에서 입으실 드레스를 고르고 계십니다."

그 말을 들은 클레이오의 표정이 더욱 험상궂어지더니, 이내 말없이 성큼성큼 문 앞으로 다가가 손잡이를 확 돌려 젖혔다. 순식간에 시야로 까르르 웃는 로웨나가 온갖 보석으로 치장되어 있는 모습이 들어왔다. 그를 발견한 로웨나는 그저 해맑게 웃어 보였다.

"아아, 폐하."

"……."

"기별도 없이 오셨군요."

로웨나가 여전히 해맑은 웃음을 버리지 못하며 자리에서 일어섰다. 눈치껏 시녀들이 자리를 비켜주었고, 클레이오는 화가 난 게 분명해 보이는 얼굴로 다시 성큼성큼 로웨나에게 걸어갔다. 하지만 그때까지도 로웨나는 사태의 심각성을 인지하지 못하고 있었다.

"황후."

"네, 폐하?"

"도대체 이게 뭐 하는 짓이지?"

"뭐가 말씀이세요, 폐하?"

뭐가 잘못되었는지 로웨나는 전혀 모르는 것처럼 보였고, 그런 그녀의 앞에 클레이오는 문서 하나를 분노 어린 손길로 내밀었다. 로웨나가 순진한 얼굴로 그것을 받아들었다. 그런 다음 잠깐 그것을 살펴보더니, 이내 여전히 이해할 수 없다는 목소리로 물었다.

"이게, 왜요?"

"정말 문제를 모르겠나?"

"모르겠어요."

"건국 황후의 티아라에 박힌 보석을 팔아 치웠으면서, 문제의 심각성을 모르겠다고?"

"그게 뭐 어째서요?"

“이봐, 로웨나!”

클레이오가 어지간히 화가 난 듯 얼굴이 잔뜩 빨개진 채로 로웨나에게 쏘아붙였다.

“황실 대대로 내려오는 보석을 팔아 치웠으면서, 지금 그게 무슨 당당함이지?”

“고작 보석 하나일 뿐인걸요.”

“‘고작 보석’ 하나가 아니야. 제국의 역사가 깃든 보석이다. 레예스의 정체성이 담긴, 초대 황후의 티아라에 박혔던 보석이라고! 그걸 감히 함부로 팔아? 그것도 레예스의 황후가?”

“어쩔 수 없어요. 이번에 새로 나온 물방울 다이아몬드가 너무 아름다웠는걸.”

로웨나는 끝까지 자신의 잘못을 인지하지 못한 채로 변명 아닌 변명을 늘어놓았다.

“그 보석, 너무 오래돼서 어차피 가치도 떨어졌어요. 그리고 레예스의 황후인 내가 원치 않았는걸. 그걸 팔고, 더 좋은, 새로운 보석을 사면 그게 더 이익 아녜요?”

“……미쳤군, 당신.”

클레이오가 하얗게 질린 얼굴로 중얼거렸다.

“미쳐 돌아갔어.”

“폐하, 말조심하세요!”

로웨나가 인상을 찌푸리며 경고했다.

"황후에게 못하시는 말씀이 없으시네요. 다른 사람이 보고 들었다간 황가의 위엄이 손상될 거예요."

"지금 이 상황만큼 황가의 위엄을 손상시키는 건 없어. 당신 머리에 도대체 뭐가 들었는지, 아니 뭐가 들어있기는 한 건지 의심스럽군. 알렉산드라라면 결코 이런 짓은 하지 않았을 거야."

"뭐, 뭐라고요?"

마지막에 덧붙여진 한 마디에, 로웨나가 기가 차다는 듯한 눈빛으로 클레이오를 쏘아보았다.

"지금 제 앞에서 폐후의 이야길 꺼내시는 건가요? 다른 누구도 아닌 폐하께서?"

"그녀는 적어도 이렇게까지 멍청하지는 않았으니까."

"그럼 저는 멍청하고요?"

"귀부인조차 가문 대대로 내려오는 보석을 사치를 위해 팔아치우지는 않아. 그리고 그런 행동에 부끄러움을 느끼지 않지도 않지."

"지금 제 출신에 문제가 있다 비꼬시는 건가요?"

"그런 비약도 그만둬, 로웨나. 정말 질리는군!"

클레이오가 질색하는 표정을 지으며 소리쳤다.

"당분간 사치를 줄이고 황후로서의 모범을 보이도록 해. 그때까지 품위 유지비는 기존의 절반으로 줄일 테니 그렇게 알도록 하고."

"네? 폐하, 그게 무슨 말도 안 되는……!"

하지만 로웨나의 말이 다 끝나기도 전에 클레이오가 문을 박차고 나갔고, 결국 남겨진 로웨나는 황당한 얼굴로 처절하게 그에게 소리쳐야만 했다.

"폐하, 이러실 수는 없습니다. 폐하!"

그러나 모두 소용없는 외침이었다. 결국 혼자 남겨진 로웨나는 이를 부득부득 갈며 방 안의 온갖 물건들을 전부 집어 던졌다.

황후궁의 품위 유지비를 절반으로 줄인 이후에도 로웨나의 행보는 크게 달라지지 않았다. 자금이 떨어진 그녀는 하는 수 없이 매관매직으로 사치 자금을 확보했는데, 이 모든 일이 황후의 권한만으로 암암리에 이루어졌기 때문에 클레이오는 로웨나의 행태를 알지 못했다. 사정을 모르는 클레이오로서는 그저 절반의 품위 유지비로 버티는 그녀를 보며 '드디어 버릇을 고쳤나 보다'라고 생각할 뿐이었다.

그러나 클레이오만 모를 뿐, 이미 황후가 관직을 사고판다는 소문은 귀족들 사이에서 빠르게 돌고 있었다. 단지 그 누구도 이 사실을 황제에게 고하지 않았을 뿐이었다. 그건 황후가 무서워서 그녀의 눈치를 보기 때문이 아니었다.

"공작 전하."

자신을 부르는 것이 분명한 목소리에 라네아즈 공작은 뒤를 돌았다. 익숙한 얼굴이 그를 기다리고 있었다. 그가 엷게 미소 지으며 젊은 귀족에게 물었다.

"쉬드린프 후, 지금 온 건가?"

"그렇습니다, 전하."

쉬드린프 후작이 방긋 웃으며 대답했다.

"아시다시피 쉬드린프 영지에서 제도까지는 오는 데 시간이 걸려서요. 저도 얼른 황성에 저택을 마련해야 하는데……."

"이번 일만 끝나면 당연히 그리되겠지."

"그런가요?"

"공신의 처우를 신경 쓰는 것은 당연한 일 아니겠나."

낮은 웃음소리를 낸 라네아즈 공작이 이내 쉬드린프 후작의 등을 툭툭 두드리며 말했다.

"이만 들어가세. 아무래도 우리 둘이 가장 늦은 것 같구만."

그의 말은 사실이었다. 황성 외딴곳에 떨어진 저택의 지하실로 가보니, 모두가 그들을 기다리고 있었기 때문이었다. 그들은 가장 늦게 당도한 두 귀족을 발견하더니 탄성을 흘렸다.

"늦으셨습니다, 두 분."

"미안하네. 오늘따라 말이 영 속력을 못 내더군."

"어서 이리로."

가벼운 농담을 던진 라네아즈 공작이 특유의 미소를 입가에 건 채로 직사각형 테이블의 가장 상석에 앉았다. 쉬드린프 후작의 자리는 거기에서 두 좌석 떨어진 곳이었다.

각자의 자리를 찾자 그제야 상황이 정리되는 듯 보였고, 누군가가 다시 입을 열었다.

"거사를 앞당겨야 할 듯합니다."

그 말에, 누군가가 따라서 입을 열었다.

"동의합니다. 황실의 만행을 더 이상 두고 볼 수만은 없어요."

"황후의 매관매직이 점점 더 노골적으로 자행되고 있습니다. 황제는 이걸 아는지 모르는지 그냥 두 손 놓고만 있는 상황이고요."

"아마 모르고 있을 가능성이 큽니다. 그 주변의 시종들이 대개 우리 편 사람들이니까요. 뭐, 그것조차도 모르고 있을 확률이 높지만."

"황제에게도 문제가 크지요. 제대로 처리할 줄 아는 법안이 하나도 없습니다. 그럼 성실하기라도 해야 하는데, 밤마다 여자를 끼고 산다지요?"

"순전히 폐후의 도움만 받아 그 자리를 거머쥐었으니 할 줄 아는 게 뭐 있겠습니까. 그저 아내 잘 만나 과분한 자리를 움켜쥔 자입니다."

"그런데 그 폐후마저 제 손으로 버리는 꼴이라니. 어리석기도 하지."

쯧쯧, 조용히 혀를 차는 소리가 좁은 지하실 안을 잔잔하게 울렸다. 그 말이 끝나고 한동안 그들은 아무 말도 없었다.

생각을 정리하는 중인 듯했다. 그러다 약간의 시간이 흐르고 난 뒤에야 누군가가 입을 열었다.

"어쨌든, 폐위는 신속히 이루어져야 합니다. 내치도, 외치도 전부 다 엉망이니까요."

"시간이 흐르면 흐를수록 레예스는 쇠망의 길로 접어들 것입니다. 클레이오 그자의 손에 계속 제국을 맡겨 둔다면요."

"소수 민족의 움직임도 불안불안 합니다. 제국의 존망에 영향을 줄 정도는 아니겠지만, 어쨌든 가만히 두고 보면 골치 아픈 것도 사실이지요."

"어찌 되었건 한시바삐 정권이 교체되어야 합니다. 지금의 황제는 글러 먹었어요."

"그렇다면 어떻게 거사를 앞당기실 생각이십니까. 사실 지금이라도 군사를 끌고 황궁 안으로 들어갈 수는 있습니다. 우리로서는 급습이 더 유리한 실정이니까요."

"조용히 처리합시다."

그때 말없이 듣고만 있던 라네아즈 공작이 의견 한마디를 냈다. 그 목소리에 모두의 시선이 라네아즈 공작에게로 쏠렸다. 그가 차분하게 말을 이었다.

"괜히 일을 시끄럽게 만들어 좋을 일이 뭐가 있겠습니까. 쿠데타로 정권이 바뀌든, 황제의 급사로 정권이 바뀌든, 중요한 건 결국 우리의 황제가 바뀌는 것 아닙니까?"

"일리 있으신 말씀입니다."

쉬드린프 후작 역시 고개를 끄덕이며 라네아즈 공작의 말에 동조했다.

"쿠데타는 최후의 수단이어야만 합니다. 만일 쿠데타로 황제가 교체된다면 주변국들의 비웃음을 살 것은 물론이고, 정통성은 급감할 것입니다. 거기에 더해서, 굳이 안전한 길을 두고 위험한 길을 갈 필요는 없잖습니까? 어쨌든 황제의 친위대입니다. 제국 제일의 실력자들이 모인 곳이니, 괜한 모험을 할 필요는 없습니다."

"두 분의 말이 옳습니다. 독살이 가장 깔끔하지요. 괜한 구설을 만드는 일은 좋지 않아요."

"그렇다면 빠른 시일 내에 황제를 독살하는 것으로 결론을 내지요. 어떻습니까들?"

"좋습니다."

"가장 깔끔하고 위험이 덜하군요. 어차피 지금 황제가 죽는다면 지금으로서는 라네아즈 공작 전하께서 그나마 정통성이 있으시니."

어떤 귀족의 한마디를 들은 라네아즈 공작이 묘한 미소를 지으며 대꾸했다.

"선황의 칠촌이 한둘이 아닙니다. 정통성을 따지기에는 민망한

혈통이지요."

"하지만 전하, 목숨이 아깝다면 섣불리 나서지는 않을 것입니다."

"그렇습니다. 그들에게도 머리가 있다면 돌아가는 눈치를 보고 행동하겠지요. 만일 예상외의 행동을 하는 자가 있다면 그때 가서 해결해도 늦지 않을 겁니다."

킬킬 웃으며 동조한 귀족 하나가 잠시 후에 흐뭇한 얼굴로 말을 이었다.

"어쨌든 제가 중앙궁의 시종 하나에게 이야기를 해두겠습니다. 그보다 혹시라도 일이 잘못된다면…."

"그때는 어쩔 수 없이 빠르게 무력을 사용해야겠지요. 우리만 살자고 동지들을 팔 수는 없는 노릇 아니겠습니까."

"동의합니다."

"그보다 로웨나 황후는 다들 어찌하실 생각이십니까?"

"고작 몰락 귀족 출신의 황후를 걱정해야 할 이유는 조금도 없습니다. 황제를 죽이면서 황후도 같이 죽여 버리시지요. 멍청하고 간악한 여자라 레예스에 해악만 끼칠 것입니다. 그런 여자가 황태후가 되는 것은 말도 안 되는 일이지요. 안 그렇습니까?"

그 말에 모두가 고개를 끄덕였고, 잠시 후에 라네아즈 공작이 만족스러운 미소를 지으며 대화를 마무리 지었다.

"좋습니다. 그럼 그렇게 정리하지요."

결론이 나자 지하실에 모여 있던 이들이 빠르게 하나둘 씩 자리에서 일어섰다. 어쨌든 아직까지는 은밀히 움직여야 하는 것이 맞았다. 반역자라는 꼬리표는 가장 마지막에 선택해야 하는 것이다. 알렉산드라가 그리했던 것처럼. 자신들이 모의하고 있는 것을 클레이오가 알아차릴 가능성은 거의 없었으나, 조심해서 나쁠 것은 없다는 것이 그들의 생각이었다.

"쉬드린프 후."

다른 사람들처럼 지하실을 빠져나가려는 쉬드린프 후작을 부른 것은 선황의 칠촌이자 이 모임의 우두머리인 라네아즈 공작이었다. 그의 부름에 쉬드린프 후작이 뒤를 돌아 물었다.

"왜 그러십니까, 전하."

"아니, 자네 괜찮은가 싶어서 말일세."

"무슨 뜻이신지……."

"자네의 친우 말일세."

"……."

죽은 라키아스를 이름이었다. 쉬드린프 후작이 마른침을 삼킨 다음 대답했다.

"그 친구는 제 가슴에 묻었습니다."

"그래……. 아무래도 잊기 어렵겠지. 둘이 꽤나 막역했던 관계 아닌가."

그 이유를 포함해서, 쉬드린프 후작이 죽은 친구를 더 애틋해 하는 데는 다른 이유도 있었다. 당시 라키아스가 반역을 도모했던 것은 사실이었지만 아직 실행하기는 전이었는데, 황실에서 알고 있었는지는 몰라도 그를 반역죄로 참수시킨 것이다.

이 과정에서 라키아스는 필사적으로 뜻을 함께하던 자신을 보호하려 애썼는데, 그 덕분에 쉬드린프 후작은 털끝 하나 다치지 않고 무사할 수 있었다. 물론 이 사실은 지금 함께 뜻을 도모하는 이들도 모르고 있었다. 괜히 약점을 잡히고 싶지 않았던 쉬드린프 후작이 숨겼기 때문이었다. 그리고 그는 앞으로 상황이 어떻게 되더라도 진실을 알릴 생각이 없었다.

"억울하게 죽은 친구를 위해서라도 이번 일은 반드시 성공해야만 합니다, 전하."

"염려 말게, 후. 내 무슨 일이 있더라도 오르누스 공의 원한을 갚아 줄 테니."

"……감사합니다, 전하."

쉬드린프 후작이 엷게 미소 지으며 라네아즈 공작을 향해 고개를 숙였다. 그는 다음 대 황제가 누가 되든 더 이상 관심이 없었다. 중요한 것은 이 모든 일의 원흉이 반드시 죽어 없어져야만 한다는 사실이었다.

그리고 마침내 정해진 날이 되었을 때, 쉬드린프 후작은 중앙궁을 방문했다.

"폐하, 쉬드린프 후작께서 오셨습니다."

그 말에 잠깐 침대 위에 누워 있던 클레이오가 천천히 눈을 떴다. 얼굴에는 귀찮은 듯한 기색이 역력했다. 그는 후작의 방문을 거절하려다가, 잠시 후 마음을 고쳐먹고 침대 위에서 일어났다.

"안으로 들이도록 해."

의복을 정제한 다음 응접실로 나가자 테이블에 앉아 얌전히 자신을 기다리고 있는 쉬드린프 후작의 모습이 눈에 들어왔다. 클레이오가 남모르게 하품을 한번 한 다음 그쪽으로 걸어갔다.

"무슨 일인가, 쉬드린프 후."

"폐하."

고개를 돌려 그를 발견한 쉬드린프 후작이 침착한 목소리로 그에게 인사했다.

"황제 폐하를 뵙습니다. 레예스에 무한한 영광을."

"그대가 여기까지는 어쩐 일이지? 쉬드린프 영지에서 잘 벗어나지 않는 것으로 알고 있는데."

자리에 앉은 클레이오가 잠깐 고민하는 표정을 짓다가 물었다.

"관직을 여러 번 사양하더니, 마음이 바뀌기라도 한 것인가?"

"그렇습니다, 폐하."

"정말인가?"

클레이오가 금세 얼굴에 화색을 띠며 물었다.

"계속 영지 안에서만 지내는 게 지루해서요. 아직도 저를 중앙 정계로 불러주실 마음이 있으시다면 기꺼이 폐하께 충성을 다하겠습니다."

"마침 재무부에 자리가 하나 났어. 그대같이 외국에서 회계학으로 유학까지 마치고 온 실력자가 국익을 위해 일하지 않는 것처럼 낭비도 없지."

"늦게 결정해서 죄송합니다, 폐하."

"아니야, 아니야. 지금이라도 마음을 돌려주어 기쁘군."

클레이오는 정말로 기뻐 보였다. 쉬드린프 후작이 속으로 무슨 생각을 하고 있는지 조금도 모르는 사람처럼.

"폐하, 다과를 내왔습니다."

그리고 앞으로 전개될 자신의 운명 또한 조금도 모르는 듯했다. 클레이오가 밝은 목소리로 어서 들이라고 말했고, 잠시 후 어린 시종들이 응접실로 들어와 테이블에 차와 과자가 든 접시를 내려놓았다.

그리고 클레이오는, 조금의 의심도 없이 페퍼민트가 진하게 우려진 찻물을 입안으로 들이켰다. 그 모습을 본 쉬드린프 후작 역시 잠깐 텀을 둔 다음 찻물에 입을 가져다 댔다.

"이렇게 결정을 내려주어 기쁘군. 갑자기 마음이 바뀐 까닭이 뭔가?"

“아까 말씀드렸듯이, 영지에만 틀어박혀 영지를 관리하는 일이 제게는 너무 지루했습니다. 황궁에서 일한다면 생활에 조금 활기가 돌지 않을까 해서요.”

“활기만 돌기를 기대해서는 안 돼. 생각보다 중앙의 일은 어마어마하게 많고, 피곤하거든. 나 역시 가끔은 이 자리를 벗어 던지고 한가로이 지냈으면 할 정도니 말이야.”

“괜찮습니다, 폐하. 감당할 수 있을 것 같아서요.”

“하긴, 그대는 유능하니 불가능하지도 않을 것 같군.”

클레이오가 피식 웃으며 앞에 놓인 소금 맛 비스킷을 입에 물었고, 그 모습을 빤히 바라보던 쉬드린프 후작이 잠시 후에 입을 열어 클레이오를 불렀다.

“폐하.”

그 부름에 클레이오가 고개를 들어 쉬드린프 후작을 바라보았다. 왜 불렀느냐는 듯한 물음에 그는 아련하게 미소 지으며 질문을 던졌다.

“오르누스 공작을 기억하십니까.”

“…….”

달갑지 않은 이름에 클레이오의 얼굴이 바싹 구겨졌다. 그 이름을 기억하지 못할 리 없다. 알렉산드라가 적극적으로 죽이려 노력했던 자의 이름이었다. 알렉산드라가 그토록 한 사람을 제거하는데 혈안이 되었던 적이 없었기 때문에, 그는 똑똑히 기억하고 있었다. 그 질문으로 달갑지 않은 두 사람의 얼굴이 동시에 떠올라 버린 클레이오가 언짢은 듯한 목소리로 말했다.

"반역자의 이름 아닌가."

"…."

완전히 틀린 말은 아니었지만, 완전히 맞는 말도 아니었다. 그 말을 듣자마자 쉬드린프 후작은 저도 모르게 왼손을 꾹 말아 쥐었다. 짧게 깎은 손톱이 손바닥의 살을 아프지 않게 파고들었지만, 쉬드린프 후작은 이상하리만치 지금의 상황이 고통스러웠다. 그러나 침착하기 위해 노력하면서, 그가 최대한 목소리를 낮추어 물었다.

"폐하. 그자를 알고 계십니까?"

"……그 질문의 저의가 뭐지?"

여전히 불쾌한 듯한 목소리로 클레이오가 물었다.

"내가 반역자에 대해 알고 있어야 할 까닭이 있나? 이미 죽어 없어진 자를?"

"저는 그자에 대해 알고 있습니다."

"……."

"제가 가장 아끼는 친우였습니다. 제 가족 같은 사람이었지요."

"……쉬드린프 후."

대화가 선을 넘고 있다고 생각한 클레이오가 인상을 찌푸리며 물었다.

"지금 내게 그 이야기를 하는 까닭이 무엇인지 당최 모르겠군. 아까의 이야기는 못 들은 척해주겠지만, 그 주제로 더 이상 입을 열지 않는 게 좋을 거야. 그대 역시 역도들의 잔당으로 몰려 죽임 당하고 싶지 않다면 말이야."

"폐하, 누가 저를 죽인다는 말입니까."

"몰라서 묻나? 이 제국의 주인으로서 나는 그대를 죽일 수 있……!"

커헉. 그때 쉬드린프 후작의 앞으로 탁한 피가 튀었다. 아래를 잠깐 내려다보던 쉬드린프 후작이 곧바로 고개를 들어 올려 제 목을 움켜쥔 채 괴로워하는 클레이오를 바라보았다.

"그전에 폐하께서 돌아가실 것 같군요."

"네, 네놈이 감히…… 커억!"

"제 친구를 죽이신 것은 실수였습니다, 폐하. 얌전히 계셨더라면 적어도 목숨은 보전하실 수도 있으셨을 텐데요."

"그건…… 크윽, 내가 한 일이 아니었다. 알렉산드라 그 여자가……!"

"그 여자는 이미 죽고 없지요. 폐하께서 죽이셨습니다."

미소를 띤 채 조곤조곤 말을 이어나가던 쉬드린프 후작이 순간 돌변하여 클레이오를 노려보았다.

"아내의 잘못은 남편의 것이고, 그 반대 역시 동일하지요. 폐하, 설령 제 친구의 죽음을 죽은 폐후가 주도했더라도, 폐하께서 이를 모르실 리 없으시잖습니까."

"이건, 허억, 반역이다. 그대가 정녕 죽고 싶은……!"

"그전에 죽는 것은 폐하가 먼저일 겁니다. 그리고 새로 등극할 황제께서는, 제 죄를 사하여 주시겠지요."

"애당초 이럴 목적으로……!"

클레이오는 목을 감싸 쥔 채 조금이라도 입 밖으로 튀어나오는 피를 막아보려 했지만, 한계가 있었다. 애당초 그렇게 해서 될 문제가 아니었기 때문에 쉬드린프 후작은 클레이오의 애잔한 움직임을 같잖다는 듯이 바라보았다. 그가 냉랭한 목소리로 대꾸했다.

"그리 아끼시는 황후께서도 곧 폐하의 뒤를 따르실 겁니다. 적어도 홀로 저승길에 가지는 않으실 테니, 거기에 감사하시지요."

"거기…… 아무도 없……!"

"폐하, 아무도 없습니다."

쉬드린프 후작이 잔인한 미소를 흘리며 덧붙였다.

"이미 시종들을 물린 지 오랩니다, 폐하."

"네놈이……!"

"그리 외치다가 비명에 가십시오, 폐하. 그것이 폐하께 딱 어울리는 죽음이고, 제 친구가 기뻐할 죽음일 겁니다."

"용서……하……."

"이제야 제 친구의 복수를 끝낼 수 있겠군요, 폐하. 폐하의 용서 따위는 필요치 않습니다. 먼저 간 제 친구의 용서면 족하니까요."

"끄윽…."

그 소리를 끝으로 클레이오의 몸은 더 이상 어떠한 미동도 보이질 않았다. 쉬드린프 후작은 싸늘히 식어가는 클레이오의 모습을 빤히 바라보다가 이내 천천히 자리에서 일어섰다. 모든 게 끝났다. 그 사실을 인지하자, 그의 입가에 실낱같은 미소가 떠올랐다.

"모쪼록 안녕히 가십시오, 폐하."

망자에 대한 마지막 예의로 그는 깊게 허리를 굽혀 시체 앞에 인사했다. 잠시 후 허리를 펴 올린 그가 싸늘하게 식은 얼굴로 응접실을 나섰다.

-외전 끝-

국립중앙도서관 출판시도서목록(CIP)

복수는 꿀보다 달콤하다 : 무소 장편소설. 2 / 지은이: 무소
. — 고양 : 위즈덤하우스미디어그룹, 2018
p. ;   cm

ISBN 979-11-6220-998-1 04810 : ₩13800
ISBN 979-11-6220-370-5 (세트) 04810

한국 현대 소설[韓國現代小說]

813.7-KDC6
895.735-DDC23   CIP2018037070

복수는 꿀보다 달콤하다 2

초판 1쇄 인쇄 2018년 12월 5일 **초판 1쇄 발행** 2018년 12월 12일

지은이 무소
펴낸이 연준혁

멀티콘텐츠사업본부 이사 정은선
책임편집 오가진 **디자인** 조은덕

펴낸곳 (주)위즈덤하우스미디어그룹 **출판등록** 2000년 5월 23일 제13-1071호
주소 경기도 고양시 일산동구 정발산로 43-20 센트럴프라자 6층
전화 031-936-4000 **팩스** 031)903-3893
홈페이지 www.wisdomhouse.co.kr

값 13,800원
ISBN 979-11-6220-998-1 04810
979-11-6220-370-5 [세트]